PROENÇA

# O CANTO DO AMOR ETERNO

© Proença, 2023
Todos os direitos desta edição reservados à Editora Labrador.

Coordenação editorial Pamela Oliveira
Assistência editorial Leticia Oliveira, Jaqueline Corrêa
Projeto gráfico, diagramação e capa Amanda Chagas
Preparação de texto Carla Sacrato
Revisão Mauricio Katayama

Dados Internacionais de Catalogação na Publicação (CIP)
Jéssica de Oliveira Molinari - CRB-8/9852

Proença
   O canto do amor eterno / Proença.
   São Paulo : Labrador, 2023.
   560 p.

   ISBN 978-65-5625-449-4

   1. Ficção brasileira  2. Ficção histórica  I. Título

23-5196                                            CDD B869.3

Índice para catálogo sistemático:
1. Ficção brasileira

## Labrador

Diretor-geral Daniel Pinsky
Rua Dr. José Elias, 520, sala 1
Alto da Lapa | 05083-030 | São Paulo | SP
contato@editoralabrador.com.br | (11) 3641-7446
editoralabrador.com.br

A reprodução de qualquer parte desta obra é ilegal e configura uma apropriação indevida dos direitos intelectuais e patrimoniais do autor. A editora não é responsável pelo conteúdo deste livro.
Esta é uma obra de ficção. Qualquer semelhança com nomes, pessoas, fatos ou situações da vida real será mera coincidência.

# Advertência sobre este livro

*Escrito para Ana*

Sei que é um pedido inútil. Rogo, mesmo assim, que não leia este livro. Quando, como de hábito, a curiosidade superar a vápida autoridade paterna, percorra com a vista palavra por palavra, entendendo seu significado, sem a pressa desatenta da infância, sem a rebeldia alienada da adolescência e sem o romantismo da juventude.

Não fique, no entanto, com o sentimento de autocensura e de arrependimento.

De antemão, dou-lhe consentimento para que me desobedeça sempre que eu estiver errado. Não cometa, todavia, o desatino de estender tal permissão à sua mãe. Ela nunca se engana.

Desde já, peço desculpas pelo fato de ser seu velho pai escravo da razão, coração feldspático e não saber redigir sob o predomínio da sensibilidade e do lirismo.

Tentei escrever por linhas tortas tal qual fez Manoel de Barros e, dizem, faz Deus. Não consegui. O que fiz "é servicinho à toa... o que eu ajo é tarefa desnobre", como escreveu o Poeta. Escrevi com linhas retas, mas, por incrível que pareça, descobri que algumas das minhas frases lineares sonham.

Ao ler este livro, proceda conforme se porta agora, quando leio para você as histórias do Chico Bento e fica a me perguntar: Por quê?... Por quê?... Por quê?...

Quero dizer: não flutue na superfície. Inquira! A resposta está na profundidade; quase sempre. Às vezes, na transcendência, é verdade.

Se a sorte das eventualidades genéticas não a favorecer e você herdar o gene da insensatez racional, não o leia como se estivesse a ler Espinosa, Descartes ou Kierkegaard.

Leia devagar, concentrada, mas com a janela das possibilidades aberta. Leia como se lê Milton, ou, melhor ainda, leia igual sua avó Joaninha lia Emerson. Real e verdadeira sem, contudo, evitar um porto de águas encantadas que valia a viagem.

Você estará crescida, madura, inteligente e feliz para não se deixar abater pela sombra que algumas dessas histórias, dentro da história, espalham sobre espíritos sensíveis tornando tudo escuro, escuro, escuro e frio, feito sopro de vento do inverno ao cair da noite.

Mesmo assim, seja como for, por favor, pule *O Caso Rute*. É terrível, eu a aviso. Acautele-se!

Perdoe-me também por produzir tal abominação. Que Deus nunca permita que algo semelhante ocorra, nunca, em lugar algum. Escrevi pelo medo que quase todos os idosos têm do futuro. O pavor foi maior que a minha escassa elegância. Em soberba, pus-me a imitar gansos. Pura caduquice, eu sei. Alerta por demais descabido, árido e desengonçado. Quem reconhecerá no conto uma súplica para que se ponha vigilante?

Que não seja você, meu pequeno anjo.

Há um mundo de ódio e há um mundo de amor e há outro mundo, entre esses mundos, que a vida retém; e, dessa alegoria poética, algo muito melhor para cuidar: manter firme a vida o mais próximo do extremo bem.

Perguntará, por certo, o que é o bem supremo? E eu, seguindo todos os que não têm a resposta, digo-lhe: é aquele que o coração lhe diz. Para o sábio era temor a Deus; para o louco, é prazer.

Ao lado da repetição e das generalidades, deixo-lhe a certeza de que não existe receita ou manual de instrução para a verdade e a sabedoria.

Inspirações, apenas inspirações!

Procurei luz de um farol, que pudesse me guiar, insuflado por homens fiéis à verdade realista e à razão, desde Cohéllet ben David até os nossos dias. Não ultrapassei as primeiras palavras: "Tudo é vão e fútil – diz Cohéllet – Futilidade das futilidades! Sim, tudo é fútil!".

Para que não caia em desespero, peço-lhe em segredo que busque inspiração em gente que tenha fé no progresso moral e material da humanidade e, cá entre nós, troque *A Interpretação dos Sonhos* pelo *Sermão da montanha*. E, por derradeiro, não perca seu precioso tempo lendo meus escritos.

Se, mesmo assim, insistir... Boa leitura de onde eu estiver, se estiver, sorrirei.

# Sumário

CAPÍTULO I
**O Cavaleiro Tartáreo** ——————————— 9

CAPÍTULO II
**O triunfo da quimera** ——————————— 161

Prenúncio do sino ——————————— 185

O Dragão Vermelho ——————————— 210

A lenda das dezessete luas ——————————— 227

O Caso Rute ——————————— 250

CAPÍTULO III
**Cupins e brocas** ——————————— 324

CAPÍTULO IV
**A pétala da flor do araticum** ——————————— 447

Seu Pedro ——————————— 455

CAPÍTULO I
# O Cavaleiro Tartáreo

Lech Stulbach estava em pé diante da filha desejando que o sol daquele dia nunca houvesse raiado. Demonstrava, no semblante, dor e indignação. Um sentimento difuso acometera-lhe o espírito, e as sombras que projetava no juízo não lhe deixavam dúvidas: era o fim.

Repetiu instruções à filha sobre o que fazer ao chegar à margem do rio, depois se calou e abaixou o olhar.

Ela disse:

— Quero ficar aqui com o senhor.

— Não.

— Já enfrentamos tanta coisa!

— Não desta vez.

— Não quero perdê-lo; não, não depois da mamãe...

— É o certo a fazer.

— Então, venha comigo.

— Não devo.

— Por quê?

— Não posso abandonar o que nos foi legado.

— Conseguiremos outras coisas.

— Não se trata de coisas.

— Vê que não é possível outro desfecho?

— Conto com a possibilidade de que lhes reste no coração alguma humanidade.

Foram interrompidos por Adão, o jovem filho do capataz, que, apressado e ofegante, anunciou:

— Estão a três léguas daqui! Cruzaram a porteira da invernada do Norte.

Uma nuvem negra escurecia a tarde. Logo seria noite. Havia chovido e talvez fizesse frio.

— Pegue um agasalho — disse o pai.

Ela vestiu a jaqueta azul que estava pendurada no porta-chapéus. Saíram da casa, pai e filha, caminhando até o início do atalho aberto na mata. O caminho os levaria ao rio.

— Sabe o que fazer.

— Quero ficar com o senhor.

Ele repetiu as instruções:

— Desça o rio com a canoa até passar a segunda curva, depois ancore no banco de areia ao lado da grande pedra branca. Ali você encontrará a picada que leva até a sede da fazenda dos Tejadas.

A garota abraçou o pai, ele retribuiu o abraço. Ela soluçou.

— Vá. Corra!

Ela se afastou bem devagar.

— Elka!

Parou e virou-se. Mirou os olhos do pai que estavam no olhar dela e poucos longos segundos passaram-se na contemplação mútua. Ele sabia, ela sabia. Não trocaram palavras, pois aquele era um momento desses que fogem ao padrão, quando as palavras não servem para nada.

— Corra!

Ela correu e sumiu no mato.

Ficou o pai, por mais alguns segundos, olhando o atalho vazio e as árvores devoradoras de gente; depois retornou à casa. Foi à dispensa e segurou a velha carabina, mas decidiu deixá-la pendurada no lugar. Pegou o alforje, jogou-o no ombro, pôs o chapéu-panamá e caminhou cabisbaixo até o galpão.

— Que faremos? — perguntou-lhe o capataz.

— Chame todos.

Rubens, o capataz, conversou com o filho e ambos saíram correndo e gritando nomes. Logo, todos os empregados da fazenda estavam imóveis à volta de Lech Stulbach, o Polaco.

Polaco abriu os compartimentos do saco, retirou pacotes com dinheiro e os distribuiu aos empregados.

— Espero que o dinheiro esteja conforme o combinado, pois, como diz o Rubens com grande sabedoria, "conta certa, amizade longa".

Agradeceu a todos dizendo:

— Foi uma honra trabalhar com os senhores.

Depois complementou:

— Cada um cuide da vida e, para isso, o melhor que se entrevê é embrenharem-se no mato por uns três dias e deixar passar a ameaça.

— Não vou a lugar nenhum — disse Rodolfo.

— Eu também não. Vou ficar bem aqui — emendou Adão.

— Vocês são jovens e sabem o que eles fazem com os jovens. É melhor que se escondam ou terão que lutar uma luta que não lhes pertence — afirmou Polaco.

— Eu também vou ficar — declarou Rubens.

— É, vamos ver a cara que tem esse diabo — asseverou Adão abraçando o pai.

Polaco alertou que todos deveriam amoitar-se por alguns dias e expôs o procedimento-padrão da tropa que logo chegaria ali. Por onde passou, disse, deixou um rastro de sangue e sofrimento; as exceções foram à custa de muito dinheiro para financiar a revolução.

Dinheiro que ele não tinha e, mesmo se o tivesse, seria como se não tivesse. Àqueles que possuíam família, falou sobre a responsabilidade da decisão e que aquela determinação não devia desprezar o que, por certo, deveria ser o desejo dos seus entes queridos.

Manteve o monólogo por cinco minutos, depois agradeceu outra vez, pegou o alforje e voltou à casa principal.

Quando retornou ao galpão, permaneciam lá Rubens, Adão e Rodolfo; os demais haviam partido.

Rodolfo era o órfão que vivia na fazenda desde os dez anos de idade, trazido por um parente distante, que ali trabalhou e depois foi embora abandonando o garoto. Lech Stulbach cuidou dele desde então.

— Devo pegar as armas, patrão? — perguntou o capataz.

— Não. São centenas de homens armados. A única arma que vamos usar é a conversação.

— Prefiro a minha espingarda — resmungou Rodolfo.

— Que horas são? — indagou Polaco.

— Hora do chimarrão — respondeu Adão.

Rubens caminhou em direção ao fogão, os outros o seguiram.

Revolveu as brasas e, sobre elas, pôs os pedaços de madeira com carvão nas pontas que se acenderam. A labareda crepitou e partículas de carvão candente respingaram-lhe a manga da camisa. Pôs água na chaleira e a colocou na primeira boca do fogão e esperou. Quando a água estava morna, despejou um pouco na caneca e recolocou a chaleira na chapa do fogão; depois, despejou erva na cuia até cobrir o pescoço e tampou a cuia com o aparador. Tombou a cuia de lado e agitou na horizontal para posicionar a erva no local correto; levantou a cuia um pouco, mais ou menos 45 graus, e retirou o aparador, deixando a erva bem acomodada. Em seguida, pegou a caneca e verteu a água morna pela parede da cuia; depois, segurou a bomba, tampou o bocal com o dedão e empurrou a bomba até o fundo, bem próxima à parede de erva e, ainda com o bocal tampado, girou a bomba no sentido anti-horário, mais ou menos noventa graus, até que a bomba ficou reta. Retirou o dedão do bocal e saiu do galpão. Lá fora, puxou a água com a boca e cuspiu fora.

Quando retornou, a chaleira começava a chiar e a tremer, então, ele a empurrou para fora da boca do fogão, despejou a água quente na cuia e tomou a primeira cuiada, depois encheu de novo e serviu a Rodolfo, que estava à sua direita, iniciando um rito silencioso e circular da cuia indo cheia e voltando vazia.

...

Elka aportou a canoa, ao lado da pedra branca, pisou o banco de areia e depois o solo vermelho do caminho estreito que a levou até a casa dos Tejadas.

Dona Paloma, como se já a esperasse, foi encontrá-la no quintal. Abraçaram-se e choraram juntas. Conduziu a moça até a cozinha.

— Que bom que você está aqui, Keka — disse dona Paloma, chamando-a pela forma carinhosa com a qual a tratavam a mãe e os amigos.

Elka era uma jovem que ainda carregava na pele resquícios das manchinhas pigmentadas, avermelhadas, comum às ruivas. Efélides que a perturbaram desde os três anos de idade e motivo de *bullying* escolar na infância e adolescência, quando ganhou o apelido de Keka Feia.

A Elka que chegou à casa de dona Paloma Tejada, naquela tarde, nada mantinha da menina sardenta de olhos anilados que incomodava, por sua aparência, as outras crianças. Era uma linda mulher, e os salpicos que ainda restavam no rosto lhe davam um charme especial.

Dona Paloma serviu-lhe uma caneca com café quente e encheu outra que deixou sobre a mesa. Arrumou as cadeiras dispondo-as uma próxima à outra, fazendo sinal para que Keka Feia se sentasse em uma delas. Em seguida, tomou o assento à sua frente e segurou-lhe as mãos, que estavam geladas pelo frio lá de fora e pela má circulação sanguínea causada pela ansiedade.

— Fique tranquila, minha criança, os revoltosos não virão aqui. É complicado atravessar o rio com aquele mundaréu de tralhas que carregam. Todas as fazendas que eles saquearam estavam à margem direita do rio.

— Meu pai... ele corre perigo... pressinto isso.

— Por que não veio com você?

— Sabe como ele é... como são os mato-grossenses... como dizem: não dobram a esquina quando veem perigo... ditado idiota... eles são todos uns idiotas...

E gotas de lágrimas desceram-lhe dos olhos.

Dona Paloma apertou forte a mão direita de Elka e a segurou por alguns segundos, como se quisesse transmitir uma força que talvez nem ela mesma tivesse; depois, levantou-se, abriu a porta do armário da cozinha e trouxe um queijo que, com a faca de cortar pão, partiu em vários pedaços.

— Tome o café... experimente o queijo!

A dona da casa passou a comer o queijo e a beber o café, enquanto observava Keka Feia, que, para não fazer desfeita, aceitou a bebida quente.

— Ele nem é mato-grossense... — murmurou dona Paloma, querendo puxar conversa.

— Não de nascimento. Veio para cá criancinha, mas está há tanto tempo aqui... casou-se com uma mato-grossense, nasci aqui, sua única filha... comeu mandioca e arroz carreteiro, bebeu da água salobra da serra da Bodoquena... o espírito da onça-pintada está nele há tanto tempo que virou bicho do mato.

— Igual a todos nós...

— Desculpe-me. Estou fora de tino, falando bobagens... eu queria estar lá com ele...

— Graças a Deus não está. Você já deve ter ouvido falar sobre o que eles fazem com as mulheres, com as moças e até com as crianças por onde passam... não, minha querida; o melhor é você estar aqui.

— Que vou fazer, dona Paloma? Não sei se vou conseguir ficar esperando, inerte.

— Tata saiu cedo com as crianças para campear. Vamos esperar que retornem. Enquanto isso, pensaremos em alguma coisa.

Dona Paloma e Elka permaneceram um tempo em silêncio; logo, a dona da casa sugeriu que fizessem uma oração, mas, antes, perguntou se a moça tinha fé, ao que ela respondeu que sim.

Talvez o que dona Paloma estivesse perguntando, o que estava querendo saber, era se não haveria conflito entre religiões, pois sabia que Lech Stulbach era judeu.

Ela aprendera com o pai a referenciar o sábado, a estudar a Torá e os sólidos ensinamentos éticos da Mishná, mas também aprendera com a mãe, quando ela ainda vivia, a conhecer o Deus de Jacó que se fez homem, num divino gesto de amor e compaixão.

O tempo que se seguiu foi de meditação e esperança na misericórdia divina, baseada na imensa caridade com que Jesus nos amou.

Naquele dia, a misericórdia de Deus ainda estava presente no coração de Elka e, talvez, naquele momento, germinasse em sua mente a semente da dúvida. Dúvida fugaz que lhe proporcionaria, em dias que se avizinhavam, o caminho da regressão, da escravidão e do ódio.

Já era noite quando Tata e os filhos chegaram.

Desarrearam os cavalos, soltando-os no pátio; depois, entraram na casa principal, onde dona Paloma e Elka os receberam.

Nos abraços que trocaram, desassossego no espírito e lágrimas no rosto estavam presentes naquelas que esperavam e logo contagiaram os que chegaram.

Sentaram-se todos ao redor da mesa, na cozinha.

Depois de breve tempo, Tata relatou informações que obtivera de pescadores que desciam o rio, sobre os revoltosos haverem tomado de assalto a Fazenda Areia Branca e, entre outros atos de violência, terem sequestrado Mateus.

A Fazenda Areia Branca distava cinquenta quilômetros da casa de Elka. Mateus era o filho do proprietário e o ser humano que Keka acreditava ser o seu futuro marido e por quem nutria aquele sentimento "que leva uma pessoa a desejar o que se lhe afigura belo, digno ou grandioso", sentimento esse que se costuma nominar de amor, ou pelo menos de um dos vários tipos de amor; talvez não o mais nobre entre eles. Sempre intenso e passional, mas é o tempo quem revela se efêmero, igual à maioria deles, ou eterno à maneira daqueles que o encontram, embora esse já pertença a outra tipologia de amor. Um tipo elevado, sublime, pelo qual vale a pena viver e do qual Keka só teria noção no tempo que ainda estava por vir.

Keka, ao receber a notícia, encheu os olhos de lágrimas e caminhou em direção à porta.

— Preciso voltar para lá... — murmurou.

A família, atônita, permaneceu à mesa por alguns minutos em silêncio até que Dona Paloma disse alguma coisa e eles saíram correndo.

Alcançaram-na quando caminhava na terra vermelha da picada que a levaria ao rio. Seguiu-se uma longa conversa, até que a moça se curvou aos argumentos dos membros da família Tejada e concordou em retornar para a sede da fazenda.

...

Polaco estava com a cuia de chimarrão e esperava, contemplando a estrada que levava para o oeste. O sol já havia sumido no horizonte, mas ainda se via a vermelhidão que tingia o céu poente. Fora do alcance do olhar, lá longe, alguns jacarés bocejavam e outros se movimentavam da areia para as águas da lagoa como a pressentir perigo e, ao mesmo tempo, um bando de periquitos chilreavam em revoada nas árvores do pomar, ali pertinho. Ele levou a bomba à boca e deu outro gole daquela água quente e de branda amargura e, em seus olhos, começaram a aparecer figuras sombrias, ondulantes e disformes pela precariedade da luz solar. Eram muitos. Fantasmas ou demônios, ou simples homens que gastavam suas vidas com o desejo do ódio no coração e com a razão anestesiada por culto prestado a certo tipo de divindade impessoal e ideológica.

Polaco devolveu o porongo a Rubens, que o colocou no porta-cuia, sobre o fogão, encerrando o ritual.

Permaneceram os quatro homens, em silêncio, olhando para a mesma direção. Logo, os vultos foram tomando formas concretas.

Homens armados cercaram a fazenda e detiveram-se a cem metros da sede do local. Os periquitos ficaram assanhados, chilreavam em revoada.

Seis homens formaram um pequeno grupo que conversou entre si apontando para as luzes dos lampiões que clareavam o galpão da fazenda. Um deles, o que mais falava e gesticulava, retornou para junto da tropa em formação. Os outros cinco homens caminharam para o galpão.

— Não vamos reagir às prováveis provocações. Vamos dialogar. Por favor, não façam movimentos bruscos ou violentos — disse Polaco, olhando para Adão.

Os homens chegaram apontando fuzis.

— Fiquem calmos. Estamos em paz. — Lech Stulbach disse levantando as mãos, no que foi acompanhado pelos outros três moradores da fazenda.

— Quantos são na casa?

— Não há ninguém além de nós quatro.

O revoltoso fez um sinal aos companheiros que ali estavam e dois deles seguiram em direção à casa principal.

Quando os homens retornaram, Polaco e seus amigos ainda estavam com as mãos para cima, sob a mira dos revoltosos.

— Está limpo — disse um deles.

Então, aquele que parecia ser o líder do pequeno grupo dirigiu-se para fora do galpão e deu um tiro para o alto.

Os periquitos, pressentindo perigo, fugiram.

O círculo foi se fechando e, de repente, centenas de homens armados examinaram o galpão e a casa do Polaco.

Esquadrinhados todos os aposentos, certificado de que não havia resistência, o revoltoso atirou outra vez para o alto.

Outro pequeno grupo apareceu, trazendo, entre eles, um homem que montava um cavalo negro. Sete soldados a pé formavam um quase círculo protegendo o cavaleiro que vinha ao centro.

O cavaleiro entrou de maneira intimidatória, esporeando e retendo o cavalo, que fungava e dançava. Apeou.

Um revoltoso pegou o cavalo e o amarrou do lado exterior, próximo ao cocho. O cavaleiro dirigiu-se aos moradores da casa.

— Quem é o dono da fazendola?

Polaco adiantou-se e fitou o homem.

— Sou Lech Stulbach.

— Amarrem-no ao pilar central.

— Estamos em paz — repetiu Polaco, que ainda mantinha esperança de encontrar alguma civilidade no atemorizante interlocutor.

Os revoltosos amarraram-no com os braços para cima. Com uma corda, apertaram seu pescoço contra o tronco de sustentação e, com uma peia, ataram seus pés, prendendo-os também ao tronco.

— Tragam os novatos — ordenou o cavaleiro.

O cavaleiro do cavalo negro era um sujeito de estatura mediana, aparentava ter origem asiática, seu aspecto físico era de um caucasoide. Trajava roupas caras e bem engomadas: uma espécie de farda de passeio. Carregava na cintura uma pistola Luger P08 e uma adaga de gume único e cabo trabalhado em ouro. A barba era longa, cerrada e grisalha. Tinha um sotaque estranho. Iguais à adaga, os olhos eram frios e cortantes.

Empurrados pelas coronhas dos fuzis, chegaram os novatos: oito jovens com as mãos atadas para trás e, do que se via, o corpo coberto por hematomas.

Os revoltosos os colocaram sentados em frente ao Polaco.

O cavaleiro do cavalo negro arrastou um dos garotos pelos cabelos, para próximo de Lech Stulbach, posicionando-o em frente dos demais.

Polaco olhou com tristeza para o rapaz e sua tristeza foi ampliada ao reconhecer que aquela pobre criatura, toda esfolada à sua frente, era Mateus.

Naquele instante, Lech percebeu que o diálogo que pretendia iniciar estava descartado e que a escuridão que os envolvia não era apenas da noite que chegara. Talvez tenha se recordado das palavras de Isaías: "Eu formo a luz e crio treva; faço paz e crio o mal; Eu, o Eterno, que faço todas essas coisas". Fechou os olhos e, em silêncio, rezou a *amidá*.

Rubens, Adão e Rodolfo permaneciam em pé e sob ameaça de revoltosos armados de fuzil. Nada podiam fazer.

Adão, o mais impaciente deles, estava agoniado e pensava em algo que pudesse fazer, mas se lembrou das palavras do Polaco. Conteve-se admirando a arma do inimigo. Arma de fogo era uma paixão de Adão e ali estava apontado para ele um fuzil Mauser M1871, uma arma de repetição, carregador tubular sob o cano, calibre de 11mm e com recurso de disparar, de forma rápida, oito tiros sem recarregar.

— Revistaram a casa? — indagou o cavaleiro do cavalo negro, já acrescentando outra pergunta: — Encontraram alguma coisa?

— Três velhas espingardas e alguns livros antigos. Nada de valor — respondeu aquele que parecia ser o subcomandante da operação.

— Já era esperado — resmungou o cavaleiro, que se sentou sobre a alvenaria do fogão a lenha e, apontando para Rubens, Adão e Rodolfo, disse:

— Vocês três têm a opção de se engajarem, por vontade própria, à causa.

Depois, dirigindo-se aos rapazes que estavam amarrados diante do Polaco, falou:

— Aos novatos dou mais uma oportunidade de se unirem à nossa luta. Quero que digam o que escolhem.

Os revoltosos conduziram Rubens para bem próximo do cavaleiro do cavalo negro, que ordenou:

— Desembuche!

— Não tenho causa pela qual fazer guerra.

— Próximo!

— Não.

— O outro!

— Não.

— Amarrem todos os três!

Na sequência, os revoltosos foram conduzindo os novatos, um por um, exceto Mateus, que havia sido sequestrado na última fazenda saqueada e, entre os novatos, era o mais novo e, por isso, não era ainda sua vez.

Quatro deles optaram por se engajarem.

— Soltem esses quatro e apartem o 325! — ordenou o cavaleiro do cavalo negro.

Os revoltosos fizeram o que a eles foi ordenado e reconduziram os dois outros, que não aderiram, ao local em que estavam antes, logo atrás de Mateus.

— Entre os novatos, você é o que está há mais tempo com a tropa. Já foi instruído e teve várias oportunidades. É um reacionário e chegou sua hora.

Arrastaram aquele a que chamavam de 325 para fora do galpão. O cavaleiro do cavalo negro foi junto e levou os quatro novatos que haviam aderido à revolução.

— Deem um fuzil para cada um deles!

E assim foi feito. Na sequência, posicionaram o 325 à distância de cinco metros.

O subcomandante deu as orientações para o fuzilamento: todos deveriam atirar ao mesmo tempo, tão logo recebessem o comando do cavaleiro do cavalo negro.

— Fogo! — ordenou o cavaleiro do cavalo negro.

Ao subcomandante coube examinar o corpo inerte. Três balas haviam acertado o alvo. Tomou os fuzis dos novos recrutas e disse:

— Podem ir comemorar com seus companheiros. Agora vocês são heróis.

Os quatro se dirigiram à sede da fazenda, onde havia som de risadas e cheiro de comida.

O subcomandante aproximou-se do cavaleiro do cavalo negro e perguntou:

— Senhor, não estamos desperdiçando mão de obra?
— Não quero outro Didi.
— É Vivi, senhor... Vivi... é assim que o chamam.
— Alguma notícia da patrulha de caça?
— Nada, senhor.

Ambos retornaram ao interior do galpão, onde encontraram bancos e cadeiras que haviam sido trazidas da sede pelos militantes.

O cavaleiro do cavalo negro colocou uma cadeira ao lado do Mateus, nela se sentou e, dirigindo-se ao Polaco, disse:

— Suas últimas palavras, porco parasita.

Com o semblante tranquilo, respondeu Polaco:

— Como disse antes, sou Lech Stulbach e não tenho nada contra sua causa ou propósito, quero apenas seguir minha vida na forma que o Eterno assim desejar.

— Eu sei muito bem quem você é, porco parasita, a quem os idiotas chamam de Polaco. Porco, porque é judeu e, igual a todo judeu, não come os seus semelhantes suínos. Parasita, pois vive da exploração de escravos ingênuos e alienados. O Eterno... ah, o Eterno... Essa fantasia de covardes... Se real, estaria a desejar que retorne ao pó.

O cavaleiro do cavalo negro fez uma pequena pausa e prosseguiu:

— Já foi dito que a natureza criou homens fortes e fracos. Nós, os fortes, fazemos o que queremos, e os fracos, iguais a você, estão à mercê dos fortes. Também foi dito que os fracos criaram Deus e, com Ele, um plano moral para que os fortes se sentissem culpados. Os judeus fizeram isso e, depois, os cristãos deram continuidade à farsa. A mentira, no entanto, está com os dias contados. A verdade vem surgindo... foi assim em 1917, na Rússia, em 1920 no meu país e agora é a vez dessa sub-raça tropical; pelo menos assim acredita nosso ingênuo líder. Na minha opinião, entretanto, estamos semeando sobre pedras.

— Quem é você, criatura possuída pelo veneno da serpente?

— Meu nome não deve ser revelado aos da sua laia. Chamam a mim de Cazã, isso por ser Cazã a capital da República do Tartaristão e a cidade onde nasci. Antes de morrer, saiba que, para os da sua espécie, sou Cazã, o Cavaleiro Tártaro.

— Muito apropriado.

O cavaleiro do cavalo negro, ou Cazã, ou Cavaleiro Tártaro, levantou-se e, apontando para Mateus, disse ao subcomandante:

— Desamarre-o!

O subcomandante fez Mateus ficar em pé e procedeu conforme ordenado. O Cavaleiro Tártaro sacou a pistola e passou para o subcomandante.

— Dê a ele.

Alguns revoltosos se puseram entre Cazã e Mateus, talvez para proteger o Cavaleiro Tártaro de eventual desatino do rapaz.

— Você tem a oportunidade de poupar seu quase sogro de muita dor, basta um tiro de misericórdia — disse Cazã, revelando, com tais palavras, que tinha obtido informações sobre o Polaco e sobre todos que se relacionavam com ele.

Mateus estava com a arma na mão e o braço pendido para o chão.

— Mate-o.

Mateus permaneceu inerte.

— Atire nele! — gritou o Cavaleiro Tártaro. — Teve sua chance — complementou Cazã, fazendo um gesto ao subcomandante, que retirou a arma de Mateus.

Cazã pegou a adaga da cintura e posicionou-se ao lado de Polaco e passou a estripar Lech Stulbach.

Com o ventre rasgado e as entranhas penduradas, Polaco gemia sem forças para gritar.

Cazã passou a arrancar-lhe as vísceras com as próprias mãos, iniciando pelos órgãos não vitais. O baço, a bexiga... e quando puxou os intestinos...

— Dê-me a pistola — disse Mateus, chorando.

O Cavaleiro Tártaro afastou-se, os revoltosos se posicionaram, e o subcomandante entregou a pistola a Mateus.

Aflito e tremendo, Mateus apontou a pistola para o pai de Elka e puxou o gatilho.

...

A mais de duzentos quilômetros da fazenda do Polaco, cinco homens iniciavam preparativos para passar a noite às margens do rio Aquidauana. Haviam armado suas redes de dormir nos troncos das árvores, acendido a fogueira e arredado o braseiro, no qual cozinhavam guisado de feijão, charque e mandioca.

Estavam sentados em bancos improvisados, cansados por noites de pouco sono e por muita energia gasta a esquadrinhar o cerrado e as matas ribeirinhas à caça do homem que havia fugido das garras do Cavaleiro Tártaro.

Lá no meio da mata, o urutau cantou. A ave fantasma, com grito triste e misterioso, despertou a atenção dos homens.

— Está rogando praga para nós — disse um deles.

— Pode ser que, desta vez, ele não cante para os caçadores, mas para a caça — comentou outro.

— Tomara que esteja certo. Já olhou nos olhos do urutau?

— Nem quero.

— É assustador. São grandes, pungentes e tudo veem, mesmo quando estão fechados. Enxerga para cima, para baixo e para os lados sem precisar mover a cabeça. Seu olhar vai além do espaço físico, ele é capaz de ver o futuro. Mas só vê as desgraças do tempo. Não anuncia nada de bom.

— Crendices, meu caro. Esse bicho não passa de uma coruja feia. Além disso, nós já estamos desgraçados e, como dizem, desgraça pouca é bobagem.

— Não entendi.

— Éramos soldados treinados e orgulhosos por defender nossa pátria e, agora, estamos aqui a caçar um sujeito que nunca fez mal a ninguém e que apenas teve o azar de estar na hora errada, no lugar errado.

— É melhor mudar de assunto. Suas palavras estão ficando mais perigosas que o canto da ave agourenta.

— Tem razão... Vamos fazer de conta que ele é um desertor e, por isso, traidor da classe trabalhadeira.

O guisado estava pronto, serviram-se e foram dormir, à exceção daquele que ficou de vigia no primeiro turno.

Quando o primeiro inhambu-chororó cantou lá na capoeira, eles já estavam selando os cavalos.

As informações que tinham levantado davam a saber que o homem perseguido fora visto nas imediações. O foragido estava se dirigindo para a jovem Aquidauana, que se tornara uma cidade aberta e receptiva e com grande mercado de trabalho para as pessoas que vinham de outras regiões e se estabeleciam ali. Em Aquidauana, não se faziam muitas perguntas aos forasteiros.

Puseram-se em marcha. Logo, deixaram para trás a densa mata que acompanhava o rio Aquidauana e entraram no terreno ralo do cerrado.

Cavalgaram a manhã toda, pararam para almoçar e, logo, continuaram a busca.

O sol já estava findando a tarde quando atravessavam um grande descampado e avistaram, distante, um homem a cavalo, parado, como se os esperasse.

Os cinco homens se afastaram uns dos outros, formando uma meia-lua, e seguiram em direção ao cavaleiro que permanecia lá, parado.

Já se aproximavam quando o sujeito apeou da montaria, pegou a arma que estava presa à frente da sela, amarrou as rédeas na cabeceira do arreio e soltou o cavalo, que não se moveu. Ele, então, o espantou. O cavalo saiu troteando a esmo.

A arma que usava era o mesmo fuzil M1871 que a maioria dos revoltosos usava, capaz de disparar oito projéteis sem necessidade de recarregar.

Quando os cinco homens estavam à distância que julgavam não apropriada para disparos, o homem solitário apontou sua arma bem devagar, mirou e desferiu o primeiro tiro. O cavaleiro que estava ao centro da meia-lua tombou.

Os outros quatro, surpresos com a precisão do tiro àquela distância, pegaram as armas, esporearam os cavalos e avançaram em disparada, atirando.

O homem, impassível, mirou, disparou... outro cavaleiro no chão, e assim se sucedeu até que todos os revoltosos estivessem no solo.

Imperturbável, o homem caminhou em direção aos corpos e os examinou um a um.

Quatro mortos e um ferido no ombro, inconsciente e esfolado pela queda do cavalo.

Quando o sobrevivente voltou à consciência, já havia anoitecido. Estava ao lado de um riacho, próximo a uma fogueira, seu ferimento fora tratado e dois cavalos estavam amarrados a pequena distância dele. Viu o homem que haviam caçado por todos aqueles dias, desde que Cazã ordenara a sentença de morte por roubar um fuzil, pegar alguma munição, fugir e, na fuga, matar um dos militantes da causa revolucionária. Além disso, era regra pétrea, entre todos os destacamentos da Coluna, que aqueles que desertassem recebessem pena de morte. Os líderes maiores acreditavam no efeito didático da punição exemplar, que deveria apresentar perversidade apurada.

— E os meus companheiros?

O homem caçado não respondeu, apenas montou em um dos cavalos, olhou para o revoltoso, cumprimentou-o levantando a mão direita e, com dois dedos, tocou a aba do chapéu... e partiu.

— Vivi! — gritou, mas a caça humana não olhou para trás.

O caçador ferido se levantou e percebeu que o fugitivo lhe havia deixado arma, munição e mantimentos.

Sentou-se num tronco caído e, por um momento, veio-lhe à memória uma pergunta interior que já o perturbava antes.

Não deixou, no entanto, que aquela indagação lhe turvasse a ideia e pensou em coisa menos perigosa.

Pouco a pouco, chegaram-lhe ao espírito lembranças do pai, da mãe, dos irmãos e de uma época em que tinha consciência da persistência da própria personalidade. Quando o chamavam por Bento e quando ainda sonhava os seus próprios sonhos. Percebeu que estava, de novo, percorrendo terreno imprudente e contradito à sua nova religião.

— Maldito urutau — resmungou.

...

Cazã, o Cavaleiro Tártaro, decidiu que Rubens iria permanecer vivo para contar o que ocorria aos que não aderiam à causa revolucionária e que Adão e Rodolfo passariam pelo processo de treinamento involuntário, uma espécie de lavagem cerebral, que lhes proporcionaria uma visão ampliada da realidade.

Assim, o Cavaleiro Tártaro ordenou que Rubens e os novatos não convertidos ficassem presos dentro do galpão e que Adão e Rodolfo fossem amarrados e deixados no pátio a uns cem metros do galpão.

O subcomandante separou aqueles que fariam a guarda durante a noite e recomendou que os demais buscassem local adequado para pernoitarem, pois o dia seguinte seria de trabalho duro.

O Cavaleiro Tártaro acomodou-se na sede, escolhendo descansar no quarto de Elka, o mais amplo e confortável da casa, que passou a ser de seu uso exclusivo durante o tempo que permaneceu naquela fazenda. O subcomandante ficou com o quarto do Polaco.

Centenas de homens se amontoaram pela casa, pelo galpão, pelo celeiro e por todo canto que oferecesse teto.

Ao relento e vendo estrelas, apenas Adão e Rodolfo.

Quando raiou o dia, o subcomandante reuniu a tropa e repetiu determinações de tarefas que, para os veteranos, tinham se tornado rotina: conseguir o máximo de mantimento; afinal, a missão principal daquele destacamento, comandado pelo Cavaleiro Tártaro, era saquear fazendas e povoados para prover a Coluna de alimentos, remédios, munições, armamentos e mão de obra.

A fazenda, naquele momento, tornou-se um formigueiro humano que laçava o gado, abatia e carneava as rezes, charqueando a carne e deixando-a ao sol, enquanto apanhavam castanha, mandioca e qualquer cereal em situação mínima de colheita. Outros acondicionavam em conservas palmitos, frutas e raízes.

Adão e Rodolfo foram desamarrados. Juntaram-se ao grupo dos novatos e receberam números escritos em suas costas. Não seriam mais chamados por Adão e Rodolfo, mas 177 e 178.

A equipe de instrutores era formada por três professores que se revezavam no processo de doutrinação e quatro homens armados que cuidavam das sevícias.

Entre os professores, havia um jovem de vinte anos que se mantinha isolado dos demais, sentado num canto qualquer lendo e observando o processo de aprendizagem dos recrutas. Às vezes, conversava com os outros doutrinadores, porém nunca falava com os novatos. Com pouca frequência, fazia anotações em uma caderneta que trazia no bolso da camisa. Os torturadores o chamavam de Rasputin, mas aquilo era apenas um apelido determinado pela característica peculiar do seu rosto: bigode espesso, barbas longas e encaracoladas, olhos penetrantes e cabelo preto, liso e repartido ao meio.

Os quatro novos recrutas trabalhavam com os veteranos e sob supervisão de um observador. Receberam nomes de guerra e, em suas novas identidades, eram tratados por colegas. Sentiam-se gente e já entendiam a máxima repetida pelos instrutores: "A raça humana se inicia a partir da conversão". Passaram a ser os soldados Barcelos, Alvarenga, Souza e Galvão.

O subcomandante guardava certa precaução em relação aos quatro novos recrutas. No corpo do 325 havia faltado uma bala.

Os corpos do 325 e do Polaco permaneceram o dia todo no mesmo local em que foram abatidos. Esse procedimento também fazia parte do processo dogmático.

Na manhã do dia seguinte, dois cavaleiros, que iam campear o gado, laçaram os dois defuntos e os arrastaram por alguns quilômetros, abandonando-os, depois, para alimentar urubus.

Os revoltosos ficaram cinco dias na fazenda do Polaco, e a rotina de saques foi interrompida em dois momentos.

A primeira, quando, na noite do quarto dia, um dos novos recrutas, aquele que fora nominado Barcelos, fugiu. Cazã enviou em seu encalço patrulha de quatro homens.

A outra causa da quebra foi marcada pelo retorno do sobrevivente da patrulha de caça destinada a capturar Vivi.

— Que se passou? — gritou o Cavaleiro Tártaro, cuspindo impropérios.

— Ele nos enfrentou e matou todos os outros. Levei um tiro, mas sobrevivi, graças à ajuda do próprio desertor — respondeu, abrindo a camisa e mostrando o tórax com o curativo feito pelo inimigo.

— канчык улы! — vociferou Cazã, em sua língua natal, complementando:

— Que tipo de soldado eu tenho aqui que não consegue matar um peão de fazenda que talvez nunca tenha visto um fuzil?

— Ele não errou nem sequer um tiro e estávamos em movimento, correndo a cavalo em sua direção.

— Cale a boca, miserável, antes que eu lhe dê o que está a merecer.

O sobrevivente se calou, afastou-se devagar e foi procurar o médico do destacamento.

O Cavaleiro Tártaro escolheu os melhores rastreadores, formou nova equipe de busca composta por cinco homens e a enviou com ordem expressa de não retornar sem a cabeça do desertor. Ainda recomendou:

— Antes de partirem, busquem informações com aquela nulidade sobrevivente. Poderá dizer detalhes que facilitarão a caçada.

O findar do último dia dos revoltosos, na fazenda do finado Lech Stulbach, transcorreu sem sobressaltos. As carroças e carros de boi foram abastecidos com os mantimentos coletados e cinquenta soldados experientes escolhidos para seguir com o comboio e, mais tarde, incorporarem-se às forças revolucionárias comandadas pelo general Isidoro Dias Lopes e pelo major da força pública Miguel Costa, remanescentes da Revolta Paulista de 1924 que, naquele momento, marchavam para Três Lagoas.

...

A Revolta Paulista de 1924, também chamada de Revolução Esquecida, Segunda Revolta Tenentista ou Revolução do Isidoro, foi o maior conflito urbano da história do Brasil e teve início na madrugada de 5 de julho de 1924 e terminou em 28 de julho do mesmo ano.

A revolta objetivava a deposição do presidente Artur Bernardes, vítima do episódio das cartas falsas e, por isso, odiado pela maioria dos militares. O movimento apresentava, na pauta de reinvindicações, o voto secreto, a justiça gratuita e o ensino obrigatório.

Tinha por comandante o general reformado Isidoro Dias Lopes, que conseguiu ocupar a cidade de São Paulo por 23 dias. Sob pesado bombardeio, o Palácio dos Campos Elísios, sede do governo paulista, caiu nas mãos dos revoltosos, obrigando o presidente do estado a fugir e esconder-se no bairro da Penha.

Veio então a reação das forças legalistas e a cidade de São Paulo foi bombardeada pela força aérea brasileira, enquanto o exército se utilizou de ação que ficou conhecida por "bombardeio terrificante". Os revoltosos respondiam com canhões e artilharia pesada. Os bombardeios dos dois lados, em cenas que lembravam a Primeira Guerra Mundial, causaram graves problemas à cidade.

Casas, prédios, fábricas, escolas foram destruídos, corpos jaziam pelas ruas e duzentas mil pessoas fugiram em trens para o interior. O saldo da peleja revelou mais de quinhentos mortos e quase cinco mil feridos. Números expressivos para uma população que girava em torno de setecentos mil habitantes.

Sem condições de sustentar a luta contra as tropas legalistas, Isidoro retirou-se em direção à cidade de Bauru, no interior paulista, e deixou um rastro de vandalismo, estupros e todo tipo de violência, sob os olhos do tenente João Cabanas, que comandava um grupo de revoltosos denominado Coluna da Morte.

Em Bauru, a cúpula revolucionária, formada por Isidoro, Juarez Távora, Miguel Costa e outros, decidiu atacar o exército legalista que se concentrava na cidade de Três Lagoas, no atual Mato Grosso do Sul. Germinava ali a ideia de criar a República de Brasilândia ou Estado Livre do Sul. Na mesma reunião, em que tomaram a decisão de atacar Três Lagoas, foi criado o Destacamento de Abastecimento e Recursos (DAR), cujo comando foi outorgado ao Cavaleiro Tártaro por sua experiência no exterior. Ao tenente João Cabanas foi sugerido integrar o DAR, mas ele preferiu permanecer com a tropa do front, onde passaria a atuar na retaguarda, realizando marcha pelo interior de São Paulo, passando por cidades e povoados, provocando escaramuças e dois combates de maior vulto até chegar a Porto Tibiriçá, donde partiriam para o ataque a Guaíra.

Vale registrar que João Cabanas, no entanto, não seguiu com a Coluna Miguel Gosta/Carlos Prestes na grande jornada pelo Brasil, preferindo exilar-se no Uruguai. Voltou depois para participar da Revolução de 1930; mas isso já é história que não será contada aqui. Antes do seu autoexílio, Cabanas teve tempo para repassar seus métodos ao Cavaleiro Tártaro, que o ouviu com paciência. Às vezes, o olhar frio, cínico e irônico de Cazã deixava transparecer o que pensava:

*Querendo ensinar cobra a rastejar.*

Ouviu, pois era apropriado ouvir a quem Miguel Costa tinha por protetor de sua retaguarda na retirada de São Paulo e considerava arremedo de herói; por isso, resignado, escutou, horas a fio, Cabanas falar sobre seus atos de heroísmo ou de crueldade em São Paulo, em Campinas, em Itu e em todos os lugares por onde passou o trem que trazia escrito, na locomotiva que puxava o último comboio, a frase sintetizadora da essência dos homens que o trem carregava: Coluna da Morte.

Seu pelotão caminhava cantando a "canção do exício":
*"Pé espalhado*
*Quem foi que te espalhou foi uma bala*
*Que o Aquidabã mandou."*
Aquidabã foi o encouraçado que deu um tiro na Igreja de Nossa Senhora da Lapa dos Mercadores, no Rio de Janeiro, e "Pé espalhado" era uma referência ao mendigo que perdeu o pé por outro tiro na Revolução da Armada, outra sandice guerreira da terra brasileira.

Os mais próximos a Miguel Costa diziam que ele nunca adotaria os métodos da Coluna da Morte, mas reconheciam em Cabanas aquele tipo de soldado de retaguarda que assegura as medalhas dos vitoriosos lá da frente. Ele também seria útil em ações futuras e, em momento póstero, voltaria a se encontrar com o Cavaleiro Tártaro.

...

Quando caiu a noite do quinto dia, conforme planejado, os revoltosos deixaram a fazenda em dois grupos distintos. Um que levaria mantimentos e homens às tropas de Miguel Costa/Isidoro e outro que seguiria com a maioria dos revoltosos sob o comando do Cavaleiro Tártaro. Cazã planejava invadir o próximo povoado, onde poderia saquear bens que as fazendas não produziam e arrebatar quantidade maior de soldados para a causa.

Com as pegadas, deixaram um rastro de destruição, muito lixo e fedentina.

O desolado Rubens, por primeira ação, tentou localizar os restos mortais do amigo Polaco. Os urubus mostraram o lugar. Conseguiu identificá-lo pelos trapos que restavam de suas vestes. Pôde, assim, enterrar o amigo e o desconhecido 325 em túmulos privativos.

Teve o cuidado de cobrir as covas com pedras e improvisou duas cruzes de madeira, fincando-as nas cabeceiras das sepulturas. Houve uma breve hesitação ao enterrar a cruz no túmulo do Polaco, mas a dúvida foi dissipada pela certeza de que ao amor de Cristo não se opõem limites de crenças humanas, por mais antigas ou verdadeiras que sejam.

A próxima prioridade para Rubens era ir ter com Elka, mas o cheiro insuportável da carniça das reses abatidas pelos revoltosos obrigou-o a realizar a profilaxia do ambiente. Gastou mais de um dia recolhendo despojos podres de animal e restos putrefatos de alimentos, amontoando-os, queimando-os, soterrando-os.

Por fim, fez uma arrumação superficial nos móveis da casa sede, quando encontrou, no meio da bagunça, os livros sagrados e a carabina do Polaco.

No dia seguinte, bem cedinho, rumou para a fazenda dos Tejadas.

...

Os seis dias de espera foram de grande desalento para Elka, que mal dormia e pouco se alimentava. A família Tejada a tratava com carinho e solidariedade.

Seu Tata, no segundo e no quarto dia, às escondidas, tinha ido até os arredores da fazenda do Polaco e, em ambos os dias, trouxe notícia de que os revoltosos ainda lá permaneciam.

Era sua intenção retornar naquele sétimo dia.

Cumpriu seus afazeres matinais de rotina e estava a selar o cavalo quando avistou Rubens se aproximando. Chamou imediatamente por Keka.

Elka saiu da casa e, com ela, dona Paloma e os filhos. Ao reconhecer que era Rubens quem se aproximava, saiu correndo ao seu encontro. Dona Paloma fez um gesto com a cabeça e os dois filhos seguiram-na.

Rubens, ao vê-los correndo em sua direção, parou, apeou e seguiu caminhando e puxando o cavalo pelas rédeas.

— Onde está meu pai? — perguntou a ofegante Keka.

Rubens soltou as rédeas do cavalo, abraçou a moça, que soluçava. Cumprimentou os filhos do senhor Tata, sentou-se em um cupinzeiro e baixou os olhos dizendo:

— Está morto.

Jesus disse que a doença de Lázaro não era doença mortal, e muitos crentes e alguns filósofos afirmaram que, para o cristão, nem sequer a morte é a doença mortal, tal a maneira virtuosa com a qual o homem de fé pensa sobre todas as desgraças deste mundo, incluindo aí a própria morte, mas, em compensação, também foi dito que as palavras do Cristo levaram o cristianismo a descobrir uma miséria superior, que é a própria doença mortal, onde mora o horror que o faz tremer e que destrói a certeza de que a morte é uma passagem para a vida. Estar enfermo da doença mortal significa que, após a morte, não restará qualquer coisa, pois a alma foi extinta pela doença mortal que mata o que há de eterno em nós.

Elka, contaminada pela enfermidade mortal, ainda teve força para mais uma pergunta:

— E Mateus?

— Vivo; amarrado e torturado, mas vivo.

Keka percebeu as pernas tremerem, o chão rodar, as forças se esvaindo... Perdeu os sentidos.

Quando recobrou a consciência, estava numa cama e dona Paloma ao seu lado.

— Está tudo bem?

A jovem pulou da cama.

— Dona Paloma, obrigada por tudo. Preciso ir para casa, agora.

A mulher notou que Elka estava diferente. Sua postura, seu olhar, alterados. Ficou preocupada. Já vira aquele tipo de olhar antes. Não era bom.

Talvez estivesse acometida da doença mortal da qual falaram os cristãos e que Kierkegaard nominara de desespero, o único mal incurável.

O senhor Tata lhe emprestou um cavalo; ela se despediu dos Tejadas sem demonstrar emoção e, ao lado de Rubens, partiu.

...

O Cavaleiro Tártaro chegou a um diminuto povoado, formado ao redor de um pequeno armazém, que abastecia os sitiantes da região.

Algumas casas de pau a pique cobertas de sapê; um grande curral; a capela rústica que nem sequer padre tinha; improvisados galpões; um poço e vários cochos era tudo o que existia naquele lugar perdido no meio do cerrado. Talvez fosse um ponto de parada de boiadeiros.

Os moradores foram surpreendidos com a chegada dos revoltosos. Eles pensavam estar fora da rota dos saqueadores. Os jovens escafederam-se para o mato. Permaneceram os velhos, as crianças e três homens de meia-idade: o dono do armazém, um paraplégico e outro que estava de cama por contrair malária.

O dono do armazém, diante da impossibilidade de tentar qualquer reação contrária aos interesses de Cazã, demonstrou prodigalidade oferecendo seu estoque de mantimentos para a causa revolucionária.

A tropa permaneceu dois dias no local. Na manhã do último dia, aconteceu a chegada da exitosa patrulha de caça que fora à captura do recruta Barcelos, quando ainda estavam na fazenda do Polaco.

O Cavaleiro Tártaro conversou com o misterioso Rasputin e, em seguida, efetuou o procedimento padrão: obrigou Barcelos a se equilibrar sobre a mureta de proteção do poço d'água e dois novos convertidos o fuzilaram, fazendo-o cair para dentro do poço.

Um dos novos recrutas era Rodolfo, o 178.

Os novatos não reformados, entre eles Mateus e Adão, seguiam na rotina de interrogatório, para quebrar as resistências psicológicas, alternando doutrinação com o pau zunindo no lombo; tudo para levar à autocrítica e à conversão.

Rasputin continuava lendo ou, de vez em quando, observando e tomando notas em sua caderneta, enquanto pessoas eram violentadas ou mortas sob o seu olhar imperturbável, como se fosse um cientista a fitar o evento, com atenção e minúcia, buscando chegar a um julgamento, a uma conclusão do seu experimento.

Quando o bando do Cavaleiro Tártaro deixou o povoadinho, os únicos vivos que restaram foram aqueles que tinham fugido para o mato quando os revoltosos estavam se aproximando do vilarejo. A eles coube limpar a sujeira e enterrar cadáveres mutilados ou violentados.

Os restos mortais de Barcelos só foram encontrados quando a água do poço passou a apresentar estranho odor.

O que viram os sobreviventes era tão devastador que, porventura, bem poderia ser algo semelhante ao que Miguel Costa iria constatar, tempo mais tarde, em outro povoado pelo qual passou, logo após o Cavaleiro Tártaro ter efetuado sua coleta em prol da causa revolucionária. Indignado com a situação encontrada, escreveu:

"(...) Onde reina completa anarquia implantada pelo saque desumano e mais, ainda, vergonhoso o que aqui se praticou(...)"

"Requisitar o que é necessário para a tropa (...) é coisa muito diferente do que praticar o roubo, o incêndio e todas as depravações que aqui foram constatadas."

"O procedimento da tropa que aqui esteve é o de um bando de salteadores que envergonha não só a nossa causa como o Brasil inteiro."

Em julho de 1924, vários levantes armados ocorreram no Brasil, com destaque nos estados de São Paulo, Mato Grosso, Sergipe, Amazonas e Pará. Outros estados também tiveram levantes contra o governo central, em menor intensidade, ou um pouco mais tarde, como, por exemplo, no Rio Grande do Sul, que aconteceu em outubro do 1924. No Rio de Janeiro, houve, bem antes, o episódio dos "18 do Forte de Copacabana", em julho de 1922. Essas insurreições ficaram conhecidas por "tenentismo", um movimento que ganhou força entre militares de média e baixa patente durante os últimos anos da República Velha. No momento em que surgiu o levante dos militares, a inconformidade das classes médias urbanas contra os desmandos e o conservadorismo, presentes na Velha República, expressava-se numa clara evidência do processo de diluição da hegemonia dos grupos políticos vinculados ao meio rural brasileiro.

Os integrantes dos movimentos tenentistas de São Paulo, comandados por Miguel Costa, e do Rio Grande do Sul, liderados por Luís Carlos Prestes, iriam, logo depois, formar o movimento revolucionário conhecido por Coluna Miguel Costa/Prestes ou Coluna Prestes.

Cazã, no entanto, não estava satisfeito com a coleta efetuada naquele mísero povoadinho. Não encontrou os itens mais almejados.

Na primeira parada que fizeram para pernoitar, Cazã se reuniu com o subcomandante para planejar as próximas ações.

Quis saber como estava o estado de espírito da tropa.

— Uma boa pinga ajudaria. Nosso estoque está quase no fim.

— Esse povinho é tão preguiçoso e ignorante que nem pinga destila.

— Também vamos precisar de mais algumas carroças, não sabemos se as que seguiram com o mantimento, para a tropa da linha de frente, irão retornar a tempo da próxima ação.

— Estou seguro de que devemos atacar um povoado maior ou uma pequena cidade, onde possamos encontrar bebidas alcoólicas, medicamentos e mão de obra. Quem sabe, até alguns veículos motorizados.

— Apesar de as estradas pelas quais passamos não servirem para automóveis.

— Penso em algum tipo de veículo mais apropriado.

— Veículos desse tipo só em cidades maiores, onde possa ter algum destacamento militar, mas pinga, sim, seria muito bem-vinda.

— Vamos encontrar com certeza.

— O major não quer que lhe enviemos aguardente. Acredita que pode atrapalhar a disciplina.

— A bebida alcoólica é só para o consumo do nosso pessoal.

Cazã cobriu o major de insultos, abriu um velho mapa e, com o subcomandante, passou a escolher o próximo alvo.

Enquanto os comandantes conversavam, bebiam, contavam piadas e riam, Rodolfo se aproximou do revoltoso sobrevivente da primeira caçada ao foragido Vivi e trocou palavras com ele. Passado um constrangimento inicial, a conversa foi se prologando, revelando alguma identidade de interesse. Não demorou e já se tratavam pelos verdadeiros nomes: Rodolfo e Bento.

A rápida conversão de Rodolfo tinha uma meta oculta e, para alcançá-la, julgava importante qualquer informação sobre o único homem que conseguira, até então, fugir das garras do Cavaleiro Tártaro e permanecer vivo.

— Sei que você esteve à caça do fugitivo a que chamam de Vivi e que esteve cara a cara com ele. Sobre o que conversaram?

— Não houve diálogo. Ele não disse palavras, apenas quando estava partindo fez uma espécie de cumprimento com a mão tocando a aba do chapéu.

— Notou algo de especial?

— Que tem ótima pontaria... e que... bem... o que importa é que vai dar muito trabalho para a patrulha que está no seu encalço. Talvez fosse melhor que não o achassem.

— Cazã mandou seus melhores rastreadores, vão encontrá-lo.

— É provável. O azar será deles.

— Acredita que cinco homens treinados podem levar a pior contra um matuto?

— Não é questão de acreditar. Só não gostaria de estar na pele deles.

— Acho que você sabe mais do que fala sobre esse sujeito. Diga logo.

— Não é nada disso, mas responda para mim, por que não seria difícil de capturar um homem que demonstra frieza e precisão, capaz de abater seus perseguidores, cada um com um único tiro; que acolhe o sobrevivente, trata seus ferimentos e ainda dá alimentos, armas e montaria para quem iria causar-lhe a morte?

— Não sei. É estranho, sem dúvida, a forma de ele agir.

— E tem mais, passei pelo local onde fui ferido e vi que ele tinha enterrado suas vítimas. Havia quatro sepulturas e, em cada uma delas, uma cruz. Um homem assim pode ser qualquer coisa, mas, por certo, é um pouco mais que matuto ou simples peão de fazenda.

— Deve ser um doido.

— Não acha que a nossa loucura é mais perceptível?

Fez-se silêncio, depois Rodolfo disse:

— Foi uma boa conversa.

E saiu para fazer suas tarefas.

...

Elka, acompanhada por Rubens, esteve no túmulo do pai e lá permaneceu uma hora com os olhos secos, fitando o nada; depois, dirigiu-se à sede da fazenda e se reuniu com os empregados que, por fim, retornaram após saberem que os revoltosos haviam partido.

Pediu que eles ajudassem Rubens na manutenção da propriedade. Disse ainda que a fazenda estaria sob a administração total do capataz.

Os empregados foram à labuta, com ela ficou só o capataz.

Quis saber de Rubens a forma pela qual seu pai, o Polaco, havia morrido.

— Um tiro no coração. Disse o homem, sem, contudo, mencionar os detalhes daquela abominável morte.

— Quem o matou?

— O responsável pela morte de seu pai é um homem a quem chamam de Cazã e que se intitula Cavaleiro Tártaro.

— Fale sobre esse Cazã.

— Fiquei o tempo todo amarrado e pouca coisa sei, mas ele é o comandante da tropa que passou por aqui. Um homem terrível, um assassino cruel e insensível.

— Sabe para onde foram?

— Parece que eles não têm um objetivo definido em longo prazo. No momento roubam mantimentos para o destacamento principal, que, pelo que ouvi, irá atacar a cidade de Três Lagoas. Depois dessa batalha, tendo êxito ou não, não creio que saibam que destino irão tomar. Acredito que continuarão saqueando e matando para sempre.

— Nada é para sempre, Rubens.

— Então alguém terá que fazê-los parar.

— Vou ajudar nisso.

— Que está passando por sua cabeça, garota?

— Ainda não sei ao certo, mas vou atrás do Mateus e juro pelo meu pai que vou livrar o mundo desse Cavaleiro Tártaro.

— Pelo amor de Deus, menina, eles são muitos, são animais...

— Não tenho outra opção.

Depois de revelar sua intenção de fazer uma longa viagem, ela arrumou algumas coisas na casa principal, anotou numa caderneta o nome de Cazã, colocou a caderneta e algumas roupas no alforje, separou alimentos para a matula, selou o velho cavalo que os revoltosos não quiseram levar, pendurou na cabeceira do arreio a carabina do pai e deu as últimas instruções para Rubens:

— Não se esqueça de devolver o cavalo do seu Tata — disse Elka, já montada no pangaré, cutucou o animal com os calcanhares e partiu.

Passou pelo distrito de paz de Conceição do Rio Pardo, onde conseguiu dinheiro com familiares da finada mãe. Pensava seguir para Três Lagoas, mas parentes e amigos alertaram-na que aquela cidade estava em polvorosa, com grande concentração de tropas legalistas e rumores de ataque iminente dos revoltosos. Decidiu, então, dirigir-se para Campo Grande.

Estimou fazer a viagem em três dias, para não forçar a montaria. A distância era de pouco mais de cem quilômetros, mas a cavalgadura não aguentaria ritmo acelerado. Cisne era um cavalo árabe de cor branca, apenas 1,45m de altura, forte e resistente, que, quando jovem, era capaz de trotar longos percursos, mas agora necessitava alternar caminhadas com descansos prolongados. Elka viajava durante o dia e evitava o sol a prumo. Principiava o mês de agosto, as noites eram frias, mas o sol brilhava e a temperatura era alta ao meio-dia.

A estrada seguia em paralelo com o Ribeirão das Botas e, quando as curvas da estrada eram antagônicas às do rio, podia-se avistar a mata ciliar. Algumas vezes, quando isso acontecia, Elka ia até o riacho para descansar sob as árvores ribeirinhas e banhar-se nas frias águas correntes. Cisne apreciava a água fresca do regato, mas seu "sangue quente" sempre o fazia corcovear quando lá chegava; ora pela sucuri enrolada no tronco, ora pela onça pintada que os espreitava de longe.

A maior parte da viagem ela andou em solo arenoso ou sobre dura terra avermelhada, passando por pequenas árvores tortuosas de raízes profundas e cascas duras e grossas. Animais cruzavam a estrada com frequência. Num dia ela matou um tatu-galinha, noutro abateu duas perdizes. Foi o suficiente para garantir carne para a viagem.

Na tarde do segundo dia, ouviu, longe, ecoar o berrante, depois os gritos dos boiadeiros e o barulho da boiada amassando a vegetação rasteira da beira do caminho estreito. Arredou-se da estrada, conteve Cisne, que estava inquieto, e parou. Ficou ali observando a boiada passar ao largo. Os peões que a avistavam, como de costume, cumprimentavam-na com o final da última palavra da saudação que se dirige a alguém em período vespertino.

— Tarde.
— Tarde.

— Tarde — ela respondia:
— Tarde.
Um boiadeiro se aproximou dela. Era o chefe da comitiva.
— Tarde, moça.
— Boa tarde, boiadeiro.
— Que faz sozinha aqui no mato?
— Tratando da vida.
— Quer se juntar? Estamos necessitados de peão.
— Obrigada. Vou em direção contrária.
— Para Campo Grande?
— Sim.
— Vimos gente esquisita na estrada a uns dez quilômetros daqui. Tome cuidado!

Ela apenas tocou na coronha da velha carabina.

O boiadeiro sorriu.

— Boa viagem, moça. Até amanhã. — Ela não respondeu.

O cavaleiro girou o cavalo, picou-o com as esporas e partiu rápido.

Ela ficou um tempo parada, olhando a boiada afastar-se, até ver só uma tênue nuvem de poeira.

...

Rodolfo e Bento conversaram outras vezes. Bento revelou que, desde que teve a vida poupada pelo desertor, o questionamento sobre a validade daquela luta insana rondava sua mente e ele chegava à conclusão de que se tornara apenas um homicida, não havia honra no horror que ajudava a espalhar. Ambos não queriam permanecer naquele exército de saqueadores, então, as ideias foram se alinhando, os interesses se afinando e, sem demora, pegaram-se a fazer planos de fuga.

— Sem armas, munições e alimentos é impossível ir longe — disse Rodolfo, que, por ser um novo recruta, não portava armas nem tinha permissão para se aproximar das carroças que conduziam os apetrechos de guerra.

— Você dá um jeito na comida, eu cuido das armas. Na noite em que eu for escalado para fazer parte da vigília, nós partiremos — respondeu Bento, que queria fugir antes do próximo saque.

Rodolfo conseguiu roubar um pouco de carne seca, farinha de mandioca e feijão; colocou num saco de estopa e o escondeu na última carreta do comboio, onde não havia nada de valioso para a tropa. Bento conseguiu um fuzil para Rodolfo e algumas caixas de bala. Colocou tudo junto com os alimentos roubados.

Na madrugada da noite combinada, Bento e Rodolfo recolheram as coisas que haviam escondido e fugiram. O sucesso inicial do ardil foi garantido pelo fato de que Bento sabia qual era o posicionamento dos demais vigilantes.

Quando raiou a manhã, Cazã despachou nova patrulha ao encalço dos fugitivos. Desta feita, o Cavaleiro Tártaro enviou apenas três caçadores.

— Duas fugas seguidas, precisamos acabar com isso — disse Cazã ao subcomandante. — O fato de existir um fugitivo vivo motiva os demais à deserção.

Cazã ficou pensativo e passou a buscar uma solução revolucionária para aquele problema. Conversou com Rasputin, atinou a resposta e mancomunou uma arapuca.

Quando estavam almoçando, o Cavaleiro Tártaro explicou o plano ao subcomandante.

— Desde 1902, os franceses vêm utilizando impressão digital para identificar, prender e condenar criminosos. Vamos disseminar a versão de que nós também possuímos essa técnica e que não há mais necessidade de os caçadores trazerem o desertor vivo ou, ao menos, sua cabeça; basta agora o dedo polegar do fugitivo. A identificação será efetuada pela impressão digital. Essa informação precisa ser repetida muitas e muitas vezes até que todos a tenham por verdade corriqueira.

— Entendi... igual à lenda da raposa que, de tanto repetir, acabou convencendo a ema de que os ovos que ela estava a chocar eram ovos de jacaré. Quando a ema abandonou os ovos, a raposa banqueteou-se no ninho.

— Não conheço a narrativa, mas é esse o espírito.

— E quanto às duas patrulhas que estão em campo?

— Você vai enviar um mensageiro ao grupo que saiu hoje pela manhã. Não deve demorar a encontrá-los e passar a nova instrução.

— E o pessoal que está no encalço daquele a que chamam de Vivi?

— Esse caso é um pouco mais complexo, por isso, preciso que você vá procurá-los. Caso já tenham realizado o serviço, está tudo bem e podem retornar com o prisioneiro ou sua cabeça, caso ainda não tenham conseguido localizá-lo, você vai orientá-los a nos trazer o polegar de um sujeito qualquer. Eles devem jurar segredo sobre isso. Qualquer um que apresentar o mais leve vestígio de indecisão, mate-o de imediato.

— Confia que eles guardarão sigilo?

— Por um período, sim, mas, por garantia, vamos enviá-los para o front na próxima remessa de provimentos.

— Sim, senhor, partirei ainda hoje.

Por certo, Cazã não poderia ter consciência de todas as nuances do seu plano, mas seu jeito revolucionário de agir realçava o aspecto vil e infame da convivência humana, que alguns rotulam de esperteza, mas que, de fato, foi, é e sempre será reles engodo. Foi assim com o cavalo de Troia, é assim com a trama de Cazã e seria assim, no século XXI, com o que se convencionaria chamar de falsas notícias. Trapaça e ignomínia substituindo a honra e a temperança nas desavenças humanas.

Mateus e Adão eram mantidos no compulsório processo de treinamento: pouca água, insuficiente ração, nenhum descanso e muita bordoada no lombo. Ficaram sabendo da fuga de Rodolfo e, não fosse a precariedade do momento que viviam, podia-se dizer que ficaram felizes. É possível que um alento suave tenha atingido seus corações e, com aquele novo estado de ânimo, passaram a avaliar a conveniência da conversão.

...

No tempo em que ficou observando a boiada sumir na estrada, Elka pensou no pai, depois pensou em Mateus e recordações de sua mãe povoaram-lhe a mente. Seguiu pelo caminho em direção a Campo Grande, andando devagar sobre a estrada esburacada e alargada pelos cascos dos animais que por ali passaram sob a destreza dos boiadeiros. Cisne estava calmo, mas ela se sentia fraca, mais triste e com aquela ideia fixa de vingança que a impedia de ver a rústica beleza do lugar. Percebeu, pela primeira vez, que a lembrança das pessoas amadas já não a animava como antes, quando usufruía uma agradável sensação de paz. Agora, fazia seu coração endurecer por ação do frio excessivo soprado pelo tinhoso.

A estrada parecia-lhe mais longa, sem fim ou, pelo menos, sem volta, ou talvez aquela estrada imanente nem fosse uma estrada dentro dela, mas um buraco imenso em seu peito, onde a única proteção, a última corda a segurar, era a crença de que Mateus estivesse vivo.

Conduziu Cisne a passos lentos até o pôr do sol, momento em que se afastou da estrada e encontrou um lugar adequado para pernoitar.

Quando se está sozinho, mesmo na mata rala do cerrado, a noite é assustadora. Insetos, onças, cobras, ruídos misteriosos, tempestades, todas essas coisas podem despertar o medo no viajante solitário, mas a jovem estava cingida por outro tipo de sentimento.

Escolheu um pé de araticum do cerrado para acomodar suas coisas e aliviar Cisne da carga, amarrando-o, em seguida, com corda comprida. Acendeu fogo nos gravetos que juntara e preparou a refeição.

Comeu da comida que fizera e sentou-se junto à árvore, reclinando as costas na casca rugosa e fina que recobria o tronco do araticum, e permaneceu por muito tempo fitando, por entre os vãos das folhas simples, ovaladas, estípulas e rarefeitas, as estrelas que transluziam na imensidão. Depois, estendeu os pelegos no chão e deitou-se sobre eles. Cobriu-se com a manta e, já cerrando os olhos, avistou, na precariedade da luz da lua e das estrelas, uma temporã flor amarela. Adormeceu.

Em sonho, ela seguiu a flor amarela do araticum que flutuava ao vento, em direção ao oeste, e andou atrás dela por montanhas de baixa estatura e rios de águas cristalinas até cair num imenso buraco repleto de araras vermelhas, onde ficou pendurada num galho de árvore, tendo o precipício aos seus pés. A flor do araticum pousou-lhe no ombro e ela voou até a outra beira do buraco, caindo nos braços de um jovem que a abraçou e a beijou, e ela, no sonho, aceitava o beijo dele como se fossem dois amantes que há muito não se encontravam e gostou de estar lá com ele.

A manhã seguinte parecia um pouco menos abominável e, depois de tomar café, de recolher as tralhas e de selar Cisne, ela colheu a flor solitária do araticum, guardou-a na bolsa interior do alforje e se pôs a caminho, retomando a estrada para Campo Grande. Por alguma razão ignota, passou a conversar com o cavalo.

— Estranho o mundo dos sonhos, Cisne. Sonhei que uma flor amarela me conduzia para o oeste, numa jornada sem sentido, como se eu estivesse enfeitiçada pela flor. Havia também um rapaz, pouco mais novo que eu, mas...

Cisne sacudiu o pescoço e bufou.

— Fique calado! O que está querendo saber, não conto. Você não é nada discreto e não quero ficar mal-falada no mundo dos bichos. Mundo dos bichos... Pensando bem, você está autorizado a falar sobre o mundo dos bichos. Você conversa com os outros animais, ou só com cavalos? Vamos... Responda...

Seguiu naquele solilóquio revelador de que o humor havia melhorado. A conversa consigo mesma foi interrompida quando avistou fumaça à margem direita da estrada. Desde que cruzara com a boiada, havia percorrido mais ou menos dez quilômetros. Deviam ser as pessoas esquisitas sobre as quais o boiadeiro a havia alertado.

Quando estava a pouca distância, viu meia dúzia de homens, afastados da estrada, ao redor da fogueira, conversando e tomando chimarrão. Prosseguiu na estrada e passou por eles sem nenhum problema, como se nem a tivessem visto. Como se ela fosse invisível ou, então, os homens a consideraram ser uma visibilidade ilusória, uma dessas assombrações que vez ou outra nos assusta o espírito. Afastou-se na estrada uns duzentos metros, parou, deu meia-volta e foi em direção aos homens.

— Bom dia.

— Bom dia — responderam alguns dos homens, outros apenas levantaram os olhos em sua direção.

— Estou à procura de homens que saibam lidar com armas para um trabalho especial. O pagamento é justo, mas o trabalho é árduo. Há alguém interessado? — perguntou Elka sem rodeios. Direto ao ponto.

— Moça, você está querendo nos contratar para matar gente? — indagou um dos homens num tom debochado.

— Isso mesmo.

— Veio ao lugar errado, moça, não somos pistoleiros, mas por que uma moça bonita se meteu nessa aventura de matar homens?

Ela lhes contou o infortúnio do pai assassinado e do namorado raptado pelos revoltosos e revelou a intenção de resgatar Mateus e matar Cazã.

Sobre aqueles homens, de caráter assemelhado às cascas duras e secas das árvores do cerrado, desceu breve contristação.

— Não podemos ajudar. Somos vaqueiros à espera de uma grande boiada que está vindo do pantanal e vamos com ela até São Paulo. Você pode buscar orientação no destacamento militar de Campo Grande.

Quando ela se afastou, os homens, libertos da comiseração, riram daquela singela pretensão guerreira.

Elka prosseguiu a viagem, contudo, no trecho que se seguiu, não mais conversou com Cisne.

Campo Grande era uma jovem e pujante cidade, impulsionada por eventos ocorridos há alguns anos, tal como a chegada da Estrada de Ferro Noroeste do Brasil, que ligou as bacias dos rios Paraná e Paraguai aos países da Bolívia, em Corumbá e do Paraguai, pelo ramal de Ponta Porã.

O sol já declinava no horizonte quando Elka entrou em Campo Grande. Lá encontrou uma hospedaria, daquelas com local apropriado para animais de montaria.

Cansada pela viagem e agastada pelo fracasso da primeira tentativa de contratar pistoleiros, acomodou Cisne na estrebaria, tomou banho, comeu o espartano jantar que a pensão fornecia e foi para o quarto.

Na manhã do dia seguinte, conheceu a proprietária da hospedaria. Uma senhora de meia-idade, experimentada pela vida e muito bem informada. Seu nome era Anabela, ou dona Bela, como preferiam chamá-la os amigos e clientes.

Dona Bela tomou o café da manhã com Elka, como fazia sempre com o possível freguês que chegasse ao estabelecimento pela primeira vez.

Após as apresentações formais, conversaram sobre essas coisas que, não raro, conduzem um diálogo entre pessoas desconhecidas; falaram sobre o tempo, sobre a cidade, sobre culinária e outros assuntos.

Já estavam terminando o café da manhã quando dona Bela passou a falar da família.

— Sou espanhola de nascimento, vim criança para o Brasil. Meus pais perambularam por vários lugares e vieram terminar seus dias aqui, em Campo Grande, com uma pequena pousada para boiadeiros. Eu dei continuidade ao trabalho deles. Sou viúva e tenho um filho que estuda engenharia no Rio de Janeiro. E você, que faz por aqui?

— Meus pais estão mortos e a minha estada aqui nesta cidade está relacionada com a morte do meu pai.

Dona Bela percebeu que a xícara na mão dela agitara-se, como a revelar inquietação em razão de alguma forte emoção.

— Vamos terminar o nosso café, depois eu quero que você conheça o meu escritório. Na verdade, um cômodo simples que reservei para guardar papeladas e manter uma conversa mais reservada com os amigos.

Silenciosas, remataram o desjejum, silentes levantaram-se e, passando pela cozinha, chegaram ao improvisado escritório.

— Sente-se!

— Obrigada pela deferência.

— Conta para mim, minha criança, tudo que está a apertar seu coração.

— Como lhe disse antes, sou Elka Stulbach. Meu pai chamava-se Lech Stulbach, mas todos o conheciam por Polaco. Minha mãe morreu já há algum tempo. Teve câncer. Temos uma fazenda na região de Conceição do Rio Pardo onde trabalhávamos com pecuária e lavoura.

— Conheço alguns fazendeiros daquela região; quem são os seus vizinhos?

— Nossas terras têm por limite ao norte a fazenda da família Salgueiro, ao leste e ao sul os Oliveiras e ao oeste o Ribeirão das Botas e, na outra margem, estão as terras dos Tejadas.

— Quase todo mundo dessas bandas já ouviu falar da família Oliveira. Não os conheço, mas sei quem são. Os Tejadas, a que se referiu é, por acaso, a família do seu Tata e da dona Paloma?

— Sim. Isso mesmo.

— Sempre que eles vêm a Campo Grande, ficam aqui na minha pensão. São gente correta. Gosto muito da dona Paloma.

Houve um pequeno intervalo, depois dona Bela disse:

— Desculpe-me, acabei atrapalhando o que estava me contando. Prossiga, por favor.

— Os parentes do meu pai vivem no exterior, minha mãe era da região e há alguns deles morando em Rio Pardo, mas minha família mesmo era eu e meu pai, e tem o meu namorado que morava em outra fazenda da região. A gente vivia bem e eu tinha plano de concluir os estudos em Bauru e depois me casar com Mateus, esse é o nome do meu namorado. Não tínhamos grandes ambições; apenas continuar com a vida na fazenda e, quem sabe, realizar o sonho do meu pai de ter netos.

— Eu também sonho com isso.

— Esse sonho foi destruído pelos revoltosos que, primeiro, passaram na fazenda do meu namorado e, após destruir quase tudo, levaram-no à força. Depois, passaram na casa do meu pai e o assassinaram. Só estou viva porque meu pai me obrigou a fugir um pouco antes da chegada deles.

— Mataram mais pessoas na sua casa?

— Mataram um jovem que haviam sequestrado e, pelo visto, não quis se converter à religião deles, seja o que for isso. Igual a mim, os trabalhadores da fazenda, por recomendação do meu pai, fugiram antes de os revoltosos chegarem. Ficaram só meu pai e mais três homens: o capataz, seu filho e outro rapaz que vivia na fazenda desde criança. Mataram meu pai, sequestraram os dois jovens e deixaram o capataz, para contar a todos o que eles fazem com quem não coopera com a causa da revolução. Pelo menos, isso foi o que me disse Rubens, o sobrevivente.

— Qual é a causa da revolução?

— Não sei. Dinheiro, talvez.

— Já ouvi histórias sobre esses revoltosos. Dizem que eles tomaram a cidade de São Paulo por alguns dias; depois, foram escorraçados de lá e agora estão vindo em direção a Mato Grosso.

— Em Rio Pardo, ouvi dizer que pretendem atacar Três Lagoas.

— E o que você pretende fazer da vida? Por que não ficou com os parentes da sua mãe, em Rio Pardo?

— Eu me atribuí uma missão: vou resgatar Mateus e vingar meu pai.

— Pretende matar todos eles?

— Apenas aquele que matou meu pai. Rubens disse que foi um tal de Cazã, o comandante deles.

— Que *chica tan valiente*! — disse dona Bela, complementando: — Mas como vai fazer isso?

— Ainda não sei ao certo. Pensava em contratar alguns pistoleiros. Tentei isso, mas não tive sucesso, ainda.

— É muito perigoso. Fazer negócio com jagunço é tão ou mais arriscado que enfrentar os revoltosos.

— Então terei que ir só. Vou usar o meu dinheiro para comprar cavalos e armamento e vou atrás deles.

— Cavalos?

— Sim. Dois serão suficientes. O meu está na hora de se aposentar.

— Sabe que as chances de resgatar o seu namorado são quase zero, não sabe?

— Não tenho outra opção. É imperativo que eu tente. O que tiver que acontecer, vai acontecer.

Dona Bela pensou um pouco, depois disse:

— Só conheço duas pessoas que, talvez, possam ajudá-la.

— Quem são?

— O padre da primeira igreja que você encontrar que, com a ajuda de Deus, possa convencê-la a desistir dessa incumbência fatal.

— Obrigada, mas prefiro deixar Deus e seus representantes fora disso.

— Já esperava por isso... ou o homem que foi sequestrado pelos revoltosos e conseguiu fugir deles.

— Esse homem não deve existir, pois me disseram que eles caçam os desertores e os matam para intimidar e inibir outros de fugirem.

— É verdade, mas existe um que conseguiu fugir e está vivinho da silva. Eu o conheci há poucos dias, mas a família da namorada dele, há muito tempo, é minha conhecida.

— Como posso encontrá-lo?

— Ele ainda é um foragido para os revoltosos. Durante a fuga, pernoitou aqui, porque a namorada, a Joana, havia lhe dito que qualquer coisa que lhe acontecesse nessas bandas ele poderia recorrer a mim. Chegou ao entardecer e partiu antes do sol nascer.

— A senhora sabe onde ele está?

— Não sei, mas sei quem sabe.
— Quem?
— Joana.
— Onde ela mora?
— Numa fazenda... próximo a Jardim.
— Cidade de Jardim?
— Sim.
— Mas é muito longe. Não sei se vale a pena.
— Por quê?
— Posso perder um tempo enorme se ele resolver não me acompanhar. Pode ser que nem esteja interessado em dinheiro.
— Tenho certeza de que não vai querer o seu dinheiro.
— É só o que tenho a oferecer.
— Oferecer dinheiro a ele seria colocá-lo no mesmo patamar dos jagunços.
— Então por que ele faria isso? Como iria resolver retornar ao inferno para libertar um desconhecido?
— Não é ele quem vai resolver, é ela.
— Como assim? Não me diga que ela vai querer ir junto.
— Acredito que ele vai preferir ir sozinho, até mesmo sem você.
— Isso é inegociável, eu vou. Mas como faço para falar com ele?
— Vá conversar com ela. Se ela falar que sim, ele vai. Por isso, seu trabalho será convencê-la de que você e o seu namorado merecem isso.
— Mas e ele, vale a pena? Quero dizer, ele dá conta de um trabalho dessa magnitude?

— Quando você o vir, quando olhar nos seus olhos, não terá dúvidas. Ah!... os olhos dele... Oxalá eu fosse trinta anos mais jovem...

Dona Bela deu uma risada descontraída e disse em tom de pilhéria:

— Não vá se apaixonar por ele. Além de ser comprometido, é a filha da minha melhor amiga que ele namora.

Elka permaneceu com o semblante soturno. É possível que a mesma causa que fizera sumir-lhe as lágrimas a tenha roubado a alegria.

— Ânimo! Um pouco de desenfado vai lhe fazer bem.

— Como faço, então, para me encontrar com a filha da sua amiga?

— Joana. Esse é o nome dela. Vou lhe dar o endereço com os detalhes de como lá chegar. Agora, procure descansar ou saia pela cidade a ver gente.

— Estou bem. Tive uma noite reparadora, gostaria de partir ainda hoje, se concordar.

— Seu cavalo vai aguentar?

— Pretendo comprar outro e seguir com os dois. Sabe onde posso comprar?

— Sim, venha comigo. Pegue o seu dinheiro.

Dona Bela disse isso a Elka e, em seguida, pediu para um empregado da pensão preparar sua charrete.

Quando ela saiu do quarto, a charrete já estava estacionada em frente à hospedaria. Partiram ambas. Dona Bela conduzia o veículo e sabia aonde ir.

Um pouco antes do meio-dia, estavam de volta com um belo e jovem cavalo crioulo, de pelagem alazã, atado à parte posterior da charrete.

Elka arrumou suas tralhas antigas e alguns novos objetos que havia comprado durante o passeio de charrete, acomodando tudo nos dois cavalos. Resolveu selar o Cisne e nele cavalgar o primeiro trecho. Ainda, na pensão, almoçou com dona Bela, que lhe repassou o roteiro detalhado de como chegar ao novo destino e, por último, entregou-lhe uma carta, orientando:

— Entregue à Joana, acredito que vai ajudar, mas a decisão dela vai depender muito mais do seu argumento. Se você e o seu namorado forem dignos, ela ajudará.

— Confesso que fico insegura, sempre que a senhora fala sobre esse casal. Parece que são gente de outro mundo.

— De certa maneira, isso é verdade. Boa sorte, menina.

— Só mais uma coisa, a senhora também não me disse o nome do homem. Tem nome essa criatura?

— Vivi. É assim que o chamam.

Dona Bela acompanhou-a até a estrebaria. Elka lhe agradeceu, amarrou o cabresto do alazão na sela do Cisne; montou no cavalo e, antes de partir, fez um sinal de despedida tocando a aba do chapéu com dois dedos da mão direita.

Recordou-se de que aquele gesto era o mesmo que o fugitivo havia feito quando dela se despedira. Dona Bela gostou daquela coincidência instigante.

Balançou, devagar, a cabeça para cima e para baixo. Sorriu.

...

Mateus e Adão, mais por esperança de fugir que pela tortura constante, optaram pela conversão. Tornaram-se novos recrutas. Não contavam, no entanto, com a rotina estabelecida por Cazã, que, receoso de novas fugas, determinou que os novos recrutas, até que conquistassem grau de confiabilidade razoável, deveriam passar as noites amarrados. Assim, a vida ficou menos aflitiva e a fuga mais intrincada.

A patrulha que caçava Bento e Rodolfo recebeu a mensagem de não ser necessário levar o corpo ou a cabeça dos desertores, bastava o polegar de cada um deles, por isso, retornaram com o polegar de Rodolfo, que resistira à prisão, e trouxeram Bento vivo.

O Cavaleiro Tártaro considerou oportuno realizar um comício. Mandou que se distribuísse aos revoltosos o restante do estoque de aguardente, deixou passar um certo tempo e reuniu a tropa a céu aberto. Os soldados amarraram Bento em uma árvore e Cazã, ao lado de Bento, passou a expor sua mensagem.

— Companheiros!

Os homens estavam animados pelo estímulo da pinga e conversavam aos berros.

— Companheiros! — gritou o Cavaleiro Tártaro. O barulho diminuiu, mas alguns murmuravam ou conversavam sobre assuntos diversos, havendo até os que comentavam ser necessária muita paciência para ouvir Cazã, que, quando começava a discursar, não tinha por hábito ser breve.

Cazã sacou a inseparável pistola Luger P08 e atirou para o alto. Fez-se silêncio.

— Companheiros!

Fez breve pausa e prosseguiu.

— Estamos aqui reunidos, por mais uma vez, para conversarmos sobre assuntos da mais alta relevância. O futuro desta terra está sobre os nossos ombros, e da nossa competência bélica vai depender o futuro de todos vocês. Nunca, neste país, ocorreu um movimento de levante militar com tal amplitude. Em São Paulo, quando tomamos a cidade por duas semanas, provamos que é possível tomar o Brasil inteiro, matar os exploradores do povo e reorganizarmos a nação sob a bandeira da igualdade. Sei que isso é possível, pois não estou a falar de utopias. Já está acontecendo no mundo todo; a Rússia nos mostrou o caminho, mas temos outros exemplos, vindos da Alemanha, da Itália e de outros lugares. A minha pátria, em 27 de maio de 1920, fundou a República Socialista Soviética Autônoma do Tartaristão. É o primeiro passo para o nosso sonho de viver em comuna. Aquilo que chamam de democracia está nos seus últimos suspiros e, em breve, não haverá mais essa enganação. Esse estilo de vida de gente fraca e servil. Companheiros! Já é do conhecimento de vocês que estamos utilizando uma nova técnica de identificação de criminosos e, hoje, informamos que um dos desertores teve a identificação realizada pelo novo método.

Cazã levantou a mão direita, exibindo o polegar de Rodolfo.

— Temos o que sobrou daquele pusilânime. O outro representante da escória está aqui para colher o que plantou.

Para a vitória final, é inaceitável transigir com traidores da nossa causa, por isso, temos de dar o que merece esse covarde, capturado vivo. Hoje faremos justiça!

Alguns homens passaram a aplaudir e gritar:

— Cazã! Cazã! Cazã!

Logo, todos gritavam o nome do Cavaleiro Tártaro, que aguardou um pouco e depois prosseguiu com o discurso.

— Faremos a justiça cair sobre este desertor mais tarde, pois, antes, preciso contar sobre as maravilhas do novo mundo que iremos construir e sobre a odiosa situação em que vivem os trabalhadores do mundo todo e, em especial, dessa miserável terra a que chamam Brasil, onde até o nome é uma execrável apologia ao capitalismo e à exploração da natureza em benefício de poucos.

Cazã continuou a falar com breves intervalos provocados pela claque treinada. O discurso demorou três horas. Muito longo para os padrões daquela gente inculta e feia, mas que seria breve se comparado aos outros discursos de futuros companheiros mais ilustres. A confirmar a sina precursora de Cazã, dois anos depois daquele discurso, no mesmo fatídico mês de agosto, nasceria um dos mais brilhantes representantes da oratória fatigante, mas isso é estropício adventício que está no porvir.

Terminada a verborreia, o Cavaleiro Tártaro fez o que sempre fazia com maestria: obrigou Mateus e Adão a fuzilarem o desertor, que, àquela altura, estava a preferir a morte a continuar ouvindo Cazã.

Bento era o segundo homem em quem Mateus atirava em poucos dias. O abatimento moral, causado por apertar o gatilho da arma, que deu o tiro de misericórdia no futuro sogro, por certo, seria aumentado agora que assassinara um desconhecido que nunca lhe fizera mal algum. Existem pessoas que acreditam que o sofrimento do namorado de Elka só aconteceu porque suas amígdalas cerebelosas não eram tão finas como as de Cazã. Outras, mais de acordo com a sabedoria, creem que o arrependimento, a culpa e o medo que assolavam Mateus eram frutos do estertor da alma sendo obscurecida. Seja como for, Mateus, sozinho na rede em que dormiu naquela noite, concluiu que a conversão não havia sido a melhor escolha. O suplício anterior doía menos.

Cazã passou ordem de manter o acampamento por mais dois dias, pois, conforme havia combinado com o subcomandante, iria atacar um povoado pouco maior que o anterior e precisava de todos descansados e preparados para o que viria, embora, no seu íntimo, acreditasse que aquele povinho não tinha condição nem coragem de enfrentá-lo. Desde que assumira o comando do DAR, não encontrara resistência, apenas choro e lágrimas. Considerou que uma escaramuça até faria bem à tropa.

A patrulha enviada para caçar Vivi não logrou êxito e seus sobreviventes estavam retornando, quando o subcomandante a encontrou.

— Bom dia! Que aconteceu? Onde estão os outros soldados?

— Bom dia, subcomandante! Estão mortos – respondeu um dos soldados. Havia dois deles. O outro apenas prestou continência ao seu superior.

O subcomandante os conduziu para a sombra de uma árvore, apearam, amarraram os cavalos e sentaram-se no solo.

— Contem-me tudo o que se passou.

— Recebemos informação confiável de que o desertor estava em Aquidauana, escondido no morro do Paxixi, em Camisão. Então, dirigimo-nos para lá. Andamos por horas naquela estradinha íngreme e estávamos fatigados. Apeamos para descansar e pegar água. Quando atravessamos o córrego do Morcego, ele nos esperava de tocaia. Surgiu sobre uma pedra e gritou para que nós voltássemos senão morreríamos todos. Era muito atrevimento; um homem sozinho dizendo o que devíamos fazer. Daí avançamos, escondendo-nos por trás das pedras, e ele apareceu de novo e gritou que era o último aviso. Atiramos nele, que respondeu com balas certeiras. Três tiros em intervalos regulares e três dos nossos caíram ao chão baleados de morte. Então eu gritei que já bastava. Ele disse que podíamos ir em paz. Foi assim.

— Só deu três tiros?

— Sim. Com precisão inacreditável.

— Quem é esse homem? — perguntou o subcomandante em voz baixa e, logo em seguida, contou a eles o procedimento maquinado por Cazã. Ambos gostaram da ideia e juraram manter segredo.

Prosseguiram a viagem de volta. No caminho, mataram um homem e retiraram-lhe o polegar.

O subcomandante e os dois sobreviventes da patrulha de caça chegaram ao acampamento na noite anterior ao dia previsto para o ataque ao povoado.

Ao tomar conhecimento do ocorrido, o enraivecido Cazã soltou alguns palavrões e, tomando cuidado para manter a reserva do assunto, determinou que o subcomandante anotasse todas as informações que tivessem do desertor, pois, quando a revolução fosse vitoriosa, ele iria matá-lo junto com todos aqueles que a ele fossem caros. Depois, depositou o polegar num vidro com aguardente.

Na manhã do dia seguinte, antes de partirem, o subcomandante reuniu a tropa e transmitiu algumas orientações de como proceder quando entrassem no vilarejo. Cazã aproveitou a oportunidade e exibiu o dedo polegar, dizendo que, após luta intensa, o desertor tinha sido abatido pelos heróis revolucionários e, apontando para os dois sobreviventes, gritou:

— HEP!

— Hip Hip Hurra! — respondeu a tropa.

O povoado escolhido por Cazã, em comum acordo com o subcomandante, localizava-se no entroncamento da estrada que ligava o distrito de Rio Pardo a Três Lagoas, com a estrada Água Clara-Xavantina. Vinte famílias viviam ali. As estradas traziam clientes das fazendas da redondeza e, por isso, havia bom armazém, botica, depósito de combustível, uma capela e estrutura básica para recepcionar os boiadeiros e seus animais.

Quando chegou a notícia do ataque iminente, a maioria da população fugiu levando os bens que podiam carregar. O padre resolveu permanecer e cuidar das ovelhas que não puderam ou não quiseram abandonar suas casas, dezoito no total. Ele os reuniu e convenceu-os de que deveriam receber muito bem os revoltosos e contar com a misericórdia de Deus e com a compaixão daqueles homens que não poderiam ser tão violentos como diziam as comadres, pois, afinal, lutavam por causa nobre.

O padre foi o primeiro a conhecer a benevolência revolucionária, quando a adaga de Cazã lhe abriu o abdome de cima a baixo.

Quando os revoltosos, liderados pelo Cavaleiro Tártaro, saíram do vilarejo, levaram mantimentos, remédios, muita aguardente e seis futuros recrutas. Em contrapartida, deixaram o legado de doze cadáveres, destroços de casas, carniça e um resto de fogo a trepidar sobre o que antes fora a pequena igreja do povoado.

...

Orientada por dona Bela, e para evitar dar a volta por Aquidauana, Elka traçou uma rota um pouco mais curta passando por Nioaque, Guia Lopes da Laguna e, depois, seguindo em direção à Bela Vista, chegaria a Jardim. Dona Bela havia feito um mapa assinalando as estradas e os lugares onde encontraria água. Marcou também algumas fazendas próximas às estradas, em que poderia, em caso de necessidade, obter socorro. Calcularam que era possível fazer a viagem em menos de uma semana, sem forçar muito os cavalos.

Desanuviado o espírito, ela voltou a conversar com Cisne.

— Precisamos arranjar um nome para o nosso novo amigo. Chamavam-no pelo nome de Alazão, mas isso não é nome, é apenas a cor do pelo, necessitamos de um nome de verdade, não é, Cisne? Que você sugere? Não, esse não... Esse também não... Muito menos esse... Está de troça com ele, Cisne? Sugira um nome bonito... Como... Vivi. Hum, parece um bom nome, mas não vai dar certo. Quando encontrarmos o fugitivo, vamos nos cumprimentar. Muito prazer, senhor Vivi, apresento-lhe os meus cavalos. Este é o Cisne e aquele é o Vivi... Não vai ser muito elegante da nossa parte. Temos que escolher outro nome. Que você acha de Máximus? É um nome poderoso, não acha, Cisne?

Cisne balançou a cabeça de um lado para outro.

— Você também não gosta de nada. Então sugira um bem bonito. Quê? Bolacha! Credo! Bem, pensando melhor, acho que Bolacha vai lhe cair bem. Está decidido. Bolacha, você está batizado por mim e pelo meu amigo Cisne. Agora Bolacha é o seu nome.

Disse as últimas frases olhando para trás. Ela falava bem devagar, como se os animais precisassem de intervalos para assimilar o que estava a discorrer.

— Há outros acontecimentos curiosos que revelam nuances de loucura, sabe, Cisne e Bolacha? Conheci um homem que tinha um inimigo a quem não suportava. Então ele deu o nome do inimigo ao seu cachorro, mas não foi só o primeiro nome, deu-lhe o nome completo e fazia questão de chamá-lo assim quando havia estranhos por perto. A pessoa a quem ele odiava chamava-se Edmundo Oliveira Paranhos de Alcântara Filho e, sempre que havia alguém por perto, ele gritava com o cachorro: "Saia daqui, Edmundo Oliveira Paranhos de Alcântara Filho!". Às vezes, batia no pobre animal só para humilhá-lo em público, mas sempre vociferava o nome atribuído ao bicho. Existe muita gente doida nesse mundo, Bolacha. Cisne, que está comigo há tempos, já conheceu alguns. Não é mesmo, Cisne?

Cisne parou e virou o pescoço para o lado.

— Não olhe para mim, seu malcriado. Eu sou só meio louca. Conversar com animais é a coisa mais normal do mundo. Existiu até um homem santo que conversava com os animais e os chamava de irmãos. Os maldosos dizem que ele conversava com os animais porque, quando era jovem, vivia na extravagância e na bebedeira, e isso o deixou meio doido, igual a mim. Prefiro acreditar que Cristo tocou o coração dele e, por essa graça, passou a amar a natureza e todos os seres vivos. Agora, vou falar a grande verdade que também é uma enorme obviedade: há muita gente doida na terra, mas podem estar certos de que existem muito mais maldosos do que doidos, e isso é complicado, pois conviver com os maliciosos é pior que lidar com os loucos. Dos loucos já sabemos o que esperar; a ação do malvado é fortuita.

E assim seguiu Elka, permeando a vastidão do cerrado, indiferente à beleza rude dos campos apinhados de cupinzeiros. A seriema cantava para lhe alongar as tardes, a garça branca se exibia em voos rasantes, o vento de agosto fazia o capim nativo saracotear, e os passarinhos produziam algazarras, tudo para chamar a atenção dela. À noite, quando recostava no tronco daquelas árvores retorcidas, vinham os pernilongos apoquentar, mas vinham também os pirilampos para ajudar a lua e as estrelas na luta contra a escuridão da noite. Suas botas de cano alto a protegiam de cobras, bicho de pé, lombriga e outros seres, que vivem no solo ou que nele rastejam, e dos outros perigos lhe amparava a carabina. Mal amanhecia o dia, a moça, cega e surda aos encantos da natureza, marchava rumo ao funesto desígnio da revindita. Quando o rancor abrandava, conversava com os seus amigos equídeos.

— Veja só, Bolacha... a vida tem lá seus mistérios. Tive um sonho, que já contei para o Cisne, bem estranho. No sonho, havia uma flor amarela de araticum que me guiava para o Oeste até uma gruta imensa onde viviam muitas araras, e lá acontecia algo que não devo narrar a você, pois não contei ao Cisne. Pois é, não lhe parece curioso estarmos viajando na mesma direção indicada pela dita flor? Espero que isso seja um bom presságio.

O percurso até a cidade de Jardim transcorreu sem grandes dificuldades, à exceção do quinto dia, quando decidiu passar a noite numa capoeira grossa e, durante a madrugada, já quase raiando o sol, uma onça-pintada pulou sobre o dorso de Cisne com uma pata no focinho e outra na nuca, mas, antes que pudesse deslocar o pescoço do animal, Elka deu um tiro para o alto e o felino assustado desapareceu na mata. As garras do bicho deixaram rasgos no pescoço e na cabeça de Cisne, porém nada de muita gravidade, mesmo assim, ela pensou as feridas e resolveu poupar o cavalo no restante da viagem.

Estava anoitecendo quando chegou a Jardim. Buscou um lugar para tomar café. O dono do boteco recebeu-a com cara amarrada e enquizilado, mas, quando Elka disse que procurava por Joana, ao homem restou só amabilidades e ele explicou, tim-tim por tim-tim, como ir até ela.

Elka pernoitou na cidade e, bem cedo, deixou o local e foi encontrar Joana.

Ela ultrapassou a última porteira da fazenda e entrou no grande pátio de gramas verdes e bem aparadas que levava até a casa principal. Amarrou os cavalos no palanque ao lado da cocheira e avistou uma mulher que vinha em sua direção. Ficou esperando. A mulher a cumprimentou e ela respondeu:

— Bom dia... A senhora é...

A mulher passou por ela e foi aonde estava Cisne. Acariciou o animal e conversou com ele.

— Que fizeram com você, meu velho?

— *Outra, meio doida.* — Elka pensou.

A mulher tirou a sela e tudo o que carregava Cisne, deixando-o solto. Depois, caminhou até o cocho e o animal a seguiu, Cisne bebeu água e ela voltou a conversar com ele; sugeriu que ele fosse comer da grama verde, mas Cisne preferiu ficar ao lado dela.

Elka aproximou-se deles.

— Você é a Joana.

— Sim.

— Meu nome é Elka, preciso muito conversar com você. Posso chamá-la assim, não? Você é tão novinha... Deve ter a minha idade.

— Estava esperando você, Elka. Trate o seu cavalo, guarde seus pertences, tome um banho, descanse um pouco, depois conversaremos.

Joana mostrou as acomodações que havia reservado para Elka e complementou:

— Vamos almoçar às onze horas.

Joana dirigiu-se à outra casa que ficava ao lado do curral. Cisne foi atrás dela. Enquanto Elka desarreava Bolacha, comentou:

— É, Bolacha, parece que agora somos só nós dois; aquele traidor não desgruda dessa feiticeira. Deve ter lançado um encantamento nele... Como? Você também? Ah... Sim... Você pode estar certo, Bolacha... É isso mesmo: puro ciúme; mas essa feiticeira é muito mandona... Faça isso, faça aquilo. Gostei dela. Não por ser déspota, mas por se preocupar com o Cisne, embora aquele traidor não mereça tanta atenção assim. Outra coisa: ela disse que estava me esperando, como isso é possível?

Antes de tomar o almoço, Elka conheceu os pais de Joana e outras pessoas que trabalhavam na fazenda. Almoçaram todos juntos e a conversa, igual à comida, foi agradável. Trataram-na por alguém da família, e ela se sentiu acolhida naquela casa e, por segundos, lembrou-se do tempo em que sua mãe ainda era viva.

Todos ajudaram a retirar e a lavar as louças e os talheres. Em seguida, Joana a conduziu a um pequeno cômodo com ampla janela e com luz natural, sentaram-se em cadeiras de balanço, ao redor de uma mesinha de madeira. Sobre a mesa havia xícaras, pires, açúcar e um bule de café.

Repetiu para Joana o que já havia contado para dona Bela e sobre o encontro fortuito que tivera com a dona da hospedaria lá em Campo Grande. Entregou-lhe a carta.

Joana leu a carta e ficou pensativa, depois disse:

— Aguarde-me só um pouquinho, vou levar a carta para minha mãe. Ela ficará feliz em ter notícias da dona Belinha.

Quando retornou, reiniciou a conversa com uma pergunta impertinente:

— Elka, quem é o seu deus?

— O quê?

— Isso mesmo, quem é o seu deus? O seu bem supremo. A razão de ser e pela qual você vive.

— Como já disse à dona Bela, prefiro deixar Deus fora disso.

— Por quê?

— Nos momentos em que mais precisei Dele, virou-me as costas. Por duas vezes implorei e por duas vezes não deu a mínima. Primeiro, minha mãe, agora, meu pai.

— Está a falar do Deus de Jacó, do Deus de Jesus?

— Ensinaram-me que é o único.

— Quando nos afastamos Dele, outro ocupa o Seu lugar.

— Posso viver sem deuses.

— Quem está movendo sua alma? Por quem ainda vive, Elka?

— Quero justiça.

— Vingança?

Ela pensou um pouco, ficou enrubescida e, levantando o tom de voz, disse:

— Sim. Vingança!

— Então o seu deus é o ódio. Esse não é um bom motivo para respirar. Não podemos ajudá-la.

Joana levantou-se, Elka também se ergueu. Olhou nos olhos grandes e bonitos de Elka, que também fitou os olhos dela e viu tristeza naquele olhar. Uma tristeza intensa, contagiante, dolorida. Notou que os olhos da dona da casa estavam rasos de lágrimas.

— Fique conosco o tempo que quiser. É bem-vinda aqui — Joana disse e retirou-se do cômodo.

Elka deixou-se cair sobre a cadeira de balanço e lá permaneceu por algum tempo. A cadeira era confortável; com o corpo deu um pequeno impulso e o móvel ficou oscilando para a frente e para trás. Fixou o olhar no bule de café sobre a mesinha, mas a cadência dos movimentos da cadeira fazia o bule balançar para lá e para cá. Ela foi se sentindo frouxa, sem ação, os braços bambos, as pernas também se esbambearam. Cerraram-se-lhe, naquele instante, as pálpebras.

Após três horas, acordou de ânimo calmo e saiu pela casa a procurar viventes. Na cozinha encontrou a mãe de Joana.

— Olá. Acordou na hora certa.

— Hora certa?

— Sim, minha filha. Para me acompanhar num café. Acabei de coar.

— A senhora sabe onde está Joana?

— Está a campear. Sente-se! Vai comer o melhor queijo, para acompanhar cafezinho da tarde, de toda a região de Jardim e Bonito.

Comeram do queijo e beberam do café.

— Acredito que esse queijo não seja o melhor só aqui da região. É o melhor que já comi na vida. Para mim, portanto, é o melhor queijo do mundo!

— É um queijo meia cura de uma receita que está na família há muitos anos. Sem falsa modéstia, é muito bom! Não é?

— Sim. Vou pegar mais um pedaço.

Sorriram e conversaram. Num determinado instante, a mãe de Joana comentou:

— Li a carta que minha amiga Belinha escreveu e, assim, sei que está precisando da ajuda do Vivi. Quer falar um pouco sobre isso?

— Falei com sua filha, mas parece que pus tudo a perder.

— Que houve?

— Não entendi muito bem, mas parece que o ódio que tenho no coração contra o assassino do meu pai impede sua filha de ajudar-me.

— Ódio, vingança, essas coisas envenenam nossa alma.

— Mas essa é a minha realidade.

— Não encontrei na carta da Belinha nenhuma palavra vingativa, ela ressaltou o amor que você tem por Mateus e a possibilidade de se reencontrarem e reconstruírem suas vidas em paz. Por amor vale a pena viver e lutar.

— Tem isso também, que é mais um motivo de ódio. O senhor Rubens, sobrevivente da nossa fazenda, de quem sequestraram o filho e deixaram-no lá para testemunhar os horrores que fazem por onde passam, disse-me que Mateus estava sendo torturado dia e noite.

— Vivi passou por isso.

— A senhora esteve com ele após a fuga?

— Há três dias, pernoitou aqui.

— Como se tornou prisioneiro dos revoltosos se eles não passaram por essa região?

— Ele foi sequestrado, no estado de São Paulo, numa fazenda perto de Bauru. Tinha ido até lá comprar um touro reprodutor dessa nova raça nelore.

— Acredita que ele seja capaz de resgatar Mateus?

— Creio que, se ele não conseguir, ninguém mais consegue. Mas, retornando à sua motivação, talvez se realçar os sentimentos positivos em relação a Mateus, você tenha mais chance de conseguir a anuência dela e a ajuda dele. Abandone os rancores ao tempo que quase tudo cura, não deixe que o mal escureça mais ainda o seu coração.

Elka voltou para os próprios pensamentos e vislumbrou oportunidade qualificada nas palavras dela. Oportunidade estratégica de abordagem, nenhuma remodelação na constituição psicofisiológica.

— Será que sua filha ainda quer conversar comigo? Ela parece tão resoluta e avessa aos meus desgostos. Seu olhar penetrante revelou que sofria com os meus sentimentos; vi nos seus olhos uma mistura de dó, decepção e amor. Parecia o olhar da minha mãe quando me disse suas últimas palavras.

— Passe esta noite aqui conosco, Elka. Após o jantar, vocês terão tempo suficiente para conversar.

Elka aceitou a sugestão e, à noite, teve uma conversa demorada com Joana. Daquela feita, não mencionou palavras rancorosas. Joana concordou em revelar a localização de Vivi, depois de relutar muito, pois sabia ela que a moça, quase sincera em relação a Mateus, mantinha artifícios de disfarçar seus sentimentos. Cedeu por acreditar que o amor vale a pena, mas não sem antes alertá-la:

— Não faça nenhuma bobagem, deixe tudo por conta dele.

Joana explicou, em minúcias, como chegar até o lugar em que estava Vivi, enumerou todas as circunstâncias prováveis e possíveis do encontro e entregou-lhe um papel com perguntas e respostas. Disse:

— Ele vai fazer perguntas e você deve responder o que está escrito aí nesse papel, por isso, memorize. Você parte amanhã, logo cedo.

Na madrugada do dia seguinte, Elka tomou café da manhã em companhia de Joana e dos pais dela.

— Decorou?

— Sim.

— Então, devolva-me o papel.

Elka retirou o papel do bolso da jaqueta e entregou-lhe.

— Agora, pegue esta carta e entregue a ele.

— Sim, claro.

Concluído o café, as três mulheres saíram da cozinha e caminharam até a estrebaria. Lá chegando, Elka notou que havia um cavalo selado ao lado do Bolacha e Cisne estava solto na baia. Joana disse:

— Cisne não vai aguentar o ritmo da jornada. Prometo cuidar bem dele. Você vai levar uma égua no lugar dele. O seu nome é Keka, ela é jovem e muito resistente.

— Keka?

— Isso mesmo, algum problema?

— Assim me chamavam quando era criança.

— Feliz coincidência.

Elka andou até a baia onde estava Cisne e conversou com ele. Agradeceu e despediu-se dele, terminando a conversa com as palavras:

— Seu traidor.

Elka acomodou suas coisas nos dois cavalos. Em seguida, dirigindo-se à Joana, disse:

— Muito obrigada por tudo. Quanto lhe devo?

— Não deve nada. Obrigada por nos visitar.

— Há alguma coisa que posso fazer por vocês, além de entregar a carta para ele?

— Sim. Acredito que sim. Quero lhe pedir uma coisa.

— Pois não.

— Não se considere perversa perante você mesma.

— Não entendi.

— **Reflita sobre essas palavras:** não se considere perversa perante você mesma.

— Vou pensar.

— Decorou?

— Sim. Não me considerar má para mim própria.

— Quase isso. Vou repetir: não se considere perversa perante você mesma.

Elka abraçou a mãe de Joana e agradeceu-lhe pela hospedagem. Estendeu a mão para Joana e cumprimentaram-se em despedida.

Montou Bolacha e saiu puxando Keka pelo cabo do cabresto.

Trotando devagar, seguiu a rota traçada por Joana. No caminho, conversava com os seus animais.

— Bem, Bolacha, até que enfim nos livramos daquele traidor. Quando você for bem velhinho, poderá contar aos seus netos que conheceu Cisne, o traidor que foi enfeitiçado por uma bruxa e abandonou os amigos.

A égua puxou a cabeça para o lado com força, dando um tranco no braço de Elka.

— Você também está contra mim. Não gosta que eu a chame de bruxa, não é mesmo? – Parou o cavalo, desmontou e amarrou a corda do cabresto na garupa de Bolacha.

— Agora pode puxar à vontade, sua Keka Feia. Bem, Bolacha, acho que o nome dela vai ser Keka Feia, ou melhor, só Feia. Que é que você disse, Bolacha? Sim... em parte está certo. Só em parte. Cisne não é um traidor, concordo, mas aquela moça é uma bruxa. Bruxa mandona. Faça isso! Faça aquilo! Decore! Reflita! Vou ficar com o seu cavalo! Blábláblá... Você a acha muito bonita para ser uma bruxa? Então o que ela é? Uma fada? Um elfo? Está mais para um ogro... Ah... pode ser uma elfa. Sabe o que é uma elfa, Bolacha? Sabe, Feia?... É um buraco que se faz para plantar a rama da uva. Uma cova fica bem para ela. Afinal, quase que ela enterra o meu objetivo. Vocês não concordam e acham que ela está certa com aquela conversa mole de eu não ser malvada para mim mesma? Vocês também estão sob a ação do feitiço que ela lançou. Espero que o namorado dela não seja tão irritante.

...

Cazã determinou que novas carroças com mantimentos fossem ao encontro das tropas que marchavam para atacar Três Lagoas. Conversou com o subcomandante e resolveu que não enviaria para o front os membros das patrulhas que tinham conhecimento do novo método para identificar os desertores. Preferiu criar uma equipe permanente e restrita para fazer esse trabalho. Achou que assim seria mais fácil controlar o segredo.

Rasputin pediu para Cazã deixá-lo partir com aqueles que iriam para o front. Cazã relutou um pouco, mas cedeu à argumentação do jovem e, assim, Rasputin partiu para conhecer os líderes da revolução libertária do povo oprimido.

Dado que era iminente a batalha às margens do rio Paraná, Cazã decidiu montar acampamento e aguardar a conquista de Três Lagoas e novas instruções que, por certo, receberia do alto comando da revolução, tão logo se consumasse a vitória.

A fortuna, no entanto, favoreceu as tropas legalistas, e o ataque dos revoltosos, comandados por Juarez Távora, foi ressoante fracasso. Eles perderam a mais sangrenta batalha da Revolução Paulista e a mais decisiva. Os revoltosos tiveram grande baixa com mortes, ferimentos ou prisões. Um terço das tropas revoltosas sucumbiu. Rasputin teve sua primeira experiência de derrota em batalha, mas sobreviveu acreditando que aquele fracasso seria motivação para a vitória final que, por certo, viria no futuro.

A "Revolução Esquecida" terminava, mas a sanha revolucionária sobreviveu e a cúpula dos revoltosos paulistas, diante das dificuldades de resistirem aos ataques das tropas federais e em busca de um local que possibilitasse a reorganização da revolução, optou por rumar para a cidade de Foz do Iguaçu.

No tempo em que os revoltosos faziam suas estrepolias na capital paulista até Três Lagos, os rebeldes do Rio Grande do Sul, pelos jornais, ficavam sabendo da inspiradora revolução paulista. Depois da contenda de 1923, os novéis oficiais gaúchos estavam ávidos de novas escaramuças e o capitão Luiz Carlos Prestes, à época com 26 anos de idade, em companhia do tenente Mário Portela Fagundes, do tenente Aníbal Benévolo e de outros jovens oficiais, tramava a conspiração.

Cazã recebeu ordem para se unir aos remanescentes da tropa paulista.

Após enxovalhar os líderes da revolução, o Cavaleiro Tártaro obedeceu à determinação dos seus superiores e foi ao encontro do destacamento principal dos revoltosos.

A intentada fuga dos novos recrutas Mateus e Adão estava cada dia mais difícil, pois Cazã ordenara vigilância permanente sobre os recrutas. Para essa tarefa, ele fazia uso da recém-criada patrulha permanente. A notícia do fracasso revolucionário espalhou-se entre os soldados de Cazã. Ao coração esperançoso, o mais débil fôlego favorável é motivo de alento. Assim, Mateus e Adão puseram-se a imaginar que a confusão que se seguiria seria propícia à escapatória almejada. No que, em parte, estavam corretos, visto que os revoltosos, perseguidos pelas forças legalistas, encontrariam grande dificuldade para manter a coalizão e a estratégia inicial de chegar a Foz do Iguaçu. Peripécias e alterações de planos tornaram-se frequentes a partir de então.

...

Elka seguiu a caminhada conversando com Bolacha e Feia.

— Sabe, Feia, tive um sonho que compartilhei primeiro com o Cisne traidor, depois com Bolacha e agora quero contar para você, porque o sonho, mesmo que de maneira capenga, está acontecendo na vida real. Numa dessas noites que dormi ao relento, sonhei que uma flor amarela me levava em direção ao oeste até uma enorme cratera cheia de araras. Pois bem, advinha para onde estamos indo neste exato momento? Sim, isso mesmo, nosso destino é um grande buraco chamado "Buraco das Araras". Pode? O lugar onde está o namorado da bruxa é pertinho desse buraco. Um enigma interessante, não acham? Deixando à parte o mistério, temos quase quarenta quilômetros a percorrer nessas estradas traiçoeiras, escorregadias e sem viva alma falante. Não, Bolacha, você é muito engraçado, mas papagaios não contam. Não sei por que esse sujeito não arrumou um lugar mais perto para se esconder. Ah! Talvez ele queira ficar longe da bruxa... Que foi? Não gostaram da piada? Eu gostei!

Elka abriu o bornal, pegou os desenhos que Joana havia feito e conferiu o trecho percorrido até aquele momento. Ao colocar os papéis de volta na sacola de couro, viu a carta que estava levando para o fugitivo. Segurou o envelope e notou que ele não estava selado, apenas a aba fora dobrada para dentro, sem cola ou lacre. Ficou com o envelope na mão por um tempo, depois disse:

— Tá bom. Não vou ler. Deixarei intatos os segredos da queridinha de vocês dois. Não quero perder tempo com isso, temos um longo caminho a percorrer e pretendo, hoje, chegar o mais próximo possível dessa biboca. Vamos achar um lugar para passar a noite e, assim que amanhecer, completarmos a jornada.

Outras vezes, consultou os mapas, roçou a carta e teve contido o ímpeto de abri-la. Quando chegou ao Buraco das Araras, o sol se escondia no horizonte, mas havia luz suficiente para admirar a grande dolina com as paredes e o fundo revestidos de vegetação. Ela amarrou os cavalos e caminhou até a beira da cratera e permaneceu lá alguns minutos apreciando aquela beleza primitiva. Calculou que a distância de um lado ao outro era de mais de quinhentos metros e a profundidade no centro poderia ser superior a cem metros. Lembrou que, no sonho, atravessara aquela distância toda flutuando igual uma pluma na magia da flor amarela do araticum. Deu um passo a mais e, com o pé esquerdo, tocou os galhos das árvores da ribanceira, e, por um instante, imaginou-se voando até o outro lado. As araras vermelhas e outras aves gritavam, algumas com chamados, outras com cantos, pela presença dela e dos seus amigos, e isso a trouxe à realidade.

Elka resolveu pernoitar ali ao lado da caverna. Tirou a carga dos cavalos e amarrou-os com corda longa, acendeu fogueira e preparou a comida. Em seguida, repassou o trecho que teria que fazer na manhã do dia seguinte, que, conforme Joana dissera, deveria ser feito a pé, por oferecer perigo aos cavalos. Repassou todos os detalhes do trecho que faria sozinha.

Ao som do pio da coruja, do ritmo do canto dos grilos e da sinfonia de outras aves noturnas, a noite chegou, fazendo-a adormecer.

Acordou antes do alvorecer. A claridade era precária, mas suficiente para notar o vulto próximo aos cavalos. Levantou-se, pegou a carabina e andou, com a arma em punho, em direção à figura sombria. Era um homem. Ele afagava e falava com Feia. Elka, apontando a arma para o homem, perguntou:

— Quem é você?

O homem não se moveu e permaneceu como estava, de costas para ela e com a mão direita acariciando as crinas de Feia.

— Não vou perguntar outra vez. Quem é você?

O homem virou-se.

— Conheço esta égua.

— Não foi isso que lhe perguntei. Está querendo morrer?

O homem não respondeu. Voltou-se para Feia e deu uma leve palmada no pescoço da égua, dizendo:

— Está com saudade da sua dona.

O animal emitiu um breve relincho. O homem disse:

— Eu também.

Estavam em pontos extremos. O homem ao oeste e ela, em linha reta, ao leste. As costas de ambos refletiam os primeiros raios de sol.

— Vire-se! — ordenou Elka. O homem pôs-se em posição oposta àquela em que se encontrava e a luz do sol tocou-lhe o rosto fazendo os olhos dele brilharem. Ela ficou fascinada. Veio-lhe à memória as palavras de dona Bela. Ela abaixou a arma e, suavizando o tom de voz, disse:

— Você é o Vivi, certo?

— Sim.

— Vim para conversar com você. – Ele não disse nada.

— Conversei antes com a Joana. Ela me deu essa égua e ficou com o meu cavalo, porque ele foi atacado por uma onça-pintada e já está velho. Estou viajando há muito tempo para encontrá-lo, preciso muito da sua ajuda. Conheci a dona Bela, lá em Campo Grande; ela lhe mandou lembranças. Trago também uma carta da Joana para você, está ali nas minhas coisas.

Ela percebeu que estava tagarelando sem parar. Ele continuou calado.

— Desculpe, estou falando muito, não é? — Ele não respondeu.

— Meu nome é Elka, mas pode me chamar de Keka... É, isso mesmo, Keka... Igual à égua. Não é engraçado?

— Quem é sábio? — perguntou o homem.

Elka pensou: *Ah... As malditas perguntas. Será que vou me lembrar das respostas?*

— Aquele que aprendeu que cada pessoa que encontra tem algo a lhe ensinar — respondeu ela.

— Quem é forte?

— Aquele que domina a má inclinação.

— Quem é rico?

— Aquele que é feliz com o que tem.

— Quem é livre?

— Aquele que é prisioneiro dos seus valores.

O homem balançou a cabeça em tom de aprovação e lhe disse:

— Pegue suas coisas e siga-me.

Ela arrumou seus pertences e ele a auxiliou colocando-os sobre os cavalos.

— Não vamos a pé? — ela perguntou, mas ele continuou encilhando a égua, então ela o ajudou fazendo o mesmo com Bolacha.

— Você é sempre tão eloquente assim? — perguntou ela.

Ele esboçou um sorriso e saiu puxando Feia pela corda do cabresto. Ela o seguiu levando o Bolacha.

Caminharam até uma clareira, onde havia um rego d'água, capim verde e dois outros cavalos. Um era branco, o outro, tordilho. Ele amarrou Feia com uma corda que permitia ao animal alimentar-se com o pasto e beber água. Elka fez o mesmo com Bolacha. Ele desamarrou Bolacha e amarrou-o distante da égua.

— Por que fez isso?

— Assim as cordas não entrelaçam.

Então ela percebeu que todos os cavalos eram mantidos em distâncias próximas ao tamanho de suas cordas.

— Vivendo e aprendendo — resmungou ela.

Acomodaram os utensílios sobre uma grande pedra, na qual já estavam as coisas dele.

— Leve só coisas pessoais.

Ela pegou o bornal e um dos alforjes. Ele então tomou o alforje e, colocando-o sobre os ombros, seguiu em frente.

Andaram por um caminho íngreme de pedregulhos e buracos enormes, passaram por um túnel estreito feito nas pedras, por onde a água passava cobrindo-lhes os pés.

Após passarem espremidos entre as pedras laterais do túnel, caminharam um pouco mais e chegaram ao lugar que o fugitivo escolhera para morar. Uma enorme fenda na colina formava um cômodo perfeito para proteção das intempéries. Os bancos, a mesa, a rede, o fogão a lenha improvisado, tudo mostrava que Vivi estivera ocupado, cortando madeira, quebrando pedras e adaptando a gruta, nos dias que ali passara.

— Tem uma bela casa! — exclamou ela.

Ele deixou o alforje dela sobre a pedra que estava encostada na parede posterior e respondeu:

— Seja bem-vinda, sente-se.

Elka, primeiro, retirou a carta do bornal e lhe entregou. Em seguida, sentou-se no banco feito de caules de árvores. Ele pegou o envelope, dobrou-o e colocou-o no bolso da calça.

— Não vai ler?

— Daqui a pouco, primeiro vou ouvi-la.

Elka repetiu para ele tudo o que disse à Joana, evitando palavras que pudessem revelar o seu sentimento vingativo. Vivi ouviu calado.

— Vou ler a carta. Tem café feito hoje, tem queijo e bolo também. Sinta-se em casa, volto logo.

Vivi saiu, e ela ficou um tempo sentada. Pensou no sonho e concluiu que ele não era o homem com quem sonhara. Não quanto ao físico. Vivi era muito mais bonito, mas o homem do sonho era diferente, era um Mateus intenso e puro. Ao pensar em Mateus, no Mateus real e sequestrado, notou que não havia saudade ou emoção no seu coração.

— Acho que o Cisne estava certo. Sou uma doida – resmungou ela.

Em seguida, levantou-se e viu que havia outra mesa, num recanto da casa de pedra, escondido na curva de uma das paredes, na qual o café da manhã estava posto.

Vivi caminhou até o mirante no alto da colina e tomou assento na pedra que sobressaía sobre as tantas outras pedras que ali estavam há milhares de anos, a contemplar o panorama arrebatador. Avistavam-se, lá embaixo, o vermelho e o azul, em revoadas ao redor do buraco, à maneira de uma cena de um teatro sagrado, tendo as araras por protagonistas e uma variedade impressionante de outras cores de aves coadjuvantes.

Ele retirou a carta do envelope. Remanescia o perfume dela. Leu-a em voz baixa, palavra por palavra, pronunciando-as bem devagar como se estivesse a saboreá-las. Palavras profundas, sensíveis, comoventes, continham o segredo do amor eterno. Fizeram chorar as pedras da colina. Seu espírito foi tomado de grande comoção. Vivi chorou como o ensinaram a chorar, o choro sem lágrimas, escondidas no avesso. Então ele rasgou o papel aos pedacinhos e jogou-os para o alto, e aqueles papeizinhos continham fragmentos do mistério e eles saíram voando e os galhos das árvores se esticavam para pegá-los; ávidas, algumas conseguiram o tesouro e outras, indolentes, se entristeceram; e eles, levados pelo vento, flutuaram até o buraco das araras e se misturaram com as aves e, sob a luz do sol, viraram lentejoulas sem orifícios, abrilhantando o cenário da encenação divina.

Retornou para a caverna onde Elka o esperava.

— Podemos partir agora?

— Sim. Estou pronta.

— Talvez nunca mais retorne aqui, quer conhecer um lugar significativo?

Ela não andava com ânimo para desfrutar dessas coisas, mas um convite dele era quase irresistível.

— Sim, claro. Quero muito.

Ele a guiou até o alto da colina. Sentaram-se na mesma pedra onde ele leu a carta e Elka achou que valeu a pena ter ido até lá. O Buraco das Araras, visto do alto, era maravilhoso.

— O que são aqueles pontinhos luminosos sobre o buraco? — perguntou a moça.

— Fragmentos da carta que você trouxe.

— Você a rasgou e a jogou fora?

— Não. Compartilhei.

— Isso não é verdade. Papéis não brilham assim e, mesmo que você diga que é só o reflexo do sol sobre eles, como foram parar tão longe e por que resistem à gravidade?

— Aprecie o momento.

Permaneceram ali mais alguns instantes, depois, sem mais dizerem palavras, voltaram à caverna.

Arrumaram as coisas, prepararam os cavalos e partiram.

Cavalgaram o restante do dia sem parar e, quando o sol estava quase se pondo, acamparam às margens do rio Formoso. Ele perguntou a ela:

— Você tem um maiô?

Ela ficou um tanto constrangida e pensou: *Esse sujeito passa o dia todo sem falar palavras e agora vem com uma pergunta dessas?*

Respondeu-lhe:

— Não. Não trouxe.

Ele enfiou a mão no alforje e tirou dois shorts ou calções, como se dizia à época. Deu um para ela, dizendo:

— Vista este com uma blusa leve.

Afundou-se no mato, ela fez o mesmo em outra direção. Quando retornaram estavam em traje de banho.

— Siga-me.

— Aonde vamos?

— Outro lugar que vale a pena apreciar.

Após uma pequena cachoeira, pedras dividiram o rio Formoso em três braços distintos. O braço da direita formou uma piscina natural cercada de pedras-mármores. As águas eram profundas e transparentes, viam-se os peixes no fundo.

Ele pulou na água, ela o seguiu.

— Está muito fria! — disse ela.

— Movimente-se. Vai aquecer. Consegue chegar lá do outro lado?

— Quem chegar por último é marido da sapa — respondeu ela e saiu na frente nadando.

Não demorou muito e ele a ultrapassou. Esperou-a próximo à outra margem. Ela chegou ofegante, passou por ele e tocou na pedra.

— Você perdeu. Ganhava quem tocasse primeiro na pedra. Ele sorriu.

Continuaram brincando na água.

Quando retornaram ao acampamento já era noite alta. A lua e as estrelas iluminavam o caminho.

Ela entrou no mato para se trocar, ele acendeu uma fogueira e pôs a comida para cozinhar. Depois foi mudar a roupa e ela cuidou da panela.

Fizeram a refeição noturna e deitaram-se um distante do outro, como o bom senso recomendava.

*Não é prudente ficar olhando o abismo.* Elka lembrou da frase que o pai repetia sempre que ela tinha impulsão por algo perigoso ou que lhe pudesse acarretar dano futuro. Olhar para ele era como olhar para o abismo, deduziu ela. Pensou depois que aquele dia a fizera sentir-se viva por alguns instantes. O único dia que mereceu o esforço de viver desde que Rubens lhe dera a notícia da morte do pai. Estava segura de que ele não era o homem do sonho da flor amarela de araticum, mas sabia que era o potencial turbilhão de emoções e desejos que deveria evitar e depois se arrepender ou se atirar de olhos fechados e deixar tudo por conta do acaso.

Antes de adormecer, disse em voz alta:

— Obrigada pelo dia de hoje.

Ele permaneceu em silêncio e ela ficou sem saber se já estava dormindo ou, como fazia quase sempre, apenas não quis responder.

No dia seguinte, acordou com o cheiro de café. Fez o asseio matinal e, depois, o desjejum. Os cavalos estavam arreados e tudo preparado para seguirem a viagem.

— Que você leva nesses dois sacos?

— Um pouco de comida, um livro, medicamentos, munições, linhas e anzóis — disse Vivi.

— Tenho também um pouco de comida, acho que não vamos passar fome. — Montaram e partiram.

Estavam em Bonito e o plano era seguir até Nioaque e, logo depois, Campo Grande, onde pretendiam passar a noite na pousada da dona Bela. Por certo ela teria informações sobre os revoltosos.

Fizeram o retorno a Campo Grande em ritmo um pouco mais rápido daquele feito por Elka na ida. Todos os dias, começavam a cavalgada muito cedo e paravam à noite. Foram cinco dias cansativos, mas não faltaram ocasiões de contentamentos. Os momentos das refeições, as brincadeiras nos rios e nos riachos, a contemplação do horizonte ou do céu estrelado, tudo era muito especial para Elka na companhia dele.

Chegaram à hospedaria da dona Bela na tarde do quinto dia de viagem.

Dona Bela abraçou-a e, em seguida, cumprimentou Vivi com efusivo abraço. Ao vê-la abraçá-lo, Elka foi tomada de um estado emocional confuso, um sentimento penoso por não ter recebido dele ou dado a ele esse tratamento afetuoso de contato físico. De alguma maneira, o seu íntimo reclamava exclusividade. Por entre dentes, sussurrou:

— *Que está acontecendo, sua doida?*

Vivi estava na estrebaria cuidando dos cavalos, quando dona Bela levou Elka para o escritório e quis saber tudo o que acontecera desde a sua partida. Elka relatou a viagem de ida e volta. Dona Bela ouviu e fez muitas perguntas. A certa altura da conversa, dona Bela perguntou:

— Que achou dele?

Ela pensou um pouco e respondeu:

— É lindo e delicado tal qual uma flor, ao mesmo tempo em que é assertivo e rústico igual ao cerrado. Mas, de uma maneira ou de outra, ele é um doce.

— Tenho a mesma impressão. Talvez ele seja um doce de oleandro.

— Que é oleandro?

— A flor cor-de-rosa de uma planta ornamental muito venenosa, mais conhecida por espirradeira. Foi trazida da África.

— Comeu, morreu?

Uma olhou para a outra, não contiveram o riso.

Estavam rindo quando ele entrou no improvisado escritório. Ele se juntou a elas e dona Bela contou sobre o fracasso dos revoltosos em Três Lagoas e como seguiam ziguezagueando em direção à Foz do Iguaçu.

— Então é para o sul que vamos. Podemos partir amanhã bem cedinho? — indagou Elka. Ele assentiu com a cabeça.

— Fiquem mais um dia aqui comigo. Desfrutem da Cidade Morena — alegou dona Bela, que queria contar com a companhia dos queridos hóspedes por mais tempo.

— Cidade Morena? – indagou Elka.

— É assim que andam a chamar a nossa cidade. Tem a ver com o solo roxo, puxando para avermelhado, que predomina por aqui.

— Seria muito bom, mas temos pressa. A cada dia que passa aumenta a possibilidade de não encontrarmos Mateus com vida — argumentou Elka.

— Tem razão. Egoísmo da minha parte. Bem, está na hora do meu café da tarde. Por favor, acompanhem-me.

— Oba! — concordou Elka.

— Agradeço o convite, mas vou deixá-las por um momento.

— Janta conosco? — indagou dona Bela.

— Sim.

Ele disse isso e deixou o escritório.

No restante da tarde, elas caminharam pelas ruas da cidade e Elka comprou, entre outras pequenas coisas, um maiô para a viagem. De volta à hospedagem, conversaram sobre muitos assuntos e, de vez em quando, tocavam em temas relacionados com ele ou Joana. Dona Bela revelou sua admiração pela filha da amiga. Disse que ela era fora do comum.

— Os cavalos gostaram muito dela. Eu, nem tanto. Achei ela muito mandona e arredia.

— Mas do namorado dela você gostou, não é? — ironizou dona Bela e riram.

— Ele, sim, é fora do comum.

— Ele é excepcional, mas ela é iluminada. Você não teve tempo de conhecê-la. Desde criancinha, ela fazia coisas que, se eu lhe contasse, iria achar que sou uma grandíssima mentirosa. Acredito que todo o brilho que ele possui é reflexo da luz que ela emite.

— Tanto assim?

— Se você estivesse no lugar dela e eu lhe aparecesse do nada, pedindo-lhe para colocar o amor da sua vida em risco mortal, que faria?

— Não sei.

— Responda com sinceridade!

— Acredito que lhe pusesse para correr.

— Essa seria também a minha reação e a de todas as mulheres normais do mundo.

— Talvez ela não goste tanto dele assim.

— Ou pode ser que eu tenha razão e ela, de fato, seja uma pessoa iluminada, dessas que contamos uma em um milhão.

— Quando me encontrei com ela, disse que estava me esperando. Como é possível?

— Com certeza, ela sabia. Esse é um dos mistérios a que me referi.

— Ela é alguma espécie de bruxa?

— Viu verrugas no nariz dela?

— Acho que a maquiagem dela é muito boa — sorriram.

— Outra coisa estranha foi quando ela olhou bem nos meus olhos. Quando disse que não poderia me ajudar. O olhar dela era de sofrimento. Até hoje me incomoda aquele olhar.

— Acho que ela viu escuridão no seu coração. E sofreu por você.

— Por uma desconhecida?

— Talvez ela tenha uma compreensão diferente da frase: "Amar o próximo".

— Difícil de assimilar.

— Quando você passou por aqui a primeira vez, as trevas dominavam o seu coração. Vejo você agora bem melhor, mas ainda há muito rancor ocultando sua verdadeira alma. A alma que Joana deve ter visto que valia a pena.

Depois mudaram de assunto e conversaram sobre amenidades.

Fizeram a refeição noturna juntos, momento em que confirmaram a intenção de partir na madrugada. Mais tarde, Vivi e Elka despediram-se de dona Bela e, nessa ocasião, ele entregou um envelope para a dona da hospedaria, pedindo-lhe que o entregasse à Joana, fazendo uso do primeiro hóspede que fosse para Jardim.

Partiram muito antes do sol nascer.

...

A divisão derrotada em Três Lagoas resolveu escoar em escalões sucessivos em direção a Guaíra e, por esse motivo, Mateus e Adão foram separados. Mateus, com a maioria dos homens de Cazã, seguiu com a vanguarda sob o comando do general João Francisco em três navios e um pontão. Adão continuou sob as ordens do Cavaleiro Tártaro, que, com o restante dos seus comandados, foi, por terra, reunir-se ao bando de Cabanas, formando mais um daqueles grupos desorganizados que atuavam, na maioria das vezes, por conta própria.

Mateus participou, em 26 de agosto, da prisão da lancha Iguatemi, da Companhia Mate Laranjeira, que conduzia uma patrulha governista e foi obrigado a ajudar na tortura a que foram submetidos os prisioneiros. Antes vítima, transformara-se em algoz torturador. O sentimento de repugnância que sentiu acabou por lhe proporcionar alívio, quase um estado de satisfação, quando os desvalidos confessaram que a defesa de Guaíra era frágil, apenas duzentos homens estavam lá sob o comando do capitão Dilermando Cândido de Assis.

Adão, sob a batuta do Cavaleiro Tártaro, continuava o processo de iniciação nos segredos dos saques, estupros, assassinatos e violência de todo tipo. Quando se encontraram com o pelotão de Cabanas, ele achou que o sangue em suas mãos reduziria, mas não foi o que aconteceu. Cabanas, com a patente de major, honrava o célebre epíteto que recebera do *Correio Paulistano*: "O famigerado João Cabanas, a alma danada da revolução". Entretanto, não durou muito tempo a ação conjunta dos dois heróis revolucionários. Pela competitividade na arte de matar, por inveja, ou, o que parece mais provável, por medo. Eram incompatíveis; como diz o ditado: "dois bicudos não se beijam". Passaram a desempenhar ações independentes, pois, após calorosa negociação, o reduzido grupo de Cazã foi fortalecido por trinta homens do pelotão de Cabanas. Adão seguiu sob as ordens do Cavaleiro Tártaro.

A tropa comandada por João Francisco, após ter a informação da fragilidade da defesa de Guaíra, também se dividiu. Decompôs-se por estratégia militar, não por confrontos egocêntricos. Mateus permaneceu no destacamento que prosseguiu por via fluvial, e outra unidade marchou por terra. Em 30 de agosto conquistaram Porto São João e, no dia seguinte, Porto São José. Guaíra foi só uma questão de tempo e, em 14 de setembro, foi subjugada.

...

Vivi e Elka trotaram em direção ao sul do estado no ritmo acelerado da viagem anterior.

Tocando em frente, paravam apenas para almoçar, matar algum animal comestível que se deparava no caminho, abastecer-se de água, pernoitar e, quando encontravam lugar aprazível, para se refrescar nas águas dos rios ou contemplar a natureza. No primeiro banho de rio ela vestiu o traje de banho que havia comprado e disse:

— Não vou mais precisar do seu calção. — Ele olhou para ela e não disse nada.

Sempre que paravam para dormir, ao redor da fogueira, ela o conhecia um pouco mais e mais um pouco aumentava o fascínio que a excitava. Então ela procurava assuntos seguros que evitassem o abismo alertado pelo seu finado pai. Numa dessas conversas, tocou no assunto do pagamento pelo serviço que ele lhe estava prestando.

— O preço é o mesmo que Joana combinou. Não há inflação ou juros a serem acrescentados.

— O preço dela foi zero, mas quero saber de você. Poderia estar fazendo muitas coisas, está deixando de ganhar dinheiro e colocou sua vida em perigo. Seu tempo é precioso para não receber nada. Está no prejuízo.

— O tempo é curto, a viagem longa; o peão aprendiz, o salário considerável e a patroa perseverante.

— Você, de novo, com essas frases enigmáticas.

— Não há mistério algum nessas palavras, apenas espelha o nosso contrato de trabalho.

— Os meus avós paternos eram judeus. Meu pai conservou parte das tradições do seu povo e, todos os sábados, líamos a Torá ou trechos do Talmud. Vejo semelhança nos escritos judeus como aquilo que você e a Joana falam. Vocês são judeus?

— Não, não somos. Os judeus formam um povo extraordinário. No passado distante, foram chamados "o povo do livro". Cultuam a sapiência e a fidelidade aos mandamentos de Deus. Carregam eles o ônus de buscar a santidade, ou melhor dizendo, a similitude com o Divino. Mas, posso lhe assegurar que o judeu não detém o monopólio da sabedoria.

— As perguntas e respostas que sua namorada me fez decorar não foram tiradas da Mishná? Lembro-me de que, nessa parte do Talmud, há muitas perguntas e respostas que tratam de questões éticas.

— Está escrito no livro de Provérbios: "A Sabedoria clama em alta voz pelas ruas, proclama nas praças públicas; brada do alto dos muros; à entrada das portas da cidade em alta voz o seu discurso". Assim, não é o sábio que conta, mas a Sabedoria e Ela está em todo lugar; mas, sobre as tais perguntas, posso afirmar que duas delas são inspiradas em escritos de Emerson.

— Quem é Emerson?

— Foi o grande sábio que a América revelou. Morreu em 1882.

— Aquela pergunta sobre a liberdade é dele? Foi a que mais me intrigou.

— Como disse antes, a pergunta foi inspirada nos pensamentos que ele nos legou por escrito. Ele estava escrevendo alguma coisa sobre sentimentos, quando disse que o verdadeiro amor requer liberdade e que a liberdade é uma prisão. Prisão a valores autênticos e eternos.

— Não sei se entendi muito bem, acredito que ainda voltaremos a esse assunto, mas quero saber sobre o que disse agora. Que quer dizer com o "salário é considerável", se não está ganhando nadinha de nada?

— Todos os segundos que passo com você, os momentos em que contemplamos o nascer ou o ocaso do dia, os banhos nos rios, as brincadeiras, as nossas conversas, a contemplação das chamas na fogueira aqui à nossa frente e o céu estrelado acima de nós, a sinfonia das aves, a oportunidade de ajudar alguém e tantas outras coisas... Não posso me queixar. A recompensa é boa.

— Por que você é tão...

— Tão...

— Deixa para lá. Estamos aqui a conversar sobre coisas profundas que se tornam interessantes quando estou ao seu lado. Em outro momento, com outras pessoas, mesmo quando eu as lia com meu pai, pareciam chatas e repetitivas. A maioria de nós foge disso que você chamou de sabedoria. É mais fácil falar asneiras. Desde o momento em que conheci Joana e você, estou com a minha cabeça cheia de perguntas e tenho refletido sobre algumas delas, mas confesso que o meu coração ainda trafega melhor na superfície e, para ir dormir, só ouvindo os grilos reais. Vou lhe contar uma piada que me ocorreu agora.

— Gosto de anedotas.

— Um sábio encontrou-se com um matuto e puseram-se a conversar. O sábio passou a explicar-lhe as cinco questões fundamentais e explicou, explicou, explicou. Quando terminou, perguntou se o matuto havia entendido. Ele respondeu: *É muito confuso!* Então o homem culto explicou, explicou e explicou e arguiu se ele havia compreendido. O matuto respondeu dizendo que tinha uma pergunta a fazer, e o sábio ficou interessado em saber o questionamento dele, que perguntou: *por que a vaca, que come capim, caga uma pasta grande, e os cabritos, que também comem o mesmo capim, cagam muitas bolotinhas?* O sábio respondeu que desconhecia a razão, devia estar relacionado com o metabolismo do animal, mas que não sabia o porquê. Então o matuto completou: *se o senhor não entende nem de bosta como vai saber as razões da existência humana.*

Riram.

— Agora é sua vez — alegou Elka.

— O que o número zero disse ao número oito?

— Você não tem jeito. Até nas piadas? Não, não sei o que o zero disse para o oito.

— Que belo cinto!

Riram outra vez e continuaram rindo e contando piadas ou estórias engraçadas até tarde da noite. Dormiram e partiram na madrugada.

Pararam às margens do rio Amambai para pescar. Usando minhocas por isca, fisgaram uma piaba, que Elka colocou no anzol grande. Lançou então a linhada no rio e se sentou num galho de árvore que se estendia sobre as águas encobertas por sarãs. Vivi continuou pescando com vara para pegar peixes pequenos e garantir o jantar. Ela enrolou a linha no punho e relaxada esperou em devaneios. Só retornou à realidade com o tranco no braço e a queda no rio, no qual passou a lutar contra a correnteza; o peixe a puxava para o fundo, e o mato rasgava-lhe a pele. Vivi pulou na água e com a faca tentou libertá-la do peixe, cortando a linha presa no braço, mas ela não deixou.

— Não estrague a pescaria! Solte a minha perna, ela está presa — gritou ela, pelejando com o peixe.

Ele mergulhou correndo as mãos por suas pernas, verificando que o pé esquerdo dela estava preso na pedra e as calças emaranhadas na galharada. Tentou soltá-la, mas o pano estava todo preso. À medida que o peixe puxava para baixo, Elka tinha que segurar o fôlego para não se afogar. Já estava bebendo água quando ele abriu as calças dela e a puxou com força. Os dois passaram a boiar, ela, livre do enroscamento e das calças, sentia dor forte no pé. Ele, com uma das mãos, segurou-a por trás e, com a outra, nadou em direção à terra firme. O rio era profundo naquele lugar, e o peixe puxava para baixo do sarandi. A contenda foi longa, mas eles conseguiram chegar até a margem do rio e tirar da água o enorme jaú. Ele amarrou o peixe que ainda se batia fora d'água, deixou-a sentada numa pedra e buscou um calção e uma tira longa de pano. Ela vestiu o calção dele e ele enrolou bem forte a tira no tornozelo dela.

— O peixe ainda está vivo — afirmou Elka.

— Quero devolvê-lo para o rio. É muita carne, vai estragar. Você me permite?

Ela pensou um pouquinho e respondeu:

— Sim, seu estraga-prazeres. Eu o autorizo.

Ele colocou o jaú na água, e o peixe ficou um tempo parado, depois se moveu devagarinho e afundou no rio.

Ela caminhou apoiada no ombro dele e a sensação do braço na cintura era agradável e teve que afastar pensamentos indiscretos que insistiam em apossar-lhe da mente.

Refeitos do susto da pescaria, comeram piaba frita com mandioca.

Permaneceram um pouco mais ali, nas barrancas do rio Amambai, e conversaram. A conversa permitia que se conhecessem melhor. Ela falou sobre vingança e paixão; ele sobre perdão e amor eterno. Recitou para ela o *Canto do Amor Eterno*.

— É lindo, mas irreal. Quem escreveu isso?

— Joana.

— Só podia ser...

— Não é irreal. Pode acreditar.

— Você é tão...

— Tão...

— Tão bobo.

Ele limpou os arranhões dos braços e das pernas dela e a ajudou a montar no cavalo. O pé de apoio ainda doía, mas não era nada grave.

Partiram.

No dia em que Guaíra fora conquistada pelos revoltosos e o pelotão do Cavaleiro Tártaro havia saqueado mais um povoadinho próximo a Foz do Iguaçu, Elka e Vivi aproximaram-se do acampamento de Cazã.

Chegaram ao entardecer. Esconderam os animais distante do acampamento e, por volta da meia-noite, foram até o acampamento para espiar como estavam acomodados. Havia uma barraca improvisada em que, deduziram eles, deveriam estar abrigados Cazã, o subcomandante e alguns guarda-costas; o grosso da tropa estava deitada em redes ou no chão sob as árvores. Não havia muitos vigias. Avistaram apenas três.

Retornaram ao esconderijo onde estavam os cavalos. Vivi expôs o seu plano:

— Você fica aqui cuidando dos cavalos; eu vou até lá e trago Mateus e Adão.

— De jeito nenhum, vou junto — respondeu Elka, que não aplacara por completo o desejo de vingança.

Ele argumentou e argumentou e, enfim, achou que a havia convencido.

Às duas horas da madrugada, ele, levando apenas uma faca, seguiu em direção ao acampamento.

Sua primeira ação foi desacordar um dos vigias e vestir a roupa dele. Depois, andando escondido ou rastejando, evitou os outros vigias e chegou aonde havia soldados dormindo em redes. Tocou em um deles e perguntou onde estava Mateus.

— Não sei — respondeu o sonolento revoltoso.

— E o Adão?

— Deitado no chão.

Ele olhou e só havia um homem deitado no chão naquele lugar. Foi até ele e o sacudiu.

— Venha comigo.

— Quem... Que quer comigo?

— Onde está Mateus?

— Ué! Está com a tropa que atacou Guaíra.

— Venha comigo e não faça barulho. Elka está esperando por você.

— A filha do Polaco?

— Psiu... Não diga nada e venha comigo.

Evitando os vigias, conseguiram escapar.

— Quem é você?

— Empregado da Elka.

— Você teve sorte. O batalhão foi desfeito e misturado. Muitos homens ainda não se conhecem.

Não tiveram problema com a fuga e, quando retornaram ao esconderijo, só encontraram os quatro cavalos.

— Onde está Elka? Quem é você afinal? — perguntou Adão, assustado.

— Você fique aqui e deixe os cavalos preparados para a gente partir. Vou buscá-la.

Ele pegou o fuzil e algumas balas que tirou do alforje. Colocou as balas no bolso e, correndo, afundou no mato.

Pasmado, Adão ficou um tempo sem saber o que fazer. Depois montou num dos cavalos e ficou segurando os cabos dos freios dos outros três.

Nesse ínterim, o vigia recobrou os sentidos e alertou os outros. Eles avistaram um vulto se esquivando por entre as árvores. Atiraram. Elka caiu. Eles se aproximaram.

— É uma mulher, disse um deles!

— Está viva.

Ela gemia e tentava pegar a velha carabina. Um dos revoltosos chutou a arma para longe dela.

— Vamos nos divertir um pouco — retrucou outro revoltoso.

Ela se debatia, dando pontapés, e batia neles com o braço esquerdo, pois não conseguia mover o direito.

Um homem prendeu a cabeça dela com o joelho, apertando o seu pescoço, outro segurou os seus pés. O terceiro tirou-lhe as calças, livrou uma das pernas das próprias calças, ajoelhou-se sobre ela e tentava abrir a blusa dela. Elka lutava com todas as suas forças. Foi então que ouviram:

— Larguem ela, não toquem nas armas e vocês continuarão vivos!

O homem que estava ajoelhado sobre Elka tentou pegar o fuzil que havia deixado no chão. Ecoou o primeiro tiro, ele caiu sobre ela. O homem que a segurava pelos pés também tentou reagir e teve o mesmo destino. O terceiro homem levantou-se com as mãos para o alto.

— Não atire.

Vivi aproximou-se e deu-lhe uma coronhada, colocando-o para dormir. Elka levantou-se toda ensanguentada pelo sangue dos revoltosos e pelo próprio sangue que lhe escorria do ombro. Vestiu as calças.

— Precisa parar de ficar vendo minhas pernas toda hora.

— Consegue correr?

— Acho que sim.

Ele rasgou um pedaço da camisa e deu para ela.

— Faça pressão sobre o ferimento.

— Vai deixá-lo vivo? — indagou ela apontando para o vigia desacordado.

— Não viemos matar, mas salvar pessoas.

Correram e chegaram ao esconderijo.

— Keka! Meu Deus! — exclamou Adão ao vê-la banhada em sangue.

— Olá, Adão. Estou bem. Onde está Mateus?

— Nos separaram. Hoje ele deve estar em Guaíra.

Vivi tirou a camisa rasgada e amarrou-a no ombro dela, sobre o outro pedaço de pano encharcado de sangue. Ajudou-a montar, pulou sobre outro cavalo e partiram em disparada.

O som dos tiros fez muitos revoltosos acordarem e, não demorou muito, Cazã e o subcomandante já estavam ao lado dos dois soldados mortos e do terceiro ainda atordoado em consequência da pancada.

— Que aconteceu? — perguntou o subcomandante.

— Era um casal. Acertamos um tiro na mulher, mas o homem nos pegou.

— Que eles queriam?

— Não sei, talvez roubar armas.

— Voltem a dormir todos vocês. Amanhã cuidaremos dos corpos. E veremos o que fazer — disse Cazã. Depois, apontando para o vigia sobrevivente, ordenou:

— Você fica.

O Cavaleiro Tártaro e o subcomandante interrogaram o vigia, que repetiu o que já havia dito, acrescentando que o homem era muito parecido com o desertor a que chamavam de Vivi.

— Não pode ser ele, afinal, está morto, não?

Cazã sacou a pistola e atirou no vigia, que caiu estrebuchando-se antes de morrer.

Os cavalos correram pela mesma estrada pela qual vieram até ficarem ofegantes. Depois entraram na mata e, em marcha lenta, trotaram até encontrar um abrigo ao lado de um pequeno riacho. Eles tiraram Elka do cavalo e a colocaram sentada em uma pedra ao lado do córrego. A bala atravessara-lhe o ombro, na parte superior do braço direito, causando avarias nos ossos e nos músculos dessa parte do corpo. Perdera muito sangue, mas estava lúcida. A pele pálida e fria. Vivi perguntou:

— Que está sentindo?

— Cansaço e tontura. Um pouco de náusea. A cabeça dói um pouquinho.

Ele pediu para Adão acender uma tocha. Adão pegou a palma que cobre o fruto do coqueiro, que estava seca no chão, bateu a ponta na pedra, esgarçando-a, e tacou fogo naquela parte, fazendo uma tocha, e com ela iluminou Elka. Vivi notou que os seus lábios e as pontas dos dedos estavam azulados. Pediu para Adão pegar manta, pelego e o alforje que estava no cavalo branco.

Ficou limpando o ferimento e conversando com Elka. Quando Adão retornou, deitaram-na sobre o pelego e cobriram-na com a manta. Vivi tirou do alforje linha, agulha e um unguento, que colocou na ferida. Costurou o ombro dela, virou-a de bruços, repetiu o procedimento na ferida de onde saiu a bala e amarrou tiras de pano, passando-as pelas axilas. Ela estava chorando pela dor. Quando ele terminou o curativo, disse:

— Agora você pode chorar.

— Sádico.

Ele colocou o cantil na mão esquerda dela.

— Descanse e beba muita água.

Ela bebeu da água e colocou o cantil no chão. Pegou a mão esquerda dele.

— Desculpe-me.

Ele sorriu para ela e com a outra mão acariciou-lhe o rosto.

— Chegue mais perto.

Ele colocou o braço direito nas suas costas e a levantou, deixando-a sentada, e ficou bem junto a ela, abraçando-a. Ela ainda lhe segurava a mão esquerda.

— Sua mão é tão quentinha.

Ele balançou a cabeça confirmando.

— Lembra-se das aulas de física?

Ele anuiu de novo com a cabeça.

— Aprendi que o calor latente deve ser fornecido a uma substância pura para que ela mude de estado. Preciso do seu calor para mudar e deixar de fazer bobagem.

— Você foi muito corajosa. Descanse, ficarei velando o seu sono. — Ele a retornou para a posição horizontal e puxou a manta sobre ela.

Ela então adormeceu.

Adão fez acenos para que Vivi se aproximasse dele. E um pouco longe de Elka, que dormia, perguntou:

— Quem é você?

— Já lhe disse, empregado dela.

— Está parecendo que você é mais que um empregado para ela.

— Da minha parte, ela também é uma amiga.

— Você não tem um nome, um apelido, algo assim...

— As pessoas têm me chamado por Vivi.

— Vivi? Caramba! O desertor?

Ele não respondeu.

— Não é possível. Você está morto. Eles mostraram o seu polegar.

— Estou aqui, não estou?

— Bem... O que quero lhe dizer é que seja você Vivi, ou outra pessoa qualquer, um fantasma ou qualquer coisa desse ou de outro mundo, preciso lhe avisar que ela é comprometida com o meu amigo e, se você abusar dela ou magoá-la um pouquinho que seja, eu o mato.

Ele distendeu os lábios para o canto da boca, esboçando sorriso; agradara-lhe a postura do rapaz. Levantou-se e retornou para o lado de Elka.

Ele a deixou dormir por três horas; quando a acordou o sol já podia ser visto por entre as árvores.

— Como está?

— Bem, mas ainda um pouco cansada.
— Acontece isso quando se perde muito sangue.
— Para onde vamos?
— Cuidar de você em Foz do Iguaçu.
— Estou bem.

Vivi orientou para que deixassem vestígios de que estiveram ali. O trapo ensanguentado, o que sobrou das tochas que acenderam, além dos estrumes dos cavalos. Montaram e caminharam em direção ao córrego e Elka ficou parada, segurando o cavalo sem cavaleiro, e os dois atravessaram o riacho e andaram por uns dez metros até que entrassem no capim alto; depois fizeram os cavalos retornarem andando de costas. Quando estavam dentro da água rasa, Elka juntou-se a eles e seguiram caminhando pelo leito do riacho por uns três quilômetros, mais ou menos; em seguida, saíram para o mato e seguiram viagem.

— Eles vão pensar que estamos indo para o Norte e nós vamos para o Oeste.

— Muito esperto — replicou Adão, que ainda não se habituara com o andar silencioso dos seus companheiros de viagem.

Em Foz do Iguaçu, procuraram uma hospedaria. Adão ficou cuidando dos animais e Elka e Vivi foram de charrete para o hospital.

O doutor, utilizando éter, fez Elka adormecer e retirou os pontos das costuras que Vivi havia feito. Abriu as feridas e aplicou anti-inflamatório, depois costurou outra vez. Colocou medicamento sobre as feridas e cobriu-as com ataduras. Receitou suplemento de ferro e outro remédio. Disse que ela precisava de repouso, alimentar-se bem e muita água.

Quando ela estava refeita, retornaram à pousada e reuniram-se os três.

— Minha sugestão é que vocês dois retornem a Mato Grosso e eu vou buscar Mateus — propôs Vivi.

— Minha sugestão é que eu vá com você — argumentou Elka.

— Você está fraca para se meter em outra briga — replicou Adão.

— Estou bem. Eu aguento. Não volto para casa sem o Mateus.

— Vocês podem ir juntos até Campo Grande. Elka fica com a dona Bela e Adão segue para a região da fazenda de vocês. Eu encontro o Mateus e o levo até a hospedaria da dona Bela.

Elka resistiu à ideia, argumentou contra, mas acabou concordando com a proposta de aguardar Vivi em Campo Grande.

Vivi passou várias orientações sobre como deveriam fazer o caminho de volta.

— Trilhem caminhos ao largo das estradas, evitem as pessoas ou, quando for inevitável, digam sempre que estão indo para outro lugar diferente de Campo Grande. Elka, tome os remédios e siga as orientações do médico de beber muita água e alimentar-se bem. Não forcem os cavalos e não tenham pressa. Adão, você leva o meu fuzil e Elka o revólver.

— E você vai ficar desarmado? — indagou Elka.

— Tenho a faca.

— Não é suficiente.

— Vou conseguir arma de fogo para a viagem de volta.

Partiram na madrugada seguinte. Na despedida, Adão disse para Vivi:

— Muito obrigado por salvar a minha vida. Qualquer coisa que precisar, pode contar comigo.

— Tenha uma boa viagem.

Adão montou na égua Feia e retirou-se. Pressentiu ele que Elka precisava de um momento de privacidade.

Ela abraçou Vivi.

— Agora é minha vez de fazer uma pergunta.

— Sim, senhora.

— Quem ama de verdade?

— Aquele que sabe que o amor é uma prisão.

— Prisão?

— Prisão a valores eternos.

Ela aproximou o rosto e olhou nos olhos dele. O abraço ficou mais apertado.

— Por que você é tão...

— Tão...

— Tão irresistível.

Ele a beijou na fronte e olhou no fundo dos seus olhos. Aquele olhar confortou sua alma e ela sentiu imensa paz. Seus olhos estavam rasos de lágrimas.

— Vá, minha amiga. O dia é curto, a saudade será imensa.

— E o salário?

— Menor, bem menor.

Ela estava tremendo, as pernas bambearam. Ele a pegou no colo.

— Está bem?

— Sim, eu consigo.

Ele a colocou sobre o cavalo Bolacha.

— Você é tão...

— Tão...

— Tão inatingível.

Disse isso e tocou Bolacha com os calcanhares. Bolacha saiu trotando. Ela olhou para trás; parado, ele olhava para ela. Ela acenou para ele, que retribuiu roçando com os dedos da mão a aba do chapéu. Duas lágrimas contidas escaparam dos olhos dela.

Ele montou no cavalo branco e foi embora puxando o tordilho pela corda do cabresto.

...

Logo pela manhã daquele dia, Cazã ficou sabendo da deserção de mais um soldado, algo que não tinha ocorrido desde que exibira o falso polegar de Vivi. Soube, também, que o ladrão da noite anterior havia perguntado a um revoltoso por Mateus e depois por Adão. Não foi difícil entender o que se passara.

— Esse maldito desertor teve a petulância de voltar aqui e sequestrar um dos nossos soldados e fará o mesmo com o outro se não tomarmos providências imediatas — disse ele ao subcomandante, e convocou a equipe de caça.

— Você irá comandar — enunciou apontando para o subcomandante e acrescentou: — Não irão seguir os rastros dos fugitivos, vocês vão vigiar o comparsa deles, esse tal de...

— Mateus, senhor.

— Isso mesmo. Não vão descolar dele, serão suas sombras. Vigiar e esperar, quando o Didi chegar para levá-lo, vocês agirão. Quero ele morto!

— Vivi, senhor. É assim que o chamam.

— Façam com que eu passe a chamá-lo defunto.

Pouco após a partida de Vivi, o grupo de caça, composto de quatro homens comandados pelo subcomandante, partiu em direção à Guaíra. Levaram um bilhete de Cazã para o general João Francisco.

Feitas as apresentações, explicada a estratégia, o general deu permissão para a equipe de caça trabalhar com liberdade. O general estava de bom humor, pois a Companhia Azhaury havia conquistado Porto São Francisco no dia anterior, um dia depois de subjugar Guaíra. Mateus estava em Guaíra, que se tornara uma "cabeça de ponte" para a conquista de Foz do Iguaçu.

O subcomandante acreditava que o desertor agiria à noite, por isso, ordenou que se invertesse o horário de dormir. Dormiriam durante o dia, revezando em dois turnos de seis horas. Três deles dormiriam das seis às doze e os outros dois das doze às dezoito. Dessa forma, todos estariam vigilantes no horário das dezoito às seis da manhã.

Para Vivi, a situação era complexa. Ele não sabia onde estava Mateus, e os soldados haviam se espalhado de

Guaíra a Porto São Francisco, cerca de oitenta quilômetros ao Sul, passando por Porto Mendes, também conquistado pelo escalão de vanguarda. Traçou o plano de vasculhar Guaíra, depois Porto Mendes e, por último, Porto São Francisco. Seu trabalho inicial foi de pesquisa e observação. Contou com a ajuda das pessoas simples do lugar, em sua maioria, indignadas com a brutalidade dos revoltosos. Espreitou por três dias até descobrir onde Mateus prestava serviço e com mais um dia e uma noite esquadrinhou o lugar, estudou as melhores opções para chegar até ele e as melhores opções de fuga.

No dia 21 de setembro de 1924, às dez horas da manhã, Vivi iniciou a execução do plano de resgate de Mateus. Nesse horário havia apenas dois homens na vigília. Eles foram dominados, desfalecidos, amarrados e amordaçados por Vivi, que vestiu o uniforme e se apossou das armas de um deles; depois, encontrando Mateus, disse-lhe:

— Venha comigo, Mateus.

— Quem é você?

— Não temos tempo a perder. Elka me enviou.

Deu as costas e saiu andando enquanto Mateus, confuso, ficou parado por segundos e só depois saiu correndo atrás dele. Foram em direção ao rio, entraram na canoa e desceram o Paraná por dois quilômetros, aportaram no local onde estavam os cavalos amarrados. Afundaram a canoa, montaram e fugiram. Tudo como planejado.

Quando o subcomandante chegou para inspecionar a troca do turno de vigilância, encontrou os dois revoltosos amarrados. Outros soldados informaram que viram

Mateus indo em direção ao rio, acompanhado de outro soldado. O subcomandante, furioso, observou as pegadas e as marcas recentes da proa da canoa. O grupo de caça requisitou um batelão e desceu o rio.

...

Elka e Adão fizeram a viagem de volta a Campo Grande sem nenhum contratempo. Ao cruzar o rio Amambai, ela pôs-se a pensar em Vivi, no modo como a tinha salvado nas águas do rio, retirando-a dos espinhos do sarã. Recordava-se de cada momento que tinham passado juntos; de todos os lugares em que com ele parara para comer, pernoitar, para banhar-se nos rios e córregos ou para contemplar a natureza.

A viagem, em companhia de Adão, era silenciosa. Não tocaram no assunto da morte do pai dela. As poucas vezes em que conversaram trataram da fazenda ou sobre o pai de Adão, embora, logo no início da jornada, tenha ocorrido diálogo cujo tema jamais retornaria:

— Você gosta dele, né?
— Sim.

Adão não perguntou mais nada sobre isso, Elka nada mais disse.

Entraram em Campo Grande e se dirigiram direto para a hospedaria da dona Bela, que, assim que soube da chegada de Elka, correu para abraçá-la. Elka ainda convalescia da lesão no ombro.

— Que passou com seu ombro?
— Um tiro, nada muito grave.
— Que bom que você retornou. Este é o Mateus?

— Dona Bela, este é o Adão; Adão, esta é a dona Bela.

— Prazer em conhecê-la, senhora.

— E o Mateus?

— Vivi foi tirá-lo das mãos dos revoltosos.

— Vai me contar toda essa aventura. Adoro aventuras! Antes, vou levá-la a um médico para cuidar desse ferimento.

— Fui medicada e costurada duas vezes. Uma pelo Vivi, outra por um médico em Guaíra.

— Vamos ver um médico de verdade, agora.

Elka acomodou seus pertences, soltou Bolacha na baia da estrebaria, tomou banho e foi com dona Bela ao médico. Adão ficou descansando.

Não havia nada de errado com o ombro dela. O médico refez o curativo e manteve os medicamentos. De volta à pensão, almoçaram os três juntos, em seguida, Adão se despediu e partiu montando a égua Feia.

Elka relatou tudo o que ocorrera na sua viagem que culminou com o resgate de Adão. Dona Bela, calejada pela vida, não deixou de notar o brilho nos olhos dela quando se referia a Vivi e acabou por repetir a mesma pergunta já feita por Adão:

— Você gosta dele, não é verdade?

— Sim, mas pode ficar tranquila que sua amiguinha não corre perigo.

— Eu confio nele – disse dona Bela, emitindo com mais proeminência a palavra *nele*. Elas riram. Elka olhou para o grande relógio de parede do escritório e disse:

— Triste sina a minha; quando cheguei aqui, pela primeira vez, o ouvir desse tic-tac era para mim o relógio fabricando a morte; hoje ele fabrica saudade.

— Sua enfermidade não está no ombro ferido, minha cara. Tenho um ótimo remédio. Ela abriu o armário e pegou uma garrafa de cachaça e dois copos.

Riram e beberam. E riram bêbadas. Foram dias agradáveis.

Elka era hóspede, mas tratada igual a alguém da família. Gostava daquela vida. Ajudava nos afazeres da cozinha, fazia sala para os hospedes, cuidava das compras. Tornou-se braço direito da dona da pensão.

...

A equipe de caça, liderada pelo subcomandante, desceu e subiu o rio Paraná, perguntando aos ribeirinhos sobre os dois fugitivos. Não conseguiu nenhuma informação. O subcomandante optou por iniciar uma busca mais demorada por terra; levou a proposta ao conhecimento do general João Francisco, mas ele não permitiu, pois iria precisar de todos os recursos disponíveis para o ataque a Foz do Iguaçu. O subcomandante disse que precisava comunicar o insucesso da missão ao seu superior, o Cavaleiro Tártaro, mas o general respondeu que não era necessário, uma vez que havia enviado emissário encarregado de convocar o grupo de Cazã e outros que estavam espalhados, para se reunirem às tropas gerais. O subcomandante, sabendo do temperamento do chefe, tentou argumentar, mas o general deu-lhe a conhecer que era ordem do próprio Miguel Costa, o comandante geral.

No dia 26 de setembro, os revoltosos conquistaram Foz do Iguaçu, que passou a ser o Quartel General (QG) da Divisão São Paulo, comandada por Miguel Costa e a sede do Estado-Maior Revolucionário.

Dominada Foz do Iguaçu, Cazã solicitou audiência com Miguel Costa e argumentou sobre a necessidade de capturar os desertores. Pediu que ele próprio comandasse o grupo de caça que executaria a missão. Miguel Costa, no entanto, avaliou que não era o momento oportuno. A tropa precisava manter-se coesa e expandir a base territorial para alcançar os objetivos do Estado-Maior Revolucionário. Malgrado em seu intento, Cazã, colérico, ajudou os revolucionários a conquistarem um grande território que assegurava posse precária de fronteiras com Paraguai e Argentina e terras que se estendiam até Belarmino, passando por Catanduvas. As forças legalistas só em 15 de novembro conseguiram que os revoltosos recuassem até Catanduvas, que foi palco de batalhas entre legalistas e revoltosos, na tentativa de aguardar a chegada da Coluna Prestes, vinda do Sul do Brasil, registrando mais de mil mortes nas batalhas ocorridas na cidade.

Um pouco antes, em 29 de outubro, explodiu a revolução gaúcha, parte do plano geral de tomada do poder. Alguns tenentes e poucos revolucionários esperaram, em Catanduvas, a Coluna Prestes, quando se reagruparam e iniciaram sua longa jornada pelo Brasil, mas isso só ocorreria no ano seguinte.

Para fazer frente aos revoltosos, foi designado o general Cândido Rondon para o comando geral das forças governistas. O general, com mais de quarenta anos de vida militar exemplar, gozava da admiração dos brasileiros, em geral, pelo trabalho de pacificador dos indígenas e por ter cumprido a extenuante missão de estender quase 2.500 quilômetros de linhas telegráficas por terras inóspitas da região amazônica, e detinha, em particular, o respeito da maioria dos militares.

Dois anos antes, Rondon havia apoiado as ideias do movimento tenentista, mas acreditava em solução democrática. Era contrário à guerra civil almejada pelos revoltosos.

Rondon, triste com os desmandos da "República Velha" e consternado por enfrentar amigos de farda, traçou um plano que causaria o menor número de baixas possível aos revoltosos. Pretendia aumentar de maneira gradativa a pressão sobre as linhas revolucionárias, forçando-as a retrocederem, passo a passo, em direção às fronteiras da Argentina ou Paraguai, onde pretendia encurralá-los e obrigá-los a escolher entre a rendição e o exílio.

...

Nos primeiros dias de outubro, na tarde do sexto dia da estada de Elka na hospedaria da dona Bela, Mateus e Vivi chegaram a Campo Grande. Foi momento de alegria para todos eles. Vivi, que desconhecia as decisões tomadas pelos revoltosos, pensava haver soldados no rasto deles; sugeriu que logo deixassem o local. Após argumentação das mulheres, acordaram partir na madrugada do dia seguinte. Elka pediu que Vivi a ajudasse a trazer alguma coisa do armazém e saíram da hospedaria. Um subterfúgio para conversar a sós com ele.

— Acredito que, após essa madrugada, nunca mais vou vê-lo, por isso, penso que não estou sendo muito egoísta em ter você só para mim por um breve momento.

— Pagando salário atrasado.

Ela sorriu.

— Os dias que passamos juntos foram, para mim, os melhores da vida. Não existirão outros iguais a eles.

— Melhores a esperam no futuro.

— Não torne mais difícil para mim. Você, que quase nunca fala, agora me interrompe, assim eu não consigo. Não é fácil, mas preciso. Peço que não fique brava comigo, nem me julgue mal e prometa que não vai rir de mim.

Ele ficou calado.

— Promete?

Aquiesceu com a cabeça.

— Eu amo você e preciso saber se há alguma possibilidade, por menor que seja, de ser correspondida. Porque... porque se existir um fio, uma gota desse sentimento no seu coração eu nunca mais desgrudo de você. Quero você, desejo você, você não sai da minha cabeça nem um minuto. Viverei feliz com você até mesmo naquela caverna próxima ao Buraco das Araras, por você faço qualquer coisa, sem você a vida não tem graça.

Ele permaneceu calado.

— Por favor, diga alguma coisa!

— Eu sei que você me ama, sinto isso. Eu também a amo. Muito. Mas não da forma como pode estar querendo.

— Você está dizendo que gosta de mim, assim como se gosta de um cavalo, ou de um cachorro, ou, na melhor das hipóteses, como se gosta de um irmão. Que não sentiu nenhuma atração física por mim. Ama tanto assim aquela... aquela Joana?

— Eu amo você, Elka. Seria capaz de morrer por você.

— Não quero que você morra nem por mim, nem por ninguém. Quero que você seja meu, conforme um homem é de uma mulher, o macho é da fêmea.

— Isso é impossível. Já sou comprometido.

Lágrimas transbordaram dos seus grandes olhos. Ele a abraçou e repetiu.

— Melhores a esperam no futuro.

Ela soluçou nos braços dele.

— Você é tão...

— Tão...

— Tão idiota.

— Viva a sinceridade!

— Por que não me conheceu antes de conhecer aquela lambisgoia?

— Meu amor por ela é antigo, foi testado e temperado pelo tempo.

— Você fala como se fossem velhos. São da minha idade. Que impacto ou que forjamento pode ocorrer na alma em vinte anos de vida?

— Estamos juntos há algumas vidas.

— Quê? Pare com isso!

— Não precisa acreditar, só precisa se preparar para o futuro. Seu verdadeiro amor aguarda você em algum lugar ou tempo. Procure-o.

— Até para dar o fora numa garota, você é enigmático.

Ambos silenciaram; depois ele disse:

— Preciso visitar um lugar antes de partir. Você vem comigo?

— É o mesmo lugar ao qual você foi da outra vez em que estivemos em Campo Grande?

— Sim. É perto daqui.

— Não vou atrapalhá-lo?

— Por que atrapalharia?

— Nunca se sabe o que esperar de um destruidor de corações.

Riram.

— Vamos à casa de alguém que a ama muito.

— Está querendo me empurrar para outro.

Ele entrou com ela na igreja e a deixou sentada no banco do fundo e foi se ajoelhar próximo ao altar. Ficou lá ajoelhado por uns dez minutos. Retornou e sentou-se ao lado dela.

— Quando você quiser podemos ir – ele disse e saíram da igreja.

— Por que ou para quem estava rezando?

— Por meus pecados e pelos homens que morreram quando resgatamos o Adão.

— Aqueles desgraçados que quase me violentaram...

— Quero que me prometa uma coisa. Um favor para mim.

— Sim. Que posso fazer para quem já tem tudo?

— Que nunca mais vai se deixar dominar pelo desejo de vingança.

— Bem... isso eu não posso prometer.

Anoitecia. As estrelas já podiam ser vistas no céu claro. Sentaram-se no muro do terreno baldio e ficaram olhando o horizonte.

— Quero lhe perguntar mais uma coisa.

— Não desperdice este momento com palavras — ele respondeu.

Permaneceram silenciosos. O tempo passou rápido. Estava chegando a hora do jantar na hospedaria.

— Vamos — ele disse levantando-se e oferecendo a mão para ela, que a pegou e caminhou sem largá-la.

— Desculpe-me. Que você quer me perguntar?

— Perdeu a oportunidade de saber, seu tosco. Não sabe que nunca se deve impedir uma mulher de falar?

— Gostou das estrelas?

— Estavam lindas!

— Então compensou minha rudeza.

— É... Mais ou menos. Que vai fazer após abandonar-me?

— Vou ver Joana, depois me esconder por um tempo, até tudo isso passar.

— Olha você falando dela outra vez. Quero saber o que vai fazer da sua vida. Você é inteligente e sábio, pode ser o que quiser.

— Obrigado.

— Não vá ficar presunçoso!

— Vou continuar a fazer o que me cabe neste mundo.

— Que é isso? Outra charada?

— Aprendi com Joana, que aprendeu com os antigos sábios do povo do seu pai, que a vida se resume em "resistir e compartilhar".

— Isso não quer dizer muita coisa. Pode explicar?

— Resistir à escuridão e compartilhar a luz. E eu acrescento a você: encontrar o amor verdadeiro.

— Sabe... Pensando bem... Você é melhor contando piadas, conte uma.

— Qual é o casamento insolúvel?

— Aquele que nunca acaba.

— Você não respondeu. Só explicou a pergunta.

— Não sei.

— O casamento entre primos.

— Por quê?

— Os primos são indivisíveis.

— Matemática de novo! Gostei mais daquela do número oito.

— Agora é a sua vez.

E seguiram até a pousada rindo e falando coisas divertidas.

Na hospedaria, reunidos com dona Bela e Mateus, conversaram, tomaram a refeição noturna, prosearam mais um pouco, dormiram e, antes do raiar do dia, partiram.

Elka e Mateus foram em direção ao leste; Vivi foi para o oeste.

*Leste e oeste não são lugares, só direções opostas, igual ao destino deles.* Assim pensou dona Bela ao se despedir de Elka e Vivi.

...

Crescente insatisfação, no início da década de 1920, alastrou-se por setores da sociedade brasileira, causando rachaduras sociais. A Primeira Guerra Mundial agravara a crise econômica, a industrialização no mundo ocidental trazia prosperidade e transformações ao Velho Mundo e aos Estados Unidos, mas o Brasil permanecia à margem dos benefícios advindos do período pós-guerra. Parte da população ansiava por um sistema político, moderno, liberal e democrático, outra parcela sonhava com ditadura nos moldes da Revolução Russa (1917) ou daquela que germinava no Partido dos Trabalhadores Alemães (sucedido pelo Partido Nacional-Socialista dos Trabalhadores Alemães), que tinha Hitler por membro. A maioria da população brasileira, no entanto, não tinha consciência das pretensões da elite intelectual e andava a reboque dessas ideias forasteiras.

Em 1922, ocorreu a Semana de Arte Moderna e a criação do Partido Comunista Brasileiro, contribuindo para a fecundação da cultura anarquizante e contestadora, presente em muitos momentos representativos da história futura do país, naquele tempo materializada no movimento tenentista.

Macunaíma de mãos dadas com Hitler e Max inspirando, sem que ao menos soubessem, nossos militares de baixa patente, em ações de saques e violências que pipocavam pela terra brasileira.

A luta no Rio Grande do Sul foi sangrenta. Marchas e contramarchas, atos isolados de coragem e heroísmo de ambos os lados, constante vilania e sordidez de um e de outro exército, deserções e exílios por parte dos revoltosos. Entre os exilados, estava o general João Francisco, que, pouco antes, havia promovido o coronel Prestes ao comando das tropas do Sul.

Em dezembro de 1924, os revoltosos gaúchos decidiram se unir aos paulistas e iniciaram a marcha em direção ao norte.

Rondon prosseguiu com a estratégia de guerra de posição, criando significativa dificuldade para Miguel Costa, mas o processo era por demais demoroso. Assim, o tempo foi passando.

Rondon acompanhava, de perto, a frente de batalha e passava grande parte do tempo no acampamento de Formigas. Sabendo disso, os revoltosos arquitetaram a captura dele e, para tal tarefa, foram designados os dois homens mais preparados em saques e trapaças: Cabanas e o Cavaleiro Tártaro, que iniciaram a marcha no dia 11 de janeiro de 1925 e, na madrugada do dia 21, realizaram o ataque. Mais uma vez, no entanto, a parceria de Cabanas com Cazã não deu resultado, e a missão fracassou.

...

Traquinas, os dias foram passando, enfileirados, seguindo caminho tortuoso em ritmo de marcha. Passou outubro, foi-se novembro e, do dia do aniversário de oito anos do menino da beira do rio Cuiabá, "o fazedor de amanhecer para usamento de poetas", Elka tomou a decisão de buscar a vingança que lhe corroía a alma. O bálsamo da convivência com Vivi não fora suficiente para aplacar o sentimento rancoroso. Mil vezes, ela relera o nome de Cazã na inseparável caderneta. O ombro convalescente e as recordações das palavras de Vivi a contiveram, mas chegou o momento da explosão das emoções contidas. O ombro se curou; a última gota já tinha sido derramada pelo amor impossível. Assim, naquele dia 19 de dezembro do ano de 1924, ela apanhou suas frustrações, seus cavalos, suas tralhas e o dinheiro que havia conseguido amealhar e partiu no mesmo instante em que vovó Nhanhá, aquela que era "entendida em regência verbal", preveniu, em vão, o neto genial sobre os perigos do faz de conta que nunca acontece. Ele era tão pequeno, não tinha como evitar de recolher o primeiro desperdício, o que faria a avó achar, quando ele partiu para o Rio de Janeiro, que ele iria "voltar homem de bem", mas "ele voltou de ateu". O menino, "o apanhador de desperdício", colheu ideia das histórias que ouviu sobre os revoltosos; elas o acompanhariam até a maturidade espiritual.

Elka conversou com Mateus, logo que deixou Campo Grande na viagem de volta, e admitiu que a única coisa que tinha em comum com ele era a desgraça dos pais assassinados pelo Cavaleiro Tártaro. Ele se disse desolado e sem saber o que fazer da vida, ela repetiu algo parecido ao que Vivi havia lhe dito:

— Seus melhores dias estão por vir.

— Os revoltosos acabaram comigo; com o meu corpo e com a minha mente. Transformaram-me em órfão e assassino de gente inocente.

Ela disse a Mateus que tudo o que aconteceu, desde a morte do pai, lhe havia transformado a vida e, com esse argumento, terminou o namoro com ele, o qual não se surpreendeu; pensou que tinha a ver com o fato de ter atirado no pai dela. Fato que ela não sabia, mas ele não sabia que ela não sabia. Não disse nada, ela continuou sem saber.

Ela foi para o sul, passou por Campo Grande, mas evitou a hospedaria da dona Bela, pois sabia que ela iria tentar demovê-la do intento. Em Campo Grande comprou armas e munições.

Quando chegou a Foz do Iguaçu, o ano de 1924 e a primeira quinzena do primeiro mês de 1925 já haviam desaparecido no tempo. Elka, dizendo-se sobrinha de Cazã, obteve informação de que ele estava baseado em Catanduvas, mas, naqueles dias, fora designado para a aventura de capturar o general Rondon. Ela decidiu aguardar pelo retorno dele a Catanduvas, o que, no entanto, não ocorreria, pois, com o fracasso da missão, Cabanas seguiu para o sul e Cazã juntou o seu pequeno bando e saiu a fazer o que sabia fazer com primor: saquear pequenos povoados e matar gente inocente. As tropas do general Rondon apertaram o cerco e os revoltosos paulistas amargaram derrotas seguidas, todavia o pelotão do Cavaleiro Tártaro era ágil e deslocava-se em zigue-zague, dificultando sua localização pelos legalistas e tornando quase impossível Elka chegar até ele. Quando ela obtinha informação de que estava seguindo em uma direção, o bando já estava matando gente em direção oposta.

Os revoltosos gaúchos também passavam por maus bocados. Faltavam-lhes armas em marcha penosa, patinando e atolando na lama das matas do rio Uruguai e depois do rio Iguaçu, em picadas abertas a facão, sem churrasco, sem chimarrão, sem cavalos, carregando selas e ponchos molhados nas costas. Centenas de soldados abandonaram a tropa e fugiram para a Argentina. Ao tentar fugir, o tenente João Pedro Gay foi preso e acusado de incentivar a deserção em massa. Prestes, travestido de um Conselho de Guerra, condenou-o à morte por fuzilamento.

Nesse ínterim, iniciaram-se conversações para um cessar-fogo e Elka ousou pensar que poderia ser mais fácil pegar Cazã quando a revolução terminasse. No entanto, o máximo que o consenso produziu foi, no dia 24 de fevereiro, uma confraternização entre os soldados que lutavam de ambos os lados, em Catanduvas. Em 6 de março, as negociações recomeçaram, em Passo de Los Libres, mas as batalhas continuaram e, em 30 de março, as tropas legalistas retomaram Catanduvas, o que provocou grande confusão nas tropas revoltosas.

Muitos soldados se entregaram ou fugiram, e as informações sobre as atividades dos revoltosos tornaram-se mais acessíveis. Elka ficou sabendo do paradeiro de Cazã, que resolvera suspender os saques após o fracasso sofrido no último povoado que tentara saquear.

Quando Cazã atacou o pequeno e hoje extinto povoado de Ipê Rosa, às margens do rio Paraná, os poucos habitantes estavam preparados para enfrentá-lo. A surpresa da incomum reação e o inquebrantável desejo de sobreviver daquela gente fizeram o Cavaleiro Tártaro recuar, após intensa troca de tiros, que causara baixa de nove revoltosos e doze cidadãos do vilarejo. Os moradores sepultaram todos os mortos em covas no cemitério local. Só as cruzes diferenciavam as sepulturas. As cruzes dos moradores do local foram feitas em aroeira, as dos revoltosos, em madeira originária da *sclerolobium aureum*, que, apesar do nome pomposo, não passa do conhecido pau-bosta, de cheiro nada agradável. Muito tempo depois, João Martins, um dos líderes da resistência, contou que as cruzes separavam aqueles que lutaram para preservar vidas daqueles que almejavam tirá-las.

No dia 4 de abril do ano de 1925, Elka chegou ao acampamento do batalhão de Cazã e, tentando repetir o que Vivi fizera quando do resgate de Adão, ela passou o resto do dia às escondidas, observando o comportamento da tropa do inimigo. Cinco vigias faziam a ronda, formando um pentágono entre eles. Sempre um deles tinha o campo de visão, pelo menos, de dois outros. Dentro do polígono estava o acampamento no qual ficava a tenda de Cazã.

Às duas horas da madrugada, ela deixou a égua Feia e o cavalo Bolacha no improvisado esconderijo, pegou armas e munição e foi em direção ao acampamento, esgueirando-se pela mata rala, com pinheiros uns distantes dos outros. Rastejando, passou pelos vigias e entrou na tenda do Cavaleiro Tártaro, que dormia tranquilo na cama de campanha. Quem o visse, sem conhecê-lo, poderia dizer que dormia o sonho dos justos, mas, para Elka, era o sono insensível de um psicopata.

Ela apontou a carabina para Cazã. Nunca havia tirado a vida de uma pessoa e, por um instante, pensou que poderia não ser Cazã quem estava dormindo ali à sua frente e, com isso, perdeu segundos preciosos. Tinha-o na mira, mas, antes de puxar o gatilho, sentiu um tranco violento na cabeça e tudo escureceu para ela.

Ao perscrutar o acampamento, ela não conseguira identificar que, além dos vigias, Cazã mantinha, dia e noite, guarda-costas para a segurança pessoal.

Quando ela recobrou os sentidos, estava amordaçada e amarrada ao tronco da araucária ao lado da barraca de Cazã. A cabeça doía e sangue corria-lhe pela fronte. Ouviu vozes e avistou, ao longe, algumas pessoas andando e fumaça brigando com os primeiros raios do sol. Um cheiro de café chegou até ela. O dia foi clareando, homens passavam próximos a ela, mas não lhe prestavam atenção. Era como se ela não pertencesse àquela realidade sensível. Permaneceu amarrada à árvore até por volta do meio-dia, quando dois sujeitos se encaminharam até ela: o subcomandante com o fardamento habitual e Cazã, que portava, na cintura, a pistola Luger P08 e a adaga de gume único e cabo trabalhado em ouro. O sangue turvava-lhe os olhos, mas ela conseguiu distinguir aqueles dois e percebeu que o que não usava uniforme carregava na mão uma guasca.

Antes de dizer qualquer palavra, Cazã aplicou-lhe um guascaço no rosto. A violência do golpe moveu a cabeça de Elka para o lado e os lábios racharam-se em sangue.

— Vou fazer-lhe algumas perguntas e, sempre que não responder ou mentir, vai receber uma carícia na cara, cada vez mais forte até que morra ou diga a verdade.

Ela não disse nada.

— Onde estão seus comparsas?

— Estou só.

Cazã bateu com força no outro lado do seu rosto e mais sangue espirrou da boca e do nariz.

— Esqueci de avisar... Você apanha também quando eu ficar em dúvida.

— Acho que, quanto a isso, ela falou a verdade. Não encontramos nada além dos dois cavalos. Não há pegadas de outros animais ou pessoas — retrucou o subcomandante.

— Que veio fazer aqui?

— Matar você.

— Muito bem. Como é o seu nome?

— Elka.

— Nome e sobrenome.

— Elka Stulbach.

— Stulbach... Stulbach... Lembra alguma coisa? — Cazã perguntou ao subcomandante.

— Não é um sobrenome comum. Teve um fazendeiro... aquele a quem chamavam de Polaco... tinha um sobrenome parecido com isso.

— Você é parente do Polaco?

— Filha.

— Demorou muito tempo para querer se vingar. Que aconteceu, só agora criou coragem?

— Já tentei antes, seu cretino.

Cazã deu-lhe outro golpe na cabeça.

— Isso é para manter o nível civilizado da conversa.

Cazã chamou o subcomandante para um local mais afastado e trocou algumas palavras com ele. Ao retornar, perguntou a Elka:

— Você participou da deserção do soldado Adão?

— Sim.

— Por que não tentou me matar daquela vez?

— Fui ferida.

— Havia uma outra pessoa com você, era aquele a quem chamam de Vivi.

Ela ficou calada.

Ele lhe deu outro golpe.

— Era o Vivi?

Ela permaneceu calada, ele continuou a bater, a bater, a bater... ela desmaiou. Eles a reanimaram e Cazã continuou a bater. Abriram-se cortes por todo o rosto. Cazã gritou alguma coisa e veio um homem com sal e pimenta e esfregou no rosto dela. Continuou batendo. Ela não aguentava mais.

Balbuciou:

— Sim...

Cazã bateu mais algumas vezes, ela perdeu os sentidos.

— Isso foi por demorar tanto a responder — disse o Cavaleiro Tártaro, mesmo sabendo que ela não ouviria.

Cazã e o subcomandante se retiraram para a tenda, deixando-a desfalecida, amarrada ao tronco da araucária.

Ela permaneceu atada à arvore até a manhã do dia seguinte, sem comer e sem beber. Cazã e o subcomandante continuaram com a tortura e arrancaram dela o que ela sabia sobre Vivi. Depois, o Cavaleiro Tártaro deu ordens para que a mantivessem com vida. Ela seria a isca para pescar o petulante desertor.

Cazã conseguiu autorização do seu superior para, com uma patrulha de cinco homens, ir à caça.

Deixou o pelotão sob o comando do subcomandante, formou patrulha com cinco dos melhores homens e, arrastando a combalida Elka, partiu rumo a Campo Grande.

...

No dia 11 de abril de 1925, oitocentos homens sob o comando de Prestes — tudo que restou dos revoltosos gaúchos — uniram-se aos sobreviventes rebeldes paulistas, em Benjamim Constant. No dia seguinte, em Foz do Iguaçu, reuniu-se o alto comando dos revolucionários que apresentavam opiniões divergentes. A maioria dos oficiais paulistas, sob a direção do general Isidoro, clamava pelo fim da luta e o exílio na Argentina; outros, liderados por Prestes, defendiam uma grande marcha pelo país com o objetivo de provocar a guerra civil e derrubar o governo. Cabanas estava entre os que decidiram abandonar o barco revolucionário e buscou refúgio no Uruguai.

Apesar de muitas deserções, prevaleceu a opinião defendida por Prestes. Formou-se, então, a 1ª Divisão Revolucionária, sob o comando geral de Miguel Costa, com 1.500 homens distribuídos assim: Brigada "Rio Grande", com oitocentos homens sob o comando de Luiz Carlos Prestes, e brigada "Paulista", com setecentos homens sob o comando de Juarez Távora. O general Isidoro foi para a Argentina com a pretensão de organizar a rede de auxílio externo.

As tropas legalistas, no entanto, avançavam seguindo a estratégia traçada por Rondon de conseguir a rendição ou o exílio. Não restou alternativa para os revoltosos que não a de atravessar o rio Paraná e entrar no Paraguai. Em 3 de maio, reingressaram no Mato Grosso, hoje Mato Grosso do Sul.

...

O Cavaleiro Tártaro enviou um emissário até a cidade de Jardim, com envelope para Vivi. Nele continha data e local em que ele deveria se entregar e ameaças do que aconteceria com Elka, com Joana e toda a família, caso ele não aparecesse. O mensageiro utilizou-se de ônibus e trem para tornar a viagem mais rápida. O envelope foi entregue a um comerciante, que o levou até Joana, que o fez chegar até Vivi.

No fim do mês de abril, enquanto os revoltosos marchavam por terras paraguaias, Cazã chegou às margens do rio Aquidauana e montou acampamento para aguardar a rendição do desertor.

Elka quase morrera em consequência das sevícias sofridas. Chegou estropiada, prostrando-se ante a cruel realidade. Nem mesmo a possibilidade de rever Vivi animava-a. Com as mãos e os pés amarrados, mantinham-na jogada ao chão.

No início da noite anterior ao dia marcado, dois homens de Cazã desapareceram. Cazã sabia que Vivi era o responsável. O Cavaleiro Tártaro ordenou que um dos seus homens fosse procurá-los. O estampido que ouviu fez com que se aproximasse de Elka e apontasse a pistola para ela; determinou que os dois homens restantes o protegessem e aguardou. Permaneceram naquela situação por muito tempo sem que nada acontecesse. Estava escuro e não se ouviam ruídos, além das aves noturnas e dos insetos da mata ciliar.

— Apareça! — gritou Cazã. O silêncio persistiu lá fora.

— Vou matá-la.

Gritou e gritou por mais algumas vezes, mas o silêncio permaneceu.

— Parece que ele não dá a mínima para você — disse Cazã a Elka.

— Ele não está aqui por minha causa. Veio porque você cometeu o desatino de ameaçar Joana.

— Hoje ele morre e, quando a revolução triunfar, eu a mato com toda a família dela.

— Todos vocês vão morrer hoje. Meu pai será vingado.

— Cala a boca, idiota. Não fui eu quem matou o seu pai.

— Do que está falando, assassino!?

— Eu apenas lhe fiz alguns afagos, mas quem o matou foi o seu namorado.

— Não acredito em você.

— Não precisa, você também vai morrer aqui. Só não morreu ainda por ser o meu escudo provisório.

Mal terminou a frase, dois tiros ecoaram da mata e dois corpos caíram ao lado do Cavaleiro Tártaro.

Cazã, acostumado a espalhar terror, sentiu medo. Avaliou as alternativas e decidiu:

— Eu me rendo! — gritou, jogando a pistola no chão. Reacendeu o fogo, que iluminou a escuridão. Ele ficou onde podia ser visto e clamou: — Eu me rendo! Estou desarmado.

Vivi caminhou até Cazã e tirou-lhe o grande punhal. Pôs a arma na forquilha do tronco e amarrou o Cavaleiro Tártaro à árvore, em seguida, soltou Elka e a abraçou.

— Minha querida amiga, o que fizeram com você?

Ela soluçou nos braços dele.

Ele deu-lhe de beber e de comer. Insistiu que ela dormisse um pouco. Ele ficaria de guarda.

— Durma tranquila, estarei aqui. Ao amanhecer, eu a acordo para vigiar. Vou precisar de duas ou três horas de sono.

— Que vai fazer com ele?

— Amanhã iremos entregá-lo aos militares em Aquidauana e procuraremos um médico para você. Depois a levarei para casa.

— Sim.

Ela respondeu e deitou-se sobre os pelegos que ele estendera no chão. Queria dizer o quanto era bom revê-lo e quanta saudade sentira, mas apenas falou bem baixinho:

— Desculpe-me.

Dormiu e sonhou. No sonho, encontrou o homem com quem havia sonhado quando estava a caminho de Campo Grande pela primeira vez.

Foi um bom sonho.

Um pouco antes do amanhecer, Vivi a despertou.

— Fique com a pistola dele. Qualquer movimento ou ruído suspeito, atire para o alto. Meu sono é profundo, mas acordo fácil.

Ela esperou um pouquinho e foi vê-lo. O sono era pesado.

Elka amordaçou Cazã, pegou a adaga da forquilha e cortou a jugular dele.

Quando acordou, Vivi a encontrou sentada no chão. Ele a ajudou a levantar. Ela tremia. Abraçou-a.

— Minha querida amiga, o que você fez a você mesma?
— Desculpe-me.

Foi tudo o que conversaram sobre o que acabara de acontecer.

Ele enterrou os seis corpos e os pertences de cada um. Na cova do Cavaleiro Tártaro ficou a pistola e a adaga de cabo ornamentado com ouro. Fincou uma cruz em cada túmulo. Ela ficou observando à distância. Viu-o, após enterrar o último cadáver e fixar a última cruz, pôr-se de joelhos e permanecer em reverência por alguns minutos. Pensou no que podia mover aquele homem e murmurou:

— Escravo de valores.

Ele montou o cavalo tordilho e ela, o branco. Em Aquidauana, ela foi hospitalizada e lá permaneceu internada por uma semana. Ele ficou ao lado dela dia e noite. Ela o mandava ir embora, cuidar da vida. Ele teimava em tomar conta dela. Conversavam.

— Você fala inglês?
— Sofrível.
— Vou dar para você um livro. Está escrito em inglês.

— Obrigada, mas não vou conseguir ler...

— Essa poderá ser uma de suas metas. Retornar aos estudos.

— Para ler o livro?

— Sim. Faça isso por mim.

— O livro vale tanto esforço?

— Você vale.

— Não percebeu ainda que sou uma desmiolada? Que só crio confusão para você?

— Volte a estudar e arrume muitas desconfusões para nós.

— Traduza um trecho para mim.

— É um livro de poemas. Vou ler um e só um! O nome da composição que vou ler é *Terminus*.

Ele leu, fazendo as adaptações possíveis para a língua materna em prosa, da maneira que lhe foi possível para conservar a concepção do autor.

*"Já é tempo de ser velho, já é tempo de recolher as velas;*
*O Deus dos limites, que põe uma praia à beira do mar, veio-me, nos seus passeios fatais, e disse:*
*Não além! Não estendas mais longe os teus braços ambiciosos e as tuas raízes.*
*A imaginação te deixa; nada mais de invenções; limita o teu firmamento ao espaço da tua tenda.*
*O que deves fazer é escolher entre duas coisas, não há tempo para mais. Poupa a vida que passa, e nem deixe de reverenciar o Doador.*

*Deixe de ambicionar o muito e contenta-te com o pouco: aceita, enquanto é tempo, os termos da prudência e suaviza a queda com passos cautelosos; por mais um pouco, ainda, deseja e sorri e, em falta de novas sementes deixa amadurecer o fruto que não caiu.*

*Amaldiçoa, se quiser, os teus genitores, maus maridos de más esposas, que, ao te darem a vida, deixaram de legar-te a fibra antiga rija como outrora, aos teus ossos a medula necessária; mas deixaram-te por legado veias decadentes, um ardor inconstante e entranhas sem energias.*

*Entre as musas, deixaram-te surdo e mudo; entre gladiadores, deixaram-te coxo e trôpego.*

*Assim como o pássaro se encolhe para se abrigar da tempestade, eu me preparei para a tormenta dos tempos, comando o leme e colho as velas, obedecendo a voz que ontem obedecia: submisso e fiel, afugento o medo, e para a frente, direito caminho desarmado; o porto, que bem vale a viagem, está-se aproximando, e as suas águas são encantadas."*

Quando ele terminou de ler havia lágrimas nos olhos dela.

— Você me fazendo chorar, de novo.

Ele olhou para ela sorrindo, mas não disse nada.

— O autor é aquele tal... Emerson de quem havia falado?

— Sim.

— O final do poema é a sua cara. Submisso e fiel... à Joana... Bem-aventurado você que tem um porto de águas encantadas.

— Há um porto esperando por você, Elka. Acredite em mim.

— Traduza outro poema do livro. Ouvindo a sua voz, eles ficam maravilhosos.

— Não. Só um, eu disse.

Ele estendeu o livro para ela. Completou:

— Tente ler você.

Ela abriu o velho livro em uma página qualquer e começou:

— Dá tudo... Dá tudo... Dá tudo ao Amor... Não consigo.

— O título você conseguiu. Não é pouca coisa.

Ela fechou o livro e o manteve preso, com as mãos, ao colo.

Nas noites daquela semana, quando a maioria dos doentes estavam dormindo e as rondas dos enfermeiros tornavam-se escassas, eles falavam sobre muitos assuntos; ele sempre insistia para que ela retornasse aos estudos.

— Você fala como se fosse meu pai ou alguém bem velhinho. Olha para você. Por que não está numa faculdade? Faça o que eu falo, mas não faça o que eu faço. É esse o seu lema?

— Nós estudamos todos os dias. E, muitas vezes, buscamos ajuda na Escola Politécnica de São Paulo, na Universidade do Paraná ou na Faculdade de Direito de São Paulo.

— Nós... Quer dizer você e a Joana, certo?

— Sim, embora, não raro, tenhamos a companhia dos pais dela e de outras pessoas da região que buscam sabedoria.

— Vou fazer o que você quer. Esconder-me atrás dos livros, talvez, ajude a me ver no espelho todos os dias.

— Do que está falando?

— Olhe para mim! As cicatrizes no meu rosto...

Não terminou a frase e chorou.

Ele se levantou do banco, foi até a cama dela, beijou-lhe a face várias vezes, como se estivesse beijando cada uma das suas marcas, depois deitou-se ao seu lado, abraçando-a.

— Quando eu era pequena, as crianças da escola chamavam-me por Keka Feia. Acho que é meu destino acrescentar essa palavra ao meu nome.

— Você é linda!

— Mentiroso. Agora que estou feia, toda desfigurada, você se deita ao meu lado. Que precisam fazer comigo para me dar um beijo de verdade?

— Você não quer isso.

— Quero sim, senhor.

— Você estaria traindo o amor da sua vida.

— Não tenho ninguém, nem namorado, nem noivo, nem amor; só tristeza.

— Vou repetir: ele está esperando você em algum tempo ou lugar.

— Você de novo com essa conversa. O único traidor aqui seria você. Não tem ninguém me esperando em lugar nenhum. Não tenho amor correspondido hoje, como não tive ontem e não terei amanhã. Só tenho um sonho que me persegue. Mas sonho é só o que vem atrapalhar o nosso sono.

— No plano físico nos relacionamos sob a tirania do tempo e do espaço, no plano espiritual estamos livres desses limites e um sonho pode ser mais do que uma noite maldormida.

— E o que isso tem a ver comigo?

— Que você deve "Dar tudo ao amor".

— Isso é só o título de um poema.

— Vamos falar de outro jeito.

— De que jeito?

— Um jeito mais prático. Espero que não se ofenda.

— Manda... Estou ouvindo.

— Se hoje nós tivéssemos relações sexuais, seria prazeroso para ambos. Talvez, com júbilo, faríamos outras vezes. E tudo pareceria bom. Um dia, num futuro breve ou longínquo, você encontraria o amor da sua vida. A outra parte da sua alma. Então, lá nesse tempo, o que você diria para você mesma?

— Não sei. Quem sabe: *Acorda, Elka!*

— Não seria sonho, mas o primeiro contato com a sua realidade.

— Acho que não iria falar nada, só aproveitar.

— O aproveitamento poderia estar prejudicado pela infidelidade.

— Eu nunca seria infiel a ele.

— Já teria sido hoje.

— Isso seria passado.

— Quando as almas se fundem não existe mais a linha do tempo. Só similaridade ou dissimilaridade.

— Você é tão...

— Tão...

— Tão... louco.

— O amor passa por etapas até chegar ao amor incondicional. O primeiro nível é o amor que depende de algo ou amor condicional. O dano que você causaria ao outro, mesmo que não quisesse lembrar-se de hoje, dificultaria a ascensão.

— Poderíamos pular para o último nível?

— Os atributos e as etapas são da essência do amor.

— E como sabe de tudo isso?

— Já percorri esse caminho.

Nas conversas que se desenrolaram, prevaleciam amenidades, mas, em determinadas ocasiões, tangenciavam mistério profundo.

Naquela noite, ele permaneceu deitado ao lado dela até que adormecesse.

No último dia de estada no hospital, ele escreveu alguma coisa no livro de poema que havia dado a ela.

— É uma *mishná* atribuída a Hilel. Já deve ter lido com seu pai. Ela correu os olhos:

*Se eu não for por mim, quem será? Mas se eu for só por mim, o que sou eu? Se não agora, quando?*

— Sim, lemos...

— Quero que você reflita sobre essas palavras. Vá além das questões perceptíveis, tal qual a liberdade, o egocentrismo e a não procrastinação (agora). Faça uma viagem à sabedoria oculta nesse aforismo.

Quando eles saíram de Aquidauana, os revoltosos já estavam em território mato-grossense. Mais de mil homens famintos, seminus, parecendo bichos, atacando pioneiros gaúchos, pobres e sem armas de guerra, com ordem de saque livre, dada por Prestes. Os agricultores da região, que viviam assombrados pelos bandidos castelhanos e pelo humor explosivo dos índios, foram surpreendidos e arrasados pelos revoltosos. Dona Lila, moradora de Sacarão, hoje Iguatemi, comparou a tropa de Prestes a "uma nuvem de gafanhotos" e acrescentou: "Só que gafanhotos são melhores porque não matam gente".

Com as barrigas cheias e mais bem vestidos, os revolucionários atacaram Ponta Porã e seguiram em direção a Nioaque.

Vivi e Elka, em Campo Grande, pararam na hospedaria da dona Bela, que levou um susto ao ver a transfiguração por qual passara Elka. Magreza excessiva, cabisbaixa, horríveis cicatrizes no rosto, bem diferente da garota altiva das últimas vezes em que haviam estado juntas.

Dona Bela contou-lhes sobre o disse me disse corrente: os revoltosos, depois de Ponta Porã, atacariam Nioaque e, em seguida, Campo Grande. Revelou que estava se preparando para ir passar uns dias com a mãe de Joana, em Jardim, até a ameaça passar. Vivi mandou recados para Joana e, num momento em que Elka não estava presente, pediu que dissesse à Joana que iria demorar, pois sua intenção era ajudar a amiga convalescente.

— Ela está tão doente assim? — perguntou dona Bela.

— Não há nada de errado com a saúde física, mas a alma está enferma. Temo que se consagre à escuridão.

— Gosta dela, não?

— É a irmã que não tive nesta vida.

Depois de pernoitar, partiram.

Ao retornar para casa, Elka quis saber de Rubens a verdadeira história sobre a morte do pai. Dessa vez, o capataz contou-lhe os detalhes, terminando por dizer que Mateus puxara o gatilho apenas para livrar Polaco do sofrimento. Elka foi tomada pelo sentimento rancoroso de vingança. Vivi argumentou. Ela estava surda à voz da razão e cega pelo ódio. Então ele disse:

— Pois bem, vamos resolver isso.

Encontraram Mateus em Rio Pardo. Bêbado e caído no terréu ao lado do bar. Era um farrapo humano.

— Olhe bem para ele.

Elka não disse nada.

— Olhe bem para ele. Que você vê, Elka?

— O assassino do meu pai.

— Ele é tão culpado quanto eu ou você. É só mais uma vítima da loucura do Cavaleiro Tártaro.

Ela chorou.

— É hora de você voltar para casa.

Mateus nunca conseguiu superar o trauma deixado pela experiência revoltosa. Acabou indigente e foi encontrado morto, por inanição, numa fria noite de julho, dez anos depois.

Vivi reorganizou a fazenda de Elka e ensinou-lhe como obter rendimentos para manter a fazenda e gerar lucro suficiente para que ela pudesse ir estudar na cidade grande.

Adão, com o apoio do pai e de Ellka, conseguiu superar o vício do álcool que herdara da campanha revolucionária.

Sofreu por muito tempo com ansiedade e sonhos perturbadores, mas constituiu família e viveu com dignidade.

Por mais de um mês, Vivi seguiu cuidando de Elka e orientando Rubens sobre a gestão do empreendimento agropecuário.

Durante esse tempo, os revoltosos aproximaram-se de Nioaque, deixando a população apavorada, mas, com as tropas legalistas comandadas pelo major Bertoldo Klinger seguindo os seus rastros, optaram por tomar outro caminho. Pelo mesmo motivo, também não atacaram Campo Grande. Com muita mobilidade e deslocando-se por caminhos inacessíveis às tropas legalistas, os revoltosos avançaram em direção ao Norte, saqueando os pequenos povoados e sequestrando, na ponta do fuzil, homens para compor suas fileiras.

Vivi achou que já era tempo de deixar a companhia de Elka e avisou que estava de partida.

Enquanto ele foi buscar os cavalos, Elka remexeu a mochila dele e achou o revólver 38. Escondeu-o em uma gaveta qualquer. Fez aquilo por instinto, como se quisesse algo dele que representasse o outro traço de caráter que havia conhecido: o homem impassível e quase infalível.

Ele deixou a fazenda de Elka com a convicção de que ela havia divisado novo sentido para a vida. Antes de partir, disse:

— Emerson é mais importante que o 38.

Ela sorriu para ele. Parece que ela já sabia que ele sabia do furto, antes mesmo de ele acontecer.

Elka, com aqueles olhos tristes, ficou olhando-o partir e quis correr atrás dele, para dizer que o amava, mas sabia que era inútil e, por um momento, não deixou de admirar a imutabilidade do sentimento que o unia à Joana. O tempo parou, mas o espaço prosseguiu sua terrível ação de distanciá-lo naquela estrada de terra que o levaria para muito longe. Pensou que não faria mais parte do seu destino, não mais desfrutaria da magia do seu olhar, da sua alegria sensata, nem da voz viçosa que espalhava flores carregadas de pensamentos.

Ele partiu no mesmo dia em que os revoltosos chegaram ao lugarejo de Jaraguari com licença para saquear, estuprar e matar.

Jaraguari estava à margem da estrada por onde ele iria passar na sua jornada de volta para casa.

Vivi resolveu pernoitar às margens do córrego Perdizes, em Jaraguari, e montou acampamento. A fogueira ainda estava acesa e ele já estava adormecendo quando ouviu os passos de alguém que se aproximava. Levantou-se da rede e, com o fuzil nas mãos, esperou.

— Boa noite.

— Boa noite.

Era um agricultor da região que se embrenhou no mato para fugir dos revoltosos. Vivi largou o fuzil, encostando-o na árvore.

— Posso passar a noite aqui com você, moço?

— Que aconteceu?

— São os revoltosos. Fugi para não ser levado à força por eles. Eles chegaram hoje bem cedinho.

— E a sua família?

— Tenho mulher e uma filha bebezinho.

— Onde elas estão?

— Ficaram em casa. Eles só levam os homens.

— Elas estão correndo perigo.

— Não, seu moço. Eles lutam por uma coisa errada, mas são homens de honra.

— Conheci alguns revoltosos e não encontrei nenhuma honra neles.

— Meu patrão já tem tudo preparado. Vai entregar toda a criação e ainda vai dar um bom dinheiro para eles.

— Vou rezar por sua família.

— Não carece, moço. Já lhe disse que elas vão ficar bem.

— Qual é o seu nome, senhor?

— João Sabino Barbosa, ao seu dispor. Não precisa me chamar de senhor, não sou muito mais velho que o moço.

Vivi pegou pelegos e a manta e improvisou uma cama para ele no chão.

Na manhã do dia seguinte, Vivi seguiu para Campo Grande e João, escondido na mata, esperou que os revoltosos fossem embora. Em casa, encontrou a mulher caída no chão, em estado catatônico, com as pernas ensanguentadas pela violência dos seguidos estupros que sofrera e a menina sem forças de tanto gritar sem ter ninguém para socorrê-la.

O mundo simples e alegre de João acabou. Não socorreu nem a mulher, nem a filha. Foi atrás dos revoltosos e declarou que queria lutar ao lado deles.

João Sabino seguiu com os revoltosos e, com eles, entrou pelo estado de Goiás até identificar e matar os estupradores. João esperava os combates e, em vez de atirar contra as patrulhas legalistas, atirava nos revoltosos.

João executou sua vingança e abandonou os revoltosos, mas nunca conseguiu deixar a escuridão. Tornou-se assassino, pistoleiro de aluguel. Muito tempo depois, morreu na cadeia em Campo Grande.

No lugar chamado Deserto de Camapuã, as divergências entre os líderes revolucionários acentuaram-se. Fez-se, em 10 de junho de 1925, uma nova reorganização. O comando geral continuou com Miguel Costa, mas criou-se um "Estado Maior" chefiado pelo "Coronel" Prestes. Na prática, a partir daquele dia e até o final da marcha, o verdadeiro comandante seria Prestes.

Rasputin passou a trabalhar de assessor no "Estado Maior" sob a liderança de Prestes. Ele raspou barba e bigode e passou a ser chamado pelo verdadeiro nome: Edmundo.

O Cavaleiro Tártaro estava morto e enterrado às margens do rio Aquidauana. Cavaleiro morto, cavaleiro posto. Quis o destino parar o Cavaleiro Tártaro, mas permitiu seguir o Cavaleiro Tartáreo, cujos feitos seriam, tempos depois, contados em prosa e verso pelos fazedores de vento, travestido no Cavaleiro da Esperança.

Vivi pernoitou em Campo Grande e encontrou-se com dona Bela, que já havia retornado de Jardim.

Tiveram oportunidade de pôr a conversa em dia, até o tardar da noite.

Na madrugada do dia seguinte, ele partiu em direção aos braços da eterna amada.

Seu destino não mais cruzaria com o fadário de Elka. Nunca mais se encontrariam. Contudo ela estava, de forma irremediável, impregnada de um novo processo mental que a tornaria diferente de tudo que fora antes.

...

Elka passou o restante do ano na fazenda, implementando as rotinas traçadas por Vivi, e viu a fazenda prosperar como nunca.

Em janeiro de 1926 foi para São Paulo. Entre as coisas que levou na bagagem estavam o livro de poemas de Emerson, com que Vivi a presenteara, e o 38 Smith Wesson Special que furtara do amigo.

Estudou na Faculdade de Direito de São Paulo, formando-se advogada. Montou escritório e começou a trabalhar naquela pujante cidade. Mais tarde, passou a dar aulas, no período noturno, na Escola Estadual São Paulo. Vez ou outra, voltava à fazenda, administrada por Rubens, com a ajuda de Adão. Aprendeu inglês e leu Emerson, que a influenciou de forma inspiradora e constitutiva.

Nesse intervalo de tempo, a Coluna Prestes passou por Goiás, Minas Gerais, Bahia, Maranhão, Piauí, Ceará, Rio Grande do Norte, Paraíba, Alagoas, Sergipe, Pernambuco e depois retornou serpeando até regressar a Mato Grosso.

Entre fevereiro e março de 1927, Prestes e Miguel Costa refugiaram-se na Bolívia e oitenta homens, comandados por Siqueira Campos, fizeram uma penosa travessia do

Pantanal até chegar ao Paraguai. Nesse percurso, o subcomandante, braço direito de Cazã, morreu vítima de malária. Rasputin, ou, como agora era nominado, Edmundo, seguiu com o grupo de Prestes para a Bolívia.

Edmundo ficou por um tempo na Bolívia e, em 1930, com a ajuda de Prestes, conseguiu mudar-se para a União Soviética. No ano seguinte, Prestes também seguiu para a Rússia.

O movimento revoltoso organizado por tenentistas que ficou conhecido por Coluna Miguel Costa-Prestes ou Coluna Prestes, chegou ao fim, após percorrer 25 mil quilômetros por terras brasileiras, deixando o legado do destrambelhamento humano.

Com o ideal de construir um Brasil melhor, acreditando em tendências inevitáveis e pregando uma nova ordem, mas sem a coragem necessária para admitir que eram apenas imitadores da dupla Lenin/Stalin, plantaram, no Brasil, a semente da ignóbil ideia de "quanto mais governo, melhor". Contrariando Vieira, a semente semeada no espinho e a semente semeada na pedra, desta feita, germinariam três anos depois com golpe de Estado e a tomada do poder por Getúlio Vargas. Nem as pedras secaram-na, nem os espinhos afogaram-na, pois os corações embaraçados, iguais aos corações duros e obstinados, eram propícios às vozes daqueles pregadores.

Grande desgraça!

Com frequência, Elka sofria crises de onirodinia tendo por protagonista o Cavaleiro Tártaro e, com pouca frequência, sonhava com o homem misterioso que lhe veio, em sonho, quando voou na flor do araticum sobre o Buraco das Araras.

Ela, do seu escritório na Praça João Mendes, assistiu ao namoro brasileiro com a ditadura getulista ou "Estado Novo". Naquela época, grande parte do mundo flertava com as ditaduras; Hitler na Alemanha, Lenin e Stalin na Rússia, Mussolini na Itália eram por demais sedutores àqueles ávidos por poder. Ela observou de longe os resultados dessa relação sensitiva hebetada: guerra, holocausto e matança de todo tipo; seis milhões de judeus vítimas dos ideais nazistas e vinte milhões de russos mortos pela glória da revolução comunista.

Às vezes, no intervalo de um processo e outro ou de uma aula e outra, ela pensava em retornar à fazenda e isolar-se do mundo. Nesses momentos de esmorecimento, abria o velho livro de poemas de Emerson e lia as palavras escritas nele pelo seu amigo, citando sabedoria milenar... E dizia para si mesma:

*Mas se eu for só por mim, o que sou eu?*

Ela pensava no pedido que Vivi lhe havia feito para meditar sobre aquela máxima e achava que talvez uma das muitas coisas que ele queria que ela vislumbrasse fosse a linha tênue que divide a solidariedade da escravidão.

CAPÍTULO II
# O triunfo da quimera

Inspirada no "Estado Novo" português, em 1934, transcorria aqui no Brasil a ditadura de Vargas, quando Manoel Wenceslau Leite de Barros, que "pensava renovar o homem usando borboletas", entrou para a Juventude Comunista. Tinha dezoito anos e morava no Rio de Janeiro, onde havia uma estátua feiíssima que o moço concordou aprimorar com a frase: *Viva o comunismo.* Não era tempo para aperfeiçoamentos estéticos ideológicos e a polícia foi à pensão onde ele morava para prendê-lo. Livrou-se da cadeia por Nossa Senhora de Minha Escuridão e pelos argumentos da dona da hospedaria. Nessa época, já estava ele usando palavras para compor seus silêncios. O mundo, entretanto, era só estrondo e soluço. Lá fora, os comunistas matavam e extraditavam poloneses para campos de trabalho forçado, no massacre de Katyn, e os nazistas, um pouco depois, fuzilariam milhares de judeus no massacre de Balbiyar.

A disputa entre ditadores para saber quem mataria mais gente seguia o curso.

Aqui dentro, o ranger de dentes, nas prisões varguistas, foi abafado por leis trabalhistas e criação de estatais.

Diz o ditado português que "Não há mal que nunca se acabe" e, confirmando o provérbio, a Segunda Guerra Mundial acabou no dia 2 de setembro de 1945. Deixou para a humanidade a herança maldita do holocausto e dos efeitos de duas bombas atômicas despejadas sobre cidades japonesas.

Iguais às crises mioclônicas e acinéticas, Vargas, considerado "pequeno mal", também se foi pouco tempo depois, na manhã de 24 de agosto de 1954. Sua maior e pior realização foi o infortúnio moral patológico e contagioso para o qual ainda não descobrimos cura: a eleuterofobia.

O salazarismo e as ditaduras comunistas, confirmando a proposição de que o mal pode durar por muito mais tempo que o razoável, persistiram.

No Brasil, o maligno personificado prosseguiu em seu astuto plano estratégico de corroer o caráter nacional. Macunaíma, nosso herói sem caráter, fazia o possível, mas só era amado pelos homens entendidos. A ideia genial do capeta foi materializada com duas sementes plantadas: uma delas nasceu em Garanhuns, em 27 de outubro de 1945, e a outra nasceria dez anos depois, em 21 de março de 1955, na cidade de Glicério, com registro em Campinas. Para a primeira, o tinhoso roubou sêmen de Guarandirô[1] e, para a outra, utilizou esperma de Xandoré[2].

...

---

1  Mitologia tupi-guarani: Deus da escuridão.
2  Mitologia tupi-guarani: Deus do ódio.

Vinte anos após chegar a São Paulo, Elka cumpria o compromisso assumido com ela mesma de dar significado à vida.

Vargas ainda estava vivo e havia renunciado ao governo em 29 de outubro de 1945, dando fim ao chamado Estado Novo, e, em 31 de janeiro de 1946, tomou posse o novo presidente, general Eurico Gaspar Dutra, eleito por voto popular e com apoio oficial do déspota renunciador.

No primeiro dia de aula do calendário letivo de 1946, tempo em que Manoel de Barros conheceria e, no ano seguinte, casar-se-ia com Stella, quando "ia puxando uma lata vazia o dia todo até de noite por cima da terra", coisa de nove noves fora, colhendo bosta de pato para o livro "Poesias", e, quando Elka completaria 42 anos de idade, ela, como costumava fazer todo início de turma, pediu aos alunos que formassem uma roda, de maneira que todos fossem vistos pelos demais colegas.

Os estudantes, um a um, levantavam-se e apresentavam-se. Ela fazia anotações de algumas características reveladas pelos alunos sobre si mesmos. Aos alunos pouco interesse despertava o ritual, mas para a professora era o momento das primeiras impressões sobre aqueles jovens com os quais conviveria por todo o ano escolar. Era a turma do terceiro ano do "científico", curso equivalente ao atual ensino médio.

Levantou-se o antepenúltimo aluno.

Estarrecida, Elka deixou cair o lápis. A aluna que estava ao lado dela apanhou-o e estendeu o braço para devolvê-

-lo. Ela não o pegou. A garota deixou-o sobre a mesa da professora. Paralisada, Elka não tirava os olhos do rapaz.

— Meu nome é Paulo dos Santos, tenho dezessete anos, antes de vir para São Paulo, eu estudava e morava em Araçatuba...

Ela não ouvia. O único sentido que produzia efeitos nela era o da visão, ou melhor dizendo, de uma evocação obsedante que lhe aprisionava os olhos. Não fez anotações sobre ele, nem sobre as duas alunas que se apresentaram em seguida. Aquilo era impossível! Sentiu um aperto no estômago e as pernas tremiam. O coração continuava acelerado. Talvez aquela taquicardia fosse prenúncio do amor verdadeiro, mas ela sabia que a aceleração do ritmo da pulsação cardíaca estava no tempo errado e que aquela história de que não há medida de tempo nem de espaço, para a alma, era inaceitável, mesmo tendo sido revelada pelo homem mais sábio que conhecera na vida e que lhe dera um significado para continuar vivendo.

— *Sou velha com o rosto cheio de cicatrizes, como posso acreditar que meu coração bate por nós. Não há nós* — pensou.

Não conseguia afastar o olhar dos olhos dele. Então, encerrou a aula dizendo que não estava se sentindo bem. Agradeceu e saiu da sala de aula, cambaleando.

Em sonho, a flor amarela do araticum conduzira-a até ele, depois outras vezes sonhara com aquele homem. Eram bons sonhos, sonhos santificados. Passeavam sob árvores gigantes e conversavam com alegria, em lugares harmoniosos e de paz extrema em que sussurravam palavras que lhe tocavam o coração de forma profunda. Quando ela acordava e vinha a solidão, ávida, aguardava que ele retornasse aos seus sonhos. Sonhos não frequentes, mas que, de quando em quando, vinham animar-lhe o sono. Sempre o mesmo homem. Na quimera noturna, o tempo não passara nem para ele, nem para ela. Ambos jovens, ambos com o coração alegre que aformoseia o rosto e sem a tristeza que o espírito abate. Às vezes, demorava meses e, quando ela estava quase acreditando que não mais viria, ele dava o ar da sua graça, afastando-a do vazio que lhe extinguia a esperança e, com vagar, a própria vida.

Naquele dia, naquele primeiro dia de aula do ano letivo de 1946, ela o encontrou no mundo real e não sabia se aquilo era apenas o agravamento da solitude doentia ou pilhéria de alguma divindade imanente.

Aprendera em Gênesis que Deus criou tudo que existe, até terremotos, moscas, aranhas de esterco, peixes-bruxas e cebolas e considerou que era bom, mas Ele concluiu que não era bom o homem estar só. Talvez ela trabalhasse sem parar por obediência ao princípio divino. Uma obediência relativa e inacabada, pois a parte de propagar-se estava proibida, por ela mesma, desde o dia em que o Cavaleiro Tártaro lhe talhara a face. Tinha por ato ciente abominar a solidão, mas o que mais desejava era ser deixada sozinha. Tal conflito só era aplacado nas escassas noites em que aquele homem lhe aparecia em sonho e ela deixava de lado qualquer sensação solipsista.

Naquela noite, teve dificuldades para dormir e, ao cochilar, foi despertada em sobressalto, assaltada por maus agouros. Na madrugada, vencida pelo cansaço, adormeceu e, mais uma vez, sonhou com a flor amarela que a levou até ele.

No dia seguinte, entrou em contato com a secretaria da escola e, alegando problemas de saúde, solicitou a exclusão da classe do terceiro ano científico da sua grade de aulas. Sabia ela que não conseguiria manter a eficácia didática com a presença de Paulo na sala de aula.

A década de 1940 iniciou-se com "swing" e acabou com "crooners" e aquele som de centenas de martelos batendo em metais que antes construíam ferrovias e depois deram ritmo ao *"bebop"*, levou Carmen Miranda para os Estados Unidos e trouxe a Coca-Cola para o Brasil; matou Gandhi e fez computador, avião a jato e restabeleceu o Estado de Israel; também possibilitou à televisão entrar nas casas das pessoas e, no último ano, nasceram a OTAN e a República Popular da China. Dois acontecimentos, entretanto, foram os mais importantes da década e, talvez, de todo o século XX: o nascimento real, ocorrido em Três Corações, no dia 23 de outubro de 1940, e o horror da Segunda Guerra Mundial. O primeiro evento foi uma dádiva de Deus para os seres humanos carentes de arte e graça. O segundo, obra humana sob inspiração maligna. No primeiro ano da década, Chaplin e Hemingway alertaram, com *O grande ditador* e *Por quem os sinos dobram*, sobre o segundo acontecimento, mas, entre os homens poderosos, quem cura quando o tempo é de matar?

Elka era uma professora que ofertava muito mais que a transmissão de conhecimentos; estava sempre disposta a ajudar os alunos que a procuravam com dúvidas sobre questões vernáculas ou incertezas sobre qualquer outro assunto e, para isso, não se limitava aos seus alunos, estendia sua dedicação e paciência a todos os estudantes da escola. Muitos a procuravam apenas para conversar sobre a insegurança do mundo que lhes restara após a bomba atômica e a possibilidade de extinção da espécie por ato da própria criatura humana. Era um tempo de incerteza e temor. Perdera-se o equilíbrio entre a esperança e o medo. O mundo deixou de ser um campo de possibilidades, e a escuridão passou a corroer, sob o império da descrença, "a lei moral dentro" dos jovens, até que, daquelas duas coisas que enchiam de admiração a mente de Kant, apenas "o céu estrelado acima" deles permanecia intacto à reflexão.

Regina era assídua consulente da professora. Na maioria das vezes, estava com os seus amigos, Tomaz e Valquíria, que também gostavam de conversar com ela.

A professora havia conhecido em pessoa o então jovem poeta Manoel de Barros, que, no ano anterior, deixara o partido comunista. Confidenciou-lhe que percebera que, na utopia igualitária, os "urubus andavam de pé e finórios caminhavam de banda, saltando de uma para outra carniça". Não atinou ele diferença entre o *Digitonthophagus* gazela que Prestes lhe mostrou e o nosso velho besouro rola bosta. Concluiu que tudo era igual e que os políticos permaneceriam "praticando latrinas".

Elka correspondia-se com ele, que lhe enviava poemas inéditos e outros escritos nunca publicados ou só publicados muito tempo depois. Ela compartilhava esses tesouros com alguns alunos que demonstravam interesse pela literatura.

Era o caso daqueles três. Regina, Tomaz e Valquíria cursavam o terceiro ano do científico e, ao saberem que não teriam aulas aquele ano com a professora, foram falar com ela.

— Por que não vamos ter aula com a melhor professora da escola? — perguntou Regina. Elka sorriu e respondeu:

— Talvez não seja a pior, mas estou aquém da maioria.

— Quanta modéstia!! Está parecendo São Francisco de Assis, mas diga aí, professora, por que vai nos abandonar?

— Pretendo ficar aqui o ano todo e vocês poderão contar comigo, sempre. Deixei a turma do terceiro ano porque vou precisar de um tempinho para cuidar da saúde.

— Foi o que nos disseram na secretaria. Está doente, professora? Podemos ajudá-la de alguma maneira? A senhora não é só a melhor professora, mas é nossa amiga. Nossa amiga mais inteligente e mais madura.

— Muito mais velha, você quer dizer.

Riram e Elka complementou:

— Nada grave. O trabalho no escritório de advocacia está sobrecarregado e tenho dormido muito pouco me dedicando aos processos ou preparando as aulas. Só estou desacelerando um pouquinho.

— A senhora está precisando é de diversão, professora. Amanhã é sábado e iremos ao *Jacobino* tomar café e desopilar o fígado – disse Valquíria.

— Isso é um convite? — perguntou Elka, e todos responderam juntos:

— Sim.

— Então está combinado, nos encontraremos amanhã à tarde.

— Esperaremos a senhora lá a partir das quatro — disse Regina encerrando a conversa.

No dia seguinte, passaram uma tarde agradável com os prazeres que lhes proporcionaram a degustação de petiscos saborosos, o sentir do aroma da percolação do café e de bebê-lo quentinho, passado na hora, mas, em especial, das conversas descontraídas e amenas.

Já era noite quando Tomaz e Valquíria despediram-se, cumprimentando Elka e Regina.

As duas que ficaram continuaram a conversar e, às tantas, Regina disse:

— Nosso encontro foi, ou melhor, está sendo muito divertido e interessante. Sinto muito, mas, agora que estamos sós, gostaria de tratar de um assunto um tanto enfadonho. Posso?

— Claro, minha querida. Afinal de contas, a vida não é só regozijo. De que se trata?

— São duas coisas sobre os nossos colegas Tomaz e Valquíria. Somos amigos desde o curso primário; frequento as casas deles, que também estão com constância na minha casa; andamos sempre juntos; enfim, eles são os irmãos que nunca tive. Estou um tanto preocupada com eles e preciso da opinião sincera de alguém experiente.

— Diga logo, garota! Sou eu quem está ficando preocupada.

— O primeiro assunto, talvez, seja só uma bobagem, uma implicância da minha parte; não tem grande relevância. O outro é que está a tirar-me o sono.

— Por favor, vá direto ao ponto.

— Vou iniciar pela segunda inquietação.

— Como quiser...

— A senhora já ouviu falar sobre o livro *A Galinha Preta*?

— Não. Não que me lembre. Por quê?

— E sobre o *Index Librorum Prohibiorum*?

— Sim. É uma lista que reúne as publicações literárias cuja leitura não é aprovada pela Igreja Católica. Uma bobagem que só faz intensificar a curiosidade dos jovens sobre esses livros, mas o que isso tem a ver com os nossos amigos?

— Valquíria e Tomaz estão muito interessados em assuntos misteriosos, passaram a integrar uma sociedade secreta que estuda fenômenos fantásticos e, desde então, o comportamento de ambos vem se alterando para pior.

— Esse tipo de curiosidade é comum entre os jovens. Isso passa. Logo irão perceber que embarcaram em canoa furada.

— Penso que estão indo além do razoável.

— Como assim?

— Eles não entram nos detalhes do que fazem. Tudo é segredo ou dissimulado. Sei poucas coisas, mas o suficiente para achar que a canoa já está afundando.

— Afinal, o que sabe?

— Eles andavam igual loucos à procura desse tal livro da galinha preta que parece ser uma espécie de livro de receitas mágicas que, segundo o que ouviram dizer, estava na lista dos proibidos pela Igreja.

— Apenas uma ressalva: eu não disse proibidos, e sim não aprovados para leitura.

— Pois bem, dessa tal lista... Ficaram sabendo, ainda por essas mesmas fontes obscuras, que na biblioteca do Mosteiro de São Bento existiria uma estante oculta que conteria todos esses livros.

— E que tolice fizeram?

— Há uns dez dias, alta noite, invadiram o Mosteiro e roubaram livros de lá.

— Acharam o tal livro da franga preta?

— Da galinha.

— Isso... encontraram?

— Não. Eles bisbilhotaram a biblioteca, pegaram quatro livros que lhes haviam despertado a curiosidade e encontraram um cômodo com porta de ferro maciço e trancada com cadeados e correntes. Estavam tentando abrir as fechaduras, mas causaram ruídos que chamaram a atenção dos frades. Não demorou muito e eles tiveram que fugir de lá perseguidos pelos monges beneditinos.

— Puxa vida! Isso é crime.

— Até hoje a polícia não veio atrás deles. Acredito que os monges não deram queixa.

— Talvez a própria Igreja venha ao encalço deles.

— Então é verdade que eles têm uma espécie de polícia?

— Não sei, mas não será nenhum absurdo se possuírem algum serviço de segurança para proteger o patrimônio da Igreja.

— Vê a encrenca em que estão se metendo?

— Tem razão. Vamos conversar com eles sobre isso. Marque um novo encontro e avise-me sobre data e horário que estarei lá.

— Vou marcar aqui mesmo no *Jacobino*.

— Você sabe quais os livros que eles roubaram?

— Só vi um deles. Os outros três eles entregaram para os líderes da seita da qual fazem parte. Dois deles eram livros em latim, parece que um incunábulo e um manuscrito minúsculo, ambos muito velhos. O último era outro manuscrito em hebraico e tinha um nome parecido com *A espada de Moisés* ou algo assim.

— E o terceiro livro?

É um livro, em português, intitulado *O Narrador Caruara*. Não tem autor identificado. Na verdade, é um monte de folhas datilografadas, costuradas dentro de uma capa de couro. Não há nada escrito na parte exterior e apenas na primeira página consta o título do livro.

— Peça para que tragam o livro. Quero dar uma olhada nele.

— Certo, professora. Falarei com eles.

— E quanto à outra preocupação à qual se referiu?

— Essa, como disse, é de menor relevância, mas quando considero as duas juntas, aumentam meus temores... Valquíria e Tomaz estão namorando.

— Que mal pode causar um namorico juvenil?

— É a forma, professora. Eles excluíram todos os nossos amigos e só ainda me suportam porque eu fico no pé deles. Por mais de uma vez, já me disseram que eu os aborreço, quando os molesto com minhas preocupações, por outro lado, tentam impor de modo tirânico uma verdade única, extraída do ocultismo, sobre a qual estão convictos de ser absoluta e mais importante que tudo. Parece que a vida deles está toda voltada para esse assunto. Com frequência, vão a encontros, no meio da noite, em cemitérios ou encruzilhadas no mato. Já houve dias em que não retornaram para casa, deixando os pais desesperados. O relacionamento familiar, em ambas as casas, está muito abalado. A mãe da Valquíria, chorando, pediu que eu a ajudasse, mas não sei o que fazer. Eles não me ouvem e eu temo que logo não mais falarão comigo. Além disso, parece que a lascívia substituiu o afeto no comportamento amoroso deles. Não se importam em usar palavras e gestos obscenos. Quando eu os repreendi pelo roubo dos livros, Tomaz disse-me que seria capaz de praticar qualquer crime com o intento de realizar a missão, matar inclusive.

— São preocupantes sintomas de fanatismo. Intolerância da pior espécie.

— Que posso fazer, professora?

— Marque aquele encontro para o mais breve possível. Vou fazer algumas consultas a profissionais da área comportamental.

— Obrigada e desculpe-me por importuná-la.

— Você fez muito bem em compartilhar essas preocupações. Acredito que podemos ajudá-los.

...

Arruda Camargo escreveu que, quando morou no Japão, uma garotinha, cega de nascença, cantou para ele uma tristíssima canção, na qual havia um verso sobre o "vento amarelo", e ela lhe perguntou:

— O senhor já viu o vento amarelo?

Ele, sem saber o que responder, acabou por dizer:

— Já... já vi. É um príncipe de ouro que vem montado no seu cavalo dourado.

Então, a menina ficou pensando na tristeza de ser cega e não ter luz nos olhos para ver o áurico príncipe.

Depois de certo tempo, ela abriu um sorriso doce...

— Sim. Estou vendo. Como é lindo no seu cavalo dourado, no seu manto azul.

Arruda Camargo estava falando "Das Coisas e... Não dos Homens" e, dessas coisas, tratava "Das Cores", afirmando que "olhar e ver são coisas diferentes. Olhar todos olham, ver é para poucos. É preciso ter alma e coração".

Ele termina sua abordagem sobre as cores com o diálogo seguinte:

— Menino Jesus, você dá um pouco de tinta para mim?
— Dá?
— Dou, sim!

Depois de todos aqueles anos vividos, após a breve convivência com Vivi e sequente à leitura de muitos livros, Elka admitia que, talvez, existisse uma faculdade da consciência que não opera pelo intelecto, um modo de enxergar pelos olhos da alma. Cores e sabores vistos, experimentados e conhecidos pela alma humana. Essa poderia ser a busca de Tomaz e Valquíria.

Sabia ela, no entanto, que experiências místicas profundas, levadas a termo por pessoas que não estão preparadas, são perigosas e podem causar danos psíquicos irreparáveis. Ainda estava nítida, em sua memória, a lembrança da história que seu pai lhe contara, sobre quatro sábios que entraram numa experiência desse tipo e o resultado foi que um deles morreu, outro perdeu a razão, outro perdeu valores que lhe eram preciosos e apenas um deles entrou e saiu em paz.

...

A contragosto, Valquíria e Tomaz compareceram à nova reunião agendada por Regina. Outra tarde de sábado e o clima era agradável graças às chuvas de março que amenizavam a temperatura do fim do verão.

Quando chegaram, encontraram Regina e Elka sentadas ao fundo do bar. O *Jacobino* estava quase vazio.

Após os cumprimentos e falarem sobre essas amenidades que se usam para quebrar o gelo ao iniciar-se uma conversa, a professora disse:

— O motivo principal deste nosso encontro é tratar do comportamento de vocês, Valquíria e Tomaz, que nos está preocupando.

Tomaz olhou para Valquíria e ambos fulminaram Regina com um olhar de ódio.

Valquíria perguntou:

— Que essa fementida andou fuxicando sobre a gente?

— Regina não traiu vocês, pelo contrário, ela está tentando salvá-los. Tive alunos que se perderam na vida por motivos variados: drogas, roubos, más companhias, incertezas ou por qualquer dessas degradações sociais que pululam por toda parte, após o término da guerra, corroendo o caráter dos indivíduos em nome de uma felicidade quimérica. Não queremos que nada de ruim ocorra com vocês.

— Desculpe-me, professora, mas qual seria o motivo da nossa perdição?

— Estamos querendo conversar com vocês sobre o roubo no Mosteiro São Bento.

Tomaz levantou-se seguido por Valquíria e disse:

— Não queremos falar sobre isso. E acredito que não temos mais nada a conversar.

Elka também se ergueu e insistiu:

— Por favor, peço que me ouçam. Acredito que podemos conversar com civilidade, sem agressões ou ironias. Sei, por experiência, que essa fase da vida pela qual vocês estão passando não é fácil. As marcas que trago no rosto são heranças da juventude. Sentem-se, por favor, vou lhes contar sobre minhas cicatrizes.

Valquíria e Tomaz entreolharam-se e, depois de alguns segundos, sentaram-se.

Desde que conheceram a professora de rosto retalhado, sempre tiveram a curiosidade de saber a causa. Não só eles, mas todos os alunos da escola. Aquilo era algo pelo qual valia a pena ouvir mais um sermão que, por certo, viria na sequência. Por isso, só por isso, ambos permaneceram.

Elka contou a eles, de forma resumida, o que se passou desde o dia em que a Coluna Prestes matou o seu pai até o dia em que fora convencida por Vivi a dar significado à sua vida.

Faces espantadas foi o que Elka viu ao concluir a narrativa. Havia indignação no ar. Após breve silêncio, Valquíria perguntou:

— A senhora está a se referir à Coluna Prestes, aquela do "Cavaleiro da Esperança".

— Sim.

— Isso contraria tudo o que o nosso amado professor de História nos tem contado. A Coluna Prestes era uma corporação formada pelo que havia de melhor no país à época. Pessoas que só lutavam contra os maus e a favor dos bons. Eles eram os mocinhos, mas a senhora está dizendo que eles eram os vilões da história.

Ela pensou um pouco. Precisava ser cautelosa e não deixar transparecer sua animosidade pessoal com o professor de História, a quem, desde o primeiro dia que o conheceu, sentiu profunda aversão. Luiz era o nome dele. Um moço bonito e elegante, mas pegajoso, inconstante e superficial.

— O professor de História é um homem bem jovem, talvez ele tenha apreendido isso nos livros e artigos que leu, não é culpa dele. No entanto, as testemunhas do que ocorreu, na sua maioria, ainda estão vivas. Basta ter a coragem de perguntar a elas o que fizeram os revoltosos por onde passaram.

— Revoltosos?

— Sim, assim eles eram conhecidos.

— Será que estamos a falar do mesmo acontecimento histórico? — insistiu Valquíria.

Mantendo o tom de voz sereno, embora as lembranças que lhe vinham à mente fossem de alterar o humor de qualquer um menos preparado, Elka respondeu:

— Já se passaram vinte anos e esse fato está sendo contado com essa versão, imaginem daqui a cem anos, quando não existir mais nenhuma testemunha.

— Difícil de acreditar, professora.

— Tarefa motivadora para você e Tomaz fazerem, nas próximas férias, seria uma viagem ao estado de Mato Grosso, para conversarem com os moradores das regiões que percorreu a Coluna. Mato Grosso é um estado interessante quanto a esse acontecimento, porque os revoltosos passaram por lá duas vezes: quando foram para o Norte do país e, depois, quando voltaram e se exilaram na Bolívia, na Argentina ou no Paraguai. Vocês, por certo, iriam apreender que se trata de mais uma paródia burlesca da nossa história.

— Que significa uma paródia burlesca?

— Neste caso, é uma representação da história que travestiu o vil em nobre, que atribuiu a pessoas mesquinhas e vulgares ações heroicas e imputou objetivos altaneiros a personagens de trama vulgar. Todo o sofrimento e toda a dor que sofremos foram ignorados em favor de uma ideia doentia de poder.

— Desculpe-nos, professora, por fazê-la reviver esse inferno pelo qual passou. Às vezes, a curiosidade nos torna insensíveis — disse Tomaz.

— Não há o que desculpar, mas o motivo do nosso encontro não foi tratar da Coluna nem dos meus infortúnios. Quis contar essa triste parte da minha vida para que acreditem que posso ajudá-los na solução do problema que estão enfrentando. Gostaria de ouvir Valquíria e Tomaz sobre a percepção que estão tendo dos últimos acontecimentos.

Após um breve silêncio, Tomaz falou:

— Estamos apenas tentando viver com intensidade e livres das convenções que nos aprisionam desde que nascemos. Procuramos respostas para o silêncio dos nossos pais, dos nossos professores, do nosso futuro. Sacrifícios e proibições nos são oferecidos em herança, mas não estamos interessados nisso. Buscamos uma estrada que não nos guie ao lugar-comum da mediocridade. Mesmo que isso não nos leve a lugar algum, ainda assim, será melhor que o caminho trilhado por nossos pais e que os conduziram à peste, à fome e à guerra.

— Vocês três estão entre os melhores alunos que conheci. São inteligentes e sensíveis e, tenho certeza, poderíamos ter uma longa e prazerosa conversa sobre o mundo atual ou sobre o sentido da existência humana, mas, hoje, quero falar daquilo que é concreto, por isso, necessito saber o motivo pelo qual vocês decidiram roubar livros do mosteiro.

— Porque era lá que eles estavam — respondeu Tomaz.

— E vocês os queriam...

— Precisávamos deles.

— O dinheiro está no banco e eu preciso dele para comprar muitas coisas que não tenho. Devo então assaltar o banco? É disso que estamos tratando aqui?

— É diferente, professora — retrucou Valquíria e complementou: — No nosso caso, a necessidade nos remete ao novo e à luta contra preconceitos e velhas crenças... Buscamos a felicidade.

— Vocês acreditam que irão encontrá-la em livros de feitiçaria?

— Esses livros místicos são apenas instrumentos para abrir portas em nossa percepção da realidade. No grupo ao qual pertencemos, são também utilizadas outras ferramentas.

— Drogas estão entre esses meios de ampliação da consciência?

— Sim. Não é raro utilizarmos algumas ervas e outras substâncias.

— E os livros? Que procuram neles?

— Queremos encontrar um livro específico, mas ainda não conseguimos. Nossos mentores acreditam que esse livro contém a chave para acessar o mundo espiritual.

— Quero que me entreguem o livro que está com vocês. Vou devolvê-lo ao Mosteiro.

— Sem problemas. Esse livro não é o que buscamos. É só um monte de bobagens.

— E os outros três que vocês roubaram?

— Entregamos aos mestres, mas já não estão com eles.

— Como assim?

— Foram roubados ou resgatados.

— Quem os pegou?

— Não sabemos. É provável que seja gente ligada à Igreja. Só sabemos que não foram nada discretos ou amistosos. Quebraram quase tudo lá no centro místico. Por sorte não havia ninguém ali quando eles chegaram.

— Vocês possuem um local de congregação?

— Era muito secreto, mesmo assim eles encontraram...

A conversa prosseguiu por duas horas. Elka argumentou sobre os riscos a que eles estavam submetidos e os jovens falaram sobre uma certa necessidade obsidente de viver aventuras. Depois, ela sugeriu que eles canalizassem a vontade de ser diferente do trivial para algo menos perigoso e mais útil à humanidade. Entregaram *O Narrador Caruara* para Elka, que prometeu devolvê-lo aos monges, e agendaram novos encontros.

Elka escreveu um breve texto na agenda que levava, arrancou a folha e entregou-a para Valquíria, dizendo:

— É de Manoel de Barros, compartilhe com Tomaz e meditem sobre essas palavras.

Valquíria correu os olhos:

*Ando muito completo de vazios. Meu órgão de morrer me predomina. Estou sem eternidades.*

*Não posso mais saber quando amanheço ontem. Está rengo de mim o amanhecer.*

*Ouço o tamanho oblíquo de uma folha. Atrás do ocaso fervem os insetos.*

*Enfiei o que pude dentro de um grilo o meu destino. Essas coisas me mudam para cisco.*

*A minha independência tem algemas.*

— Esse seu conterrâneo... Sempre misterioso e profundo. Asseguro que vamos refletir, professora. Talvez, como ele já disse, estejamos carregando água na peneira.

Depois repetiu aquilo que ouvira há muito tempo: *Não se considere perversa perante você mesma.*

Despediram-se com abraços afetuosos e sorrisos sinceros.

Valquíria e Tomaz partiram. Elka e Regina sentaram-se e pediram o último café.

Foi naquele momento, enquanto aguardavam o último café, que Elka avistou Paulo, acompanhado de outro rapaz, entrar no *Jacobino*. Ela ficou inquieta. Eles se dirigiram para a mesa próxima de onde elas estavam. Regina o reconheceu e lhe fez um aceno, e ele retribuiu vindo na direção delas.

Quando Paulo dos Santos viu pela primeira vez a professora de rosto retalhado, no primeiro dia letivo daquele ano, não foi só a face desfigurada que lhe causou impacto emocional. Havia outra coisa que ele não sabia o que era, mas que ficou rimbombando sua cabeça. Ao saber que não teria aulas com ela, uma sensação tênue e inexplicável pousou-lhe no espírito. Era quase saudade. Tentou entender tal sentimento e acabou por concluir que precisava inventar uma palavra que representasse com precisão o resultado de sentir saudade de alguém que jamais conhecera. Atinou naquilo e, quando já estava se metendo em devaneios, foi cuidar da vida, pois havia muito o que fazer e conhecer na nova escola, nova cidade e nas novas aventuras que, por certo, vivenciaria. Agora, ele a reencontrara. Cumprimentou-a com formalidade. Apertou a mão de Regina, mas fez apenas uma leve reverência para a professora, sem estender-lhe a mão, como é o habitual. Elka ficou grata por aquela atitude dele. Iria congelá-lo se o tocasse. Ele as convidou para que se juntassem a ele e ao seu companheiro, na outra mesa, mas Regina agradeceu e disse que já estavam de saída. Elka apenas assentiu com a cabeça. Antes de retornar para a companhia do amigo, Paulo olhou para a professora e disse:

— Estou feliz em revê-la. Todos falam bem da senhora e dizem que dá bons conselhos. Gostaria de conversar com a professora qualquer dia.

— Obrigada... Qualquer dia que há de vir – anuiu ela.

Paulo foi para a outra mesa com aquele mesmo sentimento não definido que havia sentido quando viu a professora pela primeira vez.

A sós, elas combinaram outro encontro com Valquíria e Tomaz, mas Regina não deixou de comentar:

— Esse Paulo é um rapaz muito formoso, não concorda, professora?

Ruborizada, ela respondeu:

— Não prestei muita atenção.

Regina, que não havia percebido o incômodo de Elka, insistiu.

— Ah... Professora... Olha lá... Parece um anjo.

Tratou de desviar o assunto e, logo, elas estavam se despedindo, com a data do novo encontro já combinada.

Chegando em casa, Elka largou o livro sobre a mesinha onde estava o telefone e foi cuidar das tarefas rotineiras, perdendo-se entre processos jurídicos e cadernos escolares.

No dia seguinte, pela manhã, Elka telefonou para o Mosteiro, agendou visita e partiu para lá.

No Mosteiro, foi recebida com cortesia e simplicidade, mas não logrou êxito na missão. Os monges alegaram que aquele livro não pertencia à biblioteca e que não havia registro de nenhum roubo no Mosteiro. Pareciam sinceros e fizeram Elka pensar que, talvez, certos assuntos não fossem do conhecimento de todos os monges. Insistiu em deixar o livro, mas eles nem sequer tocaram nele.

Elka retornou para casa com o livro e, a bem da verdade, perdera o interesse desde o momento em que Tomaz afirmara que era um amontoado de asneiras. Ela andava tão ocupada, com tanto para fazer que não estava disposta a perder tempo com aquilo. Tão sobrecarregada que, às vezes, enchia-se de culpas por não estar dando a atenção devida às crianças. Ah... Aquelas pobres crianças cheias de esperança e vazias de vida. Não os jovens da escola... Aquelas crianças diagnosticadas, no Instituto do Câncer Dr. Arnaldo, com tumor maligno e que depois eram abandonadas à espera da morte certa.

No entanto, mesmo com todas aquelas tarefas por fazer, assim, por impulso, abriu o livro e passou a ler a página que o acaso lhe apresentava:

..............................................................................

## PRENÚNCIO DO SINO

"Agora, este sino, tocando tão suavemente para os outros, diz para mim: Você deve morrer."
John Donne

Por hábito, Simão passeava com o pequeno grupo de alunos pelo relevo íngreme e acidentado da serra do Roncador, e o lugar preferido daqueles que o acompanhavam era o lago de águas cristalinas onde, às vezes, o mestre mergulhava e desaparecia por alguns dias. Quando retornava, o rosto resplandecia a luz jubilosa da sabedoria e, por esse motivo, ele ficou conhecido por "Lamparina".

Lamparina perambulou por todo a região de Barra do Garças e, algumas vezes, afundou nos chapadões até chegar à serra do Cachimbo e depois voltou devagar. Fez isso por muitos e muitos anos, sempre seguido por alguns alunos, e, com o tempo, foi aumentando de quantidade, mas nunca passou de duas dezenas.

Quando Lamparina soube que chegara o momento de mergulhar para sempre, nas águas da lagoa misteriosa, onde não havia nenhum ser vivo habitando de forma permanente, reuniu seus fiéis seguidores sob a copa do enorme araçá-do-mato, às margens do lago.

Estava calmo e havia harmonia no murmúrio da aragem pelas folhas das árvores, embora, lá longe, roncassem os imensos paredões rochosos. Tranquilo, o mestre despediu-se, agradeceu a todos e pediu que permanecessem ali com ele apenas os discípulos que já haviam mergulhado no lago.

Quatro se deixaram ficar, os demais foram embora com lágrimas nos olhos por saberem que nunca mais veriam o homem santo.

Aqueles que continuaram com o mestre indagaram-no sobre o motivo da dispensa dos demais, e ele explicou que estariam ali com eles seres invisíveis e disse:

— Deem-lhes lugar!

Então os quatro alunos, assustados, afastaram-se alguns metros e ouviram o vento soprar suave música e um aroma agradável espalhou-se pelo local, ao mesmo tempo que perceberam o quase imperceptível ruflar de asas.

Fez-se silêncio profundo, abstruso e inquietante. Então o mestre disse:

— Aos seres visíveis e invisíveis que me honram com suas presenças, nestes meus últimos instantes na Terra, devo dizer que sondei os mistérios existentes nos olhos dos animais e observei o olhar dos homens, concluindo que não há nada de novo nos sentimentos das criaturas deste mundo, além do que já foi dito por Cohéllet ben David. Nos olhos dos homens persistem a alegria, mas o olhar dos animais nos conta o que sobra depois desse efêmero contentamento: tolice. O sucesso, visto no olhar humano, é apenas o vazio que enxergo nos olhos dos animais; aquilo que o Pregador descreveu como ilusão, vaidade e inutilidade.

Uma luz brilhante, que não procedia do sol, iluminou o local onde eles estavam, flores surgiram ao redor do mestre e colunas de fogo apareceram em quatro pontos ao redor da lagoa. O mestre continuou:

— Assim, a conclusão permanece a mesma: ame com reverência a Deus, faça aos outros o que gostaria que fizessem a si mesmos e busquem a outra parte da sua alma, porque estamos neste mundo para resistir, compartilhar e tornarmo-nos unos em espírito e com Deus.

Seu aluno mais jovem indagou:

— Que resistir e compartilhar?

Lamparina respondeu:

— Resistir à escuridão, ou, se preferir, ao pecado, e compartilhar a luz, ou o bem.

— E quanto a nos tornarmos unos, que exatamente quer dizer, mestre?

— Já foi dito: eram três e agora se tornam um.

Lamparina levantou as mãos para o alto e permaneceu calado.

Soaram badaladas de um sino invisível, como se estivesse a contar o tempo.

Então, Lamparina caminhou em direção ao lago. As flores, os quatro alunos e os seres invisíveis o acompanharam.

O mestre fez sinal para que os outros não colocassem o pé na água e, em seguida, afundou-se na lagoa misteriosa.

Um vento forte começou a soprar, e as colunas de fogo, em poucos segundos, cobriram o lago, que desapareceu com as chamas, como por encanto.

O sino permaneceu, por breve tempo, tocando, depois ficou silente.

Os quatro alunos ouviram o esvoaçar dos seres invisíveis. O mais velho deles disse:

— Que a paz esteja com o mestre.

E partiram, cada um para um canto da Terra.

........................................................................................

Elka leu e releu o texto.

Lembranças da infância vieram-lhe à memória. Havia algo familiar naquelas palavras intrincadas. Alguma coisa nelas a conduzia de volta às velhas histórias tiradas de antigos livros que o pai lia para ela.

Ela conhecia muito bem a lenda do Lamparina que, nas noites frias de inverno, era contada em rodas de gente, que aqueciam corpo e espírito vendo a madeira crepitando no fogo a levantar faíscas que subiam em direção ao céu estrelado de Mato Grosso.

— Não é um amontoado de bobagem.

Resmungou e fechou o livro. Olhou a capa de couro cru e sem palavras, abriu-o outra vez, virando a capa, e, na primeira folha, leu:

*O Narrador Caruara*

Nada mais. Não continha o nome do autor, nenhuma nota ou explicação. Na sequência, pequenos textos com títulos, alguns deles com citações de autores conhecidos por suas abordagens místicas. Passou os olhos pelas páginas, mas não se deteve na leitura. Fechou o livro.

Depois, consultou o Aulete e soube que, entre outras coisas, *Caruara* significava: resultado maléfico que, segundo a crendice popular, é causado por feitiço.

Pensativa, Elka guardou o livro na gaveta da escrivaninha. Trancou com chave e colocou a chave na bolsa que sempre levava a boldrié.

...

Terça-feira, dia 2 de abril de 1946, o céu estava nublado, o tempo úmido, o termômetro marcava vinte graus, era um dia agradável de outono, quando se reuniram no ponto de encontro.

Permaneceram no *Jacobino* só o tempo de tomar café e, de pronto, partiram para a periferia da cidade. Elka pretendia mostrar a eles outra possibilidade para dar significado às suas vidas.

Com o apoio de Carmen Prudente, que estava criando a Rede Feminina de Combate ao Câncer, Elka comprou um armazém e o transformou em orfanato para crianças pobres que sofriam de câncer. Todo o trabalho de cuidar dos doentes era realizado por voluntários, e as despesas de manutenção, os custos com médicos e medicamentos vinham de doações feitas por mulheres da elite paulista, na maioria, donas de fazendas de café. Naquela época, não havia um tratamento pediátrico para os pequenos sofredores dessa doença. Após o diagnóstico médico, o tratamento era o mesmo para crianças e adultos e não havia hospitais especializados. Por isso, para as crianças pobres, o diagnóstico significava sentença de morte com dor e sofrimento. Muitas crianças eram abandonadas pelos pais desesperados, sem saber o que fazer e sem condições mínimas para cuidar delas. Elka e seus colaboradores as acolhiam e as tratavam com esmero, dando-lhes, assim, um mínimo de conforto para suas breves vidas.

Elka os apresentou a cada uma daquelas crianças. Eram trinta e quatro, no total. Algumas procedentes de outros municípios do estado de São Paulo e duas delas nascidas em Mato Grosso e trazidas por dona Bela, que sabia do trabalho que Elka realizava.

Ao anoitecer, Regina retornou à sua casa e, num telefonema para os pais dos amigos, informou sobre o que eles estavam fazendo.

Valquíria, Tomaz e Elka permaneceram no orfanato até a manhã do dia seguinte cuidando das crianças.

Na quarta-feira, Elka foi trabalhar e os jovens sonolentos buscaram repouso em seus lares.

— Como aguenta?!

Esse foi o pensamento de Valquíria, pouco antes de cair na cama morta de sono.

Nos dias seguintes, Elka revelou aos jovens a realidade, por eles não percebida, de pessoas que moravam na periferia de São Paulo, carentes de quase tudo e desprovidas de ajuda. Valquíria, Tomaz e Regina se envolveram com aquilo e passaram a ajudar as crianças e outras pessoas doentes, pedintes ou necessitadas que viviam da caridade alheia ou morriam de fome, frio e da violência. Regina acabou por enredar Paulo dos Santos naquela atividade. Os quatro, pouco tempo depois, criaram uma organização de caridade com o objetivo de trabalhar para aliviar as dores da pobreza.

Orientados por Elka, com a ajuda de Carmen Prudente, conseguiram estabelecer um fluxo de donativos que eles faziam chegar, com regularidade, até os necessitados. Não demorou para os jovens tornaram-se conhecidos na periferia da cidade, simpáticos àquela gente sofrida e objeto de curiosidade da população em geral. Igual raposas espertas contra as galinhas vermelhas da velha história, ardilosos, pérfidos, velhacos, raposas que não dormem no meio do caminho, políticos enciumados aproximaram-se deles e o ato genuíno de caridade foi, aos pouquinhos, tornando-se ação política partidária.

No Brasil, era o início do período que os historiadores chamariam de "primeira redemocratização" ou "quarta república brasileira" e, sem a participação da maioria da população, duas forças disputavam a paixão dos corações juvenis, exercendo ascendência sobre a sensibilidade moral daqueles poucos jovens entre os que tinham o privilégio de estudar em boas escolas.

Uma dessas forças era a ideia liberal trazida pelos ventos do norte e outra, aquele desejo estatizante presente na clandestinidade dos partidos comunistas, nazistas e revolucionários de todo gênero, empenhados em substituir as tradições pelo poder centralizado, algo muito vantajoso às pretensas novas elites. Homens justos, honestos, fraternos, quase anjos, que, com mãos santas, distribuiriam as riquezas com equanimidade para todos, sem se importar com a contribuição que cada um dava ou não para a sua construção. De um lado, mais do mesmo; do outro, sonho cantaridado sobre o qual George Orwell, um ano antes, já havia alertado em seu livro, o qual só seria publicado, no Brasil, quase vinte anos depois, quando o racionalismo construtivista já havia fincado raiz entre os sábios tupiniquins para nunca mais arredar pé.

Quando Valquíria e Tomaz ouviram falar da igualdade para todos, de um mundo sem pobreza, sem classes sociais, acreditaram ser esse o canto da seriema. Mas era apenas o canto da sereia que chegava aos seus ouvidos, por meio daquelas raposas espertas, gananciosas e sedentas de almas ingênuas. Abraçaram a causa e, substituindo a feitiçaria pelo ilusionismo, embarcaram em outra canoa furada.

O poeta ensinou que o "canto da seriema encomprida as tardes" e permite que a gente suma dentro do crepúsculo, e a vida comprova que o canto de sereia é apelo irresistível para atrair incautos à danação.

Valquíria e Tomaz mergulharam na política redentora dos homens sem Deus. Regina e Paulo, um pouco menos sugestionáveis, permaneceram na ajuda real aos desvalidos. Os primeiros apreenderam a fazer discursos inflamados, a organizar a luta de classe e espalhar o ódio contra os ricos. Regina e Paulo permaneceram na luta sem fim de ajudar os famintos, os enfermos e todo tipo de indigente.

Regina e Paulo mantiveram viva a instituição de caridade que os quatro tinham fundado com a ajuda de Elka e Carmen Prudente.

A entidade havia se consolidado com doadores permanentes e uma rede de coleta e distribuição de mantimentos muito bem estabelecida pelos quatro jovens. Ela agora tinha um nome: *Solidariedade*.

Elka passou a se encontrar, amiúde, com Paulo e Regina. Aprendia a controlar as emoções, ao mesmo tempo que o sentimento indescritível que sentia por Paulo ia se revelando, a cada dia, mais intenso e inoportuno.

Aquela situação era difícil para ela. Quase insustentável. Causava-lhe penosos conflitos morais e psicológicos. Estava, de modo irreversível, igual ao pó de ferro no ímã, presa a ele. Ferro, mas pó. Poeira sem valor. Ela pensava que era só pó o que lhe restara na vida amorosa. Não percebia que o pó estava nos seus olhos. Vivi a prevenira sobre isso, e ela lutou por um propósito significativo, empenhando-se na conquista de um sentido profissional, mas não deixou de acreditar que o amor se tornara inatingível, depois de ter a face retalhada pelo Cavaleiro Tartáreo. Essa crença era tão forte que nem os argumentos do seu querido amigo evitaram que ela tentasse anestesiar esse sentimento. O que lhe sobrara, concernente ao tema, vicejava o vazio existencial.

Lá do fundo da alma, medrava alguma coisa. Conceito semeado pelo amigo amado, quando lhe citara Dostoiévski, há algum tempo, na noite estrelada que passou ao seu lado, em uma cama de hospital, às margens do rio Aquidauana. O terreno era árido e os espinhos da descrença dificultavam o desenvolvimento daquela ideia, que, vez ou outra, vinha-lhe à mente em forma de dúvida. Será que Paulo, um dia qualquer no futuro, conseguiria vê-la com a nitidez e a profundidade que só o verdadeiro amor possibilita ou tal qual o grande escritor russo descreveu o significado do verbo amar?

*Amar significa ver a outra pessoa assim como Deus a pensou.*

Seria Paulo capaz de vencer o reducionismo do comportamento pulsional? Ou seria ele um desses pobres coitados escravos dos instintos?

As incertezas do coração da mulher de rosto retalhado não a impediram de flutuar sobre as ondas que o vento do desejo levantava no mar de tristeza em que se transformara sua vida amorosa. O devaneio passou a estar presente no seu cotidiano. Nos dias ruins, ela achava que tudo aquilo era ilusão, erro de percepção ou engano da mente. Sonho poderia tornar-se realidade, ilusão era só ilusão. Quando chovia, a vontade de chorar era substituída por uma breve alegria que se misturava com o cheiro da terra molhada, com as carícias da brisa úmida e com a certeza de que o araticum-alvadio iria brotar no cerrado. Nesses momentos, o sonho voltava e ela se enchia de contentamento. Quando estava próxima a Paulo, era tomada de intensa felicidade. Um maravilhoso sentimento, secreto, contido, impossível, sobrenatural.

Os encontros frequentes com Paulo e Regina, quase sempre no *Jacobino*, serviam para revigorar o espírito de Elka e traziam proveito real para o bom andamento das ações da instituição *Solidariedade*. Neles eram traçadas as estratégias para angariar novos donativos, para distribuição de remédios e alimentos, para confortar os doentes e tudo mais.

De tempos em tempos, reuniam-se os cinco. Tratavam de assuntos mais gerais e, na maior parte das vezes, ocorriam divergências entre eles. Elka mantinha a discussão em certo grau de civilidade, mas o debate era acalorado.

Valquíria e Tomaz não mais falavam de ocultismo, não buscavam livros de feitiçaria, nem procuravam iluminação ou transcendência. Passaram a ser fervorosos utilitaristas, materialistas, ateus, guardiões da igualdade social e pregadores da revolução armada transformadora do mundo e criadora do novo homem. O homem social, ou melhor dizendo, o homem animal social.

Regina e Paulo preferiam pensar nas ações do momento, naquilo que poderiam fazer para levar comida e remédio aos necessitados e, nas horas ociosas, falavam de música e literatura.

Elka conhecia os riscos que aquelas crianças corriam. Sabia por algo indizível, um somatório de valores primordiais e condicionamento de vida ou, como também pode ser dito, tudo aquilo que recebera por hereditariedade e do meio ambiente, adicionado a alguma coisa não delimitada, que a fazia viva de uma forma peculiar.

Essa coisa indefinida era uma espécie de instinto espiritual e dava-lhe o conhecimento de que aquela frase repetida por Valquíria e Tomaz apresentava um defeito de "lesma escuma", como escrevera o coestaduano poeta.

Tomaz repetia sempre: *O homem é um animal social*. Valquíria fazia coro.

Elka sabia, ou pressentia, que o homem, de fato, é um ser humano, mas que ele perde sua essência quando é menos forte que os condicionamentos externos ou quando se torna submisso ao comportamento pulsional.

No momento em que perde a humanidade, deixa de ser livre e transforma-se em animal. Não um animal social, quando muito torna-se um bicho mais ou menos gregário. Nunca se transfigura abelha ou formiga; lobo, talvez. Mais provável que, em comportamento, assemelhe-se às galinhas, serpentes, raposas ou aos porcos.

Assim acreditava a professora e, por isso, ela tentava aplacar o ímpeto revolucionário de Tomaz e Valquíria. Conduzia isso com cautela para não os afastar de tal maneira que se tornasse impossível ajudá-los. Muitas vezes, ela buscava apoio na literatura e, nesses momentos, gostava de utilizar textos do amigo Manoel de Barros, como ocorreu em julho daquele ano, quando, em um entardecer frio e chuviscoso, reuniram-se no *Jacobino* e ela pediu que lessem um breve texto do conterrâneo e depois discutissem sobre ele.

"*Ocupo muito de mim com o meu desconhecer. Sou um sujeito letrado em dicionários.*

*Não tenho que 100 palavras.*

*Pelo menos uma vez por dia me vou ao Morais ou no Viterbo – A fim de consertar a minha ignorãça, mas só acrescenta.*

*Despesas para minha erudição tiro nos almanaques:*

*— Ser ou não ser, eis a questão. Ou na porta dos cemitérios:*

*— Lembra que és pó e que ao pó voltarás. Ou no verso das folhinhas:*

*— Conhece-te a ti mesmo. Ou na boca do povinho:*

— *Coisa que não acaba no mundo é gente besta e pau seco. Etc.*

*Maior que o infinito é a encomenda".*

— Estamos em aula, professora? A nossa professora retornou à classe do terceiro ano? — indagou Regina, em tom de brincadeira.

— Uma vez professora, sempre professora... — respondeu Elka, mantendo a informalidade.

— Creio que precisa ministrar umas aulas de gramática para o seu amigo, brincou Tomaz.

— Como assim?

— Entre outras coisas, ele escreve "ignoraça" e que vai "no Viterbo". A senhora vivia nos corrigindo sobre a regência do verbo "ir", que pede a preposição "em". Parece-me que aqui o verbo "ir" não expressa o sentido de se deixar levar. Ele, com certeza, não vai montado no Viterbo, seja lá o que for isso.

— Começamos bem! Podemos iniciar conversando sobre "licença poética". Lembram-se do termo?

— Tivemos uma professora de português que nos ensinou que é a liberdade de o escritor utilizar construções, prosódias, ortografias, sintaxes não conformes às regras da gramática — explicou Regina.

— Isso mesmo! Tenho orgulho de vocês.

— A professora era ótima. Que tal a senhora sugerir à nossa escola uma "licença estudantil"? Seria muito útil nas provas — continuou Regina.

A professora sorriu e prosseguiu:

— Vamos falar mais sobre a licença poética, mas, antes, quero dizer ao Tomaz que o autor se referia a um dos dois ilustres historiógrafos portugueses: Sousa Viterbo ou Santa Rosa de Viterbo.

Entremeada com café e brincadeiras, a conversa prosseguiu até que a ideia da tal "licença poética" estivesse nivelada entre todos. Depois, Elka perguntou a eles se era possível extrair algum ensinamento daquele texto para a vida.

Paulo, que pouco participara da conversa, foi o primeiro a responder:

— Entendo como se fosse um convite às coisas simples da vida. Um apelo ao bom senso e ao abandono às meias verdades que nos são ofertadas em trajes ornamentados.

— Interessante... Pode exemplificar, aplicando seu entendimento ao modo de vida atual?

— Acredito não ser prudente, professora.

— Não entendi.

— Bem... É que pensei em algo de que Valquíria e Tomaz não vão gostar. E a senhora sabe aonde nos levam essas divergências.

— Certo, certo... Quero ouvir opinião de um outro de vocês sobre o texto e se ele tem alguma utilidade para a nossa vida.

— A professora sempre diz que devemos ter coragem de estarmos abertos a todo tipo de ideia, por mais estapafúrdia que seja, e diz também que entre nós não há tema proibido. Por isso, peço que Paulo explique sua opinião e, de minha parte, prometo comportar-me com moderação —

pontuou Valquíria e todos assentiram com gestos ou palavras sobre a necessidade de explicação.

A professora continuou:

— Bom que vocês concordem, mas estão todos de acordo também com a questão do comedimento?

— À medida do possível — concordou Tomaz, acompanhado por outros comentários despretensiosos dos amigos.

Em seguida, anuíram em manter o debate livre de agressões verbais. A professora pediu a Paulo que explicitasse o assunto.

— É simples, pessoal. O autor diz que o que não acaba no mundo é pau seco e gente besta e toca no tema da ignorância. No que me parece muito adequado, pois, quanto mais aumentamos o pequeno círculo do nosso conhecimento, maior se torna a linha curva que o circunda e maior é o lado externo, ou o desconhecido. Maior o conhecimento, maior é a consciência da ignorância.

— "Só sei que nada sei" — interrompeu Valquíria, em tom de deboche.

— Por favor, continue, Paulo — interferiu a professora.

— Obrigado, Valquíria, pela ajuda. O reconhecimento da própria ignorância por parte de Sócrates exemplifica muito bem o que eu quis dizer. Quando o autor vai aos dicionários, aos almanaques, às folhinhas, tentando consertar a sua ignorância, ele só faz acrescentar mais desconhecimento. Diz ainda que a encomenda da sabedoria é maior que o infinito.

— Mas em que isso se relaciona comigo e com a Valquíria? — questionou Tomaz.

Paulo pensou um pouco, olhou para a professora, que moveu a cabeça para cima e para baixo, depois ele explicou:

— O problema é a gente besta.

— Isso não tem sentido algum — interferiu Tomaz.

— Todas as crenças revolucionárias têm no âmago uma ideia idealizada e encantadora. Ao amor no cristianismo, à dignidade no nazismo, à igualdade no comunismo e muitas outras. Quem pode ser contra o amor, contra a dignidade ou contra a igualdade? Mas por que tivemos a Idade Média, o genocídio judeu e o extermínio dos ditos reacionários? Eu respondo: por causa de gente besta. Gente besta que distorce valores em benefício próprio e lidera gente besta que, igual gado, segue projetos que não são deles.

— Você está afirmando que eu e o Tomaz somos bestas por nos filiarmos ao Partido Comunista?

— Se serviu a carapuça...

— Você é quem é uma besta quadrada, pensando que nesse seu servicinho idiota de enxugar gelo vai melhorar a condição de vida dos pobres e oprimidos. Além de besta você é um conformista.

— E você é uma assassina emergente. Logo, logo, vai sair por aí matando gente que não concorda com a sua visão de mundo ideal, que não passa de um amor oculto ao autoritarismo.

— Meninos! Estamos no início da nossa conversa e já desabando para ofensas. Não foi isso o combinado – rebateu a professora, complementando.

— Exceto as ofensas pessoais, existe interessante questão filosófica permeando o que disseram Valquíria e Paulo.

Talvez um grande desafio a ser enfrentado por jovens de hoje e pessoas das futuras gerações. Acredito que possamos refletir sobre duas palavras que foram ditas: conformismo e autoritarismo. Ao pensarmos sobre essas palavras, apresentam-nos algumas perguntas importantes. Como provocarmos a justiça social sem se prostrar aos pés do autoritarismo? Ou como manter a paz social sem adormecermos no conformismo?

— São coisas inconciliáveis, professora — rebateu Tomaz.

Sua voz trêmula demonstrava seu alterado estado de espírito. A professora prosseguiu:

— Tomaz, nós, os velhos, aprendemos, a duras penas, que a vida não precisa ser isto ou aquilo, preto ou branco, assim como não precisa ser explorador do povo ou servo do Estado. Creio que há um espaço considerável entre esses dois extremos.

— Não há, professora. E esse é o problema. Como já foi dito por Marx e Engels: *a violência é a parteira da história*.

— Quem é Marx e Engels?

— Ah... Professora. Sei muito bem que a senhora sabe quem são eles. Já abordamos esse assunto em conversas passadas e citamos esses nomes diversas vezes.

— Sim. Isso é verdade. Mas você sabe quem foram eles? Que queriam? Quais os seus objetivos ocultos? Você se lembra da minha sugestão para que vocês visitassem, nas férias, o estado de Mato Grosso e ouvissem os antigos moradores que presenciaram a Coluna Prestes com a intenção de formarem opinião própria sobre o que foi aquele acontecimento?

— Está sugerindo que viajemos para a União Soviética?

— Claro que não. Isso é quase impossível e, ademais, ambos nasceram e morreram no século passado e, por lá, a única verdade passou a ser a verdade estatal, o que tornou a narrativa atual bem diferente da realidade.

— O professor de História nos disse que Marx foi um grande economista e Engels, um brilhante teórico revolucionário — acrescentou Regina.

A professora prosseguiu.

— E o professor de História está correto. A contribuição de Marx na área da economia é valorosa. Ele fez, talvez, a mais importante crítica ao sistema econômico vigente.

— A senhora quer dizer ao capitalismo.

— O termo capitalismo, no pouco que sabemos, foi utilizado pela primeira vez em 1845, por um escritor inglês... William... Não me recordo o nome completo dele.

A professora pensou um pouco, balançou a cabeça e prosseguiu...

— Bem, o capitalismo retrata o ponto em que a economia chegou por obra dos seres humanos, de seus sonhos, suas ambições, necessidades, ofertas, procuras e tudo o mais. Não é projeto engendrado por um ser humano iluminado ou um grupo de pessoas idealistas, diferente do comunismo, que, sim, é uma ideia de planejamento da economia.

— O comunismo não é uma ideologia política, professora?

— Sim, mas também é uma doutrina econômica, e por várias razões que ainda não foram estudadas, talvez pela crítica apresentada ao sistema econômico vigente e pelo fato de que a principal obra de Marx foi denominada O Capital, o termo "capitalismo" foi-se sedimentando na crença de que esse era o nome do sistema econômico contrário ao modelo proposto.

— Mas a senhora estava a falar sobre a importância de Marx, poderia continuar...

— Esse é um tema para muitas conversas. Para resumir, gostaria de contar uma anedota que ouvi há algum tempo: quando Marx era jovem e sua família passava por problemas financeiros graves, ele foi trabalhar na fazenda de um amigo de seu pai. Outras pessoas alertaram o fazendeiro sobre o rapaz não ser afeiçoado ao trabalho, mesmo assim, o homem resolveu contratá-lo. No primeiro dia de serviço, o fazendeiro encarregou Marx de espalhar joio moído sobre a terra que seria revolvida e preparada para a agricultura. No fim do dia, o fazendeiro foi verificar o trabalho do jovem e ficou surpreso com o que viu. O joio estava todo espalhado sobre a terra em camada fina e uniforme do jeito que ele havia orientado e, conforme acreditavam, seria ótimo adubo. Ficou feliz pelo rapaz e por estarem equivocados aqueles indivíduos que opinaram sobre ele. No dia seguinte, deu-lhe a tarefa de consertar uma cerca. Para sua decepção, no final daquele dia, o moço não havia fixado uma única tábua. Deduziu que talvez aquele tipo de serviço fosse o problema. No outro dia, pediu para que ele fosse campear algumas reses que não haviam retornado da invernada. Novo desapontamento, nem um único animal foi encontrado. E assim prosseguiu por alguns dias. Marx não conseguia realizar tarefa alguma. Em um fim de semana, o fazendeiro encontrou-se com as pessoas que o haviam prevenido e elas lhe perguntaram como estava se saindo o novo colaborador, ao que respondeu: o rapaz é muito bom para espalhar cizânia, mas não consegue produzir nada.

— Entendi o duplo sentido da palavra cizânia, professora... — disse Regina, que foi interrompida por Tomaz.

— A moral da historieta que contou está fora de contexto, já que a senhora mesma disse que ele ofereceu considerável contribuição à ciência econômica.

— Calma, Tomaz... Trata-se apenas de uma anedota. Caricatura jocosa desse grande economista por sua insistência em promover a luta de classes sociais.

— Mas sem a revolução armada nunca será possível transformar a sociedade e construir o novo homem. É necessário conscientizar e organizar as bases da sociedade, para destruir a ordem burguesa existente e, como descreveu Trotsky de forma mais precisa, é imprescindível promover a desagregação social para possibilitar a ressureição dos trabalhadores explorados pelo capital.

— Meu querido Tomaz, não quero me alongar nessa discussão. Peço, no entanto, que reflita sobre o que disse repetindo ideias estereotipadas: "Novo homem", "revolução", "destruição", "desagregação social" e outros chavões. Acabamos de nos livrar de quimera similar e já estamos a flertar com outro monstro meândrico. Não nota a semelhança com as propostas de Hitler e seus ideólogos?

— Desculpe-me, professora, mas comete grande desatino em comparar o nazismo com o comunismo. Aqui estamos falando em resgate da classe trabalhadora, lá era só um projeto de poder.

— Como disse, não quero me alongar. Por favor, medite sem paixões. Sabia você que o nome do primeiro partido de Hitler tinha o nome de "Partido Nacional-Socialista dos Trabalhadores Alemães?"

A conversa prosseguiu por mais algumas horas e a professora, com seu jeito conciliador, conseguiu conduzi-la sem que os ânimos ficassem muito exaltados.

Encontraram-se outras vezes. Tomaz e Valquíria seguiram firmes em suas convicções.

Entregaram-se ao ofício de pregar a revolução comunista nas terras bandeirantes. Não mais frequentaram a escola, não tinham tempo a perder com esses assuntos de menor importância, afinal, iriam transformar o Brasil e depois o mundo todo.

Assim, a festa de formatura do ano de 1946 não contou com a presença de dois de seus melhores alunos.

Tomaz e Valquíria estavam encantados com o canto da sereia e, tal como eles, muitas outras pessoas no Brasil, o que tornou, em 1947, o Partido Comunista um partido nacional com mais de duzentos mil filiados. Em plena legalidade, com notável estrutura editorial e jornalística, o partido empolgava a intelectualidade passando a ser vanguarda entre os políticos. O PCB contava com oito jornais diários, duas editoras e alguns semanários, todos dedicados a pregar a nova religião ateia e materialista. Fazia parte da propaganda subliminar a admiração exagerada ou idolatria à União Soviética, chegando ao ponto de Prestes, aquele mesmo da Coluna, afirmar que, numa eventual guerra do Brasil contra a Rússia, ficaria do lado da nação comunista.

Em 1936, o "Cavaleiro da Esperança" havia sido condenado e preso pela revolta comunista de 1935 e, em 1940, condenado a trinta anos de prisão por ordenar ao "Tribunal Vermelho" assassinar Elvira Cupello Colônio, codinome Elza Fernandes, uma garota de dezesseis anos de idade. Em 1945, Prestes e outros líderes comunistas foram anistiados por Getúlio Vargas, em troca de apoio político, e o PCB tornou-se legal. O partido participou das eleições daquele ano com candidato próprio, obtendo 10% dos votos para presidente da república e conseguindo formar uma bancada importante. No Rio de Janeiro, nas eleições municipais, o PCB fez dois terços da bancada. Prestes foi eleito senador e Edmundo, antes Rasputin, passou a trabalhar com ele no Senado. Edmundo residiu por dez anos na União Soviética e, quando retornou, transfigurou-se em "eminência parda" dos comunistas brasileiros.

Aconteceu, no entanto, que, ainda no primeiro semestre do ano de 1947, o PCB foi colocado na ilegalidade, como resultado de um alinhamento incondicional do governo brasileiro aos Estados Unidos, naquilo que seria chamado de "guerra fria", que, na verdade, não passava de contenda de propaganda ideológica, em que as demais nações do mundo eram impelidas a colocarem-se em posição favorável a um lado ou a outro. O governo Dutra também rompeu as relações diplomáticas com a União Soviética.

O PCB, no jeitinho brasileiro, mudou o nome para PPP (Partido Popular Progressista) e passou a pregar a derrubada imediata do governo, antes tido como de "união nacional", mas que passou a ser "governo traidor" e "defensor do imperialismo norte-americano".

A clandestinidade do PCB foi o condimento que faltava para o espírito aventureiro de Tomaz e Valquíria, prontos a lutarem por causas impulsivas, sonhadoras, românticas, nobres, mas, quase sempre, desligadas da realidade. Caliginosas aventuras os aguardavam.

Elka nunca os abandonou. Estava sempre buscando informações sobre suas atividades. Muitas vezes, conseguia chegar até onde eles estavam e os ajudava com dinheiro e mantimentos.

Regina e Paulo concluíram o ensino médio e, seguindo os passos da professora, foram cursar Direito. Mantinham contato frequente com Elka e permaneceram cuidando da *Solidariedade*. De modo esporádico, encontravam-se no *Jacobino*.

Os sentimentos de afeição, simpatia e apreço que uniam Paulo e Regina foram, ao longo do tempo, fazendo desabrochar atração afetiva e física. Elka percebia a relação amorosa e notava que havia ternura e alegria entre eles. Aquela situação fazia-lhe doer o coração, mas, ao mesmo tempo, acreditava que Regina era uma boa moça e que Paulo estaria bem com ela.

De tempo em tempo, voltavam os sonhos e ela vivia momentos maravilhosos com ele. Quando acordava sempre era arrebatada por estranho sentimento de indulgência.

Indulgência com a traição. Ela era tomada de uma condescendência benevolente com o pecado. Em devaneios, concluía que o traidor era Paulo, ou, ao menos, a alma dele. Depois, a razão prevalecia e ela seguia tocando a vida como devia ser.

No início do ano de 1948, ocorreu a cassação dos direitos políticos dos parlamentares eleitos pelo PCB, partido esse que, como mencionado antes, havia sido cassado em maio de 1947. Luís Carlos Prestes, com seus direitos políticos cancelados, retornou à clandestinidade. Oculto, mas ativo; o Cavaleiro da Esperança seguiu solapando as frágeis estruturas institucionais. Agia por meio de intrigas, conluios, conversas e mais conversas. Edmundo, o Rasputin da época da Coluna, não suportava mais os conchavos inúteis para a causa operária e resolveu agir na forma que aprendera, nos treinamentos que recebera, no tempo que passou na Rússia.

Manoel de Barros ainda respeitava as oralidades, mas já sabia "escrever o rumor das palavras" sem "obliterar moscas com palavras". Elka ouviu os primeiros gritos de "O petróleo é nosso" e, como de rotina, passava aquele ano de 1948 cuidando dos seus alunos, da banca e das crianças com câncer. Encontrava-se com Regina e Paulo e estava sempre monitorando os passos de Valquíria e Tomaz. Na primavera daquele ano, soube que ambos haviam se engajado na causa comunista libertária liderada por Edmundo.

Naquele dia de setembro, Elka foi para casa mais cedo que o habitual. O sol esguelhado, na iminência do ocaso, ainda espalhava luz sobre a cidade e ela pôde observar os ipês-brancos que enfeitavam a rua onde morava. Havia chovido pouco aquele ano e a florada veio bonita. Parou para observar a confluência do calor da estrela com a beleza da flor. Era maravilhoso. Não deixou de pensar que o prodígio duraria no máximo quatro dias. Suspirou e suspirou de novo. Pensou em Paulo e na efemeridade das coisas belas. Depois, lembrou-se do seu amigo Vivi e do *Canto do amor eterno* que ele lhe recitara às margens do rio Amambai e, por um momento, pensou que havia incongruência naquilo.

Em casa, aumentaram as preocupações. Sabia que Edmundo, o Rasputin da Coluna Prestes, tinha o firme propósito de implantar o comunismo por meio da luta armada. Tomaz e Valquíria estavam em perigo. Pensou em pedir ajuda a Vivi. Era certo que ele lhe prestaria assistência. Todavia, concluiu que não era justo envolvê-lo nisso, depois de tantos anos. Ademais, nem ao menos sabia se ele ainda estava vivo. Com aquela maneira tão intensa de viver, poderia já estar morto e enterrado ao lado da sua amada. Sim, porque não acreditava que um viveria sem o outro. Aquele pensamento lhe trouxe um sentimento de ingratidão, por nunca ter feito uma visita a eles. Decidiu que, tão logo resolvesse o caso dos alunos guerrilheiros, iria visitar o amigo Vivi e a enigmática Joana, por quem nutria uma mistura de admiração e inveja inconfessada. Não sabia ela que o destino, o acaso, Deus ou seja lá o que nos guia já havia traçado linhas paralelas para o caminho dela e o caminho dele.

Quando a noite chegou, o sono não veio. Ela ficou no escritório lendo dossiês jurídicos e ateve os olhos num processo de conhecimento condenatório, mas, em pouco tempo, estava de novo presa às preocupações. Passou a revirar as gavetas da escrivaninha e deu com aquela gaveta que trancara há mais de dois anos. Lembrou-se de que a chave estava numa bolsa que não usava mais. Procurou por ela e a encontrou no armário onde estavam os objetos que seriam doados. Ato que executava quando o objeto perdia utilidade para ela, mas ainda estava em bom estado de conservação.

Abriu a gaveta e pegou o livro *O Narrador Caruara*. Abriu numa página qualquer e leu o texto que a eventualidade lhe apresentou.

.................................................................................

## O DRAGÃO VERMELHO

"Ele é a antiga serpente chamada
Diabo ou Satanás, que tem a capacidade
de enganar o mundo inteiro"
*Apocalipse*

Antes de compartilhar seus poderes com as bestas que hão de emergir uma do mar e outra da terra, o Dragão Vermelho fará aparecer a Besta do Ar, também chamada "Besta do Éter", que poderá ser vista, ouvida e sentida, mas ninguém a tocará, pois ela é toda constituída de imagens, das palavras que saem da boca dos adoradores do Dragão e de redes que existirão apenas como faculdade, mas sem realidade material.

O Dragão conhece o homem e sabe quem ele é, corrupto e pecaminoso, e, por isso, terá sucesso utilizando suas armas mais poderosas: a sedução, a ilusão e a mentira.

A rede ecoará as vozes dos adoradores do Dragão Vermelho para os ouvidos humanos, que, maravilhados, permanecerão a maior parte dos seus dias olhando com prazer para os instrumentos que carregam e permitem ver, ouvir e sentir a rede. A rede é intangível, mas o instrumento é real, assim como a sedução, a ilusão e a mentira transmitida serão irreais, a corrupção moral, a solidão e a degradação física delas decorrentes serão reais e os homens, iguais às ovelhas, sem vontade própria, seguirão ordens falsas e antagônicas de pastores que os colocarão uns contra os outros.

E o belo país das palmeiras, onde já não cantará o sabiá, será governado, alternando-se ladrões com paranoicos, porém todos semelhantes na incompetência e no desprezo com as prioridades do povo e da nação.

Os antigos motivos alegados para a guerra que o homem sempre carregou em sua mente autodestrutiva serão alterados. Território, poder, religião serão substituídos por ideais bizarros e opostos. Crenças equivocadas, antes já superadas pela razão, retornarão em forma de fanatismo. A Águia e o urso alvinegro defenderão, cada um deles, valores contraditórios entre si e alheios àqueles que defendiam seus antepassados. A evolução humana se confirmará como futilidade sanguinária recorrente.

Então chegará o dia em que a vida será longa e cheia de alegrias vazias; os homens tristes dedilharão estradas cinzentas e às mulheres solitárias, com músculos expostos, só restará o sorriso falto de alegria, pois nem homem nem mulher acreditarão em futuro ou felicidade e o asco do coito, destituído de amor, virá simultaneamente ao deleite. Nesse dia, o pó, a agulha e a água amarga, que nunca saciaram a fome e a sede do espírito, será tudo que restará à vontade quebrantada.

O beija-flor não permitirá que os sonhos voltem e não haverá doces canções antes do sol se pôr, pois a música será substituída por gemidos, gritos e grunhidos. Doces sonhos de amores passados serão substituídos por pesadelo que embalará o berço do bebê e seguirá com ele por toda a vida e, mesmo quando morto, não encontrará a paz do sono tranquilo. Será o tempo do Dragão Vermelho.

E o mundo estará pronto para recepcioná-lo, segui-lo e receber a marca do sinal da besta.

..........................................................................

Fechou o livro. Não era esse tipo de leitura que procurava. Colocou o livro na gaveta e, desta vez, não a trancou com chave. Foi para a cama e nela rolou o restante da madrugada sem pregar os olhos.

...

Depois de viajar muito tempo por estrada de terra ou picadas abertas na mata, subir e descer morrarias, atravessar riachos e lagoas, Valquíria e Tomaz chegaram às margens do rio Sapucaí, onde se localizava o acampamento dos revolucionários. Estavam acompanhados do arregimentador e de dois outros homens armados. O arregimentador mostrou a Tomaz a tenda coletiva onde ele se alojaria e disse à Valquíria que ela era a primeira mulher a chegar e, por isso, iriam providenciar uma tenda exclusiva para ela. Já havia passado o horário do rancho, mas conseguiram alguma coisa para comer e depois foram descansar debaixo das árvores que ali eram abundantes e frondosas.

Estava quase anoitecendo quando foram levados à presença de Edmundo. Ele estava sentado na rede de dormir, armada nos galhos de duas grandes araucárias, que cresceram uma ao lado da outra, a poucos metros do rio. Havia fungos nos troncos das árvores. Liquens avermelhados se estendiam do tronco até os galhos mais grossos. Da cor do sangue também era a camisa usada por Edmundo, que estava lá sentado, com a rede no meio das pernas, puxando fumaça de um charuto fedorento, presente de um jovem cubano que conhecera há pouco tempo.

— Sentem-se! — disse o Rasputin.

Tomaz olhou para Valquíria e depois para o arregimentador. Não havia nada para se sentar ali. O arregimentador sentou-se no chão. Valquíria e Tomaz fizeram o mesmo. Ela não deixou de pensar que aquilo era um marco indicador de limites entre eles e a autoridade máxima do acampamento. Rasputin mantinha aquele ar de superioridade, o bigode grosso e a barba crespa não estavam mais no rosto, mas o cabelo liso e repartido ao meio permanecia, só que agora era mais comprido e estava preso com elástico na parte posterior da cabeça, tipo rabo de cavalo. E lá estava ele, sentado com a rede no meio das pernas, com um sorriso no rosto como se estivesse recebendo duas crianças mimadas querendo brincar de guerra. Tinha dois tiracolos carregados de balas e uma pistola em cada lado. Usava sapatos bicolores com caneleiras de couro e um punhal podia ser visto preso à caneleira da perna esquerda. Tomaz olhou para o punhal. O cabo reluzia com ornamentos dourados. Ele percebeu o olhar do garoto e disse que fora um presente de um homem morto. Duas vezes, bateu com a mão esquerda no punhal e mencionou que fora muito difícil recuperar aquela preciosidade.

— Estava enterrada com um cadáver. Havia também uma pistola Luger P08 — disse Edmundo, que foi complementado pelo arregimentador:

— Pertencia a um dos mártires da nossa causa revolucionária. O nome dele era Cazã; foi morto pelos imperialistas.

— Esse Cazã é aquele a quem chamavam de Cavaleiro Tártaro? — perguntou, com timidez, Valquíria.

— Sim. Esse mesmo. Parece que vocês conhecem bem o que aconteceu com a Coluna Prestes. Poucos conhecem esses detalhes. Nossos líderes não gostam de divulgar os fracassos. Devem saber que Cazã foi assassinado em emboscada arquitetada pelos americanos e executada, de forma covarde, pelo exército brasileiro.

Valquíria olhou para Tomaz. Ela estava em pânico. Aquele era o monstro que retalhara o rosto da professora Elka. Parecia que Tomaz estava mais interessado na adaga e nos tiracolos do Edmundo. Ela não foi com a cara do Rasputin e não sabia o que passava na cabeça de Tomaz e nunca ficou sabendo direito por que Tomaz não deu importância àquela situação. Não tinha nada que ver com imperialismo ou exército brasileiro. Ela sabia a real causa da morte daquele homem. Ela sabia que Tomaz também sabia. Olhou para Tomaz e ele estava sorrindo. Parecia feliz da vida. Ela gelou. Pensou que talvez Tomaz tivesse ultrapassado aquela linha tênue de que falara a professora Elka, entre o idealismo e o fanatismo.

Edmundo disse que eles eram bem-vindos e outras coisas desse tipo. Falava pausadamente, pois sempre retornava o charuto à boca e o mordicava por alguns segundos e seguia falando. Por fim, com o charuto entre os dentes e dirigindo-se ao arregimentador, disse:

— Mostre o acampamento a eles e amanhã bem cedo traga-os para o batismo.

O arregimentador mostrou o pouco que tinha para mostrar: barracas, gente jovem reunida em volta de pequenas fogueiras, alguns cavalos pastando num pequeno cercado, uma barraca grande que servia de refeitório e depósito, para armas leves, que pareciam ser as únicas que existiam. Durante o passeio, Tomaz viu uma barraca guardada por dois homens armados e quis saber o que havia lá. O arregimentador disse que era onde estavam os prisioneiros.

— Já existe prisioneiro aqui? — perguntou Valquíria.

— Poucos, não duram muito tempo.

Quando já estava bem escuro, Tomaz foi deixado na tenda e Valquíria foi levada para uma pequena barraca improvisada. O arregimentador disse que estavam construindo uma grande tenda destinada às mulheres que deveriam chegar nos próximos dias.

Tomaz logo se enturmou com os colegas de barraca e passou horas agradáveis conversando e rindo antes de pegar no sono.

Valquíria, sozinha, demorou para dormir e passou grande parte da noite pensando sobre o que estava fazendo da sua vida. Achou que, talvez, os conselhos da professora Elka pudessem ser considerados. Pensou também na mãe e no pai e algumas lágrimas umedeceram-lhe a face.

Na manhã do dia seguinte, foram despertados ao surgir dos primeiros raios de sol. Fizeram o desjejum e, ato contínuo, levados à presença de Edmundo, que os esperava às margens do Capivari acompanhado de três outros homens, todos armados. Edmundo, além do fuzil, levava os dois tiracolos carregados de munição, a pistola e a adaga que pertenceram ao Cavaleiro Tártaro. No chão havia duas armas. Próximo a eles uma coruja espreitava no tronco seco de uma árvore morta. Edmundo cumprimentou-os com um bom-dia ríspido e pegou uma das armas do chão e deu para Tomaz. Era um fuzil M1 Garand. A outra arma estendeu para Valquíria, que, após breve hesitação, pegou-a. Ela recebeu um fuzil Springfield, talvez por ser um pouco mais leve que o M1 Garand.

— Sabem atirar? — perguntou Edmundo.

— Já atirei com revólver — respondeu Tomaz.

— Já matou alguém ou alguma coisa com arma de fogo?

— Um veado, uma única vez.

A coruja moveu a cabeça, mas permaneceu pousada na árvore morta.

— E você?

— Nunca atirei e não matei nada com arma de fogo — respondeu Valquíria, um tanto preocupada com o que viria.

Edmundo coçou a cabeça e moveu os lábios para um canto da boca em desaprovação. Pegou o seu fuzil, mirou e disparou. A coruja explodiu, maculando de sangue e penas grudentas o tronco da árvore morta.

E dirigindo-se a um dos homens armados, disse:

— Bogato, faça-os dar alguns tiros. Poucos!

Manoel de Barros poderia dizer que aquele tipo de exibição de Edmundo dava-lhe um prazer fróidico e não descreio que o homem tinha lá seus problemas que remontavam ao tempo das calças curtas ou podia ser que, por falta de um sentido mais digno para a vida, Rasputin apenas queria usufruir da vontade do poder.

O homem que atendia pelo nome de Bogato caminhou com eles por uns trinta metros e colocou pedras como alvos, no tronco de uma árvore. Posicionaram-se de maneira que o ponto de mira ficava do lado contrário à direção do acampamento.

Bogato falou sobre as características dos rifles que cada um carregava e deu instruções de como destravar, segurar, apontar e disparar. Tomaz prestava atenção em tudo, Valquíria não conseguia disfarçar o desalento. Tomaz perguntou sobre o fuzil de Edmundo que era bem diferente dos outros e Bogato explicou que se tratava de um fuzil AK-47, arma moderníssima, de fabricação russa, e que nem o exército brasileiro possuía algo igual.

Bogato deu o primeiro tiro acertando a pedra que estava à esquerda das demais. Em seguida, Tomaz atirou, não acertando nem sequer os galhos da árvore. Depois, foi a vez de Valquíria, que, ao atirar, gemeu de dor com o coice da arma e a bala cortou as folhas da árvore lá no alto.

— Precisa apertar bem forte a coronha contra o ombro, como expliquei. Pode se machucar desse jeito. A empunhadura é o principal para conter o recuo da arma e fazer um bom tiro — disse Bogato.

Tomaz deu mais três tiros e, embora não tenha acertado nenhuma pedra, achou que estava melhorando no controle da arma. Quis continuar atirando, mas Bogato disse que já estava bom. Valquíria, após muita insistência de Bogato, deu mais um tiro e o resultado não foi melhor, nem a dor menor.

Bogato os conduziu de volta ao local em que estava Edmundo, que, de imediato, disse ao outro homem armado que ainda permanecia ao seu lado:

— Vá buscar os prisioneiros.

Alguns segundos depois, o homem retornou com um casal de jovens.

*Devem ter a minha idade*, pensou Valquíria. Notou que estavam em estado deplorável e que o rapaz caminhava arrastando a perna esquerda e tossia. Consternada, observou que a garota também andava com dificuldade, tinha a roupa rasgada e hematomas no rosto. O jovem tossiu e cuspiu uma gosma avermelhada.

Edmundo fez um discurso sobre a causa comunista, afirmando, entre tantas outras pérolas marxistas, que o capitalismo nasceu gotejando sangue dos pés à cabeça e que o comunismo só se consolidaria com sangue e, por conta própria, acrescentou que sangue por sangue, olho por olho, dente por dente. Depois explicou o que Tomaz e Valquíria teriam que fazer, colocando ênfase na instrução de que os prisioneiros não permaneceriam vivos e que Tomaz e Valquíria não poderiam, em hipótese alguma, conversar com eles. Eram pessoas treinadas pelos imperialistas e, por certo, conseguiriam dissuadi-los da missão. Havia outra condição para o término da missão: deveriam trazer as orelhas dos traidores.

Bogato soltou as cordas que prendiam os prisioneiros. Edmundo gritou:

— Corram!

Os prisioneiros saíram o mais depressa que podiam, o que não era nada veloz, dado o estado lastimável de ambos.

Edmundo contou devagar e em voz alta:

— Um... dois... três... — E quando chegou no dez gritou: — Vão... vão... vão!

Tomaz saiu correndo no encalço dos prisioneiros. Valquíria o seguiu.

Tão logo o mato tapou a visão de Edmundo e seus homens, Valquíria parou. Tomaz percebeu e foi até onde ela estava.

— Que aconteceu?

— Não vou fazer isso.

— Por quê?

— É desumano. Não posso.

— Foi para isso que viemos até aqui.

— Não, não foi para nos tornarmos assassinos.

— Estamos nos preparando para lutar por um ideal. Vamos redimir a humanidade.

— Não é o que está parecendo. Essas palavras soam para mim, cada vez que são repetidas, como se fossem grandes mentiras.

Tomaz percebeu que ela estava em choque e que não podia perder mais tempo ali.

— Então, fique aqui. Não arrede pé desta árvore! Eu volto para me juntar a você depois que terminar a missão.

Tomaz saiu em disparada e não demorou muito para encontrar o rapaz que estava no solo, sentado num tronco de madeira. Sozinho, frágil, desamparado, como se estivesse esperando a morte. Tomaz apontou o fuzil para ele e atirou. Não acertou. Foi se aproximando do alvo até ficar a menos de dois metros. Mirou. O jovem, tossindo, perguntou:

— Por que está fazendo isso?

Tomaz disparou. O prisioneiro rolou do tronco seco para o chão. Tomaz encostou o cano do fuzil na cabeça dele e disparou outra vez.

Tomaz tirou-lhe uma das orelhas e saiu correndo, seguindo os rastos da outra prisioneira.

Ela estava caída ao lado do rio. Parou a uma distância que era impossível errar o tiro e, sem saber por que raio, disse:

— Você ainda está viva?

A jovem, com dificuldade, virou de barriga para cima e, levantando a cabeça, perguntou:

— Por que está fazendo isso?

Tomaz achou que aquela pergunta fazia parte do treinamento que aqueles traidores haviam recebido dos imperialistas. Respondeu:

— Vou matar você como fiz com seu amigo e como vou fazer com todos os traidores iguais a você.

— Parece que você não sabe o que está fazendo, nem quem somos. Sou apenas uma garota que estava no lugar errado, na hora errada e que foi estuprada e torturada por um bando de malucos. O garoto que você matou era só um respirante do dispensário de tuberculose da cidade sanatório de Campos do Jordão. E você, o que é? Que monstro o domina?

— Cale-se! Já fui prevenido quanto ao seu poder de persuasão.

Tomaz quase encostou o cano do fuzil na cabeça dela e, sem que houvesse tempo para outras palavras perigosas, puxou o gatilho. Retirou a orelha direita dela e colocou no mesmo bolso da calça onde estava a orelha do outro traidor da causa trabalhista.

Tomaz encontrou Valquíria no mesmo lugar em que a deixara. Seus olhos estavam intumescidos. Tomaz disse:

— Está feito.

Ela não disse nada, apenas o seguiu até o acampamento. Foram recepcionados por Bogato, que, antes de tudo, perguntou:

— Onde estão?

Tomaz meteu a mão no bolso e entregou para ele as duas orelhas.

— Bom. Muito bom — disse Bogato com alegria.

— Posso lhe perguntar uma coisa? — Tomaz disse.

— Sim, claro. Pergunte.

— Quem eram eles?

— Material didático.

— Que significa essa expressão, neste contexto?

— Tem certeza de que quer saber? Preferimos poupar os recrutas desses detalhes.

— Eu preciso dizer uma coisa — disse Valquíria interrompendo a conversa.

— Pelo jeito, vocês gostam de conversar. Espero que sejam melhores lutando pela causa. Pode falar agora, mocinha!

— Quero desistir. Não passei no batismo. Peço permissão para ir embora.

— Não... não... não... A decisão de entrar para a causa é irrevogável e inexorável.

— Mas eu quero ir embora.

— Você tomou uma grande decisão. Decidiu ser uma heroína e você será heroína ou traidora. Não há outra possibilidade.

Valquíria abaixou a cabeça e afastou-se dos dois. Tomaz retomou a conversa.

— Sim. Eu quero saber quem eram as pessoas que acabei de matar.

— Você conversou com elas, não foi?

— De certa forma. A garota disse que não eram traidores...

— Como disse antes, eles eram material didático. Serviram para iniciá-lo na arte da guerra. Enquanto um soldado não mata, ele não é um guerreiro de verdade.

— Mas quem eram eles?

— Ninguém.

— Como assim?

— Isso mesmo, ninguém. O homem era um doente de tuberculose, ou como são chamados, um respirante. Um quase defunto, uma vez que nove de cada dez respirantes morrem, mesmo com climatoterapia e com antibiótico, novidade que não está disponível para todos eles. A mulher, uma prostituta que testemunhou quando os respirantes foram raptados por nossos homens. Ela também iria morrer de gonorreia, sífilis ou outra doença venérea qualquer. São bem mais úteis aqui na formação de futuros guerreiros da igualdade.

— Por que Edmundo disse que eram traidores e imperialistas?

— Isso se chama motivação. Uma coisa poderosa no processo de formação do guerreiro.

Tomaz estava descomposto. Pediu licença e ia se retirando quando Bogato disse:

— Para o bem da sua saúde, não comente com ninguém o teor da nossa conversa, acima de tudo com Edmundo.

Tomaz saiu dali à procura de Valquíria e, no meio da confusão que assolava sua mente, havia muitas perguntas sem respostas e duas delas se avultavam: e se ela fosse só uma garota no lugar errado? E se ele fosse o décimo homem?

Fossem o que fossem, eram dois seres humanos indefesos, pensou. Pela primeira vez, desde que entrara para o partido, estava hesitando em aceitar duas máximas que, de tanto que foram repetias, nelas passou a acreditar serem verdades axiomáticas:

*Agir sempre de forma a produzir a maior quantidade de bem-estar e... os fins justificam os meios.*

...

Depois daquela noite mal dormida que se sucedeu à notícia do engajamento de Tomaz e Valquíria à causa comunista libertária de Rasputin, Elka decidiu que iria resgatá-los, mesmo contra a vontade deles. Aquela não foi uma resolução tomada com facilidade. Demorou alguns dias. Enormes obrigações legais, as crianças com câncer que tanto necessitavam dela, o compromisso com os alunos da escola, o prazer de estar perto de Paulo e de encontrá-lo uma vez ou outra, o fato de que Tomaz e Valquíria já eram adultos e com o direito sagrado de fazer suas escolhas, tudo isso exigia que ela permanecesse ali na rotina diária que escolhera por propósito de vida. Existia, porém, outra força que a puxava em direção oposta. Alguma coisa dos tempos que andou com Vivi pelos cerrados de Mato Grosso ou, talvez, mais antiga ainda, do período em que compartilhava o Shabat com seu finado pai. Era algo igual um vaticínio de cumprimento automático. Uma *mishná* ecoava na sua cabeça e ela nem sabia direito a íntegra do preceito, nem do autor. Apenas a ideia central: *Não te cabe terminar a obra, mas não és livre para abandoná-la.*

Agendou encontro no *Jacobino* com Regina e Paulo.

Setembro se findava e as flores brancas dos ipês tinham morrido, revelando mais uma vez a infalibilidade da morte e a efemeridade do belo.

Elka caminhou até o *Jacobino*. Andava devagar e olhava as árvores do caminho como se estivesse procurando a flor branca do ipê. Não a encontrou. Sumiram recolhidas por pás ou espalhadas pelo vento, como faz o tempo com os amantes, distanciando-os na idade ou separando-os pela morte. Notou que, em muitos terraços e em algumas janelas, havia outras flores. Uma orquídea ali, outra azaleia lá, mais adiante uma flor dente-de-leão e, bem escondidinho, viu o arroxeado da estatice embalada pela brisa que lhe chegava com sutil sonoridade, como se estivesse a dizer: estou aqui! Existe beleza além dos ipês.

Quando já estava entrando no *Jacobino*, avistou lá longe, do outro lado da rua, um ipê florido. Suas flores também eram roxas. A cor púrpura trouxe-lhe tristeza e uma sensação de libertação do medo e de outras inquietações. Parecia que um mundo místico se abria para ela.

Já reunida com os amigos, falou sobre a intenção de resgatar Tomaz e Valquíria e disse já haver providenciado substitutos para as funções de professora e advogada e necessitava que Regina e Paulo cuidassem das crianças do orfanato oncológico.

Eles, de pronto, aceitaram o desafio e argumentaram sobre a insensatez da decisão que Elka tomara. Ela se mostrou inflexível. Os jovens perceberam que seria impossível convencê-la a mudar de ideia.

Tomaram café. Conversaram sobre vários assuntos. Elka se despediu do casal e Paulo a acompanhou até a saída. Andou com ela, na rua, por uns dez metros e disse:

— Eu vou com a senhora.

— Quê?!

— Sim. Vou participar dessa loucura.

— Não... não... e não!

— Sim. Vou com a senhora.

Seguiu-se um incômodo silêncio.

— Por quê?

— Não sei. Alguma coisa dentro de mim está ordenando.

Muitas coisas passaram, por segundos, na mente de Elka. Ela disse:

— Aviso com antecedência o dia em que vou partir.

— Jura?

— Aviso.

— Vou esperar.

Ele retornou ao *Jacobino,* onde prosseguiu conversando com Regina sem falar para ela da decisão que tomara.

Elka voltou para casa.

No caminho de volta, deixou-se ficar por só mais um momento a olhar a flor da estatice. Os olhos estavam na flor púrpura, mas a mente passeava sem rumo por lugares desconhecidos. Pensou em si mesma e naquele sentimento que dela se apoderara. Incógnita até então, aquela atitude moral, que a fez concordar com a companhia de Paulo, tinha por motor propulsor a paixão e o desejo insano de estar perto dele. Fosse o amor verdadeiro a força motriz, a decisão seria outra. Pensou ela e ponderou sobre a maneira como Vivi reagiria se estivesse no seu lugar e, demonstrando certa irritação, disse em voz alta, quase gritando:

— Eu mereço isso!

Alguns transeuntes olharam para ela. Ela retomou a caminhada. Uma ou outra pessoa parou, olhou a flor da estatice e seguiu. A maioria não deu a mínima importância ao brado de Elka nem à flor roxa.

Quando chegou em casa, sabia que teria muito trabalho pela frente para localizar os alunos guerrilheiros. Sabia ela, também, da existência dos arregimentadores e resolveu que iria iniciar a procura conversando com eles, isso caso conseguisse localizar pelo menos um deles. Permaneceu por um bom tempo na cadeira da escrivaninha. Depois de arrumar as últimas papeladas, organizar os processos e cadernos que iria repassar aos seus substitutos, abriu a gaveta em que estava o livro.

Mais uma vez, abriu-o ao acaso e leu:

..............................................................................

## A LENDA DAS DEZESSETE LUAS

Compadre Jairo é famoso na região da serra da Bodoquena pelo arroz-de-carreteiro que faz. Dizem ser o melhor do planeta. Na noite de sexta-feira, dia 13 de agosto, jantei na casa dele. Comi o saboroso carreteiro e bebi suco de uva fermentado até a barriga quase rebentar.

Próximo à meia-noite, quando a comadre cochilava e o povoado dormia, convidei o compadre para uma pescaria.

Sim, pesca!

Aqui em Bonito, eu e outros espevitados fazemos isso. Quando todo mundo dorme, nós vamos lá para o rio e pescamos.

Por desejo do capitão Falcão[3], este pedaço de chão está virando um santuário e o único jeito possível de um sujeito comer um dourado fresquinho e pescado por ele mesmo é à sorrelfa.

Aconteceu que a mulher ouviu o convite. Esperta, não tomara tanto vinho quanto eu pensara.

Resultado: fui sozinho. Não sem antes ouvir um sermão sobre a preservação do meio ambiente, como se o meu caniço pudesse concorrer com a inatista voracidade humana.

Falta bom senso temporal nessa novíssima doutrina ambientalista.

Como dizem, "devagar com o andor que o santo é de barro".

Peguei as tralhas dele e a minha velha espingarda.

Desde o dia em que a minha querida Maria morreu, deixei a espingarda na casa do compadre. Talvez por medo de que ela cumprisse o seu destino. Mas isso já é outra história: há tempos, uma cigana disse que aquela velha espingarda tem por sina levar-me até Maria.

Desci a ribanceira.

Ao chegar à beira do rio estava tudo muito quieto. Um silêncio de meter medo. Tudo parado. Não se moviam as folhas das árvores, não piava o pássaro noturno e não pulavam os peixes.

Silêncio, só silêncio.

---

3   Capitão Luiz da Costa Leite Falcão chegou à região, em 1869, com a missão de expulsar os índios. Foi o primeiro escrivão tabelião do lugar, incentivou a fixação dos primeiros moradores da Vila e era um visionário da preservação ambiental.

Mais fácil pescar assombração que peixe, pensei. Decidi ir embora, mas, antes do primeiro passo, ouvi uma canção. Canção indescritível e única. Extasiado, prendi-me ao solo. Tornei-me parte do cenário, imóvel e quieto, arroubei-me à música. Minha alma já não animava o corpo, fui ficando gelado e intenso júbilo tomou conta do meu coração. Quis correr e gritar. Não consegui mover músculo. Forças extraordinárias detinham-me. O canto penetrava-me os ouvidos causando grande contentamento a todos os meus sentidos. Delícia que minha alma nunca havia experimentado. Nada igual existe. Pela primeira vez na vida provei da felicidade completa.

Não sei quanto tempo durou a canção. Podem ter sido segundos ou horas. Não tenho a menor ideia.

Quando voltei a essa minha vidinha sem graça, estava na mesma situação de viciado em cocaína quando é separado da droga.

Eu queria muito a droga daquela música.

Olhei para um lado, para o outro, para a outra margem do rio, nada.

Nada se movia. O único ser vivo que avistei foi uma sucuri. Imóvel, silenciosa, feita em rolo sobre o barranco, a poucos metros de mim.

Fui até ela. Coloquei-lhe o cano da espingarda na cabeça e disse:

— Criatura do diabo! Era você quem estava cantando?

Ela não respondeu. Apenas abriu os olhos.

Eu estava agastado, agindo de maneira estranha. Ainda sob o efeito da canção ou, para dizer de forma mais precisa, sob o efeito da ausência da canção.

Deslizei o cano da arma e atirei renteando a cabeça do bicho. Insisti:

— Fale, criatura do demônio! Quem estava cantando?

A cobra espichou-se e, devagarzinho, ia fugindo. Peguei corda que estava entre os cacaréus do compadre e lacei-a pela parte anterior à cabeça. Amarrei-a num galho, de forma que ficou pendurada. Continuei a torturar o animal.

Estava amanhecendo e o bicho não abria a boca. Já havia usado todos os métodos nazistas, comunistas e de outros parasitas torturadores e... nada. Estava cansado e quase desistindo quando apareceu, assim de repente, do nada, um velho indígena.

Pediu-me que libertasse a cobra.

— Ela ainda não respondeu à pergunta.

— Sucuris não falam — disse o velho.

— Parece que não quer falar mesmo, mas quem fala?

— Eu. Eu conto sobre a canção que ouviu. — Soltei o réptil.

O velho sentou-se numa raiz ao pé de mim. Acomodei-me em outra. Ele pôs-se a falar:

— Quando os bandeirantes ainda não haviam colocado fogo na água.

"Muito antes de os portugueses pisarem o solo dos Aruaques[4].

"Tempo bem recuado!

---

4 Aruaques: povo indígena que habita vários estados brasileiros.

"Quando os guerreiros não choravam e as mulheres amavam seus maridos. No tempo em que as águas do rio Formoso eram doces e barrentas.

"Quando Abaçaí[5] ainda não havia enlouquecido todos os homens; existiu Cacai. Formosa cunhantã[6] da extinta tribo dos Rudaaré[7] da poderosa nação Terena[8].

"Naquele tempo, toda a região da serra da Bodoquena era habitada por um povo admirável. Gente especial, porque acreditava que o homem era um ser singular, criado por um deus sábio, que pusera em cada um de nós entranhas com muita energia, livre arbítrio e sentimentos constantes.

"Desse povo, formou-se a brava tribo Rudaaré. Livre, soberana e crente em suas tradições.

"Entre os valores que cultuavam, um se sobressaia: o AMOR. Nada era mais importante, nada era mais verdadeiro, nada era mais divino. A crença no amor, que por ele valia a pena viver ou, se necessário, morrer, era inviolável e sacrossanta. Foi por demasiada fé que tudo aconteceu.

"Cacai era a mais bonita de todas as jovens terenas. Ela pertencia àquela tribo localizada próxima à gruta do lago azul, mas guerreiros de todas as tribos terenas já haviam ouvido falar dela e dos seus encantos. Eram muitos os pretendentes e admiradores.

---

5   Abaçaí: espírito maligno que persegue os índios, enlouquecendo-os.
6   Cunhantã: mulher jovem, rapariga, moça.
7   Rudaaré: pequena tribo, extinta, que habitou a região entre as cidades de Bonito (MS) e Jardim (MS). Rudaaré = Rudá + Ré = Rudá (deus do amor) + Ré (amigo; palavra geralmente usada como sufixo).
8   Terena: nação indígena que habita, entre outras, a região da serra da Bodoquena (MS). Pertence à família linguística dos Aruaques.

"O jovem cacique dos rudaarés resolveu que chegara o momento de arrumar uma companheira. Escolheu Cacai. Seguindo a tradição, convidou-a para o pacto das dezessete luas[9].

Tal convenção consistia em trato, para conhecimento mútuo, entre os noivos, que, por um período de dezessete luas, viviam juntos sem consumação carnal e, após esse período, decidiam quanto às núpcias.

"A decisão, soberana e livre, cabia a todos os rudaarés (homem ou mulher).

"A negativa era aceita com naturalidade e respeito pelos membros da tribo.

"Se o guerreiro não fosse bom caçador ou a mulher, negligente nos afazeres domésticos, era habitual e esperada a decisão negativa.

"Quando se decidia pelo casamento, o pacto era consumado num ritual de amor e fidelidade eterna. Realizava-se a cerimônia, no interior da gruta do logo azul, onde eram pronunciadas as palavras mágicas que só os velhos rudaarés conheciam.

"A decisão tornara-se a coisa mais importante na vida daquela tribo. Não podia haver erro. A união era indissolúvel, nem a morte os separava. Acreditava-se na existência de uma alma imortal.

"Transcorria o noivado de Cacai com o jovem chefe da tribo, como era o costume daquela gente, mas Rudá, que

---

9 Lua: equivale ao mês sinódico ou 29,5305889 dias.

põe os sentimentos no coração das pessoas, tinha outros planos para Cacai.

"Naqueles dias, por lá, caiu cativo um guerreiro adventício. Tinha a pele clara e carregava nos olhos um brilho que Cacai jamais vira. Seus cabelos castanhos apresentavam mechas brancas, revelando ser, aquele guerreiro forte e ágil, quase ancião. Cacai cuidou-lhe dos ferimentos, ensinou-lhe a tradição, conquistou-lhe a alma e descobriu ser ele o verdadeiro amor da sua vida.

"Amor impenetrável em virtude do mistério que o cercava.

"Revelado em discretos e insondáveis olhares, a paixão, sobrepondo-se à lucidez e à razão, uniu-os em espírito.

"Dizendo de maneira mais exata, o amor reuniu-os, pois, para Cacai, aqueles momentos pareciam revelar-lhe sentimento que já sentira em outros tempos que ela não sabia precisar, mas que não era desta vida.

"Passaram-se as dezessete luas.

"Perante o Conselho, Cacai disse que não se casaria com o chefe da tribo. Decisão recebida com naturalidade pelos presentes. Todos anuíram, mas o jovem cacique não aceitou a decisão soberana de Cacai.

"Inconformado e enfurecido por obra de Abaçaí, ele obrigou a realização do ritual, contrariando a sagrada tradição rudaaré.

"Ela foi arrastada ao interior da gruta do lago azul. O pacto foi realizado e, para desespero dela, as palavras mágicas foram pronunciadas pelos anciãos da tribo. Já não havia esperança para Cacai e seu amado.

"Quem, mulher ou homem, quebrasse o sagrado juramento tinha o seu coração traspassado por uma fria flecha rudaaré, castigo axiomático da tradição. Cacai sabia disso, mas sabia também que devia obediência ao valor supremo do amor. Curvou-se a ele. Escolheu obedecer ao deus Rudá, não aos idosos nem ao chefe rudaaré.

"Naquele mesmo dia, conversou com o estrangeiro dileto e, à noite, fugiram numa canoa, descendo o rio Formoso.

"O cacique reuniu seus guerreiros e... cumpriu-se a maldição.

"O sangue dos amantes foi tornando as águas do Formoso cada vez mais limpas e, quando a última gota foi derramada, todo o rio e até seus afluentes estavam cristalinos e transparentes como fora o coração de Cacai.

"Cravados de flechas, os corpos de Cacai e do guerreiro amado perderam-se no fundo do rio. Jamais foram encontrados.

"As águas, antes doces e barrentas, tornaram-se salobras e transparentes, como são até os dias de hoje.

"Assim, naqueles dias em que parece que o vento parou e apenas uma leve brisa penetra a solidão e a flor do ipê fica mais colorida. Quando a água sombria do lago fica mais azul e se torna alegre com um pássaro solitário que vem refrescar suas penas e cortejar o perfume duma Cacai que os nossos olhos não veem, mas que lá está. Num dia assim, tão especial, quando o poeta vem colher, em palavras, aquela outra messe que os campos produzem. Nesses dias é possível ouvir os sussurros de amor de Cacai e seu amado imortal por meio de uma canção. A canção que você ouviu. Está lá no fundo da gruta, está nas cachoeiras, no fundo das águas do rio, está em todo o lugar. É só prestar atenção."

...

Ciscos estavam a incomodar os meus olhos, por isso, virei o rosto e, pensativo, limpei, com a manga da camisa, duas inconvenientes lágrimas.

Quando me refiz, o velho nativo havia partido. Não consegui avistá-lo. Sumiu ou ganhou o mato sem que eu visse.

O sol já aparecera e fui para casa meditando: *que será que o compadre colocou naquele suco de uva?*

Caminhava com o coração dolorido de saudade imensa da finada Maria.

Talvez esteja na hora de fazer a velha espingarda cumprir seu destino.

..................................................................................

Depois de passar a mão direita aberta pela face, tentando acabar com as lágrimas e de perguntar o porquê delas, Elka guardou o livro na gaveta. Não tinha resposta para o motivo da secreção lacrimal. Pensou que aquele texto, que o destino colocara em suas mãos, poderia ser um prenúncio das possibilidades de relacionamentos nos dias que passaria em companhia de Paulo.

...

No acampamento dos guerrilheiros comandados por Edmundo, Tomaz e Valquíria passaram momentos de intenso treinamento. Não conseguiam conversar e eram vigiados dia e noite. Viam chegar os novos recrutas. Eram poucos e apareciam de modo espaçado, situação irritante para Rasputin, que esperava uma ação mais efetiva dos seus arregimentadores. Tomaz lutava contra a dúvida e Valquíria estava convicta de que fugiria dali. Ele continuava dormindo na tenda coletiva em companhia de onze rapazes e ela dividia uma barraca com duas garotas recém-chegadas. Os batismos passaram a ser realizados apenas quando havia uma quantidade superior a dez novos recrutas. Estava cada vez mais difícil conseguir material didático e, por isso, utilizava-se um único prisioneiro para cada batismo.

O Dia de Finados, do ano de 1948, caiu numa terça-feira e, na noite daquele dia, 2 de novembro, Valquíria levantou em silêncio e pé ante pé entrou na barraca de Tomaz. Tapou a sua boca e o puxou para fora. Ele mal teve tempo de pegar o par de sapato-tênis. Com cuidado, para não serem vistos, passaram pelo guarda da ronda e entraram no mato.

Seguiram por alguns minutos, então, ela parou e disse:
— Estou indo embora.
— Fugindo?
— Sim.
— Sabe o que vai acontecer, não?
— Todos os dias eles dizem que mandam os cachorros...
— Cães e homens armados.

— Prefiro tentar.

— É muito arriscado.

— Lembra do tal Vivi? Aquele sobre quem a professora nos contou que fugiu do acampamento da Coluna Prestes?

— Claro.

— Se ele conseguiu, nós também podemos...

— Nós?

— Pensei que você iria comigo...

— Há uma parte de mim que quer, outra que prefere ficar e fazer algo importante para o futuro da nossa gente.

— Você acredita que matando tuberculosos ou indigentes vai fazer algo pelo Brasil?

— Não é isso... Penso nas injustiças sociais, nos oprimidos de toda sorte...

— Deve haver outra maneira diferente desta que nos foi apresentada.

— Dizem que não se pode fazer omelete sem quebrar ovos...

— Você vem ou não?

Valquíria fez a pergunta e, antes que ele respondesse, entrou mais fundo na mata. Tomaz permaneceu parado... pensando...

Ela já estava caminhando há mais de meia hora quando ele a alcançou.

— Está deixando pegadas muito visíveis. Qualquer um pode segui-la.

— Que bom que veio...

Nos muitos treinamentos dos quais Tomaz havia participado com o patrocínio do partido, um poderia ser útil naquele momento. Aprendera algumas coisas sobre rastreamento de pessoas na selva. Acreditava ele que podia usar aquelas técnicas para produzir uma espécie de contrarrastreamento e, dessa maneira, dificultar o trabalho dos homens que Edmundo, com certeza, enviaria para caçá-los. Conversou com Valquíria. Alertou que era preferível andar mais devagar e ocultar as pistas que correr e facilitar o rastreamento.

Paciência e persistência, pois qualquer detalhe poderia ser fatal. Esses detalhes poderiam estar nas pedras, nas folhagens, nos galhos quebrados, nos barulhos de animais ou em qualquer marca deixada por eles.

Durante aqueles dias em que ela esteve planejando a fuga, não conseguiu nada para a viagem, além de uma faca, comida não perecível, pedaço de corda e uma caixa de fósforo. Ele, arrancado da cama no meio da noite, só partiu com a roupa do corpo e o par de tênis que só foi calçar quando estava parado dentro da mata, decidindo se seguiria Valquíria, já com os pés doloridos por lesões causadas pela aspereza das pedras e agudeza dos galhos secos em que pisava.

Resolveram seguir margeando o rio. Tomás achava que assim era mais fácil despistar os rastreadores. Onde o rio permitia, eles caminhavam pelas águas rasas da margem; onde não era possível, andavam pelas pedras ou sobre grama ou capim que se erguiam pouco acima do solo. Às vezes, Tomás fazia com que ambos entrassem na mata e depois retornavam para a margem do rio. O retorno era lento e exigia grande esforço para apagar as pegadas.

Caminharam sem parar a noite toda, a manhã do dia seguinte e, por volta do meio-dia, pararam para descansar e comer. Pão velho e sardinha enlatada foi o cardápio do dia.

— Ainda bem que escolhemos descer o rio. Sardinha dá muita sede — comentou Tomás, querendo puxar prosa.

Valquíria olhou para ele, baixou a cabeça e continuou a riscar o chão com o graveto que estava na mão direita, enquanto segurava a comida com a outra mão.

— Vamos descansar por uma hora mais ou menos, depois partimos. É importante conseguirmos uma dianteira expressiva — alertou Tomás.

Valquíria continuou a riscar a terra com o pedaço de pau.

— Está chateada comigo? — perguntou Tomás.

Ela olhou para ele e respondeu:

— Por que chegamos até aqui?

Ele sabia o que ela estava perguntando. Desconversou:

— Porque temos água em abundância e é provável que vamos encontrar moradores próximos à margem do rio.

Ela perguntou de novo:

— Por que chegamos até aqui?

Tomás fez um breve silêncio e respondeu:

— Idealismo, talvez.

— Parece-me que a vaidade nos trouxe a esta situação.

— Vaidade?

— Sim. O desejo de ser reconhecido tal qual alguém engajado nas questões sociais.

— Isso é melhor que alienação política.

— Para sermos os salvadores da pátria, os heróis nacionais... Só vaidade.

— Não é só isso. Existe um compromisso moral com os oprimidos pelo capital.

— Os dois jovens que você matou com a minha cumplicidade... de que lado estavam... capitalistas ou oprimidos?

O rosto dele se contraiu, os olhos estavam arregalados.

— Nunca mais fale sobre esses dois infelizes. Preciso esquecer isso tudo o mais depressa que puder.

— Não podemos esquecer. Podemos pedir perdão.

— Perdão? Pedir perdão a quem?

— A eles, a Deus e a nós mesmos.

— Acho que você está muito confusa...

— Nunca estive tão lúcida.

— Eles estão mortos. Eu os matei! Deus também está morto. A ciência e a filosofia o mataram. Além disso, eu não posso perdoar a mim mesmo. Posso esquecer.

— E se as almas deles estiverem vivas? E se Deus também estiver vivo e permanecer vivo depois que as ideologias e toda a ciência humana se forem?

— Você está mesmo fora do juízo. Parece uma velha coroca. Ratazana de igreja.

Ela não disse mais nada.

Ele se deitou sobre a relva e fechou os olhos. Recorreu às técnicas de concentração mental que lhe haviam ensinado.

Ela deitou-se um pouco distante dele e chorou.

Ele a ouviu balbuciando palavras, mas não conseguiu escutar o que dizia. Entendeu que aquilo era uma prece. Ficou irritado. Sabia ele do risco de perdê-la para a ilusão de Deus. Julgou ser prudente descansar e tratar daquilo em outro momento, quando ela não estivesse tão abalada. Nunca lera *Assim Falou Zaratustra*, quase nada sabia do filósofo prussiano, mas, mesmo assim, ele acreditava que podia ser um super-homem nietzschiano.

A hora de descanso passou e logo estavam eles amassando grama ou capim e recebendo chicotadas dos galhos das árvores.

Tão apegados aos conflitos internos estavam que não perceberam a beleza da cachoeira, o colorido das árvores, o canto das aves nem o encanto da luz solar refletindo nas folhas, nas pedras, nas águas e em tudo mais que a natureza lhes proporcionava.

Caminharam a tarde daquele dia e pedaço da noite, e, então, resolveram dormir um pouco.

No dia seguinte à fuga, durante o grito de alvorada, quando os recrutas são acordados e contados, deu-se pela falta dos fugitivos. De imediato, Edmundo formou um grupo de captura de desertores. Três homens e quatro cães partiram ao encalço de Tomaz e Valquíria.

...

Elka andou pelas faculdades da cidade à procura de arregimentadores. Esteve na faculdade de Direito na Politécnica, no Mackenzie e em outros lugares. Passou a buscar, também, nas escolas do ensino médio. Notou que, sempre que tocava no assunto, os interlocutores desconversavam. Quantos professores, alunos, inspetores, serviçais, quantos foram ao todo? Muitos. A maioria não sabia, mas uma parcela razoável dos professores, dez por cento mais ou menos, sabia e fazia de conta que não sabia. Ela percebia. Era um pacto velado, uma cumplicidade ou omissão consciente do dever de prevenir os alunos acerca do perigo da aventura que os arregimentadores propunham.

Decepcionada com o insucesso e com o tempo perdido na busca infrutífera, ela parou no *Jacobino* com a intenção de matar a fome e aliviar a preocupação servindo-se de um copo de vinho português. Durante todo o mês de outubro ficou sem advogar, sem dar aulas e sem cuidar das crianças com câncer. Dedicou-se, apenas, àquela busca insana. Já se ia a segunda semana de novembro e nada. Chegou a pensar que os arregimentadores não existiam e que a sua forte vontade de os encontrar havia lhe turvado o entendimento. Ponderou se aqueles dez por cento de professores seriam mesmo cúmplices de criminosos ou seriam gente ocupada que não se permitia perder tempo com besteiras. A única coisa boa daquilo tudo era o fato de que Paulo mantinha o firme propósito de participar da aventura, e a ideia de estar com ele amenizava o esmorecimento que, às vezes, caía sobre ela.

Pensou nas pessoas que mais a influenciaram na vida: no amigo Manoel de Barros, em Vivi e no finado pai. Lembrou-se de que "não era livre para abandonar a obra".

Sozinha no *Jacobino*, passou por sua mente que aquele aforismo poderia estar além do mundo e que não devia ser colocado no mesmo nível das coisas da Terra e que ela cometeria grave erro ao se equiparar aos santos ou anjos. Aquilo talvez fosse igual aos poemas do amigo Manoel de

Barros ou às frases enigmáticas de Vivi ou, melhor ainda, igual às nuvens que nos deixam ver o céu, mas apenas podemos pressupor o céu, porque o céu não está ali, e a ideia do céu é tão vasta que envolve a Terra e a nós mesmos e, assim, não podemos olhar para o céu sem considerarmos que somos parte dele.

Estava quase se perdendo em estranhos devaneios, quando ouviu suave voz atrás dela:

— Professora.

Virou-se na cadeira e viu a garota com uniforme da Escola Estadual São Paulo.

— Professora – outra vez chamou a menina, aparentando nervosismo.

— Sim.

— Posso me sentar?

— Claro, por favor.

Ela se sentou e, com os olhos no chão, disse:

— Desculpe-me... eu... sou Júlia.

Elka, percebendo o constrangimento da moça, procurou dar um tom leve à conversa:

— Olá, Júlia. Quer comer alguma coisa?

— Não, senhora...

— Então, posso pedir um café para você?

— Café... sim, pode ser.

— Vou pedir uma torta de morango para acompanhar. Se você não comer, não se preocupe, eu como. As tortas de morango daqui são as melhores da cidade.

— Muitas pessoas dizem isso.

— Você vem sempre aqui?

— Não, senhora, é a primeira vez.
— Você estuda na Escola Estadual São Paulo, certo?
— Sim, professora.
— Não me recordo de tê-la visto em minha classe.
— Estou no primeiro ano e minha turma tem aulas de português com o professor Adalberto.
— Ah... Ele é um ótimo professor.
— Também já ouvi dizer que a senhora é a melhor professora da escola.
— Deve ter sido algum amigo...
— Meu irmão teve aulas com a senhora no ano passado.
— Qual é o nome do seu irmão?
— Eduardo.
— Eduardo Santos Souza?
— Sim.
— Um menino inteligente e muito interessado nas questões sociais. Ele deve se formar este ano...
— Acho que não.
— Como assim?
— Ele é o motivo de eu ter procurado a senhora.
— Está com dificuldade em alguma matéria?
— Antes fosse.
— Qual o problema?
— Acho que tenho que me explicar...
— Sim, minha futura querida aluna, fique calma e diga o que quiser, sem constrangimentos. Prometo escutar tudo com atenção e empenhar-me em ajudar naquilo que puder.
— Soube que a senhora está procurando os recrutadores. É verdade?

— Sim. Eles são chamados de arregimentadores, se é que existem, mas o que eles têm a que ver com o seu irmão?

— Ele está desaparecido há quinze dias.

— Seus pais já deram queixa na delegacia?

— Sim e temos feito tudo o que foi recomendado pela polícia, mas não conseguimos nenhuma informação que possa ser útil. Parece que a polícia está tão perdida quanto a minha família.

— Você acredita que ele foi levado por um arregimentador?

— Tenho certeza que sim.

— Disse isso à polícia?

— Sim, mas eles não me levaram a sério. Para eles, os arregimentadores são personagens de histórias mirabolantes inventadas pela imaginação popular.

— E por que você tem certeza?

— Foi o que Edu falou na última vez em que conversamos.

— O que ele disse?

— Depois de me dar um abraço bem demorado, aconselhou-me a não ficar preocupada, pois ele iria participar de algo que mudaria o mundo para melhor. Naquele momento, pensei que estivesse falando de algo que aconteceria no futuro, um sonho profissional ou algo assim, por isso, não dei muita importância. Minha mãe revelou que ele havia mencionado algo semelhante para ela.

— Você pode estar certa.

— Posso contar com a senhora, professora?

— Não sei se posso responder que sim. Estou há mais de um mês procurando por um arregimentador e não consegui nada.

— Acho que posso ajudar quanto a isso.

— Sabe onde eu encontro um deles?

— Não, senhora, mas sei quem sabe.

— Quem?

— O professor Luiz.

— O professor de História?

— Ele mesmo.

Elka estava perplexa. Não, não ficou surpresa pelo possível envolvimento do professor Luiz, pois isso era compatível com o caráter dele. O espanto advinha da inabilidade em perceber que o fim da sua busca poderia estar, desde sempre, bem ali na sua escola. Debaixo do seu nariz, como dizem.

— Diga-me, Júlia, como chegou à conclusão de que o professor Luiz está implicado no desaparecimento de Eduardo?

— Corre à boca pequena entre os alunos que o professor Luiz é uma espécie de observador. Ele conversa com os alunos, analisa o potencial revolucionário, identifica os conflitos existenciais e, depois, indica aqueles que, segundo sua avaliação pessoal, podem se tornar soldados da revolução.

— Por que ele indicaria o Eduardo?

— A senhora sabe, professora.

— Por ser um jovem interessado nas questões sociais?

— Exato... e por pertencer a uma família de poucos recursos; além disso, Edu sempre teve pensamentos idealistas e uma certa dificuldade para lidar com a dura realidade.

— Existem outros alunos com essas características e que não tenham desaparecido?

— Sim, professora. Acontece que o professor Luiz estava sempre conversando com o Edu. Pareciam ser grandes amigos e vi quando o professor apresentou ao meu irmão um velho, que, nos três últimos dias anteriores ao sumiço dele, esperava-o na saída e seguiam conversando até o ponto de ônibus. Perguntei ao Edu quem era o homem e ele usou evasivas para responder e fiquei sem saber quem era aquele velho.

— Quão velho ele era? Mais para velhinho de bengala ou velho igual a mim?

— Igual à senhora — respondeu Júlia, um pouco envergonhada.

— Estava boa?

— Como?

— A torta... estava gostosa?

Júlia olhou para o prato. Estava vazio. Comera a torta de morango sem a intervenção consciente da vontade. Não sabia responder.

— Não sei dizer, professora. Estou tão nervosa.

— Isso não tem importância. Voltaremos aqui em momento mais tranquilo. Considere-se minha convidada para comemorarmos o retorno do Eduardo, comendo torta de morango aqui mesmo.

— Obrigada, professora.

— Você me ajudou muito e agora posso prometer que vou fazer tudo o que for possível para trazer seu irmão de volta.

Júlia foi embora com um fio de esperança. Elka deixou-se ficar por mais um momento. Fechou os olhos e tentou entender por que a respiração estava alterada e o coração batia mais rápido que o normal. Respirou fundo e expirou bem devagar... uma, duas, três vezes.

O batimento acelerado persistia. Todo o sistema cardiorrespiratório estava descompassado. Em sua mente, alojou-se uma disputa entre a vontade e o desejo e, como acontece nessas peleias íntimas, o desejo de ver Paulo superou a vontade de manter-se calma e ela saiu apressada com o coração a saltar pela boca e a respiração ofegante em busca do objeto do tirânico desejo.

*A essa hora ele deve estar indo para a faculdade. Posso esperá-lo na entrada do campus,* pensava ela enquanto caminhava o longo percurso do *Jacobino* até o Largo São Francisco.

Quando ele chegou, o coração e a respiração voltaram a funcionar conforme a regra. O sossego tomou conta dela, como sempre acontecia quando ela podia olhar para ele, para os olhos dele.

— Partiremos amanhã!
— Tudo bem. Onde nos encontramos e a que horas?
— Tem certeza de que quer fazer isso?
— Sim.
— E a faculdade? Não sabemos quantos dias estaremos ausentes.

— Dou um jeito, replicou ele e, em seguida, recitou Tobias Barreto:

*"Quando se sente bater,
No peito heroica pancada,
Deixa-se a folha dobrada,
Enquanto se vai morrer."*

Aquela trova acadêmica, que ela ouvira muitas vezes, quando estudara ali, motivava a maioria dos jovens de maneira diferente do sentimento produzido nela. Depois da Coluna Prestes, ela via com desconfiança as manifestações de ufanismo.

— Quero muito que você venha comigo, mas, por favor, faça isso apenas se não houver dúvidas no seu coração.

— Onde nos encontramos e a que horas — repetiu ele.

— Em frente ao *Jacobino*, às sete da manhã.

— Combinado — afirmou ele e saiu célere sumindo entre os demais estudantes.

Elka foi para casa. Tinha muito o que fazer, mas tudo dependia do professor Luiz.

Mantinha relação de cordialidade com a secretária da escola. Telefonou para ela e conseguiu o endereço da residência do professor Luiz.

— A uma hora destas ele ainda não está em seu apartamento. Vou esperar um pouco mais – resmungou.

Sentou-se no sofá e ficou um tempo pensando no que pretendia fazer e traçando um roteiro mental para os próximos passos.

Olhou o relógio e achou que ainda era cedo. Então, pegou o livro do qual andara lendo alguns trechos ao acaso e, outra vez, abriu numa página qualquer.

....................................................................................

## O CASO RUTE

"Dirijo-me aos membros da Suprema Corte, cuja competência se estende a todas os casos de aplicação da Lei, da Equidade e das controvérsias existentes entre os cidadãos da nossa Pátria, guardiã da liberdade coletiva.

O processo, intitulado "Caso Rute", chegou a esta egrégia casa, por apelação de ambas as partes, por tratar-se de assunto que requer decisão vinculante sobre controvérsia generalizada.

O tema acentua-se em complexidade por tênue linha que está a separar o princípio sagrado do direito à liberdade e à felicidade com a necessidade de mão de obra para mantermos a pujança e a potência que a Nação representa no cenário mundial, bem como o paradoxo existente entre a vil tentação do ativismo judicial e a nobre função da Corte Suprema de manutenção da Carta Magna na sua forma simples, enxuta e libertária.

Ambas as partes estimam favorecer o bem comum e, no Processo, revelam-se apreensivas e tomadas de emoção com esta significativa questão que ultrapassa o limite da processualística e envolve o dia a dia de todos os homens civilizados, uns temerosos, outros inseguros, alguns confiantes, mas todos na expectativa de que a sabedoria deste colegiado possa manter o nível de bem-estar alcançado pelo nosso povo.

Nunca, em tempo algum, um país atingiu tão grande desenvolvimento cultural como aquele que esta jovem nação conseguiu. Não há paralelo na história mundial. Jamais um povo viveu com tal liberdade. Aqui os preconceitos foram derrubados, os tabus questionados e abandonados, a certeza da ciência substituiu a ignorância da religião, o prazer é permanente e o sofrimento ficou no passado e chegamos à sociedade igualitária sem perder a liberdade social. O interesse grupal deitou por terra a egoísta liberdade individual.

Propagamos o nosso estilo de vida para as nações amigas, notadamente, para os nossos vizinhos, com quem vivemos em plena harmonia.

Nossas fronteiras estão abertas e recebemos pessoas de todas as partes do mundo que logo se encantam com a nossa maneira de viver e aqui gozam prazeres e ideais que nunca teriam em suas terras de origem.

É fato que, vez ou outra, chegam forasteiros radicais ou fanáticos que tentam contra nós atos terroristas ou semeiam ideologias incompatíveis com o nosso jeito libertador de viver. Tais ameaças têm sido rechaçadas pela vontade altaneira da nossa sociedade, porque encontramos toda a liberdade que se pode desejar e gozamos o bem supremo do ser humano e isto nos remete de volta ao processo submetido a exame dos eminentes membros desta Corte.

Quando o direito à exposição de reclamações é garantido, em nada diminui a excelência da nossa comunidade, ao contrário, demonstra sua capacidade de aprimoramento contínuo.

Se é verdade que o caso em questão oferece risco ao nosso sagrado direito do exercício harmonioso da alegria, do prazer e do júbilo, como advoga a maioria, não é mentira que a mão de obra é recurso imprescindível à manutenção do nosso estilo de vida, como argumentam outros que se preocupam com o nosso bem-estar em longo prazo.

Esta casa, por certo, irá pôr a bom termo a controvérsia judicial, obedecendo à voz da razão, como sempre fez em situações análogas, e seria injurioso pensar o contrário, considerando a integralidade de julgamento que sempre norteou suas decisões. Não é este, no entanto, o maior dilema que se apresenta neste processo. O grande perigo que coloca em risco os pilares da nossa sociedade é o risco do retrocesso religioso.

Esse delírio, que tanto assombrou nossas mentes no passado, age igual a um monstro a espreitar nossos espíritos para, na menor hesitação, nos carregar para o atraso, a dor, o sofrimento... Essa assombração a que deram o nome de deus e que emerge da ignorância e do medo. Um deus ciumento, injusto, genocida, sedento de sangue, machista, homofóbico, racista, megalomaníaco, vingativo e tudo o mais que é anti-humano e adverso aos nossos valores.

Mesmo assim, ainda é possível ver e ouvir, aqui e ali, a escória da nossa população suspirando pelos tempos antigos e, na primeira dificuldade que o nosso estilo de vida apresenta, dar eco às ideias, trazidas por estrangeiros, de crenças em divindades e medo do pecado. Daí a necessidade de mantermos um olhar vigilante sobre o que ocorre no território pátrio.

Entre esses malfeitores, destaca-se aquele com o qual a nossa sociedade tem sido exageradamente tolerante, por uma injustificável dívida de gratidão por favor que um parente dele nos prestou em passado remoto. Aquele insignificante obséquio não pôde ser motivo para colocarmos em risco nossa sociedade. Já passou do momento de agir contra essa ameaça.

A decisão de eliminar a farsa da religião ou qualquer outro tipo de organização cerceadora da liberdade e do prazer talvez tenha sido a mais acertada de todas as deliberações que esta Corte já tomou. Por isso, enche-me de horror ver a possibilidade, ainda que remota, de renascer em solo pátrio a superstição, a fé e a intolerância.

O "Caso Rute" revela uma pequena inadequação na filosofia de vida que adotamos que, com certeza, será resolvida, mas isso foi suficiente para despertar terríveis ameaças até ontem adormecidas. Assim, não nos resta alternativas além de sugerir que os agentes de tais ameaças sejam confinados, encarcerados e submetidos à mais rigorosa justiça. Existe uma ameaça latente e prolífica e tão fecunda quanto sementes em solo fértil".

O relator fez uma pequena pausa no discurso, olhou para o plenário e depois correu os olhos pelos quatro cantos da sala de julgamento. Estava lotada. O pai de Rute e as maiores autoridades da nação estavam presentes. Bebeu um gole de vinho e prosseguiu:

"Nossa justiça tem-se revelado implacável com aqueles que ameaçam nosso bem supremo. Esses religiosos são pragas daninhas sobre a Terra; semeadores de cizânia e destruidores da alegria. Merecem morrer! Vidas amargas, rancorosas e incultas ceifadas da face do planeta não são prejuízos, mas, sim, ganho imensurável com o extermínio de ideias desesperadas e profilaxia que nos protegerá da divindade e de toda a ignorância que a acompanha.

"Seres degenerados, decadentes, fantasmas do passado querendo impedir o nascimento do novo e propondo o retorno à dor e à tristeza, não podem conviver com pessoas desta nobre Nação, que acreditam num porvir de felicidade e contentamento sem limite.

"O que deve esta Suprema Corte fazer que não seja algo na direção da preservação do bem comum e da repressão dessas ideias alienígenas?

"Como pode ser verificado nos volumosos compêndios que compõem este processo, Rute era filha de um dos nossos cidadãos. Ela tinha dois anos de idade quando veio a falecer em ato legítimo de prazer realizado pelo pai.

"Esse acontecimento isolado não seria motivo de preocupação da sociedade e muito menos assunto a ser trazido à apreciação de tão elevada Casa de Justiça. Ocorre, no entanto, como é do conhecimento geral, que essas ocorrências estão se proliferando, em todo o território nacional, culminando com a avaliação sincera de que teremos problemas com a mão de obra futura, considerando que 90% das crianças de oito anos ou menos morrem pela prática de atos de prazer coletivo e todas, ou seja, 100% das crianças até os três anos, morrem no transcurso do procedimento prazeroso.

"Qualquer ato proibitivo ou limitante do direito ao prazer, razão da existência humana, é por demais penoso de se propor. Entretanto aqui há que se tomar uma decisão conciliadora entre as duas ameaças tratadas, sem negligenciarmos o perigo principal.

"Ante o exposto e na qualidade de relator deste caso, julgo procedente submeter ao Plenário, com o meu voto favorável, o que segue:

1. Estabelecer como idade limite para a prática do prazer sexual individual: 3 anos;
2. Estabelecer como idade limite para prática do prazer sexual coletivo: 7 anos;
3. Determinar que sejam presos e levados à fogueira, mediante julgamento popular sumário, todos os radicais religiosos encontrados em território nacional;
4. Esta Suprema Corte determinar, para servir de exemplo a ser seguido pelas cortes populares regionais, a condenação e imediata execução da pena de morte na fogueira do conhecido agitador religioso conhecido pela alcunha de Ló, bem como de todos os seus familiares."

A plateia aplaudiu, freneticamente, a sugestão apresentada pelo relator, que aproveitou a pausa para contemplar, com orgulho, todos os seus honrados espectadores. Sorriu e, num relance, olhou para a janela e viu, bem próximo dali, as primeiras bolas de fogo e enxofre caindo do céu e, a última coisa que o pai de Rute viu foi o sorriso amarelo do relator.

— Livro maldito! — gritou ela.

Depois foi até a pia da cozinha, jogou um pouco de álcool sobre o livro e ateou fogo.

Ficou olhando as labaredas até que a última língua de fogo se apagou. Naquele momento de contemplação, acendeu-se, no seu íntimo, uma espécie de fogo de monturo. Um ódio adormecido. Uma repulsa a todo tipo de opressão subliminar, física ou mental. A imagem engomada do professor Luiz veio-lhe à mente.

— Desgraçado. Professor de merda...

Revirou gavetas até encontrar, no fundo de uma delas, o 38 Smith Wesson Special que havia roubado de Vivi.

*Ele disse que obras literárias são mais importantes que armas, mas agora eu queimo livro e reverencio revólver*, pensou ela.

Colocou na bolsa, junto com o revólver, um pedaço de corda, papel e lápis. A temperatura era amena, mesmo assim vestiu uma jaqueta. Saiu apressada porta afora. Na garagem, ligou o Ford Deluxe 1940, preto. O motor V8 roncou e, sem tempo para aquecer, saiu cuspindo fumaça.

Chegou antes do professor e o esperou na portaria do prédio.

Quando ele chegou já era quase meia-noite. Refeito da surpresa, disse:

— Professora Elka! Que surpresa agradável! Que aconteceu?

— Preciso conversar com você.

— Deve ser algo urgente. Não poderia esperar até amanhã?

— Urgente e importante.

— Quer subir ou prefere procurar algum bar que ainda esteja aberto?

— Vamos subir.

— Ótimo.

Entraram no elevador, saíram, caminharam até a porta do apartamento, tudo sem trocar palavras.

Ele abriu a porta e entraram.

A sala era agradável, com móveis bonitos e tudo muito limpo e organizado.

— Sente-se.

Ela se sentou na poltrona e ele, no sofá retrátil, em frente a ela.

— Em que posso ajudá-la?

— Quero nome e endereço do arregimentador.

— Quê?!

— O nome e endereço do arregimentador.

— Não sei do que você está falando.

— Sabe muito bem. Quero nome e endereço do homem que levou o Eduardo Santos Souza.

— Não sei nada do que está falando. Acho que você já pode ir embora.

Ela havia aprendido com Vivi que conversas quase sempre não resolvem em situações como aquela. Retirou o revólver da bolsa e apontou para ele.

— Qual é o nome e o endereço?

— Já lhe disse que não sei. Você está louca!

Ela atirou. A bala rasgou a batata da perna dele, que gritou.

— Qual o nome e o endereço? O próximo tiro será na sua cabeça.

Segurando o revólver com a mão direita, estendeu lápis e papel para ele com a outra mão. Amedrontado, ele escreveu nome e endereço.

— Vou deixar você aqui amarrado e amordaçado e vou até o endereço; se estiver mentindo, volto aqui e acabo com a sua raça.

Ele pediu o papel e lápis de volta. Riscou o endereço e escreveu outro.

Ela fez como disse que faria. Também rasgou um pedaço da toalha da mesa e amarrou sobre a panturrilha dele. Percebeu que o ferimento não era profundo. A bala pegou de raspão.

Quando passou pela portaria do prédio, o porteiro perguntou:

— A senhora ouviu um barulho que parecia um tiro?

— Sim. Foi lá no apartamento do professor Luiz. Ele me mostrou uma experiência que está fazendo com pólvoras. Algo inofensivo. Desculpe-nos pelo barulho. Não vai acontecer de novo.

— Obrigado. Estava preocupado.

— Como é mesmo o nome do senhor?

— Pedro. Ao seu dispor.

— Boa noite, seu Pedro.

Estava saindo, mas voltou e pediu o telefone da portaria do prédio. Ela anotou o número e partiu.

O arregimentador morava em uma casa no bairro da Penha.

Uma senhora usando pijama abriu a porta para Elka.

— É aqui a residência do senhor Crispin?

— Sim. Sou a esposa dele. Posso ajudá-la?

— Preciso falar com ele! Está em casa?

— Está deitado.

— A senhora pode chamá-lo? É urgente.

A mulher olhou Elka dos pés à cabeça. Demorou um pouco mais observando o rosto retalhado da professora, disse:

— Espere aí...

Fechou a porta deixando-a para fora. Elka tirou o revólver da bolsa e o segurou por baixo da jaqueta.

Quinze minutos depois, surgiu o arregimentador, que, com cuidado, fechou a porta atrás de si, talvez para não fazer barulho para outras pessoas que pudessem estar dormindo. Seja qual fosse o motivo, aquele ato facilitou o trabalho de Elka, que apontou o revólver para ele, dizendo:

— Acompanhe-me sem gritar ou fazer qualquer outra gracinha.

— Eu sei quem você é... professora Elka, por que está fazendo isso?

— Cale a boca e continue caminhando até o carro.

Elka o fez entrar no porta-malas do carro, disse-lhe para não gritar nem fazer barulhos, ameaçando, caso ele não lhe obedecesse, parar o carro e descarregar o revólver nele. Dirigiu até sua casa, onde o levou para dentro, amarrou-o na cadeira da cozinha e tapou-lhe a boca com um pano de prato.

— Durma um pouco. Amanhã pela manhã você vai me levar até o Eduardo Santos Souza.

Ela foi para o quarto e dormiu tranquila. Na manhã do dia seguinte, acordou cedo, tomou banho, jogou algumas coisas no banco de trás do carro: alimentos, cordas, lanterna, ferramentas e outras utilidades. Em seguida, desamarrou o arregimentador e o empurrou para dentro do porta-malas do carro.

Antes de partir, telefonou para a portaria do prédio em que morava o professor Luiz e pediu para que alguém fosse até o apartamento dele prestar-lhe socorro, sem dar mais detalhes.

Às sete horas em ponto chegou ao lugar marcado. Paulo já a esperava em frente ao *Jacobino* e partiram.

No caminho, contou a Paulo tudo o que havia se passado na noite anterior e ele, surpreso, a ouviu em silêncio. Quando já tinha ultrapassado os limites da cidade, parou o carro e retirou o arregimentador do porta-malas e o empurrou para o banco traseiro. Paulo se sentou ao lado dele.

Apontando o revólver para ele, Elka perguntou:

— Onde está o Eduardo?

Ele tinha as mãos atadas trás e a boca estava livre dos panos de pratos.

— Está no acampamento.

— Que acampamento?

— A 170 quilômetros de São Paulo.

— Que direção?

— Próximo a Campos do Jordão.

— É para lá que vamos.

— Com este carro a gente não chega lá.

— Por quê?

— Ele é muito baixo, não vai aguentar os buracos.

— Como o levou até lá?

— Trem até Campos do Jordão, depois lombo de cavalo.

— Até que estação podemos ir de carro?

— Creio que terão que percorrer todo o percurso do trem, pois, com sorte, chegarão a Pindamonhangaba com este veículo.

— Chegaremos lá.

— Já disse o que precisavam saber, não é necessário que me levem. Tenho compromissos, não posso desaparecer assim...

— Quando o raptou e o levou até lá, parece que não estava tão preocupado com isso — disse Paulo.

— Não sequestrei ninguém. Eduardo foi por livre vontade.

— Você também raptou Valquíria e Tomaz?

— Já disse, não faço isso.

— Pois bem, diga então se levou Valquíria e Tomaz com o consentimento deles...

— Não. Só consegui arregimentar cinco heróis. Sei o nome de todos eles. Não tem nenhum Tomaz, nem nenhuma Valquíria.

Elka entregou o "trinta e oito" para Paulo.

— Qualquer movimento suspeito, atire sem piedade — ordenou ela.

Era o dia 12 de novembro, quando eles partiram em direção ao lugar onde se fabricam anzóis.

...

Antes disso acontecer, por quatro dias, Tomaz e Valquíria desceram o rio Sapucaí caminhando próximos à margem e comendo peixes e frutas que encontravam pelo caminho. Pescadores informaram que estava próximo o distrito de São Bento do Sapucaí. Pensaram em pernoitar no povoado, mas não tinham dinheiro e não conheciam ninguém por ali. Por fim, Valquíria conseguiu convencer o cético Tomaz a passar pela cidade e tentar encontrar alguma alma bondosa que lhes desse abrigo e algum mantimento para prosseguirem a jornada.

Chegaram em São Bento do Sapucaí no dia seis de novembro.

Valquíria ficou muito feliz ao ver pessoas andando pelas ruas sem pretensão de salvar o mundo, pessoas simples cuidando de tocar a vida.

Tomaz, ressabiado, andava se esgueirando e sempre virava o rosto quando cruzava com alguém.

— Vamos até a igreja — comentou Valquíria.

— Que igreja? Não conhecemos nada aqui.

— Toda cidade tem uma.

Ela perguntou para um jovem e seguiram na direção indicada. Era uma tarde de sol. Estavam cansados e sujos.

Havia uma velha senhora sentada na primeira fileira de bancos e mais ninguém. Tinha o terço nas mãos e parecia que rezava a ave-maria.

Tomaz sentou-se três fileiras atrás dela e Valquíria seguiu caminhando. Um desenho chamara-lhe a atenção.

Estava cansada e queria se sentar, mas aquela gravura na parede a atraía. Permaneceu em pé observando cada detalhe. A mulher da pintura estava prestes a receber uma flecha no coração, e o algoz era tão bonito, havia tanto amor nos seus olhos e parecia que aqueles olhos hipnotizavam a mulher da pintura e que ela queria receber a flecha.

Absorta nos próprios pensamentos, Valquíria só notou a presença da velha senhora quando ela lhe tocou o braço.

— Boa tarde! Vejo que gostou desse desenho.

— Sim. É intrigante.

— Meu nome é Adriana. E vocês quem são?

— Ninguém.

— Isso não, criança! Vocês são filhos de Deus igual todo mundo.

— Acredito que Deus anda muito ocupado e está sem tempo para cuidar dos seus filhos mais rebeldes.

— Fugiram de casa?

— Acho que é mais apropriado dizer que fugimos do inferno.

— Você é sempre exagerada assim?

— Desculpe-me. Meu nome é Valquíria. Moramos em São Paulo.

— Vamos nos sentar, por favor. Estou velha e sabem como são os velhos...

Sentaram-se em bancos da primeira fileira.

— Quer chamar o seu...

— Namorado.

— Quer chamar o seu namorado para participar da nossa conversa?

— Melhor não. Ele precisa ter uma longa conversa com si mesmo.

— O quadro que estava admirando é de um pintor mineiro chamado Luiz Teixeira e o tema é *A Transverberação de Santa Teresa*. Que lhe chamou a atenção na pintura?

— A impassibilidade dela diante da morte.

— Talvez não seja a morte. Nem tudo o que vemos é o que parece ser.

— De fato, ele é muito bonito para ser o anjo da morte — disse, apontando para o homem que segurava a flecha e mirava o coração da mulher.

— Santa Teresa escreveu sobre uma experiência extraordinária do amor de Deus. Muitos artistas tentam retratar esse momento.

— Não sei nada sobre a santa.

— Espere aqui um pouquinho. Já volto.

A velha passou pelo altar da igreja e entrou em uma porta lateral, demonstrando que estava habituada a frequentar a parte interior da paróquia. Demorou alguns minutos e retornou com um pequeno livro na mão.

— Este é um livro que ela escreveu e que serve de guia para as irmãs carmelitas descalças. Elas estiveram aqui em São Bento até há pouco tempo. Partiram, mas deixaram algumas boas lembranças.

— Não tenho a menor ideia do que a senhora está falando. Não sou religiosa.

— Não é relevante. Embora todos nós tenhamos uma religiosidade congênita. Mas vamos ao que importa para a compreensão da pintura.

Pegou uma folha que estava dobrada e guardada no interior do livro.

— Essa é a parte em que ela escreve sobre o que aconteceu.

Valquíria pegou o papel amarelado pelo tempo e leu em silêncio:

> *Quis o Senhor que eu tivesse algumas vezes esta visão: eu via um anjo perto de mim, do lado esquerdo, em forma corporal, o que só acontece raramente. Muitas vezes me aparecem anjos, mas só os vejo na visão passada de que falei. O Senhor quis que eu o visse assim: não era grande, mas pequeno, e muito formoso, com um rosto tão resplandecente que parecia um dos anjos muito elevados que se abrasam. Deve ser dos que chamam querubins, já que não me dizem os nomes, mas bem vejo que no céu há tanta diferença entre os anjos que eu não os saberia distinguir. Vi que trazia nas mãos um comprido dardo de ouro, em cuja ponta de ferro julguei que havia um pouco de fogo. Eu tinha a impressão de que ele me perfurava o coração com o dardo algumas vezes, atingindo-me as entranhas. Quando o tirava, parecia-me que as entranhas eram retiradas, e eu ficava toda abrasada num imenso amor de Deus. A dor era tão grande que eu soltava gemidos, e era tão excessiva a suavidade produzida por essa dor imensa que a alma não desejava que tivesse fim nem se conten-*

*tava senão com a presença de Deus. Não se trata de dor corporal; é espiritual, se bem que o corpo também participe, às vezes, muito. É um contato tão suave entre a alma e Deus que suplico à Sua bondade que dê essa experiência a quem pensar que minto.*

— Que estranho...
— Muitos não acreditaram no que ela relatou, mas, dez anos após a sua morte e vinte após a sua transverberação, exumaram o seu corpo e perceberam que estava incorrupto e havia em seu coração uma ferida cicatrizada, com sinais de cauterização.
— Nossa, que história mais doida.
— Santa Teresa escreveu alguns livros e é considerada uma escritora mística, importante por suas obras sobre a vida contemplativa e espiritual.
— Parece ter sido uma grande mulher. Gostaria de ter lido algum livro dela quando ainda era uma pessoa decente.
— Não fale assim, minha filha. Você me parece muito decente, um pouco fedida, mas tem dignidade.

Valquíria esboçou um sorriso. Dona Adriana estendeu o livro para ela.
— Tome, fique com ele.
— Obrigada, mas não posso.
— Por quê?
— Meu namorado vai me matar se me vir lendo livro religioso.
— Que triste!

Fez-se breve silêncio. A velha disse:

— Conta para mim como vieram parar aqui em São Bento do Sapucaí.

— É uma história longa.

— Eu tenho tempo e acredito que o seu namorado está tirando uma soneca. Vai gostar de ficar um pouco mais aqui na igreja.

Valquíria levantou-se e viu que Tomaz estava deitado no banco. Parecia que estava mesmo cochilando. Ela se sentou outra vez e contou para a velha, de maneira resumida, as coisas que fez, em companhia de Tomaz, desde quando se meteram a buscar fortes emoções para suas vidas. A mulher ouviu tudo em silêncio. Algumas vezes balançou a cabeça, em sinal de desaprovação, mas não disse nenhuma palavra. Quando Valquíria terminou de falar, tinha a face molhada por lágrimas. Suas últimas palavras foram:

— Não sei o que fazer da minha vida.

A velha passou o braço sobre o ombro dela e apertou forte.

— Primeiro você precisa tomar um banho e trocar essas roupas. Vai se sentir bem melhor. Venham comigo! Moro aqui perto. Vocês podem descansar um pouco lá. Se quiserem podem pernoitar em minha casa.

— Fico muito grata por isso. Vou falar com o Tomaz... sim... o nome do meu namorado é Tomaz... já volto.

A velha entrou na porta lateral e voltou sem o livro.

Valquíria acordou Tomaz e expôs a proposta da velha senhora.

— Vamos! Quanto mais cedo sairmos das ruas, melhor — resmungou ele.

Dona Adriana foi apresentada a Tomaz. Trocaram as palavras que se dizem nessas ocasiões e seguiram para a morada da velha.

Ela vivia em uma casa grande e bonita. Na entrada, estava o jardim bem cuidado e eram visíveis as árvores frutíferas no quintal que se estendia até a outra rua.

Na casa, cuidaram da higiene pessoal e ganharam roupas limpas. A velha deixou cada um deles em um quarto diferente.

— Descansem! Chamarei vocês na hora do jantar.

Valquíria sentou-se na cama e pensou nos seus pais e reconheceu que estava sentindo falta deles. Lembrou-se, com saudades, das refeições, da casa cheia de parentes e amigos, dos cuidados excessivos da mãe e até das brigas que se tornaram frequentes depois dos dezesseis. O banho quente reduziu o cansaço corporal, mas trouxe entorpecimento. Esticou-se na cama e dormiu.

Tomaz caminhou pelo quarto, dando voltas ao redor da cama, ainda em dúvida se fizera a melhor escolha ao seguir Valquíria. Estava certo de que tinha ido muito longe para retroceder. O cochilo na igreja fora insuficiente e ele se deitou e, também, caiu no sono.

Quando o sol já havia se posto, a velha bateu à porta do quarto de cada um deles. Desceram e a mesa estava posta. A comida era o tradicional arroz com feijão e carne. O cheiro era agradável.

— Que cheiro delicioso! — exclamou Valquíria.

— É carne de panela. Uma receita da família. Sirvam-se.

O aroma correspondia ao sabor. Comeram e repetiram. Depois ela trouxe a sobremesa. Doce de leite. Eles comeram de lamber o prato.

— Aceitam café?

Assentiram com a cabeça. Serviu-lhes café em canecas esmaltadas. Tomaz achou que era um exagero, mas não disse nada. Valquíria prestou atenção na beleza do conjunto de vasilhas: o bule, as canecas e as xícaras suscitaram-lhe lembranças da casa da avó e dos tempos em que era criança. A velha puxou conversa:

— Estão precisando de mais alguma coisa?

— Não, senhora – respondeu Tomaz.

— E quanto a você, querida, tem algo que eu possa fazer por você?

— A senhora já fez muito. Se não tiver problemas, queremos passar a noite aqui e amanhã, bem cedo, partimos.

— Acho que é uma boa decisão. Vocês são meus convidados e podem ficar o tempo que quiserem ou puderem. Estou feliz por ter pessoas compartilhando novamente esta casa.

— Mora só?

— Sim. Minha filha mora aqui na cidade. De vez em quando passa por aqui, sempre com pressa. Tem o marido e os filhos para cuidar.

— Só tem uma filha?

— Não. Tenho um filho também. Ele mora lá na cidade de vocês. É formado em engenharia. Trabalha construindo prédios em São Paulo. No Natal, ele aparece por aqui. Os quartos e as roupas que vocês estão usando eram deles.

— A senhora cuida dessa casa enorme sozinha?

— Não, tenho uma ajudante. Na verdade, uma amiga. A dona Zefa, como gosta de ser chamada. Ela me ajuda muito com os afazeres da casa. Hoje é dia de folga dela. Ela não trabalha nem sábado, nem domingo. Tem a casa dela, onde passa as noites em companhia do seu velho gato. Nos fins de semana, visita os filhos que moram na zona rural. Ah... tem também o seu Francisco, que, três vezes por semana, cuida do jardim e do quintal. Há ainda os amigos que sempre passam por aqui para tomar café, colocar a conversa em dia e comer dos bolos da dona Zefa.

— Parece uma boa vida.

— Não tenho do que reclamar. E vocês, que pretendem fazer da vida?

Tomaz continuou calado. Valquíria respondeu:

— Não sei ainda. Tomaz acha que devemos permanecer fugindo até que esqueçam a gente. Eu preferia denunciá-los à polícia e pedir proteção. Não concordamos mais sobre muitas coisas.

Dona Adriana percebeu a tensão que existia entre eles e tentou redirecionar a conversa:

— Você me contou que esteve no Mosteiro de São Bento. Como é o mosteiro?

— Por fora é um prédio muito bonito. Dizem que a missa com cantos gregorianos é linda. Só entrei lá uma única vez para roubar livros. Estava escuro e foi tudo muito rápido.

— Tenho um sonho de assistir a uma missa lá. Meu filho já adiou isso muitas vezes. Disse que vai me levar este ano, depois de passar o Natal aqui com a gente.

— Bem... já está chegando, afinal estamos em novembro. Se ele não cumprir a promessa, vá sozinha ou com a sua amiga Zefa.

— Parece uma boa ideia. Duas velhas perdidas naquela cidade gigante...

— Hoje em dia é fácil. Deve ter ônibus daqui para São Paulo. Procurem um hotel quando lá chegarem e depois façam os trajetos de táxi. Os taxistas, na maioria, são gente honesta e simpática.

— Acredito que esse era o incentivo que estava precisando. Combinado, se o meu filho não me levar, eu vou só. Claro, vou convidar a dona Zefa e, caso concorde, faremos essa aventura juntas. Será algo bom para contar aos netos.

A velha sorriu, Valquíria também sorriu. Tomaz manteve a cara fechada. Valquíria pensou que ninguém deveria se meter a determinar o destino daquelas pessoas simples, por mais bem-intencionado que estivesse, mas esse não foi o que pensou Tomaz, para quem os oprimidos precisam, igual crianças, serem protegidos pelo Estado.

A conversa voltou para o que iriam fazer da vida, ou melhor dizendo, da vida no dia seguinte. Valquíria queria pegar um ônibus e ir para São Paulo, onde pretendia denunciar as atividades de Edmundo. Tomás achava que o mais seguro era permanecer na mata. Argumentou ele que nem sequer tinham dinheiro para pagar o ônibus, e

Valquíria perguntou se dona Adriana lhe emprestaria o dinheiro da passagem. A senhora prontamente respondeu que sim.

A discussão entre os jovens continuou e Tomás alegou que ir para São Paulo era burrice. A velha informou que havia ônibus com destino ao Rio de Janeiro e eles então concordaram que essa era a melhor opção. O ônibus partia às nove da manhã.

Ela quis saber se eles pretendiam casar e ter filhos e essas perguntas de família. Ambos disseram coisas tais como: que a família era uma instituição burguesa fadada à extinção, que enquanto houve prazer e alegria foi bom terem ficado juntos, que a união deles, nos últimos dias, não estava mais prazerosa nem alegre e que talvez fosse o momento de cada um deles buscar prazer e alegria de viver em outras paragens. A mulher argumentou que o amor exigia compreensão e até uma certa dose de sacrifício, com o que eles discordaram, pois, até onde entendiam, o amor seria uma breve sensação de contentamento. Ela ainda perguntou se eles não poderiam estar confundindo amor com paixão, ao que responderam que uma coisa não existia sem a outra e, assim, prosseguiram conversando até tarde, pois a soneca vespertina parecia ter tirado o sono dos visitantes, até que, por volta das onze horas, a dona da casa disse que precisava ir para a cama e se recolheu. Tomás e Valquíria perceberam que não tinham nada a dizer um para o outro e se foram para os respectivos dormitórios.

Acordaram cedo. Dona Adriana já estava com a mesa posta para o desjejum. Deu para cada um deles uma mochila com mantimentos e um maço de dinheiro.

— O dinheiro é para condução e outra necessidade qualquer.

Valquíria contou o dinheiro que recebeu.

— É muito dinheiro, dona Adriana. Quatrocentos cruzeiros!

Tomás, que havia guardado o seu dinheiro no bolso da sacola, acompanhou a contagem de Valquíria e complementou:

— É mais de um salário mínimo! Vai fazer falta para a senhora.

— Vocês estão precisando muito mais que eu.

Eles agradeceram e Valquíria pediu lápis e pedaço de papel. A velha trouxe. Ela escreveu um número de telefone e lhe devolveu.

— Quando for a São Paulo, por favor, ligue para minha casa e ficarei muito feliz em me encontrar com a senhora. Além disso, quero devolver o dinheiro.

— Obrigada, minha filha. Farei isso.

Ficou no portão vendo o jovem casal, até que eles dobraram a esquina e sumiram da vista dela. Estava consternada e pensou como seria o mundo dos seus netos, mas depois lembrou-se de que sua filha, quando jovem, havia dito que os velhos sempre acham que o mundo está de mal a pior e que os jovens estão perdidos. Balançou a cabeça e balbuciou:

— Acho que ela estava certa quanto a isso. Vou me concentrar nas coisas boas que o novo traz.

Estava entrando em casa, quando lhe ocorreu que as coisas que estavam melhorando eram aquelas do plano material e que a dificuldade de identificar as coisas boas é que ela estava pensando só nas coisas morais e espirituais. Então de novo disse para si mesma:

— Não é de todo mal. Viva a televisão!

Televisão era uma novidade que todo mundo que viajava para o exterior dizia ser uma maravilha e que em um ou dois anos chegaria ao Brasil.

Ela entrou em casa com um sorriso, talvez de ironia ou resignação.

Já na segurança do lar e no conforto do sofá, pensou que talvez houvesse coisas boas no plano espiritual que ela não estivesse conseguindo enxergar.

Eles deixaram a casa da velha para trás e, em silêncio, caminharam até a estação de ônibus e partiram para a Capital da República. Percorreram trinta quilômetros e, quando estavam chegando ao bairro de Pinhal, onde hoje é a cidade de Santo Antônio do Pinhal, o ônibus foi parado por três homens armados, que roubaram dinheiro e joias dos passageiros e obrigaram Tomás e Valquíria a descerem do ônibus. Arrastaram-nos até a caminhonete estacionada à margem da estrada, amarraram suas mãos e pés e os jogaram na carroceria.

— Essas são as joias mais valiosas — disse o homem que parecia ser o líder.

Outro bandido perguntou:

— Quanto vão nos pagar por eles?

— Dois mil contos.

— Caramba! Cada um deles vale dois mil?

— Não. Mil cruzeiros por cabeça.

— Bem... é melhor que assaltar esses viajantes pés-rapados.

O motorista ligou a caminhonete. Deixaram o local gargalhando.

...

Crispin, professor da escola normal, era um homem maduro e forte, mas daquele tipo de gente a quem se costumava chamar de "água-morna" e, por isso, não havia o risco de ele tentar agredir Paulo e Elka. Assim, a viagem foi tranquila até Pindamonhangaba, onde foi um pouco complicado embarcar no trem sem que notassem que o professor era prisioneiro. A jaqueta de Elka foi útil para esconder o revólver, que ficou o tempo todo apontado para o professor. Paulo arrumou lugar para deixar o carro de Elka, comprou passagens e providenciou a rotina de embarque. Algumas pessoas estranharam o fato de uma mulher de rosto retalhado andar abraçada com um homem bonito, mas tudo permaneceu só nos olhares curiosos ou maliciosos até que os três estivessem sentados em bancos do vagão mais vazio do trem.

Em Campos do Jordão, alugaram um quarto numa pousada. Elka ficou vigiando o professor Crispin e Paulo saiu pelas ruas da cidade tentando alugar cavalos para seguirem a viagem.

Não foi difícil para ele encontrar uma estrebaria onde havia cavalos para alugar. Paulo alugou, por uma semana, seis cavalos arreados, fez o pagamento e pediu que ficasse tudo preparado para as seis horas da manhã do dia seguinte. O dono da estrebaria ofereceu café, Paulo aceitou e eles prosearam por um bom tempo. O homem quis saber o que ele iria fazer com seis cavalos, já que não era comum alguém alugar tantos de uma só vez. Paulo disse que ele e mais duas pessoas iriam buscar três parentes que estavam no campo para embarcar no trem para Pindamonhangaba.

O sol já havia se posto quando Paulo estava retornando para a pensão e avistou um bar de onde podia ouvir uma catira bem tocada. Entrou no estabelecimento que estava quase vazio. Sentou-se e pediu cerveja. Ficou ouvindo os dois violeiros. Eles fizeram um intervalo e se dirigiram até a mesa em que Paulo estava. Pediram licença, apresentaram-se e se sentaram cada um com sua viola no colo. Logo chegou uma mulher dizendo ser cigana e, sem esperar convite, já foi sentando-se com eles.

— Gostei muito da penúltima música que tocaram. Quando voltarem a tocar, podem repeti-la? — disse Paulo.

Aquele que se apresentou por Raul Torres rasqueou a viola e disse cantando:

> — *Fico feliz que você nos ouviu,*
> *Mas quem repete é relógio de igreja*
> *E o triste cantar do tiziu...*

Paulo sorriu e disse:
— Isso pode dar música.

O violeiro bateu de novo nas cordas da viola e foi acompanhado pelo parceiro.

> *Quando aqui viemos*
> *Lá do outro lado do rio,*
> *Falamos pro dono do bar*
> *Que as moda nós não repetiu*
> *Em lugar nenhum que esse mundo já viu.*
> *O homem ficou pensativo*
> *E mordeu no cigarro e cuspiu,*
> *Mas com a cabeça assentiu*
> *E de nós ele ouviu:*
> *Pode pensá que nós não consegue*
> *Mas nos semo caboclo de brio*
> *A peteca aqui do nosso lado*
> *Por enquanto no chão não caiu.*

Permaneceram proseando à mesa de Paulo, por meia hora mais ou menos, depois retornaram ao palco improvisado, deixando-o sozinho com a cigana. Ele achou que era hora de ir embora, mas a cigana pediu para que ele ficasse mais um pouco.

— Pague outra cerveja para mim e eu leio o seu futuro.

— Vou pagar a cerveja, mas não quero saber do futuro de ninguém, muito menos do meu.

— Muito bem, mas é de lei eu dar um aperitivo do destino para quem paga uma bebida para mim.

— Está bem... então cumpra a lei.

— Vou lhe dar duas previsões.

— Manda...

— A primeira é sobre os nossos amigos cantantes. Assim que eles começaram a improvisar, eu vi, num futuro distante, duas moças muito bonitas, ambas de chapéu e viola, cantando uma catira cuja letra era, com algumas pequenas alterações, essa que nós ouvimos. Por isso, posso afirmar que a música que surgir desse improviso será um sucesso em todo o Brasil.

— Quão distante?

— Bem no futuro, não estaremos vivos quando chegar esse tempo.

— Essa foi fácil, não teremos como comprová-la. E a outra previsão?

— É sobre você. Vi você numa viagem com o amor da sua vida.

— Acertou a viagem, mas errou a pessoa.

— Você ainda não sabe, mas ela é o seu amor eterno e isso vai custar a você esta vida. Estão numa aventura muito perigosa.

— Também acertou essa parte final. De fato, existe risco de morte.

— Vi quatro dos seus morrendo de modo trágico. Dois primeiro, dois depois.

— Espero que esteja errada quanto a isso.

A cigana olhou para ele com tristeza, que se levantou e disse que precisava ir embora.

— Aproveite o pouco tempo que lhe resta — aconselhou a mulher.

Ele seguiu até o balcão, pagou a conta e perguntou para o dono do bar:

— Quem é aquela mulher?

— É só uma doida que, de vez em quando, aparece por aqui para aborrecer meus fregueses.

Na porta, ele olhou para ela, que o acompanhava com o olhar. Fez-lhe um sinal tocando a aba do chapéu. Ela retribuiu acenando com a mão e ficou a olhá-lo sumindo na escuridão da noite.

Às seis horas da manhã, pegaram os cavalos selados na estrebaria e partiram.

— Quanto tempo vai demorar a viagem? — perguntou Paulo e o professor respondeu:

— Se tudo correr bem, chegaremos lá nas primeiras horas da noite de hoje. O caminho é difícil: pedras, espinhos e ribanceiras podem nos atrasar, ainda mais tendo que puxar esses cavalos. Não sei por qual razão trouxeram esses animais; Eduardo e quem mais estiverem procurando não voltarão com vocês. Eles estão lá porque acreditam na revolução.

Paulo e Elka não disseram nada. Aquele assunto de salvadores da pátria parece que já os havia enfadado.

A viagem, como alertara o professor, foi árdua e demorada. Pararam apenas para comer e descansar os cavalos, e as únicas palavras que trocaram foram de alerta ou para orientar sobre os perigos do terreno irregular e tortuoso.

Paulo, muitas vezes, olhava para Elka e, não raro, seus olhares se encontravam e ele percebia alguma coisa perturbadora. Uma sensação parecida com aquela que sentia quando fazia alguma coisa que queria muito, mas que era contra as regras ou fora de hora; como quando era criança e comia doce antes da refeição às escondidas da mãe. O estímulo interno era parecido, mas não igual. Fazia aquelas coisas, quando pequeno, por desejo, por fome ou por pura peraltice. Naquele momento, o que o estimulava nada tinha que ver com desejos ou travessuras. Vinha de um lugar desconhecido, fora dele, acima dele.

As palavras da mulher do bar vieram-lhe à mente, e ele olhou mais uma vez para Elka, para o corpo simétrico e atraente, para o rosto desfigurado, para os olhos e parou neles, pois estava preso a eles ou a algo que representavam e que se queriam mostrar a ele.

Ficou meditando ao mesmo tempo que mastigava o chocolate que ela distribuíra de sobremesa. O chocolate era gostoso e aquele sabor agradável logo se esvairia, depois viria a sede e a vontade de comer outro pedaço e, em um silencioso monólogo interior, disse:

— Há muitas maneiras de gostar. Gostar das coisas que nos dão prazer; gostar de atividades tranquilas como dormir, contemplar a natureza, conversar com amigos e outras similares; gostar de experiências emocionantes ou perigosas, esportes radicais, caçar feras selvagens ou meter-se em aventuras iguais a esta em que me meti agora; gostar da namorada; gostar dos pais. Se bem que, no caso da namorada e dos pais, existe algo além de gostar que poderia ser o ato de amar. Talvez possa existir também mais de um tipo de amor: amor amigo, amor conjugal, amor familiar, amor divino; quem sabe até exista amor verdadeiro entre duas pessoas ou, como disse a cigana do bar, o amor eterno.

Voltado para os próprios pensamentos, sentiu a mão dela tocar o seu ombro.

— Vamos — disse ela, e ele, despertando daquele arrebatamento mental, colocou o chapéu, montou no cavalo e, puxando o outro cavalo, seguiu o professor.

Caminharam o restante do dia, e já anoitecia quando chegaram em uma picada, em solo plano, margeando o rio que corria no sentido contrário daquele que o professor os conduzia.

— Agora estamos perto do acampamento, uma légua mais ou menos. Daqui para adiante podemos encontrar vigias dos revolucionários.

Andaram por mais mil metros e avistaram dois corpos humanos pendurados na árvore que estava no meio da estrada improvisada.

Elka sentiu o coração palpitar e um mal pressentimento tomou conta dela. Ela apeou, pegou o facão que estava no arreio do seu cavalo, deu as rédeas e a corda que prendiam os cavalos para o professor segurar e disse:

— Vocês fiquem aqui.

Estavam a menos de cinquenta metros da árvore e permaneceram lá.

Elka cortou as cordas que seguravam os cadáveres e os corpos caíram ao chão.

Com o facão na mão direita, ela olhou para os corpos e, com a outra mão, limpou as lágrimas que lhe caíam dos olhos. Voltou aonde estavam Paulo e o professor.

— Chegamos tarde para Tomaz e Valquíria.

— Jesus! São eles? — espantou-se Paulo.

Elka fez que sim e disse:

— Amarrem os cavalos e peguem qualquer coisa que possa cavoucar a terra.

Com dificuldade, abriram duas covas rasas, próximas ao leito do rio, onde a terra era mais macia e enterraram os amigos.

Elka cortou ramos de árvores e improvisou duas cruzes. Fincou na cabeceira de cada cova. A lembrança de Vivi veio-lhe à memória. Ela se ajoelhou e fez uma oração para os queridos alunos mortos.

— Quem fez isso? — perguntou o professor, que estava muito nervoso.

— Os seus amigos heróis. Assassinos de crianças!

O professor ficou calado. Havia lágrimas em seus olhos. Elka orientou:

— O senhor pode retornar a Campos do Jordão. Leve os cavalos que eram para eles e os entregue ao dono da estrebaria.

Não houve mais conversas entre Elka e o professor, que partiu e sumiu na escuridão da noite.

Elka disse a Paulo que ele também poderia retornar.

— Só volto em sua companhia.

— Então vamos procurar um lugar para passarmos a noite. Não é prudente prosseguir nem permanecer aqui na estrada.

Caminharam mata adentro até que encontraram um local que ela julgou ser apropriado.

Apearam, desencilharam e amarraram os cavalos com cordas longas. Depois sentaram-se debaixo de uma grande árvore.

Paulo estava assustado e triste. Vivera a terrível experiência de enterrar os corpos dos seus colegas.

Elka perguntou-lhe se queria comer alguma coisa e ele respondeu, com voz trêmula, que estava sem fome, e ela sugeriu que fossem dormir, pois o dia terminara da pior maneira possível. Paulo perguntou:

— Amanhã vamos procurar o Eduardo?

— Sim. Será um trabalho demorado e delicado.

— Como faremos isso?

— Primeiro teremos que observar o acampamento, memorizar suas rotinas, descobrir o máximo possível sobre o Eduardo, o que faz, onde almoça, dorme e tudo o mais. Depois faremos um plano para o resgate. Não tenho um décimo da destreza e segurança de Vivi, mas acredito que, se planejarmos direitinho, poderemos ter sucesso.

Com badanas e pelegos, improvisaram colchões no chão. Paulo, habituado a dormir com travesseiros altos, colocou o lombilho na cabeceira. Ele se deitou e cobriu o rosto com o chapéu. Ela andou um pouco para lá e para cá; foi até onde estavam os cavalos. Ficou observando a vegetação e o terreno rodeado de montanhas, bem diferente dos cerrados de Mato Grosso, mas guardava certa semelhança com a serra de Maracaju e a região de Bonito. Não deixou de pensar nos dias que passara na companhia de Vivi e aquele pensamento serviu-lhe de bálsamo para a alma pesarosa. Retornou para onde Paulo estava deitado e observou-o por breve tempo, depois, distante dele, deitou-se.

A noite foi, para ambos, cheia de sobressaltos, alternando sono com pesadelos, lágrimas e palpitações.

Eles se levantaram aos primeiros raios do sol. Nem a luz do sol, nem o canto das aves madrugadoras, nem a agradável brisa da manhã levaram a tristeza embora. Elka, tomada de leve torpor, pensou em voltar para casa, mas era tempo de ir adiante.

Na hora do desjejum, Elka detalhou os próximos passos:

— Primeiro, vamos encontrar um local que tenha água e pasto para os cavalos, porque pode ser que fiquem por alguns dias sem a nossa presença. Depois, temos que observar o acampamento de dia e, em especial, à noite, pois nossa ação deverá ocorrer no período noturno.

— Não estamos distantes do rio, podemos encontrar logo um lugar para os cavalos.

— Sim. Isso facilita muito, mas não quero deixá-los nesta parte cujo terreno é plano, prefiro o chão montanhoso, onde o acesso é mais difícil.

— Então, vamos, professora.

Já era quase meio-dia quando amarraram os três cavalos com corda longa que permitia que eles bebessem da água do rio e pastassem o capim ribeirinho. Cada animal distante do outro, para não se entrelaçarem as cordas, do jeito que Vivi lhe ensinara.

— Será que vamos saber voltar aqui? – perguntou Paulo. Elka pegou lápis e papel.

— Vamos fazer um mapa. Procure pontos marcantes.

Olharam o arredor e as montanhas mais afastadas.

— Acho que aquele morro que tem a forma de um cone é uma boa referência — disse Paulo.

— Muito bem. Está para o lado da nascente do rio. Agora precisamos de outro ponto para baixo, descendo o rio, depois de onde estamos.

— Antes disso, desenhe aí o monte e coloca o nome de: "Chapéu da Bruxa" — sugeriu Paulo, apontando para o morro.

Elka desenhou o rio, o "Chapéu da Bruxa" e as árvores e pedras do local onde estavam os cavalos.

— Ainda precisamos de uma referência do lado oposto ao "Chapéu da Bruxa", algo que possa ser avistado de longe.

— Que tal aquele outro monte que parece um chapéu? — apontou Paulo.

— Não parece um chapéu. Está mais para um coelho.

— As orelhas são curtas. Talvez um preá.

— Ótimo. Quando retornarmos vamos procurar entre o "Chapéu da Bruxa" e o "Morro do Preá". Memorize o máximo que puder esses dois pontos. Vou fazer a mesma coisa.

Olharam, olharam e olharam o "Chapéu da Bruxa" e o "Morro do Preá" e, quando julgaram que já estava bom, ele disse:

— Que tal tomarmos um banho no rio antes de iniciarmos a missão?

— De pleno acordo. Estou precisando...

O local que escolheram para deixar os cavalos era logo após uma pequena cachoeira, na qual o leito do rio espraiava-se formando uma lagoa de águas tranquilas.

— Quer ir primeiro?

— Sempre as damas primeiro.

Elka caminhou entre as árvores até a beira da lagoa. Tirou a roupa. Entrou na água. Estava fria, muito fria. Afundou todo o corpo de uma vez. Era o melhor jeito de enfrentar a temperatura da água. Não tardou já não sentia frio, apenas o prazer de estar nadando em um lugar que, talvez, nenhum ser humano nadara antes. Permaneceu nadando e boiando por tempo suficiente para alterar seu estado de espírito. A água dava-lhe uma espécie de alegria, uma sensação de bem-estar, quase um êxtase. A mente, livre de preocupações, flutuava e ela caiu no encantamento da flor amarela do araticum.

Paulo achou que ela estava demorando muito. Ficou preocupado. Pé ante pé, aproximou-se do rio. Avistou-a quando saía do rio. Escondeu-se. Reteve-se em observá-la caminhando nua até o lugar onde deixara as roupas e, enquanto ela se vestia, ele voltou para o ponto em que devia estar esperando por ela. Com o coração palpitando, sentou-se em uma pedra tentando manter o autocontrole. Não demorou muito, ela chegou.

— Desculpe-me. Acho que fiquei muito tempo na água.

— Começava a me preocupar.

— Estava tão gostoso que poderia ficar no rio o dia todo.

— A água não está fria?

— Só para entrar, depois, tudo fica maravilhoso.

Ele foi para o rio e ela juntou as tralhas e as colocou no alto, em uma grande abertura entre as pedras. Pensou que estariam protegidas, caso as águas do rio subissem por alguma inundação. Depois, sentou-se na mesma pedra onde ele a estivera esperando. Ainda sob o feitiço da flor amarela, teve o impulso de ir nadar com ele no rio. Conteve-se. A idade e o rosto talhado eram mais fortes que a fogosidade.

Quando ele retornou, ela já estava reposta em seu estado racional, mesmo assim, ao cruzarem os olhares, de parte a parte, existia o misterioso reflexo de algum tipo de sentimento que a razão não controla.

Partiram a pé, levando apenas alimentos, dois cantis, revólver, facão e dois pelegos.

Subiram e desceram o terreno montanhoso até chegar ao descampado. Depois seguiram sempre em direção contrária ao rio e encontraram a picada que, segundo o professor Crispin, os levaria ao acampamento.

Com atenção e cuidados redobrados, prosseguiram. Ao menor ruído, saíam da estrada e escondidos ficavam até que estivessem seguros de que não havia nenhum vigia ou patrulha guerrilheira. Já estava anoitecendo quando avistaram o acampamento. Embrenharam-se no mato e procuraram um lugar para servir de base. Ali acamparam.

— Agora você fica aqui enquanto eu faço a primeira diligência.

— Quero ir com você.

— Faremos isso juntos, com certeza, outras vezes, mas hoje é melhor que eu vá sozinha. Será mais fácil de me esquivar dos vigias. Na próxima investigação já teremos algumas informações básicas.

A contragosto ele concordou. Ela lhe deu o revólver e prendeu o facão à cintura.

— Não vai levar o revólver?
— Esta noite ele não será necessário.

Ela colocou papel e lápis no bolso da jaqueta e foi-se mato adentro.

Ao pé de uma grande árvore, ele arrumou as poucas coisas que tinham. Estendeu um dos pelegos no chão e deitou-se sobre ele, depois enrolou o outro pelego e colocou sobre a cabeça. Ele se ajeitou no travesseiro improvisado e pôs-se a pensar na imagem dela saindo do rio e caminhando nua. Isso não saía da mente e provocava nele uma excitação que misturava desejo, admiração e surpresa.

— Ela é muito bonita. O corpo dela é perfeito — sussurrou, sentindo-se hesitante tal qual criança querendo doce antes da refeição.

A primeira atitude que Elka teve foi pensar o que Vivi faria naquela situação.

Seguiu em direção ao acampamento, procurando os lugares de maior vegetação, escondendo-se dos raios lunares e espreitando cada pedacinho de chão antes de avançar.

Era tempo de lua cheia. A noite estava clara.

Avistou as barracas do acampamento e ouviu barulho de vozes que vinham de um barracão que julgou ser o refeitório. Procurou um ponto mais alto no terreno, deitou-se na relva e ficou observando. Viu dois homens armados passarem por fora do barracão refeitório e depois sumirem por trás das outras barracas. Outros dois indivíduos armados, também, passaram pelo seu raio de visão, andando em sentido contrário aos dois primeiros. Todos os quatro caminhavam tranquilos e conversando como se estivessem passeando. Deduziu serem jovens sem muita experiência em segurança. Depois, ela viu um sujeito que também estava armado, mas esse parecia atento e vigilante; tinha algo pendurado no pescoço e não fazia uma ronda predeterminada. Ziguezagueava para lá e para cá; parava; olhava girando o pescoço e o corpo até cobrir 360 graus. Ele caminhou na direção dela. Ela rolou para trás dos arbustos mais espessos. Aguardou por cinco minutos e buscou uma brecha entre as folhagens. Prendeu a respiração. Estava a poucos metros dela, olhava para o alto como se buscasse avistar alguma coisa nas árvores. Elka notou que ele tinha mais ou menos a idade dela, que estava armado com fuzil, que tinha pistola e faca na cintura e o que estava em seu pescoço era um binóculo e um apito, e passou-lhe pela cabeça que um binóculo seria de grande utilidade para as observações diurnas. O homem pegou pedras e atirou-as nos galhos das árvores, depois seguiu em direção ao acampamento.

Ela permaneceu observando e, no papel que levara, marcou os quatro vigias permanentes que andavam em duplas e o outro que, sozinho, de quando em quando, fazia inspeção minuciosa. Passou a medir com o relógio e anotar os intervalos entre as rondas tanto das duplas quanto daquele que parecia ser o supervisor.

Os jovens saíram do refeitório, em pequenos grupos, e, por mais que ela se esforçasse, não conseguiu avistar Eduardo.

Tomou nota das três barracas que serviam de dormitórios para os homens e da barraca menor para onde se dirigiram as mulheres. Assinalou com "x" a barraca pequena e aquela mais próxima de onde ela se encontrava. Viu que Eduardo não estava no grupo de rapazes que havia ido para lá.

Paulo, deitado no chão, ficou olhando para a enorme lua e as estrelas. Teve tempo para pensar nos pais, em Regina, nos tempos de criança, em Araçatuba e em muitas outras coisas, mas o pensamento recorrente sempre era relacionado àquela visão tantalizante de Elka nua. As palavras da cigana também faziam parte do processo de raciocínio lógico que não chegava a nenhuma conclusão. Tudo era tão fora do razoável. Seria possível uma mulher que tinha quase a mesma idade da sua mãe exercer atração em tal grau de intensidade? O que a cigana poderia saber sobre eles? Por que aquele sentimento estava ficando tão poderoso? E se a cigana estivesse certa? Outras perguntas ele formulava, mas não obtinha respostas convincentes para nenhuma delas. Sobre a cigana, decidiu concordar com o dono do bar e, quanto aos incômodos sentimentos, resolveu pensar em Regina. Isso só fez realçar a ambiguidade. Perquiriu com insistência sobre o que sentia por Regina e outras questões passaram-lhe a perturbar o juízo.

Ele permaneceu repassando aquelas ideias repetidas até que o cansaço o fez adormecer.

Elka observou o acampamento até a troca dos vigias, o que ocorreu às duas horas da madrugada.

Encontrou Paulo dormindo e deitou-se no chão, distante dele.

Naquela manhã, ele se levantou mais cedo que ela. Tirou da mochila pão velho, um pedaço de queijo e papel de embrulho. Partiu o pão e o queijo e colocou-os sobre o papel que estendera sobre a grama, debaixo da grande árvore. Ela se levantou e sentou-se com ele e comeram pão com queijo.

— Desculpe-me por ter usado o seu pelego. Minha intenção era recostar a cabeça e descansar um pouco, mas acabei pegando no sono.

— Está tudo bem. Chega mais perto, quero mostrar-lhe as anotações que fiz ontem à noite.

Ela pegou os papéis com o desenho do acampamento e os apontamentos que fizera e mostrou tudo para ele.

— Temos que observar um pouco mais. Agora pela manhã, faremos algumas investigações sobre o que eles possuem.

— Como assim?

— É importante saber como irão nos perseguir quando estivermos fugindo. Se eles possuem cavalos, motocicletas ou outra coisa qualquer.

— A ideia é destruir os meios de locomoção deles?

— Não. Temos que ser os mais furtivos que pudermos.

— Então de que adianta saber se eles possuem cavalos ou veículos motorizados?

— Será útil para escolhermos a nossa rota de fuga, o tipo de relevo mais difícil para eles.

— Entendi. E depois?

— À tarde, vamos dormir. Ontem observei-os até as duas da madrugada. Precisamos saber o que acontece depois. Quero também confirmar se a troca dos vigias ocorre sempre no mesmo horário.

— E o supervisor dos guardas, aquele que a senhora disse que não tem horário nem roteiro definido? Como vamos evitá-lo?

— Ele talvez seja o nosso maior desafio. Parece ser pessoa experiente. Um militar ou alguém treinado pelos comunistas. Vamos ter que observá-lo por mais tempo.

— Uma hora ele vai ter que dormir...

— Sim. Por isso é tão importante o que estamos fazendo agora: observar, observar e anotar. Nossas armas, neste momento, são papéis e lápis.

Ele sorriu.

Permaneceram mais um tempo conversando sobre outros assuntos, até que ela disse:

— Precisamos ir.

— Sim... Precisamos — respondeu ele, que permaneceu sentado.

— Que foi? Não quer ir comigo?

— Não. Não é isso. Só queria ficar um pouco mais... É tão bom conversar com a senhora.

— Eu também gosto muito de estar com você.

— Que bom, professora! É importante para mim saber que não a aborreço com minhas perguntas juvenis.

— Você só me faz bem...

Disse aquilo de pronto, mas logo tentou corrigir-se, complementando:

— Muito obrigada por ter vindo comigo. Ainda não sei por que veio, mas sou muito grata por isso.

— Foi a coisa certa e não quero estar em outro lugar, professora.

— Bem... acho que podemos combinar uma coisa...

— Sim?!

— Você não me chamar mais de professora.

— E como vou chamar a senhora?

— Nem de senhora.

Ele sorriu e ela também sorriu.

— Pode chamar-me pelo meu primeiro nome.

— Sim, Elka.

— Ou pode, ainda, chamar-me de Keka, como faziam os amigos quando eu ainda era jovem e morava em Mato Grosso.

— Keka... Gostei... Vou chamá-la de Keka, professora.

— Ótimo, mas sem "professora" e sem "senhora".

— Vou fazer isso, mas tenha paciência comigo, Keka, se cair em erro algumas vezes, será por força do hábito.

Elka pegou o revólver, papel e lápis. Paulo colocou o facão na cintura e partiram.

Eles espreitaram o acampamento e os arredores e viram que os guerrilheiros tinham alguns poucos cavalos. Contaram cinco que estavam presos em cercado de pau a pique. Não avistaram mais cavalos ou veículos motorizados.

Anotaram o horário do almoço e completaram o desenho das barracas. Perceberam que uma delas era diferente das demais; mais sólida, mais bonita, deduziram que lá estaria o aposento de Edmundo. Sobre a barraca havia uma antena com fios que desciam para dentro dela. A barraca era grande e poderia abrigar, no seu interior, uma moto ou até mesmo um carro.

Avistaram Eduardo, quando ele estava saindo do refeitório, e o seguiram com os olhos até ele entrar numa barraca que ficava do outro lado de onde ela estivera na noite anterior. Elka marcou aquela barraca no mapa. Disse:

— Precisamos confirmar se é nessa barraca que ele passa a noite. Retornaremos antes de eles terminarem o jantar.

Retornaram ao lugar escolhido para pernoitar. Comeram alguma coisa, descansaram e cochilaram por algumas poucas horas. Quando o sol estava se pondo, foram em direção ao acampamento e posicionaram-se perto da barraca na qual Eduardo poderia estar passando suas noites e ficaram felizes ao vê-lo entrar lá após o jantar.

Ela mostrou a Paulo os vigiais e o supervisor que apareceu, logo após os rapazes terem se recolhido, mas, desta vez, ele não veio em direção a eles. Depois se meteram no mato, até que Elka disse:

— Aqui está bom. Vamos esperar um pouco e depois voltamos, para saber o que acontece durante a madrugada.

Ela se sentou encostando-se no tronco da árvore e ele se sentou num pedaço de pau que estava no chão. Ela disse:

— Venha aqui perto de mim.

Ele obedeceu e sentou-se ao seu lado.

— Pode apoiar sua cabeça no meu colo e dormir um pouco. Eu fico vigiando, depois, eu descanso e você vigia.

Ele ficou indeciso. Com as mãos, ela bateu suavemente nas pernas, um pouco acima dos joelhos. Disse:

— Venha!

Ele recostou a cabeça no regaço dela. Ela o deixou dormir por duas horas.

Naquele intervalo de tempo, lembrou-se de um poema de Emerson que estava no velho livro, presente de Vivi, cuja curiosidade motivou-a a aprender inglês.

Como se estivesse rezando e, ao mesmo tempo, saboreando aquele momento, murmurou os primeiros versos:

*Dá tudo ao amor, obedece ao teu coração; amigos, parentes, dias, bens, boa forma, projetos, confiança e a musa nada lhes recuses.*

*É ele um bravo senhor; deixa-o conduzir-te: segue-o fielmente, esperança após esperança; escalando as alturas, ele chega até ao céu, com as asas intactas, e os desígnios não expressos.*

*Mas ele é um Deus e sabe o seu caminho e as paragens do firmamento.*

As duas horas passaram mais rápido do que ela precisava. Tocou o ombro dele.

— Paulo! É a sua vez — anunciou ela, complementando: — Acorde-me em uma hora.

Disse isso estendendo-se no solo, fechou os olhos e ele se levantou.

Pensou em oferecer o colo para ela, mas ainda nem tinha acordado direito e foi tudo tão rápido que achou prudente cuidar de vigiar. Pegou o cantil, umedeceu a mão direita e passou-a no rosto.

Deixou-se levar por pensamentos agradáveis enquanto a observava dormir, tão forte, tão meiga, tão doce.

Acordou Elka no momento solicitado, e estiveram ocupados o restante da noite, observando e anotando o que acontecia no acampamento, e permaneceram por ali até por volta do meio-dia, quando resolveram retornar ao refúgio.

Antes, desceram até o rio para encher os cantis e refrescar os corpos aquecidos pelo calor de novembro. O local não era propício para nadar. O banho seguiu o rito usado antes: ela primeiro, depois ele. Desta vez, não bisbilhotou.

Limpos e refeitos, passaram a tarde daquele dia no esconderijo. Alimentaram-se, descansaram e conversaram à sombra fresca da aprazível árvore.

Havia mais que afinidades entre eles. Ele desconfiava, ela sabia que era amor.

Chegou um momento em que passaram a examinar a estratégia que deveriam adotar. Chegaram à conclusão de que deveriam agir depois das três horas da madrugada, quando o supervisor dos vigias não mais fazia rondas, só voltando a essa tarefa lá pelas sete da manhã. Era de se supor que aquele era o seu horário de dormir, mas Elka alertou que era necessário observar mais uma ou duas noites para confirmar a situação.

Debateram se deveriam falar com Eduardo, durante o dia, para facilitar a fuga, mas logo concluíram que o risco de serem vistos era muito alto e, se Eduardo não estivesse querendo fugir, eles ficariam expostos.

— Vamos sequestrá-lo? — perguntou Paulo.

— Sim. É o único jeito.

— E se o que ele quer é ficar aqui?

— Ele decidirá.

— Seria o cúmulo da ironia. Arriscarmos nossas vidas, nós o tirarmos à força daqui e, depois, ele retornar de livre vontade para cá.

— Seria a manifestação da vontade dele.

— Ele já manifestou sua preferência, uma vez que, de acordo com o professor Crispin, veio de forma espontânea.

— Eduardo é quase uma criança. Só ouviu a verdade dos arregimentadores e, como se diz na linguagem jurídica, não teve direito ao contraditório.

— Vamos dar a ele?

— Sim. Depois ele decide conhecendo os dois lados da moeda. Tudo é uma questão de liberdade. Liberdade de escolha.

— Parece-me uma liberdade perigosa.

Passou pela mente de Elka algo que aprendera com Vivi...

— Creio que você sabe da minha desventura com a Coluna Prestes.

— Sim. Regina me contou.

— Ela também deve ter falado sobre Vivi, a pessoa que salvou a minha vida.

— Falou dele, sim. Creio que de forma exagerada.

— Nada é exagerado sobre aquele homem.

— Foi seu namorado?

— Não. Ele não quis.

— Você o amava?

— Despertou em mim uma paixão intensa e eu me entregaria a ele se não fosse tão...

— Tão?

— Tão constante.

— Constante?

— Ele tinha namorada. Era fiel a ela.

— Mas você o amava?

— Acreditava que o amava até o dia em que ele me explicou o que era o amor, o amor verdadeiro.

— Depois dele, interessou-se, sentimentalmente, por alguém?

— Sou comprometida.

— E quem é o felizardo?

Ela, por um momento, pensou em dizer que há muito tempo sonhava com ele e que não tinha dúvidas no coração de que ele era o amor de sua vida, contudo uma súbita crise de realidade a impediu.

— Que estou fazendo?

— Como? Que disse?

— Estamos fugindo do assunto... daquilo que ia falar para você... pois bem... Vivi contou-me uma história que, de certa maneira, justifica o direito de Eduardo fazer a pior escolha sob o nosso ponto de vista. Quer ouvir a história?

— Estou mais interessado na sua vida, mas quero ouvir, sim, essa outra história, afinal, temos muito tempo.

Ela contou a história que ouvira quando esteve com Vivi no Hospital em Aquidauana.

Lamparina, grande sábio que viveu no oeste do Brasil, andava com seus alunos sob as árvores da floresta, e o céu estava banhado de resplendor vermelho, enquanto eles procuravam um espaço aberto para, como sempre faziam, sentarem-se em semicírculo de frente ao mestre, com as mãos estendidas. O mestre tocou a mão dos discípulos e, antes de começar a falar, avistou lá longe uma figura humana que tentava lançar corda no galho de uma árvore. O sábio pediu para que os alunos esperassem ali e foi ao encontro daquela pessoa. Tratava-se de um jovem que havia tomado a decisão de dar cabo da própria vida.

Os alunos viram o mestre acenando para o rapaz, viram-no se aproximando, observaram à distância o mestre conversando e gesticulando. Esperaram por duas horas até que o mestre virou as costas para o jovem e voltou em direção ao grupo de alunos. Os discípulos continuaram a observar e viram, em seguida, o rapaz balançando na corda, fazendo movimentos agitados que foram se aquietando até ficar um corpo inerte, dependurado no galho da árvore.

Perguntaram ao mestre o que havia acontecido e ele respondeu que o livre-arbítrio é sagrado e não disse mais nada, e, naquele dia, não houve sermão. Apenas deram-se as mãos e rezaram pela alma do rapaz.

— Não sei se concordo com esse tal mestre.
— Que você faria?
— Eu o amarraria na árvore e o deixaria ali até que mudasse de ideia.

Riram. Ela disse:
— Há uma ambivalência nisso.
— Que quer dizer?
— Que há duas ideias com relação a uma mesma coisa e que se opõem mutuamente.
— Hora da aula, Keka?
— Força do hábito.

Riram novamente.

— Por favor, conclua o raciocínio, quero saber mais sobre essa tal ambivalência.

— Existe, entre tantas abordagens filosóficas, dois princípios antagônicos que estão, quase sempre, colocando-nos em dilemas éticos, quando somos obrigados a tomar uma decisão complexa: o princípio da utilidade e o imperativo categórico.

— Calma, garota. Devagar. Está ficando complicado.

— Obrigado pela "garota", mas esse será um assunto que você irá estudar logo, quando chegar à teoria retributiva e preventiva da pena e o imperativo categórico de Kant.

— Não vamos apressar as coisas.

— Voltando à história, sua percepção está fundamentada no utilitarismo, e o mestre seguiu um imperativo categórico, quando se curvou ao valor sagrado do livre-arbítrio.

— Como cabem todas essas coisas na sua cabeça?

— É o gravame de ser professora.

— Data Venia, doutora, é uma bênção.

— De certa forma...

— Então só nos resta almejar que o bom senso prevaleça na cabeça do Eduardo.

— Sim. E, em caso contrário, respeitar o direito de livre escolha.

— Submetermo-nos ao imperativo categórico.

— Bom aluno!

Continuaram conversando sobre variados assuntos e, apesar da tentativa de Paulo, Elka não quis revelar mais detalhes da vivência anterior ou dos seus sentimentos.

Foi uma tarde agradável. Além da conversa prazerosa, passaram o tempo: citando ditos engraçados e contando histórias curtas de final surpreendente ou picante; brincando de "jogo da velha", "amarelinha" e "forca"; cantando cantigas de roda. E riram, riram, e riram iguais duas crianças.

Quando a noite chegou, tomaram um tempo para descansar. Primeiro Elka ficou de vigia, depois Paulo.

Na quietude daqueles momentos que se seguiram, Paulo sentiu-se confuso entre o prazer da companhia dela e a tristeza de saber que ela era uma mulher comprometida. Julgou que era o momento de pôr à prova seus sentimentos. Pensou em Regina e nos momentos quando estavam juntos, quando conversavam, quando se beijavam... depois pensou em Keka. Era tudo tão diferente. Então, veio à sua cabeça a história do jovem suicida e os princípios filosóficos que ouvira. Achou que o utilitarismo o empurrava em direção a Regina e que um imperativo categórico o arrastava inexoravelmente para Elka.

Os quarks, os glúons e os nadas que sobraram de Jeremy Bentham e de Kant estavam se revirando no túmulo, quando Paulo resolveu concluir que o único imperativo moral capaz de levá-lo àquela situação seria um idealismo transcendental.

A mente de Elka também viajou em pensamentos e parecia estar tranquila e tentando aproveitar ao máximo aquele instante.

Havia ocasiões em que ela queria estar com ele, abraçá-lo, beijá-lo, suas pupilas ficavam dilatadas, ela se pegava tensa, com o ritmo cardíaco aumentado e o desejo sexual era quase incontrolável. Aquele, no entanto, não era um desses momentos. Tomou conta dela um sentimento infinito e ela vislumbrava uma eterna unificação. Uma fusão de almas.

— Está na hora.

O chamado a tirou daquele estado intermediário entre a vigília e o sonho e eles se embrenharam no mato.

Fizeram as observações necessárias para todo o restante daquela noite.

O dia seguinte foi de muita alegria e brincadeiras e, à noite, repetiram a vigilância. Desta feita, chegaram ao acampamento no horário do jantar. Elka pediu que Paulo a esperasse escondido no mato e andou às escondidas até bem próximo da barraca em que Eduardo passava a noite. Rastejou até a lona da barraca e procurou até encontrar uma fresta. Colocando a cabeça para dentro da barraca, memorizou a posição das camas improvisadas. Depois, buscou lugar mais seguro e passou para o papel a distribuição dos leitos. Quando ouviu o barulho dos soldados saindo do refeitório, voltou à fenda e ali permaneceu em silêncio até quando Eduardo entrou e sentou-se na cama. Ela foi para a moita e marcou no mapa, com um xis, a cama dele. Retornou para o lugar onde deixara Paulo e indicou o lugar exato da cama de Eduardo.

— Você pensa em tudo, hein?

— É o resultado da experiência de duas tentativas frustradas.

— Duas?

— Uma quando eu devia aguardar Vivi salvar e eu quis vingança e outra quando resolvi agir sozinha. Dois grandes fracassos.

— Desta vez vai dar tudo certo.

— Tomara.

— Está comigo agora.

— Só não faça o que eu fiz.

— Fique tranquila, acho que sou melhor aprendiz que você.

Resolveram que, na próxima noite, iriam agir. Sabendo que aquele poderia ser o último dia em que eles estariam sozinhos naquele lugar, Paulo apressou-se em abrir o coração.

Assim, quando estavam comendo o desjejum, ele disse:

— Preciso dizer uma coisa muito importante...

— Sim...

— Estes foram os melhores dias da minha vida.

— Os meus também...

— Você me disse que é comprometida e existe uma diferença de idade entre nós, mas, mesmo assim, eu quero dizer que...

— Paulo, pense bem no que vai dizer...

— É só o que tenho feito quando estou sozinho. Tenho trocado muito tempo de sono por esses pensamentos.

Ele se levantou, colocou o pedaço de pão, que estava segurando, sobre a pedra e se sentou-se ao lado dela. Segurou-lhe as mãos, juntando-as entre as dele, olhou-a nos olhos e disse:

— Eu amo você, Keka.

Ela não disse nada e eles ficaram ali um olhando para os olhos do outro. Os grandes olhos azulados dela nos olhos castanhos dele. E ele notou a lágrima que escorreu dos olhos dela, então ele baixou os olhos e viu que havia um sorriso nos seus lábios e olhou melhor o rosto dela, que irradiava felicidade. Ele soltou as mãos e apoiou-as no ombro de Elka. Então, ele aproximou os lábios em direção aos lábios dela e, quando os estava quase tocando, a mão esquerda dela se colocou entre os lábios deles e ele beijou-lhe a mão. Ela se levantou e o puxou para cima e o abraçou forte e, assim, colada a ele, disse-lhe:

— Eu também o amo. Acho que sou comprometida com você há muitas vidas. Nesta vida, sonho com você desde a minha juventude.

E ela contou para ele como, em sonho, a flor amarela do araticum conduziu-a até ele e tudo mais que se sucedeu até encontrá-lo no mundo real e não mais duvidar das palavras de Vivi sobre o amor eterno, por mais absurdas que lhe parecessem antes.

Ela também disse que o amaria para sempre, mas que, nesta vida, era impossível serem marido e mulher, pela diferença de idade entre eles.

— Aos olhos da sociedade eu seria uma pervertida ou pedófila – argumentou ela.

— Tenho vinte anos de idade e logo faço 21. Sou responsável pelos meus atos.

— Sim. Juridicamente está correto, mas as pessoas são cruéis na defesa de preconceitos.

Ele ficou em silêncio, maquinando alguma coisa, mas radiante de felicidade por saber que o seu amor era correspondido.

Ele conduziu a conversa para outros assuntos, como as condições do tempo ou os últimos detalhes do plano para sequestrar Eduardo.

Em seguida, ele a convidou para irem tomar banho no rio e ela aceitou.

Procuraram e encontraram lugar propício para nadar, onde as águas eram serenas e havia areia na margem do rio. Pequeno lago natural que se formara ao lado do leito principal do rio.

Ela foi para a água e ele ficou esperando distante dela sentado no tronco da árvore derrubada pelo vento.

Elka nadava tirando proveito de raios de pensamento e de ternura que, em abundância, vinham com a suavidade das águas acalentarem sua vida, antes solitária e monótona e que agora se transformara em uma represa de turbilhão de emoções. Flutuava com os olhos fechados, quando sentiu o toque das mãos de Paulo na cintura. Estremeceu. E, ainda de olhos fechados, deixou-se levar por ele, que a puxou para a parte mais rasa, onde, em pé, envolveu-a em um abraço e depois a beijou. Ela permaneceu de olhos fechados, o abraçou com força e o beijou. Tudo era tão novo para ela! Seguiram-se tantos beijos, tantas carícias, e a frase que se repetia: eu amo você. Entregaram-se de corpo e alma.

Nem Paulo nem Elka sabiam quanto tempo ficaram ali e por quantas vezes se amaram. Há quem diga que não estavam naquele lugar, que se encontravam em outra região não especificada. O primeiro sinal de retorno à nossa realidade ocorreu quando perceberam que a luz da estrela do dia brilhava sobre as copas das árvores ribeirinhas e que havia ruído de água corrente e do canto das aves. Deitados na areia da orla, olhavam para cima e viram seis pétalas livres da flor amarela do araticum que, desafiando a gravidade, dançavam ao vento, suspensas no ar. E as pétalas foram, uma a uma, caindo sobre os corpos nus dos dois amantes, que, imóveis, sentiram o roçar daquelas pétalas espessas, carnudas, que lhes acariciaram a pele, para lá e para cá, até que uma rajada fez com que elas voassem e sumissem seguindo as curvas do leito do rio.

— Obrigada — murmurou Elka.

— Se alguém deve agradecer sou eu.

— Desculpe-me... estava falando com a flor.

— Que ingrato sou eu. Obrigado por trazê-la para mim. Serei eternamente agradecido a você, florzinha amarela. Muito obrigado!

*Não há mistério, a não ser o que é expresso nas flores, e nem segredo algum, a não ser aquele que os pássaros cantam nas árvores.*

Esses versos do livro de Emerson vieram à mente de Elka, que sabia fazer parte do mistério expresso nas flores e do segredo que só os pássaros revelam. Ela abraçou Paulo e se beijaram e se amaram com tanta intensidade que um redemoinho se formou, trazendo de volta as pétalas livres da flor amarela do araticum, e sobre os amantes as seis pétalas se uniram e a flor roçou os corpos deles e subiu, desta vez, em direção ao céu.

No estado em que se encontrava, como que transportada para fora do mundo sensível por sentimento intenso de prazer, Elka ouviu as palavras do amigo Vivi, como se ele estivesse soprando-lhe aos ouvidos aquela frase repetida por ele várias vezes: *Seus melhores dias estão esperando você no futuro*. E ela sussurrou:

— Chegaram! Mais uma vez, você tinha razão.

Paulo não entendeu o que ela disse, mas pensou que era o momento de voltar ao esconderijo. Ele se levantou, deu-lhe mão e ela também se levantou e ambos foram para dentro do rio. Banharam-se, vestiram-se e, abraçados, seguiram pelo descampado, que agora lhes parecia muito mais bonito. Até o refúgio, para ela, tornara-se o emersoniano "porto, que bem vale a viagem, e cujas águas são encantadas".

...

Quando o professor Crispin retornou a São Paulo, era um homem diferente daquele que foi sequestrado por Elka. Os dois jovens mortos os quais ajudara a enterrar não lhe saíam da memória. Pensar que ele contribuíra para aquela situação o deixava quase louco de remorso. Contou à mulher tudo o que havia acontecido e disse que acreditava em um mundo melhor em que a igualdade econômica prevalecesse e que nunca poderia imaginar que a sua boa intenção pudesse levar a consequências tão hediondas. A mulher acreditava na sinceridade e no bom propósito do marido e aconselhou-o a denunciar aquilo tudo à polícia. Foram à delegacia. O escrivão tomou-lhe o depoimento e cumpriu os procedimentos de praxe. Quando o casal saiu da repartição, o escrivão disse ao colega:

— Esse professor podia arrumar uma história menos fantasiosa para justificar à esposa a sua escapadinha.

Dessa forma a denúncia do professor ficou pelos arquivos de casos criminais não resolvidos.

Ela percebeu que as autoridades policiais não levaram a sério a denúncia do marido. Quis conversar. Estacionou o carro e pediu que ele falasse mais sobre Edmundo e Cazã. O professor não sabia muita coisa e sempre acreditara que as barbaridades que eram atribuídas a João Cabanas não passavam de invencionices da burguesia. Repetiu aquilo que ouvira e que já não lhe parecia tão inverossímil.

A mulher ouviu tudo calada, depois disse:

— Dizem que em todas as guerras, revoluções ou qualquer movimento armado, há sempre duas causas motrizes: a índole maligna do homem e a ilusória crença da autossuficiência humana.

"Essas duas forças não atuam de maneira excludente na forma, ou uma ou outra, em geral, estão juntas com maior preponderância de uma delas, às vezes, estão equilibradas. Vezes há em que só existe, no coração humano, a primeira força e, de forma infrequente, apenas a segunda força.

"A profunda convicção de que somos capazes de promover o bem coletivo e a distribuição de riquezas, por meio de seres de índole corrupta, levou os militares a reivindicarem reforma constitucional capaz de trazer critérios mais justos ao cenário político nacional; exigir que o processo eleitoral fosse feito com o uso do voto secreto; dizerem-se favoráveis à liberdade de imprensa e desejar maior autonomia às autoridades judiciais e moralização do Poder Legislativo; enfim, sonhar com a democracia real. Em contradita ao discurso liberal e moralizador, outro grupo de militares, de crença similar, foi levado a defender a presença de um poder forte, centralizado e autoritário.

"Por sua vez, a primeira causa motriz assanhou o espírito de homens, iguais ao Cavaleiro Tártaro, que apenas precisam de uma desculpa para matar.

"Não foi diferente, portanto, de todas as demais lutas armadas: a índole maligna estava de braço dado com a arrogante autossuficiência humana. Quiçá, mais uma vez, a morte em parceria com a ideologia.

"É possível que Miguel Costa e Prestes fossem movidos por leve supremacia da segunda impulsão, por algum sentimento difuso de patriotismo ou honra, mas não há dúvida de que é maligna a força que movia o Cavaleiro Tártaro e que move Edmundo."

O professor envolveu-a com os braços e soluçou. Permaneceram abraçados.

...

Às três horas da madrugada do dia 20 de novembro de 1948, Elka e Paulo estavam ao lado da barraca de Eduardo, onde havia a fresta, de ouvido colado na lona, procurando escutar qualquer som que revelasse ainda existir alguém acordado lá dentro. Só ouviram roncos e alguns traques.

Elka cortou a lona de forma que eles pudessem entrar com facilidade e passaram a executar o que fora planejado.

Paulo ficou com a pistola, escondido do lado de fora da barraca, e Elka entrou com o facão e, esgueirando-se, chegou até a cama de Eduardo.

Com a mão esquerda, topou-lhe a boca e com a outra mão apertou-lhe a garganta com o facão. Sussurrou-lhe ao ouvido:

— Sou a professora Elka. Venha comigo, mas não fale nada, não faça nenhum barulho ou movimento brusco.

Quando Elka fez Eduardo passar pela abertura da lona, Paulo já o estava esperando do outro lado. Pegou-o pelo braço e com o revólver contra as costelas de Eduardo, entraram no matagal e os três seguiram em direção àquele lugar que ficava entre o "Chapéu da Bruxa" e o "Morro do Preá".

Assim que se afastaram do acampamento Paulo guardou o revólver e disse:

— Não faça nenhuma bobagem!

— Que está acontecendo? — quis saber Eduardo, ao que Elka respondeu:

— Estamos aqui a pedido da sua irmã. Quando chegarmos ao local onde estão os cavalos, eu esclareço tudo. Até lá, vamos nos apressar o máximo, porque, quando perceberem que você desapareceu, virão atrás de nós. E você já deve saber o que eles fazem...

— Sim, professora.

Elka revirou a mochila e pegou o mapa. Seguiram o mais depressa que o terreno acidentado permitiu até chegarem ao lugar em que haviam deixado os cavalos.

Os cavalos estavam bem e toda a tralha, intacta.

— Temos que agir rápido, mas antes precisamos conversar — disse Elka.

Ela os conduziu a uma abertura entre as copas das árvores onde a claridade era melhor, pois a luz solar ainda estava retida pela montanha. Sentaram-se em pedras que por ali eram muitas e Elka pôs-se a falar:

— Eduardo, você terá que tomar uma decisão muito importante para a sua vida.

— Que tipo de decisão professora?

— Pelo que nos foi dito, você estava naquele lugar por vontade própria. Isso está correto?

— Sim.

— Júlia, sua irmã, está preocupada e pediu que nós o encontrássemos e o levássemos de volta. Sabemos que tem o direito de escolher o seu destino, mas já fomos jovens e cometemos erros que, talvez, tivessem sido evitados se dispuséssemos de mais informações sobre as consequências possíveis.

— Professora, eu acho que...

— Por favor, Eduardo, deixe-me concluir o raciocínio, depois poderá dizer o que quiser.

— Mas é que eu...

— Deixe-a concluir! — disse Paulo.

— Está bem... prossiga.

— Você tem apenas dezessete anos, e nossa intenção é apresentar a você uma opinião contraditória à doutrina que recebeu dos professores Luiz e Crispin. Se você quiser ouvir, é claro. Depois que explicarmos a verdadeira intenção dos revolucionários e contar a experiência que eu tive com outro movimento similar, conhecido por Coluna Prestes, você tomará a decisão que julgar melhor. Se for da sua vontade persistir nessa luta, levaremos você até a picada e retornará para o acampamento. Caso contrário, nós o conduziremos para São Paulo. Então, quer ouvir o que temos a dizer?

— Não carece, professora.

— Quer voltar ao acampamento, sem ao menos nos ouvir? — interferiu Paulo.

— Não. Não é isso. O que estou querendo dizer é que não é necessário nada disso. Quero voltar para casa.

— Ótima decisão. Vamos, pois o tempo passa rápido e já amanheceu. Eles, por certo, notaram o seu sumiço.

Colocaram arreios e demais utensílios nos cavalos e partiram puxando os animais até ultrapassarem as partes mais íngremes da morraria e seguiram montados rumo a Campos do Jordão.

A ausência de Eduardo foi percebida logo pela manhã, quando os jovens revolucionários foram acordados para o café matutino.

Assim que Edmundo recebeu a notícia, passou rádio para os coordenadores e patrocinadores do movimento e, ato contínuo, nomeou uma patrulha que saiu no rasto do fugitivo.

No caminho de volta, nas breves paradas que faziam para descansar os cavalos, Eduardo revelou o motivo pelo qual estava seguro de que a melhor decisão era voltar para casa. Confessou a sua decepção com o idealismo de uma sociedade mais justa e o injusto processo de conversão ao banditismo a que foi submetido. Contou o que ocorreu com Tomaz e Valquíria, dias antes de serem fuzilados por um grupo de novos revolucionários, sob o comando de Edmundo.

— Sofreram as piores humilhações e torturas cruéis. Dois jovens, não tão mais velhos que eu, levados à morte apenas por não concordarem com os métodos revolucionários. Graças a Deus vocês apareceram – concluiu Eduardo em uma dessas conversas.

Chegaram a Campos do Jordão, onde devolveram os cavalos, embarcaram no trem e foram até Pindamonhangaba e, depois, concluíram a viagem no carro de Elka, sem serem importunados pelos revolucionários.

Em São Paulo, Elka deu dinheiro a Eduardo para se manter por algum tempo e o hospedou numa pensão no bairro da Lapa. Deu-lhe instruções peremptórias:

— Até que tudo isso passe, você não é mais Eduardo, seu nome agora é Pedro Alves da Silva. Foi o nome que passei ao dono do imóvel onde vai morar, e assim deve se apresentar. Não converse com ninguém sobre o que aconteceu. Vou arrumar um trabalho para preencher o tempo e sua rotina será da pensão para o trabalho e do trabalho para a pensão. Não saia à noite nem aos domingos e feriados. Essa situação não deve demorar muito, mas até então temos que ter o máximo de cuidado.

Acertada a situação de Eduardo, Elka procurou Júlia e contou-lhe que o irmão estava bem, mas ela não poderia falar com ele nem saber onde estava hospedado, pelo risco que isso poderia acarretar para ele.

Elka e Paulo fizeram contato com as pessoas influentes que conheciam e, por recomendação de Carmen Prudente, chegaram até dona Dirce, que era esposa de um general do exército, que conseguiu para eles uma audiência com o presidente da República.

O presidente Dutra ouviu o relato sem apresentar sinais de estar surpreso. Era como se ele já soubesse o que acontecia no interior de São Paulo. Ele escutou o que Elka tinha a dizer, chamou alguns auxiliares, agradeceu a ela e a Paulo e foi embora. Quando estava saindo, disse:

— Transmitam meus cumprimentos à dona Dirce.

Os homens do presidente ouviram, perguntaram, fizeram anotações nos mapas que tinham e conversaram entre eles. Elka perguntou:

— Que irão fazer?

— Agir — respondeu um deles.

— Mas o que significa agir?

— Acabar com a ameaça comunista.

— Mais uma vez, quero dizer que são apenas jovens ingênuos, levados lá por idealismo.

— Mas, pelo seu relato, estão matando pessoas. Creio que é uma fábrica de assassinos.

— Alguns acham que serão heróis guerreiros; a maioria, no entanto, só continua lá para não morrer.

— Que sugere?

— Que prendam os responsáveis, sem causar danos aos jovens.

— Asseguro-lhe, professora, que os danos serão mínimos.

Elka e Paulo deixaram a Capital da República e, na viagem de volta, Paulo perguntou:

— Agora podemos cuidar de nós mesmos?

— Sim... amor meu.

O governo agiu rápido e montou uma força-tarefa, submetida a segredo de Estado, formada por policiais de São Paulo e do Rio de Janeiro, que seguiu para a região de Campos do Jordão.

A rede de informação dos revolucionários mostrou-se eficiente e Edmundo foi avisado a tempo de fugir na motocicleta que mantinha escondida na barraca.

Quando a força-tarefa chegou, a resistência foi mínima. Mesmo assim, morreram seis revolucionários. A truculência com que os jovens foram tratados não foi muito diferente dos métodos utilizados por Edmundo.

Em São Paulo, Elka arrumou trabalho para Eduardo numa grande loja de varejo, e Paulo terminou o namoro com Regina.

Em seguida, ambos hibernaram no apartamento de Elka e lá permaneceram por cinco dias sem ver a luz do dia. A reclusão ensinou-lhes que a vida pode ser bela, em seus momentos repetidos, repetidos, repetidos...

No sexto dia, retornaram, felizes, às suas rotinas anteriores: ele na faculdade, procurando recuperar o conteúdo das aulas perdidas; ela na banca de advocacia e na escola; ambos cuidando das crianças com câncer.

Regina abandonou a beneficência e, por um tempo, imergiu-se na misantropia.

O tempo, que cura quase tudo, fez dela uma brilhante advogada; as lembranças que lhe restaram dessa época tornaram-se agradáveis, e a admiração que nutria pela professora Elka permaneceu forte, servindo-lhe de motivação ao longo de sua vida. De Paulo, restou-lhe pálida reminiscência.

Nenhuma notícia sobre os revolucionários de Edmundo foi publicada.

Elka buscou informações com dona Dirce, que lhe segredou ter sido desmantelado o acampamento, os agentes comunistas mortos ou presos e os jovens, após um breve período de reeducação, devolvidos aos respectivos lares. Edmundo desaparecera e nada pode ser feito contra ele, dado o caráter sigiloso da operação. Não foi proscrito nem procurado pela justiça.

Elka quis saber sobre a tal reeducação, mas dona Dirce ignorava, apenas comentou:

— Não deve ser coisa boa.

Após dez dias dessa conversa, Elka liberou Eduardo para a vida normal e ele retornou à casa dos pais. A sabedoria que habita os corações humildes acolheu-o com carinho e alegria. Advertência isolada proveio de Júlia:

— Nunca mais faça isso!

— Desculpe-me. Achava que podia melhorar o Brasil. Fui enfeitiçado por palavras e ideias capazes de atrair e encantar qualquer idealista.

— Foi o canto da sereia. Mas você pode melhorar o Brasil. De outra forma, mas pode, sim. Comece melhorando você mesmo.

— Não me acha bom o suficiente?

— Você é o melhor irmão que alguém poderia ter. Não se trata disso.

— De que se trata, então?

— Melhorar suas condições de vida, dar uma velhice digna para os nossos pais. Estude muito, faça uma faculdade, arrume um bom emprego ou empreenda você mesmo e vai ajudar muita gente. Até os pobres e oprimidos serão beneficiados pela riqueza que vai gerar e pelos impostos que vai pagar.

— As obviedades que está falando soam tão diferentes para mim agora.

Ele deu-lhe um abraço e complementou:

— Você sempre teve mais juízo do que eu.

— Só tenho os pés no chão.

...

O ano de 1948 acabou.

Na segunda semana de janeiro, o telefone tocou na casa dos pais de Valquíria. Tristeza profunda foi iniciada em um lado da ligação e renovada no outro.

Dona Adriana, acompanhada de dona Zefa, rezou por Valquíria e Tomaz na missa gregoriana que vivenciou no Mosteiro de São Bento.

Para Elka e Paulo era só felicidade. Não seria inverdade dizer que, para eles, a vida passou a ser felicidade o tempo todo, na rotina do dia a dia. Tudo era maravilhoso de se fazer e nada, nem o trabalho, nem os estudos, nem os olhares maliciosos ou os comentários maldosos, nem a inveja dos não amados, nada tornava a felicidade suscetível da mínima perturbação. Os fantasmas do passado longínquo ou os fantasmas do passado recente deixaram de assombrá-la desde o dia em que se entregou ao amor eterno. A morte de Cazã, os homens que Vivi matou por sua causa, a culpa pelas mortes de Valquíria e Tomaz e pelos homens que morreram pela denúncia que fez e todos os pecados que cometera na vida não se atreviam a perturbar-lhe a alma.

E assim se foram passando os dias e os meses.

Edmundo, chique com os sapatos bicolores, voltou ao convívio dos velhos caciques do Partido Comunista na clandestinidade e teve que se submeter aos conchavos, elaboração de manifestos, hipocrisias e intrigas.

Depois de tantas tentativas fracassadas, a cúpula do partido estava convencida de que a luta armada teria que esperar um pouco.

Era necessário, primeiro, minar as estruturas do governo e corroer as instituições nacionais antes de uma ação revolucionária armada.

Vinte e oito anos depois, John Kenneth Galbraith escreveria que "toda revolução bem-sucedida é um pontapé numa porta já podre".

Os estrategistas tupiniquins perceberam alguma coisa parecida com isso e concluíram, pela experiência malsucedida, que a porta brasileira ainda não estava podre o suficiente.

A contragosto, Edmundo, que acreditava ter se tornado um homem de ação, contribuiu na elaboração do planejamento e ajudou a espalhar os cupins nas faculdades, nas igrejas e entre os trabalhadores do campo.

O plano foi exitoso, mas, quinze anos depois, quando a porta estava podre, o pontapé que a derrubou calçava coturno.

A força que livrou o Brasil do comunismo e provocou a escuridão que caiu sobre a gente brasileira não pertencia ao tempo de Elka. Ainda estamos em 1949, ano em que Edmundo tomou conhecimento de que fora ela quem denunciou às autoridades a existência do acampamento revolucionário. A mulher que causara a morte do Cavaleiro Tártaro e que, de alguma forma, estava ligada a um certo fugitivo que tanto aborrecimento causou ao destacamento de Cazã. Essa mulher, que teve a petulância de invadir o seu acampamento, sequestrar um soldado e trair a causa revolucionária delatando-o aos capitalistas, não poderia ficar impune. Por muito menos, a garota Elza Fernandes havia sido executada quando, feliz da vida, fazia café para os camaradas do "Tribunal Vermelho".

Jurou vingança.

A primavera daquele ano, como tudo o que Elka e Paulo viveram juntos, estava esplêndida. A floração típica dessa época parecia que acontecia em mais espécies de plantas que no habitual, as paisagens enchiam-se de cores, deixando ruas, campos, parques e jardins com aspecto alegre e vívido; os beija-flores, as abelhas e outros animais polinizadores multiplicaram-se e estavam sempre em volta deles toda vez que saíam a passear pela cidade.

Já estava quase findando setembro, quando Edmundo recebeu o dossiê, relativo à vida de Elka, que encomendara aos camaradas revolucionários. Estavam ali até mesmo os fatos mais recentes, tais qual a informação de que o casal planejara passar as férias do fim de ano na fazenda de Elka e, na sequência, visitar Vivi e Joana em Jardim.

Edmundo resolveu esperar dezembro, por acreditar que a vingança seria mais fácil e teria menor repercussão se acontecesse lá no meio do mato.

Logo no início de dezembro, Elka e Paulo partiram de férias para Mato Grosso. No vagão dormitório da estrada de ferro Noroeste do Brasil, Paulo dormia enquanto Elka observava a paisagem desfilar ante seus olhos, naquela sensação ilusória de que se está no trem em repouso e que a paisagem, que passa pela janela, está em movimento. No longo tempo que ficou vendo a natureza exibir-se para ela, outras imagens e lembranças passaram-lhe pela janela da alma. A mãe, o pai, a fazenda, dona Bela, Vivi, Paulo... representações mentais de percepções e sensações já experimentadas... e, de repente, sem explicação aparente, estava a recordar os textos que leu no livro que queimou. Fragmentos desconexos de uma obra maior, reminiscências do que já fomos ou vaticínio do futuro?

De que se tratava aquele livro misterioso? Logo tratou de retirar do pensamento as palavras contidas no *Caso Rute* e procurou permanecer na *Lenda das dezessete luas*. Era um conto tão bonito e, ao mesmo tempo, tão triste. Reconheceu, naquela breve história, uma quase imperceptível semelhança invertida com a sua história. Ficou pensando naquilo e terminou por concluir que o final da história nada tinha a ver com a sua vida, já acostumada com o esplendor do momento que estava vivendo em companhia de Paulo. No restante da viagem de trem, até Três Lagoas, permaneceu velando o sono do amado. Seguiram, de ônibus, até Ribas do Rio Pardo, antes Distrito de Conceição do Rio Pardo, onde descansaram. Visitaram parentes de Elka e pernoitaram na pensão da cidade renovando carícias e prazeres indescritíveis. Depois partiram, a cavalo, rumo à fazenda.

Edmundo, que no passado presenciara o insucesso das duas patrulhas que Cazã havia enviado em perseguição a Vivi, permaneceu no conforto do esconderijo no Rio de Janeiro e contratou um batalhão de jagunços para matar aquela que ele elegeu inimiga. A ordem era categórica: assassinar Elka e todos que estivessem com ela quando fosse encontrada. Assim, treze homens armados esperaram o casal, logo após a entrada na propriedade de Elka.

A última parte da viagem de Elka e Paulo não foi menos rica em momentos de intensa felicidade revelados em sorrisos e brincadeiras.

No dia 7 de dezembro, passaram pela porteira de entrada da fazenda e, quando estavam atravessando lugar de mata fechada, balas saraivaram sobre eles. Elka, Paulo e os dois cavalos caíram inertes no chão. Grupos de pistoleiros aproximaram-se dos corpos humanos e fizeram novos disparos, certificando-se de que estavam mortos e bem mortos. Os jagunços deixaram os cadáveres estendidos na estrada e partiram.

A seriema cantou lá longe, seguida pelo jaó que abriu a sinfonia de aves que vinham da mata para cantar para eles. Cantaram e cantaram até que ficaram em silêncio, para que a coruja-buraqueira, em pleno dia, pudesse lançar o seu canto de alerta sobre a diferença entre a quimera e o eterno. E, juntamente com o pio da coruja, vieram as seis pétalas da flor amarela do araticum que roçaram os corpos dos amantes e depois partiram a procurá-los em outro lugar ou tempo.

Edmundo recebeu a notícia do sucesso da missão, quando estava em sua escrivaninha, em companhia do jovem amigo cubano, brindando a criação da República Democrática Alemã, em 12 de outubro, e a participação exitosa do jovem na Colômbia, no ano anterior.

Edmundo afastou a cadeira, colocou os pés com os sapatos bicolores sobre a mesa, acendeu um daqueles charutos fedorentos, soltou muita fumaça e tragou o máximo de felicidade que aquele mísero homem vitorioso era capaz de desfrutar.

Dez dias após as mortes de Elka e Paulo, na maternidade de São Paulo, nasceu, assistida por médicos e enfermeiras, uma linda menina, filha de um casal da alta sociedade paulistana; no exato momento em que, lá no meio do mato, às margens do rio Miranda, um menino era arremessado do ventre da mãe, sem nenhuma ajuda; sem nem sequer uma parteira para auxiliá-la.

A garotinha de descendência espanhola recebeu o nome de Isabel, nome de rainha. A mãe do moleque queria chamá-lo de Jó, nome de sofrimento, mas o cartório trocou o grave pelo circunflexo e o nome registrado foi Jô.

## CAPÍTULO III
# Cupins e brocas

Espírito forte em corpo frágil, com essas palavras padre Fernando referiu-se à Isabel, no dia em que foi chamado para realizar o sacramento da unção dos enfermos na menina, ao vê-la superar o estado de coma e voltar à vida com a teimosia que lhe era peculiar.

Qualquer resfriado a deixava de cama. Uma simples amigdalite a fazia arder em febre e ela não aguentava febre; 39 graus e entrava em alucinações. Nos delírios, muitas vezes aos gritos, repetia o nome "Paulo", o que soava estranho para os pais, porque nenhum parente ou empregado da casa atendia por esse nome.

Tirando a baixa resistência à febre, Isabel era igual a todas as meninas da sua idade. Uma criança normal. Havia, sim, cuidado especial com ela para evitar viroses ou doenças infecciosas. A preocupação com a saúde da menina, às vezes, parecia exagerada. Isabel, dado seu caráter introspectivo, aceitava isso com serenidade e até com certo prazer por desfrutar de mais tempo na companhia da mãe.

Acontecia, em algumas ocasiões, de Isabel ter pesadelos à noite, sem que estivesse com febre.

Em uma dessas noites, quando tinha quatro anos, gritou em pesadelo. A mãe foi até o quarto e, pelo tato, percebeu que não estava febril. Isabel parou de gritar, mas, muito agitada, balbuciava o nome Paulo. A mãe a pegou no colo e ficou conversando com a criança, dizendo:

— Está tudo bem, Isabel. Fique calma, Isabel, estou aqui com você...

A mulher continuou embalando a menina e repetindo o nome dela nas frases que pronunciava. Isabel acordou e, com os olhos arregalados, disse:

— Por que está me chamando de Isabel?

— Porque você é a minha princesinha Isabel.

— Meu nome não é Isabel, eu me chamo Elka.

— Não, querida. Você é a minha Isabel.

— Sim... agora estou diferente, mas sou a mesma pessoa — disse isso e voltou a dormir sem agitação ou gritos.

Dona Maria Pilar, esse era o nome da mãe de Isabel, não deu muita importância ao que dissera Isabel. Nem entendeu direito. Naquele dia achou que ela havia dito "Elza", mas o que a deixou impressionada e que tornou esse breve diálogo assunto de conversas posteriores com o marido, com o pediatra e com o padre Fernando, foi a maneira pela qual a garotinha de quatro anos pôde dizer aquelas frases com assertividade e impostação próprias dos adultos.

Outras vezes, Isabel teve pesadelos e, ao acordar com o coração palpitando, chorava e implorava para ir à fazenda em Mato Grosso e repetia que precisava ver Paulo. A mãe tratava logo de desviar a atenção da menina para outro assunto ou para um brinquedo e ela voltava a dormir. Houve um dia em que dona Pilar não interrompeu o monólogo de Isabel e fez perguntas sobre o assunto que ela estava tratando. A menina disse com muita clareza nome e sobrenome, o que fazia, onde morava, onde ficava a sua fazenda e disse também o nome e sobrenome de Paulo.

No dia seguinte, a mãe contou para o marido, que disse ser tudo aquilo fruto da fértil imaginação de Isabel e não quis mais falar sobre o assunto. O pediatra e o padre também recomendaram que a mãe não incentivasse a menina a falar sobre aquela fantasia.

Superada a perturbação brusca, no equilíbrio mental e emocional, dona Pilar julgou que não seria prudente tratar daquele tema com o marido nem com o médico e foi procurar o padre Fernando, com quem teve longa conversa sobre o quase nada que sabemos das almas das pessoas e recebeu conselhos, para permanecer sempre vigilante aos caprichos e armadilhas do demônio.

Dona Pilar ainda esteve a conversar com uma velha senhora que se dizia adepta do espiritismo e que tinha opinião diferente do padre Fernando sobre vida após a morte.

Pilar acatou os conselhos do padre e a determinação do marido, porém, em segredo, pesquisou em jornais e em listas telefônicas, contratou detetive e, depois de muito tempo e dinheiro despendido, confirmou ter existido uma professora com o nome mencionado pela criança e conseguiu exemplar de um jornal de Campo Grande que contava o misterioso e insolúvel assassinato de Elka Stulbach e Paulo dos Santos em fazenda no município de Ribas do Rio Pardo. Foi um choque para ela. Nos documentos fornecidos pelos detetives, havia informações sobre o sofrimento de Elka causado pela Coluna Prestes e sobre um misterioso homem, a quem chamavam de Vivi, que, ao que tudo indicava, tinha ajudado no resgate de pessoas ligadas à Elka.

Por devoção ao dogma da Igreja Católica ou por medo do que ouviu da mulher espírita, dona Pilar resolveu sepultar o assunto e não quis mais ouvir o que a criança tinha a dizer sobre aquelas pessoas. Continuou rezando pela saúde da filha. Sem qualquer explicação lógica, guardou os relatórios dos detetives e os recortes de jornais em gaveta com chave.

Com o tempo, a menina foi ficando mais resistente às infecções, as febres diminuíram e as alucinações acabaram. Os pesadelos tornaram-se raros e Isabel aprendeu a lidar com eles, sem que precisasse acordar a mãe.

Quando Isabel debutou, os pesadelos não mais a perturbavam. Sobejou apenas um sonho infrequente. Vez ou outra, sonhava com um garoto desconhecido. Era um sonho agradável que não fazia com que ela gritasse ou acordasse sobressaltada; pelo contrário, queria permanecer dormindo e até sentia uma leve contrariedade quando era acordada e tinha o sonho interrompido.

Dona Pilar deduziu que o amadurecimento mental da filha a livrou dos pesadelos ou, quem sabe, suas preces foram atendidas e a filha havia vencido as tentações demoníacas.

...

A mãe de Jô Silveira faleceu quando ele tinha nove anos e, um ano depois, morreu-lhe o pai; assim, passou a viver por conta própria, dormindo nos vagões da Estrada de Ferro Noroeste do Brasil e conseguindo o que comer e vestir sabe Deus de que jeito.

Perambulou um tempo pelas ruas de Aquidauana, depois viveu em Campo Grande e, quando tinha treze anos, viajando clandestinamente em vagão de trem de carga, foi parar em Bauru. Nessa localidade, morou por um ano e conseguiu ganhar trocados suficientes para comprar passagem de ônibus para o município de São Paulo, sobre o qual ouvira dizer ser a grande cidade onde era possível arrumar emprego e ganhar a vida.

Jô nunca frequentou escola, mas conseguia ler e escrever graças ao obstinado esforço da mãe. Quando ela era viva, havia dias em que escasseava o pão, mas hora de estudo nunca lhe faltou. Mais tarde, ele adquiriu o gosto pela leitura de gibi. Ganhava muitos, comprava poucos; trocava todos de maneira que conseguia ler, com frequência, aquelas maravilhosas histórias em quadrinho e essa gibizada toda o ajudou no desenvolvimento da leitura.

A boa leitura e a habilidade congênita com a aritmética permitiram que ele conseguisse, em São Paulo, emprego de office boy em uma empresa de siderurgia.

Era um empreendimento familiar que, com pequena aciaria, transformava lingotes de ferro em aço e assim sobrevivia ao cerco estatal estabelecido para o setor.

Jô entregava correspondências internas ou fazia serviços externos de transportar documentos por toda a cidade, o que lhe permitiu, em pouco tempo, conhecer os principais bairros e as ruas mais importantes da capital dos bandeirantes. O chefe imediato, sr. Bezerra, via grande potencial de desenvolvimento no menino e o ajudava em muitas coisas. Foi por bondade do sr. Bezerra que Jô foi morar em uma edícula no quintal de dona Clarice, uma velha senhora que vivia sozinha em casa próxima à fábrica da empresa. O chefe também o orientou a tirar documento de identidade e carteira de trabalho, a partir da surrada certidão de nascimento, que mal resistiu às intempéries da indigência.

...

Os anos 1950 ficaram conhecidos por *Anos Dourados*. Foi uma década de grande evolução tecnológica. Os Estados Unidos da América desenvolveram níveis de bem-estar social elevados, com a melhoria na qualidade das moradias e da telecomunicação, e serviram de inspiração para outros países, criando um sentimento de otimismo e esperança.

Avanços científicos consideráveis ocorreram: transplante de órgãos, novas vacinas, viagem não tripulada à órbita da terra, novas armas, tudo com grande impacto na cultura e nos valores éticos do mundo.

A década, no entanto, teve a imagem áurea manchada pelo vermelho: sangue de milhões de vítimas da Guerra do Vietnã, da Guerra Fria, da Revolução Cubana, da Guerra da Coreia e de outras escaramuças ideológicas.

O Brasil foi, pela primeira vez, campeão mundial de futebol, surgiu o rock'n'roll nos Estados Unidos, cujo movimento foi introduzido no Brasil, e floresceu por aqui um novo estilo musical: a Bossa Nova.

Manoel de Barros viajou pelos Estados Unidos e pela Europa, estudou cinema e artes; depois mudou-se para o Pantanal e ficou por lá fazendo, entre outros servicinhos, um compêndio para uso de pássaros.

Edmundo, surfando nas ondas do sucesso do amigo, foi para Cuba e tornou-se importante auxiliar de ditador.

Na política, o Brasil viveu um período de liberdade na arte de governar. O ditador Getúlio foi eleito pelo voto e terminou o mandato com suicídio. Juscelino Kubitschek (JK), também eleito pelo povo, governou sem interrupções institucionais. Faltou pão, sobrou corrupção, mas a democracia, aos trancos e barrancos, terminou a década dando a impressão de que seria duradoura e de que havia um processo de aperfeiçoamento da gestão pública. Ao revés da estratégia traçada pelo Partido Comunista Brasileiro, a porta brasileira parecia estar sólida.

Às vezes, esquece-se que os cupins chegam em revoadas e, assim que perdem as asas, procuram um ninho para começar a infestação. Permanecem invisíveis, e a presença deles só é percebida quando a porta já está perdida.

Enquanto Isabel vencia a baixa imunidade e Jô lutava para sobreviver, acabou a década de 1950 e chegaram os anos 1960, marcados por grandes transformações sociais, políticas e comportamentais. Diversos movimentos surgiram, destacando-se os hippies, *black power*, gay *power*, *baby boom*, beatniks, movimento estudantil, movimento feminista e muitos outros. Vários eventos contribuíram para as mudanças ocorridas nesse período, chegando ao ponto de já não se saber o que era causa e o que era consequência, por exemplo, a continuidade da Guerra do Vietnã, a invenção da pílula anticoncepcional, a crise dos mísseis em Cuba, a minissaia, a massificação da informática, russos na órbita da terra, norte-americanos na lua e por além.

O Brasil, que iniciou a década inaugurando uma nova capital, acabou por demonstrar que, quando há desarmonia, casa nova não resolve.

Pelo fato de que os cupins atacavam as instituições e não as paredes dos velhos prédios do Rio de Janeiro, a bela e inovadora arquitetura de Brasília não foi suficiente para proteger a porta brasileira.

Em substituição a JK, foi eleito um novo presidente, e tudo parecia caminhar bem. A população, que só enxergava a parte externa da porta, achava que a democracia estava se consolidando por aqui. Jânio Quadros, o novo presidente, renunciou com menos de sete meses após ter tomado posse, então, os cupins passaram a ser percebidos pelo povo, que, pouco a pouco, foi notando que, além dos cupins, um tipo de besouro ou, como são conhecidos, brocas, também atacavam a porta brasileira.

Seguiu-se uma confusão dos diabos. O vice-presidente, amigo dos cupins, tramava, lá da China, contra a frágil democracia brasileira, enquanto os aliados das brocas faziam de tudo, aqui no Brasil, para que ele não assumisse o cargo de presidente. Depois de muito barulho, João Goulart, o vice, assumiu num casuístico regime parlamentarista que durou pouco mais de catorze meses, quando, por plebiscito, retornou o presidencialismo.

A turma do cupim, com os poderes presidenciais restabelecidos, passou a acreditar que o momento do pontapé havia chegado.

Proposta de reforma agrária e urbana, rebelião de sargentos, suboficiais e cabos das Forças Armadas, invasão de fazendas promovidas pelas ligas camponesas, depredação de lojas e fábricas e outras ações tresloucadas realizadas pelos amigos dos cupins assustaram a grande maioria da população, que só queria viver em paz e com algum dinheirinho no bolso. Por outro lado, os amigos das brocas, aproveitando todo o sentimento de insegurança que os cupins provocavam, aumentaram a tensão política, com um lado encaminhando para a guerra civil e o outro para o golpe de Estado. Enquanto fazendas e lojas eram saqueadas, cerca de quinhentas mil pessoas, em São Paulo, fizeram a "marcha da família com Deus pela liberdade" e, logo em seguida, aconteceu a deposição de Goulart pelos militares, sepultando o arremedo de democracia que existia no país do futebol, naquela época, bicampeão mundial.

Alguns contadores de história relatam que, quando Jânio Quadros renunciou, ele tinha em mente que retornaria ao poder, nos braços do povo, tal a comoção que sua renúncia provocaria.

Recebeu uma banana da população.

Outros estudiosos do golpe de 1964 alegam que os comunistas, aqui tratados por cupins, também acreditavam que haveria um levante nacional e que a revolução aconteceria.

Receberam outra banana da população.

A brava gente brasileira preferiu acompanhar, em casa, o desfile de tanques por algumas ruas das maiores cidades; discursos inflamados e inofensiva resistência verbal ao sul do país foi só o que aconteceu.

Assim, a turma das brocas foi para o palácio, e os cupins organizaram-se em grupos de guerrilhas, numa proliferação de siglas: ALN, COLINA, MR-8, PCdoB, VPR, VAR-Palmares, MRT e, o mais perigoso de todos, a Aliança Libertadora Nacional, cujo "Mini Manual do Guerrilheiro Urbano", entre outras coisas, ensinava:

- Matar policiais e membros do exército.
- Preparar bombas.
- Assaltar.
- Sequestrar.
- Fazer terrorismo.
- Executar colegas que desertassem.

Nessa situação, o país virou o samba do branco doido: as brocas sequestravam, matavam e torturavam nos porões oficiais e os cupins sequestravam, matavam e torturavam na clandestinidade. Uns diziam que estavam salvando o país dos comunistas, outros pregavam a salvação do Brasil, empurrando-o para o comunismo.

...

Jô, igual a grande maioria dos brasileiros, estava distante dos salvadores da pátria. Trabalhava oito horas por dia na siderúrgica e, orientado pelo sr. Bezerra, estudava no período noturno, aos domingos e aos feriados, para o exame de madureza, um tipo de prova que permitia aos autodidatas concluírem o ginásio e o colégio sem a necessidade de frequência presencial e integral nesses cursos. Já havia conseguido o diploma do ginásio e seu objetivo passou a ser o diploma do científico. O termo colegial para designar de forma unificada o curso médio passaria a ser utilizado a partir de 1967; até então havia o científico, o normal e o clássico. Depois, em 1971, passou a ser denominado segundo grau.

Sob o aspecto financeiro, Jô estava na melhor fase da vida. Considerava-se um afortunado. Tinha teto, trabalho, refeições regulares e até sobrava algum dinheirinho que utilizava para comprar material escolar, tudo bem diferente do tempo em que andava sem rumo pelas ruas das cidades, sem lugar certo para passar a noite e sem a certeza de que encontraria algo para se alimentar nos dias que se seguiriam. Nas noites frias ou chuvosas, quase sempre, conseguia o teto dos vagões dos trens de carga que pernoitavam nas estações; mesmo assim, tinha que burlar a vigilância dos guardas noturnos que exibiam considerável grau de desatenção ou, talvez, de bondade. De vez em quando, passava a noite nos bancos das praças, o que era bem agradável, embora sempre houvesse possibilidade de chuva inesperada.

Com o tempo, aprendeu a entender melhor os avisos dos ventos, da lua e das estrelas e, assim, deixou de ser acordado encharcado por água pluvial. Conseguir roupa e comida era um pouco mais complicado. As árvores frutíferas, existentes nos terrenos sem edificação e nas ruas das cidades mato-grossenses, ajudaram muito. Manga, banana, laranja e bocaiuva, desta última, os frutos e as castanhas, muitas vezes, evitaram que ele morresse de fome. Pelas ruas de terra, andava sempre revirando lixeiras e olhando para o chão em busca de algo de valor: moedinhas, utensílios que pudessem ser reaproveitados, sobras de comida, mas, em especial, os coquinhos que catava e colocava no inseparável bornal que levava a tiracolo. Depois, quebrava-os e comia as deliciosas castanhas. No mais, alimentos e vestimentas dependiam da caridade humana. Daquele tempo, depois da morte dos pais, talvez a única coisa que lhe trazia agradável lembrança era o momento em que se sentava na pedra grande e, com pedra pequena, quebrava o coquinho seco da bocaiuva, retirava a castanha e comia devagarzinho, saboreando aquela iguaria.

Jô trabalhava e estudava muito, mas acreditava desfrutar de vida confortável e gratificante. Toda tarefa que lhe atribuíam era realizada com esmero e alegria. Nunca reclamava e não entendia por que as pessoas que trabalhavam em cargos importantes e que ganhavam muito dinheiro passavam a maior parte do tempo de mau humor e reclamando.

Dentro do "azul e branco" ou "Penha-Lapa" abarrotado de gente cheirando a suor e aguardente, ele cantarolava ou assobiava e conversava com pessoas que, se, porventura as encontrasse outra vez, tratá-las-ia por velhas conhecidas. Aprendia com elas.

A professora Elka, se fosse viva, com base em Emerson ou na Mishná, poderia afirmar que Jô, em 1966, era sábio e rico, pois aprendia com cada um que encontrava e alegrava-se com o que possuía.

No dia 13 de outubro daquele ano, recebeu uma tarefa que colocaria a força e a honra à prova, completando assim os quatro caracteres humanos da Mishná. E isso aconteceria no servicinho rotineiro de entregar correspondências, só que, desta vez, tinha certa relevância por se tratar de documento importante a ser passado às mãos do presidente da empresa, o sr. Javier Alonso.

Sr. Bezerra descreveu, em detalhes, como era a casa do patrão, o que ele tinha que fazer, como deveria se comportar e o orientou que esperasse pelo envelope que conteria outro documento. Ele só poderia arredar o pé da casa com o pacote na mão ou por ordem expressa do patrão.

O menino prestou atenção em tudo, mas achou que aquilo não era muito diferente do que fazia quase todos os dias, quando ia à agência bancária trocar, por dinheiro, cheques dos funcionários da empresa, com o risco de ser assaltado ou coisa pior.

Jô pegou o envelope e disse ao chefe:

— Não se preocupe, trarei o documento.

— Ótimo — respondeu Bezerra, que acrescentou: — Tenha cuidado ao sair da fábrica. Parece que o sindicato está fazendo barulho.

Do lado de fora da portaria, havia um pequeno tumulto com o pessoal do sindicato, que aproveitava a troca de turno para constranger os operários a não optarem pela nova lei que substituiria o sistema de estabilidade. Jô passou por eles sem nada mais que alguns encontrões.

No ônibus, lembrou que havia ouvido no rádio que o governo estava criando o Fundo de Garantia por Tempo de Serviço (FGTS), mas ele não dera atenção àquilo. Resolveu que qualquer dia iria conversar com o sr. Bezerra sobre esse assunto ou, talvez, com dona Clarice.

Dona Clarice era viúva e tinha uma única filha, casada com um italiano, que foi morar na Europa e não mais voltou para ver a mãe. Nunca telefonava e quase nunca escrevia. Escreveu uma vez para informar que dona Clarice tornara-se avó, depois, quando o neto fez o primeiro ano de vida. Nessa ocasião, enviou uma fotografia da família, e a mãe ficou feliz em rever a filha e conhecer o neto, mesmo que por meio de papel. Depois, as cartas tornaram-se mais escassas. Pouco sabia do genro: advogado que trabalhava com o jurista e político Aldo Moro.

Aposentada, dona Clarice tinha a renda complementada pela pensão que o marido havia deixado e pelo aluguel de duas outras casas que possuía no bairro da Lapa. Recebia também mil cruzeiros de Jô, por quem foi desenvolvendo comportamento afetuoso.

Considerando que, à época, o salário mínimo era de 84 mil cruzeiros, o valor cobrado de Jô não era muita coisa, mas ajudava nas despesas miúdas e, na opinião dela, tinha um aspecto educativo para o menino.

Jô chegou à residência do patrão cantarolando uma das músicas ganhadoras do Festival de Música Popular daquele ano:

*"Prepare o seu coração
Pras coisas que eu vou contar
Eu venho lá do sertão
Eu venho lá do sertão
Eu venho lá do sertão
E posso não lhe agradar."*

Ele estava na avenida Paulista, diante de um daqueles típicos casarões que existiam por lá, antes de serem, quase todos, substituídos pelos arranha-céus.

Ficou por alguns minutos apreciando a beleza e a imponência da casa, depois tocou a campainha e um homem de terno e gravata abriu a porta e o fitou com desdém.

— Que quer aqui, moleque?
— Trago um documento para o sr. Javier Alonso.
— Pode entregar para mim.
— Não.
— Ande logo, dê-me o envelope e vá embora.
— Não posso.
— Que sujeitinho atrevido! Por que não pode?
— É coisa lá da empresa. Só posso entregar ao patrão.

Uma voz feminina interrompeu a conversa:
— Pode deixar, Rodolfo, eu cuido disso.

O homem voltou-se para a mulher e, no movimento que fez, o paletó abriu e Jô pode ver que ele tinha um revólver na cintura.

— Sim, senhora — aquiesceu o homem, que se afastou um pouco e manteve-se ereto, rente à parede, como se fosse um soldado guardando um palácio.

A mulher caminhou até a porta.

— Entre, por favor.

Ele entrou. A parte interior da casa era mais bonita que o lado de fora.

— Sou Maria Pilar, mulher de Javier. Pode entregar para mim?

Jô ficou sem saber o que dizer. Permaneceu parado, calado, mas não estendeu o envelope para a mulher.

— Está bem, menino, ordens são ordens. Venha comigo.

Ela caminhou pelo corredor largo e adornado com quadros mesclados com tecidos encorpados, bordados ou pintados. Jô a seguiu. Depois ela passou para o quintal e seguiu até outro imóvel que ficava no fundo do terreno arborizado. Durante o trajeto, trocaram algumas palavras:

— Qual é o seu nome?

— Jô.

— Jô de Joaquim, de Jonas, de João...

— Só Jô. Jô Silveira, senhora.

— Interessante... você é o primeiro Jô que conheço que só se chama Jô.

O garoto não disse nada. Entraram na outra casa cujo interior era parecido com o escritório da fábrica em que ele trabalhava. Mesas, cadeiras, máquinas de escrever e havia uma senhora usando óculos pendurado por uma corrente no pescoço.

— Esta é a sra. Márcia. Ela, no momento apropriado, vai levá-lo até o sr. Javier.

— Obrigado, senhora.

— Bom conhecer você, Jô.

Ele não respondeu nada e dona Pilar foi embora.

A mulher colocou os óculos na ponta do nariz, olhou para ele e disse:

— Desembucha!

— Tenho um documento para entregar ao sr. Javier.

— Ele está muito ocupado. Deixe comigo que eu entrego a ele.

— Não posso. Minhas ordens são para entregar a ele.

— Cada um que me aparece! De que buraco você saiu?

— Trabalho na fundição.

— Era só uma pergunta retórica. Sente-se naquela cadeira ali e espere. Pode demorar muito tempo.

— Sim, senhora.

A mulher abriu a porta que estava atrás dela, passou pela porta e a fechou. Jô ficou sozinho na sala e esperou. A senhora Márcia retornou e começou a datilografar de forma apressada. Retirou o papel da máquina, fez rápida leitura do que havia escrito e sumiu de novo, porta adentro.

Já havia se passado uma hora e Jô continuava só na sala, quando uma garota que aparentava ser mais ou menos da mesma idade que ele entrou ofegante.

— Cadê a dona Márcia? — perguntou ela sem olhar para Jô, que estava sentado à sua retaguarda.

— Entrou por aquela porta — ele respondeu, apontando a porta por onde a senhora Márcia havia entrado. Ela se voltou para ele e, aproximando-se, meio espantada, perguntou:

— Seu nome é Paulo.

— Não.

— Claro que não, desculpe-me — disse ela, escondendo o desapontamento.

— Meu nome é Jô.

— Sou Isabel. Que faz aqui, Jô?

— Preciso entregar um documento ao sr. Javier.

Eles ficaram se olhando e ambos acreditavam que já haviam vivido aquele momento. Ele achou que ela poderia ser uma daquelas crianças que saiam do prédio rindo ou gritando e ele ficava, de longe, observando, quando queria muito, mas não tinha condição de frequentar a escola.

— Você já morou em Mato Grosso ou em Bauru?

— Não — respondeu ela, sem cessar de olhar para ele. E continuou: — Aconteceu com você também, não foi? Acho que é aquilo que chamam de déjà-vu.

— Não conheço essa expressão.

— Dizem isso quando as pessoas têm a ilusão de que já viram ou viveram alguma coisa ou situação.

Ele ficou pensando naquilo que ela disse. Não pronunciou palavra, mas não tirava os olhos dos olhos dela. Estava preso a ela, fascinado.

— Venha comigo. Se for esperar pelo meu pai, pode demorar o dia todo.

Ela abriu a porta por onde a mulher de óculos pendurado no pescoço havia sumido.

— Venha!

Ele a seguiu.

Passaram por salas com gente trabalhando e chegaram a um lugar onde havia uma grande mesa de madeira coberta de folhas de papéis enormes com desenhos e gráficos.

Ao lado da mesa, três homens, em pé, conversavam, e a senhora Márcia fazia anotações no caderno que apoiava sobre a mesa. Quando os viram chegando, interromperam o que estavam fazendo.

Isabel dirigiu cumprimentos a todos e abraçou um deles, que Jô deduziu ser o patrão.

— Vamos fazer uma breve pausa – disse o homem ainda abraçado à filha.

O sr. Javier levou-os até o seu escritório.

— Ele precisa entregar um documento importante.

— Você trabalha na fábrica?

— Sim, senhor – respondeu Jô, esticando o braço com o envelope. O sr. Javier abriu o envelope, olhou o documento e comentou:

— Que bom que conseguiram. Sente-se um pouquinho, você vai retornar com outro documento.

— Sim, senhor.

O homem abriu a porta de um dos armários e retirou um envelope que estava lacrado e, ao que parece, só esperando a hora certa para ser utilizado.

— Cuide bem desse documento, meu rapaz.

— Farei isso, sim, senhor.

Jô pegou o envelope e já estava saindo do escritório quando Isabel disse:

— Ei! Espere por mim. Vai se perder pelo caminho.

Ele parou. Ela abraçou o pai e disse alguma coisa inaudível para Jô. O pai sorriu.

Saíram do escritório e passaram pela grande mesa, onde Márcia continuava fazendo anotações.

— Espere um pouquinho aqui. Tenho que falar uma coisa para a senhora Márcia.

Jô ficou parado, e Isabel, indo ao encontro da mulher, conversou com ela e depois voltou até ele.

— Venha comigo!

Ele a seguiu. Quando passaram pela sala de entrada, local em que ele havia esperado, por mais de uma hora, sentado imóvel na cadeira, ela disse:

— Tirei você do castigo.

— Obrigado por isso também.

— E por que mais?

— Por me ajudar.

— E que mais?

— Por... por... por tudo.

— Pode dizer o que está pensando.

— Sabe o que estou pensando?

— Sei.

— Então não preciso dizer.

Ela sorriu.

Ainda estavam no terreno arborizado que ligava o escritório à casa principal, quando ela insistiu:

— Venha comigo. Quero lhe mostrar uma coisa.

Caminharam entre as grandes árvores e, no meio delas, havia um pequeno gramado com um balanço. Isabel se sentou e levantou os pés.

— Empurre!

Ele empurrou.

— Mais forte!

Ele obedeceu. Ela foi bem ao alto.

— Mais forte!

Ele empurrou com mais força.

O balanço foi mais para cima e, logo, passou a dar trancos como acontece nessas situações de exagero.

— Pode parar!

Ele parou, deu a volta e, em frente a ela, ficou observando os cabelos flutuando e o brilho da luz do sol refletido nos seus olhos. A velocidade foi reduzindo aos poucos até que o balanço estava quase parando e, então, ela saltou para fora dele.

— É a sua vez.

— Não posso.

— Está com medo?

— Estou trabalhando. Tenho que levar o documento para a fábrica.

— Está bem, mas preciso que você me prometa que vai voltar.

— Por quê?

— Gostei de conversar com você.

— Não posso prometer isso, mas ficaria muito feliz se pudesse voltar a falar com você.

Saíram de dentro do jardim e seguiram em direção à casa principal.

— Quantos anos você tem, Jô?

— Dezesseis.

— Eu também.

— Vou fazer dezessete.

— Eu também. Quando você faz dezessete?

— Dia 17 de dezembro.

— Eu também.

— Você está caçoando de mim, não é?

— Não. Não estou, não. É a pura verdade. Eu também nasci nesse dia ou, pelo menos, é isso que está na minha certidão de nascimento.

— Caramba! Isso é mesmo muito interessante.

Entraram na casa principal e, antes de chegar à porta de saída, encontraram dona Pilar.

— Vejo que conheceu minha filha.

— Sim, senhora.

— E que cumpriu sua missão de trabalho.

— Sim, senhora.

— Quer um café ou água?

— Não, senhora. Preciso voltar ao trabalho.

— Você me parece um menino muito responsável.

— Já sou quase um adulto.

— Não tenha pressa para isso, meu rapaz. A vida de adulto é de muito trabalho e pouca diversão. Algumas pessoas dizem que a gente só fica adulto depois dos trinta anos. Seja como for, a vida de adulto é uma chatice. Você e a Isabel precisam de mais diversão e menos trabalho.

— Eu gosto de trabalhar. Acho divertido.

— Interessante...

— Deixe-o em paz, mamãe — interferiu Isabel.

— Que você achou da minha filha, Jô? Ela não é muito mandona?

— Ela... ela...

— Pode falar o que está pensando — incentivou Isabel.

— Você já sabe...

Isabel sorriu. A mãe, com bom humor e curiosidade, falou:

— Mas eu não sei. E agora quero saber.

— Ela... ela é muito parecida com a senhora.

Dona Pilar pensou um pouquinho e sorriu.

— Rapaz inteligente. Trabalhador e inteligente. Você vai longe, meu filho.

Isabel pegou-lhe o braço e o conduziu até a saída. Rodolfo, que permanecia guardando a porta, abriu-a e lançou um olhar intimidador para Jô.

Isabel acompanhou-o até o lado de fora e se despediu:

— Vamos nos falar em breve.

— Até amanhã — respondeu ele.

— Você vai me ver amanhã?

— Não.

— Por que disse "até amanhã"?

— É assim que nos despedimos lá em Mato Grosso.

— Mesmo se você nunca mais for ver a outra pessoa?

— Sim.

— Gostei. Até amanhã, então.

Jô dirigiu-se ao ponto de ônibus, assobiando a mesma canção que cantarolava quando chegou.

> *"Aprendi a dizer não*
> *Ver a morte sem chorar*
> *E a morte, o destino, tudo*
> *E a morte, o destino, tudo*
> *Estava fora do lugar*
> *E eu vivo pra consertar."*

Na fábrica, entregou o documento ao Sr. Bezerra, retornou à rotina diária e, quando soou a sirene da fábrica, foi para casa pensando na garota que conhecera e que lhe proporcionara um tipo de sentimento que nunca havia experimentado antes.

Ele nunca havia entrado em uma casa como aquela, nem sequer pensava que havia casas iguais àquela, com tantas coisas belas, com tantos quadros lindos, com homem armado guardando a porta e tantas outras novidades. Nada disso, no entanto, causara tanto impacto quanto os cabelos de Isabel embalados pelo vento e os seus olhos refletindo a luz do sol.

À noite, ela não deixou que ele se concentrasse nos textos dos livretos do curso de madureza e, por mais que ele se esforçasse para tirá-la da cabeça, ela sempre retornava. Lutou contra aqueles pensamentos obstinados e acabou sendo vencido por eles e pelo sono.

Na manhã seguinte, como fazia todos os dias, estava tomando café com leite e comendo pão na chapa com manteiga, quando dona Clarice, vendo os círculos escuros debaixo dos olhos dele, perguntou:

— Não passou bem essa noite?

— Demorei um pouco mais para pegar no sono.

— Acho que anda trabalhando e estudando em demasia. Está precisando de férias.

— Antes tenho que conseguir o diploma do científico.

— Sim. Depois vai ser o vestibular, depois isso, depois aquilo... eu já o conheço. Quando vai ter tempo para se divertir, passear, namorar, fazer essas coisas que os jovens fazem?

Por um momento ele pensou em falar com ela sobre o que ocorrera no dia anterior, mas achou que não seria conveniente, pois, talvez, nunca mais se encontrasse com Isabel.

Na noite que passou, Isabel também demorou para pegar no sono. Estava confusa com a possibilidade de uma pessoa, em sã consciência, ter sonhos com alguém real, mas que nunca conheceu. Estava certa de que Jô era o menino que, de quando em quando, aparecia em seus sonhos, mesmo não atendendo pelo nome de Paulo. Para ela, Jô era Paulo, o garoto que lhe alegrava os sonhos.

Decidiu que não tocaria naquele assunto com os pais. Temia que eles a levassem para um médico de loucos ou algo assim.

Na tarde daquele dia, que era o dia seguinte ao encontro deles, Jô estava realizando suas tarefas rotineiras quando o sr. Bezerra gritou-lhe para atender o telefone.

— Alô...

— Oi... sou eu.

O coração dele disparou. Sem saber o que dizer ou fazer sob o olhar inquisitivo do sr. Bezerra, disse:

— Boa tarde!

— Que vai fazer amanhã?

— Vou trabalhar.

— Amanhã será sábado. Vai trabalhar no sábado?

— Sim, até o meio-dia.

— E depois?

— Vou para casa colocar em dia as tarefas domésticas e estudar.

— Então suas tarefas e seus estudos vão ser adiados um pouquinho.

— Como assim?

— Anote aí.

— Um momento... pode falar.

— Avenida Francisco Matarazzo, 455. Espero você amanhã, logo depois das doze horas.

— Estarei lá.

Desligou o telefone e ficou por um instante parado, pensativo. O sr. Bezerra, que, durante aqueles quase dois anos que Jô trabalhava na fundição, nunca o vira receber uma ligação telefônica, perguntou:

— Está tudo bem?

— Sim, senhor.

Dobrou o papel em que anotara o endereço, colocou-o no bolso da calça e retornou ao trabalho.

Ficou feliz por ela ter ligado, já que não seria capaz de ter a iniciativa de procurá-la, embora fosse isso o que mais quisesse.

Naquela noite, ele avisou dona Clarice que, no dia seguinte, chegaria mais tarde em casa.

— Espero que não seja para mais trabalho ou estudos — disse a mulher.

— Vou me encontrar com uma garota.

— Ah! Isso é uma grande notícia. E ela, como é?

— Só me encontrei com ela uma vez e durante o trabalho. Não sei muita coisa, quase nada. Só que é muito rica e isso me assusta bastante.

— Todo mundo é rico para você, Jô. Você acha que até eu sou rica, porque tenho três imóveis e uma renda que me permite viver com relativo conforto. Para quem não tem nada, qualquer coisa parece muito.

— Eu acho que os pais dessa garota têm muito até para a senhora que tem bastante.

— Que seja, mas não deixe isso atrapalhar o seu encontro.

— A senhora acha que uma pessoa igual a mim pode ser amiga de uma garota assim?

— Acho que você quer saber se pode namorar uma garota rica e eu devo dizer que a paixão e o amor não respeitam classe social, credo, cor ou religião. Mas pare de se preocupar com isso. Você não vai se casar hoje com a moça. Só vai passar uma tarde agradável em companhia de uma garota bonita. Ela é bonita, não?

— A mais bonita que já vi.

— Bem... isso também não serve de referência, porque você não olha para garota nenhuma. Então, igual à riqueza, qualquer garota bonita é a mais bonita que você já viu.

— Acho que tem razão, mas quero saber, com base na sua sabedoria, se uma relação entre pessoas tão diferentes, tem alguma chance de dar certo.

— Com base na minha velhice, se é o que você quis dizer, acredito que seja possível, mas há muitos conflitos a serem superados. Se ela for rica de verdade, está habituada a frequentar lugares inacessíveis à sua condição econômica, seus amigos e seus pais terão dificuldades em aceitá-lo, pois, para eles, será apenas um sujeito querendo se dar bem com o dinheiro da garota, mas, como já disse antes, não se preocupe tanto. Isso não vai cair no exame de madureza. Vá a esse encontro e divirta-se. Você está precisando disso. O que vai acontecer depois e as preocupações que podem advir pertencem a outro tempo e preocupar-se antes do tempo é preocupar-se duas vezes.

Continuaram a conversa por mais um tempo e dona Clarice quis saber com que roupa ele iria, se ele precisaria de dinheiro, essas perguntas que outrora eram feitas pelos pais, entes que, como se sabe, Jô já não os tinha.

Ele disse que estava tudo bem e que iriam se encontrar no Parque da Água Branca, que seria só um passeio no parque e que a mesma roupa de trabalho seria suficiente.

Encerraram a conversa com a promessa de que ele contaria à dona Clarice todos os pormenores do seu primeiro encontro.

Ele desceu do ônibus bem próximo ao portão de entrada do parque, onde estava acontecendo uma exposição de animais e, por isso, o público era maior que o normal e muitas pessoas entravam e saíam ou ficavam paradas conversando ao redor da portaria.

Caminhou pela multidão procurando por ela. Entrou no parque e esquadrinhou a parte interna próxima à entrada e, como não a avistou, retornou ao portão de entrada e ficou esperando do lado de fora.

Após vinte minutos de espera, um Aero-Willys de cor vermelha parou próximo a ele. Conseguiu ver uma garota ao volante e outra que abria a porta. Fixou o olhar na garota que saía do carro e não lhe restou dúvida de que era

Isabel. Ela desceu do automóvel e caminhou em direção ao portão, ao mesmo tempo que o carro partia aos trancos, revelando que a jovem motorista não tinha muita habilidade para dirigir. Jô andou em direção à Isabel. Ela o avistou, sorriu e disse:

— Que bom que você veio!

— Que bom que você chegou! Estava preocupado.

— Que eu não viesse?

— Pior. Que fosse uma brincadeira sua e eu tivesse entendido tudo errado.

— Bem, agora estamos aqui... Vamos entrar no parque e caminhar um pouco?

Ele fez que sim, movendo a cabeça e seguiu do lado dela. Ela parecia saber aonde chegaria, mas, quando passaram em frente a uma barraca de lanches, lembrou-se de que ainda não tinha almoçado. Perguntou:

— Você já almoçou?

— Não.

— Gosta de cachorro-quente?

— Muito...

— Sente-se naquele banco! Eu já volto.

Ele caminhou até o assento e fez o que ela havia ordenado.

Ela foi até a barraca de lanches. Voltou com dois cachorros-quentes, uma garrafa de refrigerante e dois copos. Sentou-se ao lado dele, deu-lhe um sanduíche, passou-lhe um copo e entornou a bebida.

Entre uma mordida no cachorro-quente ou um gole no refresco, conversaram. Em um certo momento da conversa, ele perguntou sobre as primeiras palavras que ouvira dela. Aquela pergunta que, por alguma razão desconhecida, estava sempre retornando aos seus pensamentos:

— Por que você perguntou se eu me chamo Paulo?

O primeiro impulso foi contar-lhe sobre os sonhos que tinha desde que era pequena, mas se conteve. Permaneceu alguns segundos calada, depois respondeu:

— É algo um tanto complicado. Espero que, em breve, possa falar com você sobre isso. Por enquanto, vamos apreciar o parque. Venha comigo, vamos caminhar... Você já o conhece, não?

— Passo sempre de ônibus por aqui, mas é a primeira vez que entro.

— Melhor assim... será mais divertido para você; há muita coisa interessante: tanque de peixes, um pequeno zoológico, dois lagos, um caramanchão, a Escola Prática de Pomologia e Horticultura e outras atrações; você vai ver. Tinha até um cinema mudo.

Ela mostrou os pontos principais daquele lugar. Caminharam muito e, às vezes, sentavam-se nos bancos que estavam espalhados pelo parque e conversavam. Jô estava acostumado a andar a pé, mas Isabel não tinha a mesma resistência e precisava descansar de vez em quando. Ele gostava daquelas paradas, pois era quando podiam falar sobre assuntos que permitiam conhecê-la um pouquinho mais. E foi assim que ela tomou conhecimento da vida miserável que ele teve desde a morte dos pais e até arrumar emprego na fábrica do pai dela. Ele, por sua vez, ficou sabendo estar ela passando o sábado na casa de uma amiga que não tinha carteira de habilitação, mas, mesmo assim, às escondidas, dirigiu o carro da mãe para levá-la ao encontro com ele. Ela, no entanto, não revelou nada sobre os sonhos, nem sobre o motivo pelo qual o convocara para aquele passeio. Então, ele perguntou:

— Por que estamos aqui, Isabel?

— Para descansar, uai.

— Não, aqui neste banco... no parque!

— Porque eu o convidei e você aceitou.

— Sim, e isso está sendo muito gratificante para mim. Talvez seja o meu melhor dia desde que cheguei a São Paulo.

— Então, não faça pergunta boba.

— Só estou com um pouco de medo.

— Medo? Oras, sempre ouvi dizer que os mato-grossenses não têm medo de nada.

— Tenho medo de não saber lidar com o sentimento que está se apoderando de mim.

— É um sentimento bom?

— É bom, doce e belo, mas, ao mesmo tempo, assustador pela intensidade.

— Isso me parece auspicioso...

— Será que vou aguentar a saudade?

— E por que sentiria?

— Já senti... nem a conhecia direito... foi tudo tão rápido... não é razoável.

— Eu também senti. Por isso liguei para você.

— E como será o amanhã?

— Não sei. Mas quero vê-lo sempre que puder.

— Como?

— Vou dar um jeito.

Conversaram e caminharam por mais um tempo. Ele recebeu uma aula sobre quase tudo no parque e sobre seus habitantes permanentes e temporários, mas nada foi acrescentado sobre Isabel ou como seriam as coisas dali em diante. Logo depois ela declarou que devia ir para casa.

— Sua amiga vem pegá-la?

— Não, vou de táxi.

Ele a acompanhou até o ponto de táxi. Despediram-se com palavras, mas, quando ela estava entrando no carro, de repente, correu de volta e deu-lhe um beijo na bochecha. Depois, voltou para o táxi e partiu.

Ele retornou para dentro do parque, sentou-se no banco que estava defronte ao tanque de peixes e ficou deleitando-se com o peculiar momento, pois fora invadido por uma sensação única que parecia já ter experimentado há muito tempo. Não sabia quando, com certeza, não naquela vida, sabia apenas que havia acontecido muitas e muitas vezes e que Isabel era a causa daquilo. Mais tarde, andou até o ponto de ônibus e foi para casa. Dessa vez, não estava cantarolando ou assobiando; Isabel apoderara-se de seus pensamentos.

Quando Isabel chegou em casa, encontrou a mãe com o semblante fechado.

— Onde você estava, garota?

— Na casa da Gabriela, uai.

— Eu falei com a mãe dela que disse que não a via desde o meio-dia.

— Fui dar um passeio. Você não disse que eu preciso me divertir?

— Pode se divertir o quanto quiser, mas tem que informar aos seus pais por onde anda e o que faz.

— Uai... é que não deu tempo.

— Como não deu tempo? Por quase cinco horas, em que esteve sumida, não encontrou um único telefone público?

— Bem... uai... eu...

— Pare de dizer *uai*! Logo vai falar igualzinho aquela sua amiga mineira... deixe de embromação e diga logo onde estava.

— Fui passear no parque.

— Que parque? Com quem? Vamos, desembuche!

— Fui com a Gabi... ou pelo menos ela me levou até lá... Parque da Água Branca.

— Dirigindo o carro da mãe dela sem ter habilitação, certo?

— Ela dirige muito bem.

— Pode até ser, mas é ilegal e não mude de assunto. E daí?

— Bem... ela só me deixou no parque.

— E você ficou lá no parque sozinha por mais de quatro horas?

— Tive uma companhia.

— Aham...

— Um amigo.

— E a sua mãe pode saber quem é esse amigo e o que fizeram durante todo o tempo que estiveram juntos?

— Passeamos pelo parque. Estava tendo uma exposição de animais. Havia muita gente lá. Estávamos seguros.

— E quem era o rapaz?

— Um amigo.

— Não tem um nome? Não sabe onde ele mora? É da sua escola? Da sua classe?

— Não quero falar sobre isso. É um amigo que estou conhecendo melhor. Quando chegar o tempo certo eu conto tudo sobre ele.

— Por que não posso saber? Sou sua mãe e posso orientá-la sobre esse assunto também.

— Sei que pode, mas não é o momento.

— Como sempre faço, vou respeitar a sua privacidade, mas tenho responsabilidades sobre você e, como esse sujeito pode ser um tarado ou um doido qualquer, haverá uma condição.

— Que condição?

— Você não vai mais sair sozinha até que resolva dizer com quem vai sair e aonde vai.

— Como assim? Não vou poder sair nem com as minhas amigas?

— Não.

— E como vou me encontrar com elas para fazer trabalhos escolares ou outras coisas da escola?

— Eu irei levá-la e trazê-la de volta. E, no tempo em que estiver longe, será monitorada. Sugiro que as convide a usar nossa casa como local de estudos. A casa é bem espaçosa e aqui tem todo o material de que possam precisar.

— Isso não é justo!

Cumprindo promessa feita, Jô contou para dona Clarice como foi o passeio no parque com Isabel e, assim, ela ficou sabendo que a garota era filha do sócio dirigente da empresa onde Jô e o amigo Bezerra trabalhavam. Ficou um tanto preocupada com essa situação, pois, na sua forma prática e realista de encarar a vida, antevia muita desilusão para o jovem. Não lhe disse muita coisa, porque não queria desencantá-lo, mas lhe pediu que sempre a considerasse para compartilhar o que viesse a acontecer entre ele e Isabel.

Dona Clarice entregou a Jô um papel com um número de telefone e disse:

— Este é o telefone aqui de casa. Se você preferir, pode informá-lo a ela e pedir para ligar à noite, quando você já estiver retornado do trabalho, assim evita problemas com o pessoal lá da fábrica por ficar atendendo ligações no horário de expediente.

— Obrigado, dona Clarice. Não quero criar problemas para a senhora.

— Não é nenhum incômodo. Fico acordada até tarde lendo ou vendo televisão. Não vai atrapalhar em nada.

— Muito obrigado, de novo.

Às três horas da tarde da segunda-feira, Jô foi chamado pelo sr. Bezerra para atender o telefone.

— Alô.

— Sou eu. Tenho que falar bem depressa. Preciso avisá-lo de que vai demorar um pouco mais para a gente se ver outra vez. Tive problemas com minha mãe. Mas não se esqueça de mim.

— Isso é impossível.

— Eu sei.

— Anote um número aí.

— Espere um pouco... pode falar.

Jô ditou o número do telefone da dona Clarice e complementou:

— É o telefone da dona Clarice, a dona da casa onde moro. Quando puder ligue para mim, depois das dezenove horas ou aos fins de semana, ela vai me chamar e eu posso conversar com você.

— Assim será melhor.

— Está tudo bem com você?

— Sim. Não se preocupe. Vou dar um jeito. Preciso desligar.

Jô colocou o telefone no gancho e já ia se afastando quando o sr. Bezerra perguntou:

— Quem é essa moça?

— É uma amiga. Desculpe-me, mas acredito que ela não vai mais ligar para cá.

— Esse não é o problema. Pode ligar para cá sempre que precisar. Só não vai se perder em distrações. Você deve se concentrar nos estudos. Precisa acabar o madureza.

— Sim, senhor. Não vou deixar de estudar.

— É bom para você que seja assim. Já vi muita gente boa perder a cabeça por um rabo de saia.

Naquela noite, Jô retornou para casa ávido pela ligação dela. Ficou nessa expectativa até tarde da noite e nada aconteceu. Ela não ligou naquela noite, nem na noite seguinte, porém, às nove horas da noite da quarta-feira, dona

Clarice gritou anunciando uma ligação e ele saiu correndo para atender o telefone.

Dona Clarice foi para o quarto e fechou a porta, deixando-o sozinho na sala. Isabel contou o que ocorrera, no sábado, quando retornara para casa e comentou:

— Não quis dizer que estava com você porque acredito que isso, de alguma forma, poderia prejudicá-lo no trabalho.

— Acho que foi melhor assim.

Ele concordou com ela, mas pensou nas palavras de dona Clarice, que dissera que os amigos e os pais de Isabel teriam dificuldades em aceitá-lo pela diferença social que existia entre eles. Sentiu tristeza, que logo foi embora, expulsa pela voz extasiante de Isabel.

— Vou dar um jeito. Em breve, vamos nos encontrar.

Ela ligou no dia seguinte e nos dias que se sucederam.

Na terça-feira, dia 25 de outubro, quando Jô chegou em casa, havia um ramal do telefone de dona Clarice instalado na edícula onde morava.

— Agora você atende as chamadas à noite. Se alguma delas for para mim, o que creio ser pouco provável, você me chama — sugeriu Dona Clarice, mais uma vez usando a praticidade que lhe era peculiar.

Isabel ligava todas as noites. Em algumas ocasiões, conseguiam ter uma conversa longa, não tão longa quanto eles desejavam, mas suficiente para dizerem o que estavam sentindo ou para contar algo que lhes acontecera, uns dez ou quinze minutos. Na maioria das vezes, eram conversas breves ou muito curtas; não era raro ela dizer: "Oi, boa noite". E, antes que ele pudesse responder, o telefone já estava sendo desligado.

Aquele sentimento arrebatador que tomou conta de Jô, pouco a pouco, foi se transformando em harmonia prazerosa e, bem no fundo do coração, num processo irreversível, criava-se uma dependência, um desejo imenso, manifestado desde o primeiro dia em que a viu e que agora tomou proporção desmedida de ficar preso a ele.

O mês de novembro já ia avançando quando Isabel, em uma breve conversa, disse:

— Tenho uma ótima notícia.

— Manda...

— Podemos nos encontrar dia 28, se você quiser, é claro.

— Muito engraçado. Sabe que é o que mais quero na vida.

— Então está combinado.

— Onde? A que horas?

— Tenho que desligar. Amanhã eu explico.

Jô olhou o calendário e viu que o dia 28 era uma segunda-feira. *Talvez alguma coisa à noite*, pensou.

Na noite seguinte, puderam conversar por um período mais longo.

— Nós iremos à inauguração do primeiro shopping center...

— Que é isso?

— Já conheci lá nos Estados Unidos. Sempre que minha mãe viaja para lá adora passear nesses lugares.

— Você ainda não disse o que é...

— É um centro comercial que reúne lojas de vários tipos de produtos, além de restaurantes, cinemas, teatros e, às vezes, boates.

— Tudo no mesmo lugar?

— Sim. Facilita muito para quem quer encontrar tudo no mesmo lugar.

— Interessante.

— Qual o endereço e a que horas?

— O nome é shopping Iguatemi e fica na rua Iguatemi. Depois eu passo para você o número... Quanto ao horário, será à tarde e à noite. Veja se consegue sair umas duas horas mais cedo... assim podemos ficar mais tempo juntos...

— E sua mãe vai deixá-la ir sem problemas?

— Ela e meu pai também irão.

— Não estou entendendo...

— Vai ter tanta gente lá... todas aquelas amigas da mamãe... vamos ter muito tempo para nós dois.

— Não acha isso muito arriscado?

— Quem não arrisca não petisca.

— Lá na fábrica há uma campanha de prevenção de acidentes e uma das frases que mais ouço é: "Prevenir risco de acidentes" ou "Mitigar riscos". Acho que estou um pouco sugestionado...

— Esqueça essa campanha idiota. Vai ser muito legal. Vai ter até um show com o pessoal da MPB que eu sei que você gosta.

— Sério?!

— Vão se apresentar Chico Buarque, Nara Leão, Eliana Pittman e outros...

— Estarei lá... Como diz, vou dar um jeito... Não pela MPB, mas para rever você.

— Vou ficar contando os dias, as horas...

— Eu também..., mas como vamos fazer para nos encontrarmos sem sermos vistos pelos seus pais?

— Vamos combinar isso direitinho em nossas conversas até o dia 28. A Gabriela vai e é com ela que vou andar pelo shopping, enquanto meus pais estarão ocupados com suas obrigações sociais. Vou acertar com a Gabi os detalhes e vou contando para você à medida que o plano for sendo desenhado.

Quase tudo aconteceu de acordo com o plano que estabelecia, como obrigação de Jô, sair do trabalho às dezesseis horas e esperar Isabel às dezoito horas, dentro do shopping, em frente à loja Sears.

Como todo planejamento efetuado sem informações precisas do cenário, uma das estratégias importantes do plano teve que ser adaptada. Isabel diria aos pais que iria assistir a um filme com Gabriela e, assim, garantiriam um bom tempo para não serem procuradas. Não sabia a garota que cinema era uma melhoria que só surgiria anos depois nos shoppings brasileiros. A análise do ambiente também falhou em outro quesito que traria consequências danosas ao plano e ao futuro daquele relacionamento juvenil.

Dia 28 de novembro de 1966, às dezoito horas, Jô estava em frente à loja Sears, observando os ponteiros do relógio girarem preguiçosamente, enquanto os batimentos cardíacos pareciam mais rápidos a cada minuto que passava.

Depois de dez minutos de inquietude, Jô avistou Isabel e Gabriela, que chegaram sorrindo. Ele viu mais uma vez com ela era... única. Queria pular nos braços dela, mas tudo não passou de um formal aperto de mão.

— Esta é a minha amiga Gabriela.

Novo aperto de mão.

Gabriela olhou para Jô e viu um garoto comum, com roupas simples. Fitou os olhos castanhos dele brilhando de um jeito que ela nunca havia visto antes e percebeu que o mesmo brilho estava nos olhos da sua amiga. Pensou que aquele pudesse ser o olhar dos amantes ou, talvez, dos loucos.

— Cheguei um pouco mais cedo. Andei por aí, mas não vi nenhum cinema... — disse Jô.

— Só quando chegamos aqui é que ficamos sabendo que ainda não os trouxeram para dentro do shopping... os planos mudaram.

— Para onde vamos?

— Para a rua.

O shopping Iguatemi foi construído em lugar muito tranquilo, numa área que costumava ser a chácara em que o empresário Eduardo Matarazzo passava os fins de semana montando cavalos. Além do pequeno comércio, a estreita rua Iguatemi tinha casarões e muita área verde, nem parecia que um dia se tornaria a avenida Faria Lima e um polo de comércio nobre de São Paulo.

Os três saíram do shopping, caminharam pela rua e logo encontraram uma grande área verde com árvores enormes. Gabriela escolheu um banco, sentou-se e suplicou para que o jovem casal não demorasse muito. Jô e Isabel sumiram por entre as árvores.

Poucos minutos depois, Gabriela viu um homem passar e seguir na mesma direção de Jô e Isabel. Levava uma máquina fotográfica a tiracolo. Pensou que devia ser um turista fotografando o shopping e arredores. Não deu muita importância.

Isabel e Jô pararam na primeira clareira que encontraram e, sentados no tronco da árvore que caíra por força do vento, tiveram bastante conversa, muitos risos, demorados e insuficientes beijos...

Quando deram por si, já haviam se passado duas horas e estava tudo muito escuro. Saíram às pressas e encontraram a fiel Gabriela esperando no mesmo lugar em que a deixaram. Ela disse:

— O que não se faz por uma amiga.

Isabel deu um abraço nela e os três saíram correndo para o shopping. Logo que entraram, Isabel disse para Jô:

— Nos falamos amanhã à noite.

Jô seguiu para o local da apresentação dos cantores de MPB e ficou por lá até a hora em que a última canção foi cantada, depois, seguiu para casa com a cabeça na lua e o coração explodindo de felicidade. As canções que ouvira ainda ecoavam pela cidade. Ele se foi a assobiar:

> *"Estava à toa na vida*
> *O meu amor me chamou*
> *Pra ver a banda passar*
> *Cantando coisas de amor*

*A minha gente sofrida*
*Despediu-se da dor*
*Pra ver a banda passar*
*Cantando coisas de amor"*

Na noite do dia seguinte, Jô recebeu uma ligação de Isabel:

— Oi... As coisas se complicaram muito aqui em casa. Ligo amanhã ou quando puder.

Não ligou na quarta-feira, nem na quinta, nem na sexta. Jô estava entrando em desespero quando, no sábado à noite, o telefone tocou e ele atendeu:

— Oi, meu amor... por que demorou tanto?

Houve um breve silêncio do outro lado da linha.

— Desculpe-me... não é a Isabel... é a Gabriela, amiga dela...

— Perdão, Gabriela, por minha afobação.

— Está tudo bem. Isabel pediu que ligasse para você...

— Aconteceu alguma coisa com ela?

— Ela está bem... pelo menos de saúde física. A mãe tirou o telefone do quarto dela e agora mantém vigilância rígida sobre tudo o que ela faz.

— Por quê? Teve algo que ver com o nosso encontro?

— Sim. Não sabíamos, mas a mãe havia contratado um detetive...

— Ele nos viu juntos?

— Isso mesmo. Quando eu estava esperando vocês lá no meio do mato, vi um sujeito com máquina fotográfica tomando a mesma direção que vocês, mas achei que era turista.

— Ele tirou fotos nossas lá entre as árvores?

— Não. Estava muito escuro para tirar fotos e ele não quis usar *flash* para evitar que vocês percebessem a presença dele. Tirou, no entanto, várias fotos de quando estávamos dentro do shopping.

— Então já sabem que sou eu...

— Sim. Dona Maria Pilar o reconheceu de pronto. Embora não tenha fotografado, ele contou que vocês estavam se beijando e isso a deixou furiosa. Brava com você e muito decepcionada comigo e com a Isabel.

— Vou até a casa dela explicar para dona Maria Pilar...

— Não faça isso! Só vai piorar as coisas. Isabel pediu para que você tenha paciência e, nas palavras dela, que não a abandone.

— Ela sabe que isso é impossível.

— Aguente firme, então! Ela falará com você por meu intermédio, até que passe essa tempestade.

— Obrigado, Gabriela... pelo que está fazendo.

— Faço qualquer coisa pela minha amiga, mas e você? O que quer com ela?

— Eu a amo.

— Como pode dizer isso se a viu apenas três vezes?

— Não sei, mas sei que uma única vez já foi suficiente.

— Assim... do nada?

— A minha cabeça não entende, mas, no coração, é como se eu a conhecesse há muito e muito tempo.

— Não é racional o que está dizendo...

— Espero que a razão não estrague tudo... é tão bom!

— Que é que é bom?

— Vê-la, abraçá-la e...
Ele se conteve.
— E beijar, não é isso que ia complementar?
— Beijá-la é mais que bom.
— É o que?
— É... é a porta para o paraíso.
— Vocês são dois loucos.
— Você também vai viver isso.
— Já beijei e não fui parar em nenhum Jardim do Éden.
— Não era a pessoa certa. Ainda vai encontrá-la.
— Olha o senhor experiência falando. Quantas meninas já beijou?
— Só a Isabel.
— Vou dizer isso para ela. Acho que vai gostar de saber. Que mais você quer que eu lhe diga?
— Muitas coisas, mas fico sem jeito para dizer a outra pessoa. É muito pessoal, muito íntimo.
— Vou facilitar dizendo a ela que a ama, que sempre vai amá-la e que, aconteça o que acontecer, você nunca, nunca, nunca vai se esquecer dela.
— Não há palavra que não seja verdadeira entre todas essas que você vai transmitir.
— Bem, preciso desligar. Nos falaremos em breve.
— Mais uma vez, muito obrigado.

A partir daquele dia, Jô só conseguia conversar com Isabel tendo a ajuda de Gabriela, que servia de mensageira.

Os contatos não eram frequentes. Uma vez, no dia do aniversário de Jô, que também era o aniversário de Isabel, depois no Natal e, assim, passou dezembro.

Logo no início de janeiro do ano de 1967, Jô foi demitido da siderúrgica. O sr. Bezerra o recomendou a um amigo que trabalhava na Bardella, a empresa fundada pelo italiano Antônio Bardella, em 1911, que, com a incansável ajuda de sua esposa, dona Josefina, havia se tornado uma importante fornecedora de máquinas e equipamentos para os novos setores da economia brasileira: siderurgia, metalurgia, mineração e energia.

Jô começou a trabalhar lá. Passou a ganhar melhor e o conhecimento do mundo empresarial expandiu-se para ele.

Durante todo o mês de janeiro, ele não recebeu uma única ligação de Gabriela. Rodeou a casa de Isabel algumas vezes, buscou informações na escola onde ela estudava, ligou para números encontrados na lista telefônica com sobrenome Alonso. Tudo em vão, parecia que Isabel desaparecera da face da Terra.

Em meados de fevereiro, recebeu o esperado telefonema de Gabriela. Desta feita, a conversa foi longa.

Gabriela explicou que estivera no exterior, em viagem de férias com a família, e que ela também sofria vigilância desde o ocorrido na inauguração do shopping, pois Maria Pilar havia contado à mãe dela, com certo exagero, o que ocorrera naquele dia.

Entre os recados de Isabel para ele, Gabriela deu uma boa e uma péssima notícia. Relatou:

— A boa notícia é que, se passar um número de telefone que Isabel possa ligar por volta do meio-dia, ela conseguirá falar com você.

— Vou conseguir e informo para você amanhã mesmo, se me ligar outra vez.

— Acho que consigo ligar amanhã.

— E a notícia ruim? Já estou com um frio na barriga.

— A péssima notícia é que a mãe dela anda a dizer que a enviará para uma escola nos Estados Unidos tão logo se inicie o ano letivo por lá.

— E quando será isso?

— No mês de agosto, mas parece que a matrícula é agora em fevereiro.

— Isso é terrível! Vamos ficar com a boa notícia e rezar para que a mãe mude de ideia.

— Acho difícil. Aquela mulher é mais teimosa que uma mula, mas como você vai resolver o problema do telefone?

— Há um telefone no lugar onde almoço. Vou me informar do número e passo para você. Estarei todos os dias esperando do meio-dia até às treze horas. É o meu horário de almoço.

— E não vai almoçar?

— Comerei um lanche, enquanto espero.

...

Maria Pilar era uma mulher culta e engajada no movimento feminista. Havia lido as teses de William Godwin e Mary Wollstonecraft. Conhecia todas as ondas do movimento, desde o ódio explícito pelos homens e pela monogamia, passando pela luta do direito ao voto e ao ingresso no mercado de trabalho, até chegar à plena superioridade nos direitos sociais em relação aos homens.

Ela via com certa apreensão as ideias da contemporânea Simone de Beauvoir sobre o fim do casamento, o aborto, o incesto e a pedofilia. Não gostava desse aspecto do movimento, pois estava interessada na independência financeira da mulher e, por isso, ela havia planejado para a sua única filha uma vida de poder e riqueza.

Como poderia ela permitir que Isabel se perdesse em um namorico pueril com um quase indigente, perdendo precioso tempo de preparação para a árdua batalha pelo poder que viria no futuro não muito distante. Ela estava decidida e ninguém a demoveria da ideia de encaminhar Isabel para estudar na melhor escola preparatória para Harvard. Toda a vida da filha fora planejada para isso. Todos os cursos que fizera, todas as ações humanitárias, todos os projetos de que participara, nada mais foi para a mãe que itens de um poderoso curriculum para entrar na universidade americana. Sonhava em ver a filha tornar-se a primeira presidente mulher do Brasil. Mal sabia ela que, muitos anos depois, a primeira mulher presidente seria uma ex-terrorista armazenadora de vento, mostrando que a história é escrita por linhas tortuosas, incultas e debochadas.

...

Sob a condição de pagar um valor mensal ao dono da lanchonete, Jô conseguiu o direito de receber ligações no horário das doze às treze horas.

Repassou o número à Gabriela e esperou todos os dias por uma chamada que nunca chegava.

— Está jogando dinheiro fora – repetia para ele o dono da lanchonete, o sr. Joaquim. Mesmo assim ele esperou, esperou e esperou.

Em 15 de março, no dia em que o marechal Artur da Costa e Silva tomava posse como o 27º presidente do Brasil, Jô recebeu a primeira ligação de Isabel.

— Oi, amor meu... que saudade!

Ouviu a voz dela; depois de todos aqueles dias, nem sabia o que dizer, ou melhor dizendo, não queria falar, queria ouvi-la e aproveitar, ao máximo, o som das palavras dela. Quase sussurrando, disse:

— Oi... doce amor da minha vida.

E foi só. Depois ficou a ouvi-la dizer o quanto sentia não poder vê-lo, abraçá-lo e beijá-lo. Dizer que a mãe já a havia matriculado na escola dos Estados Unidos e que, em agosto, ela seria obrigada a ir embora. Dizer que iria ligar quase todos os dias e prometer que daria um jeito de se encontrar com ele.

Ficou com o fone colado na orelha, sob o olhar de pena do sr. Joaquim, depois colocou o aparelho no gancho.

— Levou o fora da garota? — perguntou o homem.

— Não — respondeu e retornou ao local de trabalho, devagar e pensativo.

— Pobre rapaz! — resmungou o sr. Joaquim, balançando a cabeça.

Isabel ligou no dia seguinte e em muitos outros dias e Jô já não se despedia cabisbaixo do sr. Joaquim. Além do sorriso, havia aquela luz no olhar... o mesmo brilho que Gabriela notara.

— Parece que o dinheiro foi bem investido — pronunciou, por entre os dentes e com bom humor, o dono da lanchonete.

...

O governo do marechal Humberto de Alencar Castello Branco foi marcado por importantes reformas, quando foram lançados os fundamentos para um período posterior de grande crescimento econômico, conhecido por "O milagre brasileiro".

Ainda se vivia uma ditadura envergonhada que se mantinha dentro de limites da imitação democrática.

Castello Branco foi eleito presidente da república pelo Congresso Nacional, em eleição no dia 11 de abril de 1964, obtendo 361 votos contra 72 abstenções, 37 faltas, três votos para Juarez Távora e dois votos para Eurico Gaspar Dutra.

Ele era um herói de guerra, um sujeito íntegro e patriota; morreu em um incidente aeronáutico.

Os dois lados da política, cupins e brocas, festejaram, por motivos diferentes, a exclusão de um dos poucos homens representativos que poderiam ajudar a inserir o Brasil, com bases sólidas, ao lado das democracias ocidentais.

As brocas estavam no poder, mas Castello Branco era um estorvo para os sonhos autoritários.

Os cupins, na clandestinidade ou travestidos de partidos de oposição, tentavam criar as condições favoráveis para o pontapé na porta podre das instituições e, em uma dessas tentativas, planejaram matar Costa e Silva. No dia 25 de julho de 1966, realizaram um atentado no aeroporto de Guararapes, em Recife. Houve vários mortos e feridos, mas o general Costa e Silva não estava ali. O avião em que ele vinha deu pane e desceu em João Pessoa e o futuro presidente seguiu de automóvel até Recife.

As ações incompetentes e violentas dos cupins só fizeram acelerar o processo de consolidação do regime de exceção.

Neste ponto da narrativa, é importante ressaltar que a maioria dos fatos estão nos livros de história, o que aconteceu com os principais agentes da Coluna Prestes.

Carlos Prestes, o Cavaleiro Tartáreo, mudou-se em 1960 para a União Soviética, voltou para o Brasil em 1979, retirou-se do PCB em 1982 e morreu em 7 de março de 1990.

Edmundo teve uma longa e nababesca vida em Cuba, contrastando com a pobreza econômica que lá vigorou para todos os habitantes, à exceção dos representantes do Estado.

Isidoro Dias Lopes morreu lúcido, gozando de boa saúde, em 27 de maio de 1949. Miguel Costa recuperou os títulos e honrarias e morreu em 2 de setembro de 1959. João Cabanas morreu em 27 de janeiro de 1974.

Meses antes da sua morte, perguntei a João Cabanas se não estava arrependido por matar e torturar tanta gente inocente. Ele ficou descontrolado e disse que eu devia ser um agente do imperialismo americano, disse que seria um herói nacional, quando o Brasil se tornasse uma ditadura do proletariado e afirmou:

– Um dia o Brasil será um país comunista, anote aí nesse seu caderno de bosta.

O curioso é que fiz pergunta semelhante, muitos anos depois, para um representante das brocas, um tal de Carlos Ustra, que também perdeu o controle e disse que eu devia ser um comunista barato e que ele e outros iguais a ele livraram o Brasil do inferno da ditadura vermelha.

Depois desses acontecimentos, passei a incluir, em minhas orações, um pedido para que Deus protegesse o Brasil dos heróis e salvadores.

Retornando à história, em 1966, o Brasil de Pelé, que ganhara as copas do mundo de 1958 e 1962, perdeu o título na Inglaterra. Outros episódios tristes aconteceram nesse ano, mas, com certeza, houve situações alegres e divertidas. Uma coisa boa da qual se pode lembrar foi o fato de que Manoel de Barros, depois de uma longa reflexão, em busca de resposta para questões desarticuladas, publicou a *Gramática Expositiva do Chão*.

"*– Cumpadre antão, me responda: quem coaxa exerce alguma raiz?*"

"*– E máquina de dor é de vapor?*
*Brincar de amarelinha*
*tem amarelos?*
*as porteiras do mundo varas têm?*"

"*– Cumpadre, e longe é lugar nenhum ou tem sitiante?*"

E assim ele consolidava um estilo único capaz de transformar a condição humana em expressões poéticas cheias de sentimentos de bicho do mato.

...

A vigilância de Maria Pilar sobre a filha, com o passar do tempo, foi se abrandando e Isabel conseguiu ligar quase todos os dias para Jô, sempre no horário do almoço.

Depois, como prometido, Isabel deu um jeito de se encontrar com ele. Encontros rápidos, em qualquer lugar que fosse possível, na maioria das vezes, nos fins de semana. Dizia: "Sábado estarei com minha mãe em tal lugar". Ele ia para lá e sempre davam um jeito de se verem, mesmo que só por um instante. Falava: "Tal dia meus pais vão sair". Jô ia para o lugar combinado. Nos melhores dias, dizia: "Hoje vamos nos encontrar em tal lugar". Ele ia para o parque, para o shopping ou para onde quer que ela dissesse.

Dias havia em que corriam pelo parque como se fossem potrancos livres nos verdes campos de Aquidauana. Às vezes, pareciam um casal de cisnes deslizando mansamente sobre as águas da represa de Guarapiranga. Outros dias, eram Buttercup e Westley, num tempo em que estavam sendo concebidos na mente de William Goldman, quando ouvia as histórias de Morgenstern lidas pelo pai, enquanto convalescia da pneumonia. O tempo todo, no entanto, eram Isabel e Jô, os autores dos beijos mais apaixonados, verdadeiros e santificados que o mundo já vira. O tipo de beijo que estaria na "lista dos melhores beijos" citada pelo autor de *A princesa prometida*.

Eles brincavam, corriam, pulavam, conversavam, faziam planos e qualquer coisa que faziam juntos era especial, prazerosa e única.

Em muitas ocasiões, Gabriela vinha com Isabel e participava das brincadeiras e assim fortalecia-se a relação de amizade com Jô. Gabriela gostava de participar daqueles momentos e sentia-se a guardiã do amor verdadeiro que sabia existir entre os amigos, aos quais seria leal e fiel por toda a vida.

Agosto chegou e Isabel partiu.

O mês do cachorro louco, com as fêmeas caninas no cio, os peludos brigando por elas e espalhando a doença fatal pela cidade, representou o início do sofrimento de Jô. Dor, solidão e vazio compunham uma espécie de enfermidade cuja cura estava muito distante dele.

Como alívio, tinha as cartas que passara a receber dela e a amizade de Gabriela, que sempre ligava para ele no horário do almoço ou à noite e, às vezes, saíam para passear e conversar. Bálsamo para o coração partido.

No segundo sábado, após a viagem de Isabel, Gabriela e Jô estavam sentados sob uma árvore que existia no fundo do terreno da casa de Isabel conversando:

— Você recebeu uma carta dela?

— Sim. Ontem... estou com ela aqui — respondeu Jô, que tirou a carta do bolso e estendeu-a para Gabriela.

— Pode ler para mim?

— Você ainda não leu?

— Várias vezes. Pode ler para mim?

Ela retirou a carta do envelope e passou a lê-la. Ele fechou os olhos.

*Aqui é verão e, talvez por isso, o sofrimento está suportável. Ontem caminhei pelo parque da cidade e imaginei que você estivesse comigo. Então, os galhos e as folhas das árvores acenaram para mim, os pequenos animais que ali habitam vieram me sau-*

*dar e as aves se puseram a cantar para que o meu coração acalentasse a saudade. Depois, a realidade trouxe-me sua ausência e eu continuei meu triste passeio solitário...*

Absorto nas palavras de Isabel, que chegavam a ele pela suave voz da amiga, foi despertado do transe pelo insistente cantar de uma pequena ave amarela que saltitava no galho da árvore que lhes dava sombra.

Gabriela leu a carta até o fim e devolveu-a para ele.

— Tem uma caneta? — perguntou ele.

Ela buscou na bolsa. Jô passou a escrever no verso das folhas da carta.

*Aqui ainda é inverno, a temperatura está amena, mas há sol e até um passarinho amarelo que tenta alegrar o nosso dia. Nosso, porque estou com a Gabriela. Estamos aqui no quintal da sua casa; pulamos o muro e estamos às escondidas. Ela leu para mim a sua carta e foi uma experiência muito prazerosa ouvir as suas palavras pela voz dela. Esse pequeno pássaro amarelo, que a Gabriela está informando ser um "canário do reino", está a dizer que você me ama muito e que o tempo será bom para nós passando rápido e logo nos veremos.*

*Vou pedir a ele para cantar as palavras que, em segredo, direi a ele e o seu canto será recantado por outros pássaros até que, quando você menos esperar, uma fiel ave estará em sua janela revelando o nosso segredo. (Agora, esse "nosso" é só seu e meu).*

*Você vai saber que são minhas aquelas palavras e, com certeza, irá dizer: "Oh... meu doce amor, que bom que você veio..." e, então, com mãos invisíveis enxugarei a inconveniente lágrima que, por certo, umedecerá sua face...*

Gabriela, que, ao lado, lia o que ele escrevia, achou que era tempo de ele continuar escrevendo sem a presença dela. Saiu a caminhar e Jô prosseguiu escrevendo a carta.

Quando retornou, já estava com a carta no bolso.

— Segredo para ele? — perguntou Gabriela apontando para o pássaro amarelo.

— Sim.

Depois, dirigindo-se para o passarinho, acrescentou:

— Agora vá! Cumpra sua missão!

A ave bateu asas e sumiu por entre as árvores do espigão da avenida Paulista.

...

Durante o ano de 1967, Jô conseguiu o diploma do segundo grau e, depois de preparação que exigiu descomunal esforço, prestou o exame vestibular e foi aprovado para cursar Ciências Econômicas na Universidade de São Paulo (USP). Durante todo esse tempo, só largava os estudos para trabalhar, ler e reler as cartas de Isabel e, por vezes, encontrar-se com Gabriela.

Gabriela nunca deixou de cuidar dele. Ela também prestou vestibular e passou para o curso de filosofia da Faculdade de Filosofia, Ciências e Letras da USP.

Em dezembro daquele ano, ambos completaram dezoito anos, adquirindo a maioridade penal. Embora, naquele tempo, a maioridade civil, pelo critério de idade, só fosse alcançada aos 21 anos, a maioridade penal trazia um certo empoderamento aos jovens, que, no geral, passavam a se comportar na família e na sociedade com uma leve autonomia.

No inverno rigoroso de Cambridge, para os padrões brasileiros, às margens do rio Charles, Isabel gostava das noites solitárias povoadas de sonhos com o amado. De vez em quando, sonhava que fazia uma viagem a Mato Grosso com a finalidade de se encontrar com um casal de velhos. Esse sonho, todavia, nunca se completava. Ela era arrancada do sonho por impactos no corpo todo, como se recebesse saraivadas de pedras. Acordava assustada e com o corpo dolorido.

Esses sonhos, os pesadelos da infância e a maioridade penal alcançada deram-lhe motivação suficiente para que passasse a negociar com a mãe uma viagem, nas férias de verão, para a região do Pantanal.

A primeira vez que tocou no assunto, a mãe respondeu:

— Sem problemas, querida. Vou falar com o seu pai. Caso ele não possa ir, vamos só nós duas. Vai ser bom para colocarmos a conversa em dia.

— Não, mamãe. Eu quero ir sozinha.

— De jeito nenhum vou deixá-la ir para o meio do mato sozinha. Lá existem onças, cobras e jacarés por todo lado.

— Exagero, mãe... então vou convidar a Gabriela para ir comigo.

— Aquela ingrata. Desde que você viajou, ela nunca mais pisou aqui. Negativo, pode esquecer.

Todas as vezes que a mãe telefonava, Isabel tocava no assunto da viagem. O resultado da conversa não se alterava.

Em cartas que Isabel escrevia para Jô e Gabriela, falava sobre a viagem e, entre eles, aquilo passou a ser uma das muitas coisas que fariam quando chegassem as férias.

Por insistência de Isabel, Gabriela voltou a fazer visitas frequentes à mãe da amiga.

Dona Maria Pilar rechaçou os argumentos da filha por muito tempo, mas, antes de acabar a primavera no hemisfério Norte, ela disse:

— Espero que você tenha a mesma perseverança nos negócios. — Depois resmungou um velho ditado espanhol: — *La piedra es dura y la gota menuda, pero cayendo de contino have cavadura.*

— Quê?!

— Mas há duas condições.

— Sim...

— A Gabriela vai com você e, em hipótese alguma, vai levar aquele sujeitinho.

— Está se referindo ao Jô?

— Quem mais poderia ser? Já tirou esse estrupício da cabeça?

Isabel pensou um pouquinho e disse:

— Dele estou mais longe que do Sol está a Alfa Centauro. — Depois acrescentou: — Obrigado, mamãe. É muito importante para mim.

Para Maria Pilar, qualquer astro está muito distante do sol e, por isso, não deu importância ao que revelara Isabel naquela frase ambígua.

...

*Amor meu,*

*Sol da minha vida!*

*Logo estaremos juntos. Esperamos nove meses por isso. Quase uma eternidade ou, pelo menos, o mesmo tempo de uma vida inteira no ventre da mãe.*

*Pensei todos os dias, sonhei muitas vezes e com você estava o meu espírito nos frequentes devaneios entre aulas e atividades extras e chatas.*

*Suas cartas e os segredos que chegaram até mim pelo gemido da rola-carpideira foram poderosos remédios e deram-me forças para esperar.*

*Quando a prima da Juriti confidenciou que você me ama e que tudo que tinha para dizer já estava dito na afirmação de que você me ama, eu respondi que era o suficiente, pois só de ouvir isso já valeu a pena ter nascido. Confesso, no entanto, que a química que comanda o meu cérebro inferior implora que eu queira mais e, então eu quero tocar você, beijar você e amar você como fazem os amantes apaixonados, acariciando cada pedacinho do seu corpo e fazendo meus lábios deslizarem...*

E prosseguiu com expressões íntimas de paixão intensa, nessa que foi a última carta que Jô recebeu antes de Isabel retornar ao Brasil.

Quando Isabel chegou ao Brasil, em junho de 1968, os cupins já tinham explodido bombas na entrada do jornal *O Estado de São Paulo* e à porta da Bolsa de Valores de São

Paulo e as brocas, no mês seguinte, proibiriam as manifestações de rua em todo o país, em ato de preparação para as tenebrosas medidas de dezembro daquele ano: o Ato Institucional n. 5 e a divulgação da lista de deputados cassados, mergulhando o país na escuridão ditatorial.

Era bem cedinho, na manhã do dia 2 de junho de 1968, quando os pais dela, acompanhados de Gabriela, receberam-na com grande alegria no aeroporto e o bom humor dentro do carro que os levava para casa proporcionou uma conversa agradável. O assunto da viagem a Mato Grosso foi tratado e confirmado.

Em casa, Isabel, acompanhada por Gabriela, foi desfazer as malas e atualizar a conversa. O pai e a mãe trocaram algumas palavras, depois ele foi para o escritório e ela se dirigiu para um cômodo no qual estavam guardados os documentos e fotos da família.

Maria Pilar abriu a gaveta que ficara trancada com chave desde a época em que Isabel era criança, pegou umas folhas de papéis amareladas pelo tempo e foi até o quarto da filha.

— Acredito que haja informações úteis para a sua viagem.

A mãe entregou-lhe a documentação e foi cuidar da vida.

Isabel e Gabriela debruçaram-se, por horas, sobre a papelada tentando entender as informações desencontradas. Depois, foram procurar a mãe, que estava na biblioteca. Gabriela resolveu deixar a amiga conversar com a mãe e foi para a cozinha beliscar algo.

— Li todos aqueles documentos e quero que me explique algumas coisas...

— Isso tudo é bobagem, minha filha. Essas pessoas já estão todas mortas. Não é saudável ficar revirando defuntos.

— Preciso lhe contar uma coisa.

— Han?!

— Tem um casal de velhos nos meus pesadelos recorrentes...

— Deus... os pesadelos voltaram... por que não disse para mim?

— Não há com o que se preocupar... mas sinto que preciso ir até lá.

— Vá, sim, e exorcize de vez esses demônios. Há uma vida de sucesso esperando por você. Quanto antes superar essa fixação, melhor.

— Por que a senhora foi buscar essas informações?

— Eu estava muito preocupada com seus pesadelos e alucinações.

Isabel sentou-se ao lado da mãe, segurou a sua mão esquerda, e perguntou:

— Mas como chegou aos nomes dessas pessoas?

— Nem os médicos, nem a Igreja explicavam o que estava acontecendo com você, então recorri a uma pessoa da religião espírita e, como fazem todas as mães desesperadas, fiz o que ela sugeriu.

— Ela cobrou muito caro?

— Nada... Zero... depois gastei muito dinheiro com detetives e outros tipos de pesquisas em jornais antigos.

— Essa coisa de contratar detetive, ao que parece, já é antiga...

Elas se entreolharam e depois riram.

— Entendi que Elka e Paulo estão mortos. Vou procurar o Vivi e a mulher dele.

— Que também já devem estar mortos. Não acredito que alguém passe dos sessenta anos lá naquela terra selvagem, sem assistência médica.

— É o que me resta, embora não tenha muita informação sobre o casal.

— O foco da investigação foi o casal que morreu. Você nunca pronunciou o nome desses outros dois.

— E os nomes de Elka e Paulo, eu dizia sempre?

— Algumas vezes, mas isso tudo são coincidências e coisas da imaginação de uma criança inteligente e sensível. Nada mais que isso.

— Você acredita nisso, mamãe? Crê do fundo do coração?

Maria Pilar fez breve silêncio e disse:

— Qualquer coisa fora disso é insanidade.

— Pode existir algo mais além da aparente loucura...

— Não creio, mas o quanto antes você se livrar desses pensamentos, melhor para o seu futuro.

Mãe e filha definiram a data da viagem e trataram de outros assuntos e compromissos. Resolvidos os assuntos pendentes com a mãe, Isabel chamou a amiga Gabriela, a quem pediu que ligasse para Jô, tão logo saísse da casa dos Alonsos, pois já era quase meio-dia.

Quando o telefone tocou na lanchonete do sr. Joaquim, o coração de Jô, que estava batendo acelerado, quase explodiu.

— Oi... é a Gabriela.

O desapontamento inicial não alterou a sua expectativa. Sabia que, em breve, estaria com Isabel.

— Olá, Gabriela. Ela chegou? Ela está bem? Por que não me ligou? Quando...

— Calma, rapaz! Está tudo bem. Ela vai encontrar com você hoje à noite. Pediu para esperá-la no fundo do quintal da casa dela, embaixo daquela árvore onde vocês se encontraram algumas vezes, que é o mesmo lugar onde já nos encontramos.

— Maravilha! A que horas?

— Ela vai esperar os pais dormirem. Então esteja lá às onze horas da noite. Pode ser que ela se atrase um pouquinho, mas pediu que você não vá embora antes de o sol nascer.

— Vou esperar o tempo que ela precisar.

— Assim que se fala, Romeu.

— Gabriela... estou tão feliz que, se você estivesse aqui, daria um beijo...

— Traição?

— Na sua testa...

— Na testa está permitido... meu irmão.

Ele chegou bem antes das onze e ficou debaixo da árvore ouvindo música no radinho de pilha e esperando.

O rádio informou que eram 23 horas em ponto, depois, meia-noite. Ele desligou o aparelho e deixou o silêncio da cidade invadir o espírito.

Já estava quase dormindo quando ouviu o farfalhar de folhas sob um andar cauteloso, do outro lado do muro.

Levantou-se e viu quando ela pulou o muro e correu para os braços dele.

O que aconteceu lá debaixo daquela árvore com o testemunho do impassível muro, dos invejosos vegetais, das inspiradoras estrelas e da bondosa lua que fornecia luz suficiente para que um visse os olhos do outro, o que se passou ali naquele momento sagrado, o que foi dito dele para ela e o que ela disse para ele, os beijos e as carícias trocadas, os sentimentos revelados e o êxtase criado, tudo, tudo não pode ser escrito, pois pertence ao mistério que o amor eterno só desvela às almas santificadas.

Quando surgiram os primeiros raios da estrela do dia, Isabel disse que precisava ir embora, a conversa voltou ao plano deste escrevinhador e, por isso, pode-se revelar que ela disse que faria a viagem a Mato Grosso sem a companhia dele. Seria só ela e Gabriela.

— Por quê?

— Foi condição imposta por mamãe! Prometi a ela que você não iria comigo.

— Posso ir sozinho e encontro vocês lá.

— Isso seria uma espécie de trapaça. Não acha?

— Desculpe... Não quero perder um segundo...

— Prometo que serão três ou quatro dias.

— Eu aguento... mas ligue para mim todos os dias.

— Prometo ligar sempre que encontrar um telefone.

Na manhã do dia seguinte, sexta-feira, Isabel e Gabriela partiram de ônibus para Campo Grande e, de lá, seguiram para Jardim. O último trecho da viagem foi demorado e cansativo, passando por estrada de terra com muitos buracos e poeira.

Quando passaram por Campo Grande, era noite e Isabel conseguiu falar, por telefone, com Jô.

Em Jardim, não foi difícil obter informações sobre o casal Joana e Vivi. Ouviam, sempre, que não sabiam se eles ainda estavam na fazenda e que há muito tempo o casal não aparecia na cidade.

Não foi fácil, porém, encontrar um meio de locomoção que as levasse até a fazenda, pois ambas não sabiam e não queriam andar a cavalo.

Depois de conversar com muitas pessoas, encontraram um homem, dono de um Jeep, que estava disposto a levá-las por uma boa quantia.

Acertadas as condições da viagem, partiram sem demora.

Já era noite quando chegaram à fazenda. Foram recebidos por uma senhora que parecia ter sido acordada pelo barulho do carro.

Antes que Isabel ou Gabriela falassem qualquer coisa, a mulher disse:

— Uma de vocês deve ser Isabel...

— Eu sou Isabel e preciso saber...

Foi interrompida pela mulher:

— Está muito tarde. Vou arrumar um lugar para vocês passarem a noite e conversaremos amanhã.

O motorista disse que se ajeitaria no carro, despediu-se com o "até amanhã" e foi-se em direção ao veículo.

A mulher levou Isabel e Gabriela para um galpão e armou duas redes:

— Procurem dormir logo. A gente se levanta muito cedo por aqui.

Assim que ficaram sozinhas, Gabriela perguntou:

— Como ela sabia o seu nome?

— Não tenho ideia.

— Não é essa a mulher que estamos procurando, certo?

— Não. Essa deve ter em torno de trinta anos... procuramos por um casal de velhos.

— Bem... velhos dormem cedo. Já devem estar na cama há muito tempo.

— E agora é a nossa hora de nanar. Como disse a mulher, vamos pular da rede bem cedinho.

— Duas perguntas antes de pregar os olhos.

— Só duas e fecha a matraca!

— Por que ela não disse o nome?

— Não sei. Talvez estivesse com sono. Agora durma!

— Calma, ainda tem a segunda pergunta.

— Sério?

— Já dormiu em uma rede, antes?

— Já, uma vez. Não gostei muito. E você?

— Muitas vezes no sítio da minha avó. Eu adoro!

— Então durma logo!

— Está bem, dona Isabel, a enfadonha.

Riram e foram dormir.

Às cinco horas da manhã, Gabriela foi acordada pelo barulho das pessoas e dos animais. Levantou-se, foi até a rede de Isabel e acordou a amiga.

— Não dormi o suficiente — resmungou Isabel.

— Está com o sono atrasado. Que andou fazendo na noite de quinta-feira, debaixo daquela árvore?

— Isso não é da sua conta.

— Então não reclame e levante-se logo!

Antes mesmo que elas pudessem desarmar as redes, a mulher que as recepcionara na noite passada apareceu:

— Bom dia. Acredito que agora vocês queiram tomar um banho ou algo assim?

— Um banho seria muito bom! — disse Gabriela.

— Venham comigo e tragam suas mochilas.

A mulher as conduziu pela cozinha, depois por uma grande sala onde havia algumas mulheres tomando o café da manhã, sentadas em torno de uma grande mesa, e sobre a mesa havia uma placa com a inscrição: Refeitório. Caminharam mais um pouco e chegaram ao grande salão onde havia uma área de apoio com mesas, cadeiras, espelhos, armários e cabides.

A mulher disse:

— Aquelas portas são os banheiros. Aqui vocês podem se arrumar e organizarem suas coisas com calma. Espero vocês duas lá no refeitório.

— Ah... Qual é o seu nome? — perguntou Isabel.

— Desculpem-me. Estava meio dormindo ontem e acho que não me apresentei. Sou a Solange. No refeitório conversaremos melhor.

Elas tomaram banho, trocaram de roupa e arrumaram a mochila.

Quando chegaram ao refeitório, Solange estava conversando com o motorista do Jeep que terminava de tomar o desjejum. Ela pediu que Isabel e Gabriela se sentassem e logo uma outra mulher trouxe duas grandes bandejas.

— Obrigada, Marta. Quero mais um favor de você.

— Pois não, doutora — respondeu a mulher.

— Preciso que você leve o sr. Bernardo para conhecer os arredores da sede da fazenda. Tenho que conversar com as moças em particular.

Bernardo era o nome do motorista.

— Sim, claro — disse Marta, que, em seguida, perguntou ao sr. Bernardo:

— O senhor aceita mais alguma coisa?

— Não. Estou satisfeito. Faz muito tempo que não tinha um café da manhã tão gostoso assim. Esse queijo, então, é uma coisa incomparável!

— Foi dona Joana que nos ensinou o processo de maturação...

— Divino... — disse o homem, que já foi se levantando e sumiu acompanhado por Marta. Solange sentou-se ao lado de Isabel.

— Estava esperando por você há algum tempo. Não sabia que era uma pessoa tão jovem e achava que um homem viria junto.

Isabel disse:

— Estamos querendo falar com a dona Joana ou com o sr. Vivi. Onde eles estão?

— Não sei... gostaria de saber.

— Aqui não é a fazenda deles?

— Sim, ou melhor dizendo, era. Eles doaram todas as suas terras.

— Como assim? Não deixaram endereço?

— Calma, Isabel. Sirva-se. Vou explicar enquanto tomamos o café da manhã.

Ficaram caladas enquanto se serviam e comiam. Gabriela disse:

— O motorista estava certo. Este queijo é o melhor que já comi na vida.

Isabel experimentou o queijo. Fez uma expressão de espanto, como se estivesse presenciando algo inesperado ou surpreendente.

— Algum problema com o queijo? — perguntou Solange.

— Não, não... é muito bom mesmo.

— Mas por que ficou com essa cara? — perguntou Gabriela.

— Parece que já comi desse queijo antes...

— Comeu e nunca deu um pedaço para mim. Que tipo de amiga eu tenho?

— O melhor tipo. Não acredito que já tenha comido desse queijo. Foi só uma sensação estranha.

Então, Isabel perguntou para Solange:

— Como posso encontrar dona Joana?

— Acho que não vai conseguir isso.

— Por que você disse que estava me esperando?

— Minha mãe foi amiga de infância de dona Joana. Eu a conheço desde que nasci. O que sou hoje, devo a ela.

— A Marta a chamou de doutora, é médica? — perguntou Gabriela.

— Não. Sou advogada. Há dois anos, dona Joana me disse que ela e o marido queriam doar todos os seus pertences às mulheres viúvas, abandonadas pelos maridos ou a qualquer mulher que estivesse passando algum tipo de dificuldade material. Ela perguntou para mim se eu gostaria de trabalhar com ela nessa empreitada. A ideia era criar uma cooperativa tendo por sócias essas mulheres e passar tudo para elas. Combinamos os meus honorários e aqui estou.

— Um monte de mulheres juntas. Não deve ser fácil. Não queria estar na sua pele – brincou Gabriela.

— Até hoje não tivemos grandes problemas. Dona Joana disse que "o único caminho que o ser humano deve se afastar é de um mau coração".

— Isso não tem sentido.

— Tudo o que aquela mulher dizia tinha todo o sentido do mundo.

— Explique para mim — insistiu Gabriela.

— Aprendi muito no ano em que ela ficou por aqui ajudando e ensinando a essas mulheres como cuidar da fazenda e tirar da terra o sustento delas. Ela e o marido trabalhavam dia e noite e nunca, nunca os vi aborrecidos ou tristes. Sempre passavam a sensação de que estavam em paz, sem euforia, sem gritos, danças ou cantorias, apenas uma paz que envolvia todos que estavam com eles.

— E o marido, como era ele?

— Apaixonante.

— Estava de olho no marido da patroa, hein?! — gracejou Gabriela.

— Se ele fosse uns trinta anos mais novo, eu...

Riram.

— Quer dizer que eles se foram há um ano, mais ou menos?

— Sim. Mais ou menos isso. Trabalhamos juntas por um ano. Depois ela partiu. Permanecerei aqui até que as mulheres consigam dominar a administração da cooperativa. Algo que já estão fazendo muito bem, mas gosto tanto daqui que estou embromando para ir embora. Acho que agora que vocês apareceram minha missão está completa e devo voltar para a cidade.

— Mas você não explicou aquele negócio do coração ser estrada — interveio Gabriela.

— Entendi que, se uma pessoa consegue apreciar o bem e denotar um desejo espontâneo de viver e deixar o outro viver, então essa pessoa está no bom caminho.

Isabel mudou de assunto, perguntando:

— Por que você estava nos esperando?

— Já terminaram o café?

— Sim – responderam as duas ao mesmo tempo.

— Venham comigo.

Solange as levou para fora da casa. Caminharam até o araticunzeiro e disse:

— Dona Joana pediu que trouxesse você aqui e que permanecêssemos alguns minutos a apreciar essa árvore.

— Por quê? — perguntou Gabriela.

— Não sei, mas foi uma recomendação categórica. Sugiro que fiquemos em silêncio um instante.

— Tem uma flor! — exclamou Gabriela.

— Não, não é tempo... ele floresce no período de setembro a novembro — esclareceu Solange.

— Olhe lá! — apontou Gabriela na direção da flor.

— Incrível! Uma temporã. Isso é raro. Vocês têm sorte!

Ficaram em silêncio, admirando a árvore e a flor solitária.

A pétala desprendida da flor, pelo vento, deu voltas no ar e pousou, com suavidade, no ombro de Isabel.

Uma sensação de admiração e saudade tomou conta dela. Algo igual uma tristeza alegre, se isso pode existir.

Isabel pegou a pétala da flor solitária e a guardou na bolsa. Quando retornou a São Paulo, contratou especialista para desidratá-la e eternizá-la. Guardou-a junto das suas joias mais queridas.

Sem dizer palavras, Solange caminhou em direção ao escritório. Isabel e Gabriela a acompanharam. Ela abriu a porta de um dos armários e retirou de lá uma pequena caixa de madeira. Dentro da caixa havia um envelope. Entregou o envelope à Isabel. Ela olhou para o envelope e nele estava escrito: *Para Isabel.*

— Quem escreveu isso?!

— Dona Joana.

— Isso é impossível.

— Não para ela.

— Por quê?

— No dia em que eles partiram, dona Joana entregou-me este envelope e pediu para que eu o guardasse comigo, pois, um dia, você apareceria aqui.

— E por que você disse que esperava que eu viesse acompanhada de um homem?

— Ela disse que você teria encontrado o amor eterno e que estaria buscando respostas para outras coisas. Então imaginei que quem iria aparecer aqui seria mulher, um pouco mais madura que você, em companhia de um homem. Desculpe-me por fazer essas conjecturas eivadas de ideias preconcebidas sobre idade e sexo.

— Não. Não há nada que desculpar — respondeu Isabel.

— Não que isso tenha importância, mas, como esclarecimento, ela e eu somos melhores amigas e o amor entre nós é do tipo fraternal, mas essa dona Joana sabia mesmo das coisas, pois a garota aí anda arrastando asas por alguém — complementou Gabriela com aquele jeito despojado de dizer as coisas.

— Que tal voltarmos a falar do casal desaparecido? Eles não disseram para onde iam? — indagou Isabel.

— Só falaram que havia um lugar em que eles gostariam de passar os últimos de seus dias e que estavam seguindo para lá. Queria saber que lugar era aquele, mas apenas me abraçaram, agradeceram e partiram montados a cavalo.

— Não levaram nada?

— Havia coisas nos alforjes. Nada além disso.

— Devem ter morrido de fome — questionou Gabriela.

— Isso, com certeza, não aconteceu. Tudo o que eles realizavam era muito bem planejado. Sabiam o que estavam fazendo. É possível que eles estejam saudáveis e aproveitando a vida em algum recanto às margens do rio Formoso.

— Onde dois velhos montando cavalos podem ter ido?

— Acho que se explica pela vida singular desse casal. O seu desaparecimento não poderia ser uma morte igual à de todo mundo.

Solange ficou em silêncio por alguns segundos, depois complementou:

— Que estejam em paz.

Solange convidou Gabriela para sair do escritório. Isabel ficou sozinha para abrir o envelope.

Isabel sentia no coração que o casal de velhos ainda estava vivo. Um estímulo específico e interno produzia nela a percepção de que a presença deles estava com ela, ali naquele cômodo.

Abriu o envelope e leu o bilhete que estava dentro dele.

Ao terminar a leitura, Isabel ficou paralisada por alguns minutos, depois achou que aquilo era só uma loucura implausível, mas logo surgiu uma raiva difusa dirigida àquele pedaço de papel, a quem o escrevera e a quem o guardara. Amassou o bilhete e arremessou-o longe, ao chão. Em seguida, foi acometida de acesso de choro. Chorou mergulhada em desespero.

Um vento leve rolou a bola de papel amassado para perto dela e, naquele exato momento, sentiu a presença invisível de alguém que a abraçou forte e a manteve presa até estar calma o suficiente para pegar o bilhete do chão, desamassá-lo, guardá-lo no bolso da blusa e ir procurar Gabriela.

Encontrou Gabriela no jardim, onde conversava com Solange, Marta e o sr. Bernardo.

— Acho que precisamos ir embora — disse ela.

— Já?! – Estranhou Gabriela.

— Sim. Não temos mais nada a fazer aqui e o sr. Bernardo precisa trabalhar.

— Não há pressa, moça... estou gostando daqui.

— Por que não ficam mais um pouco? Posso mostrar-lhes a fazenda. Há lugares maravilhosos nas terras desta fazenda... além disso, há tanto tempo que não temos visitas por aqui... — insistiu Solange.

— Gentileza da sua parte, mas temos que partir. Muito obrigada por sua atenção e hospitalidade.

— Um último café?

— Oba! Acompanhado daquele queijinho... — disse Gabriela.

— Sim... um café e vamo-nos embora... — replicou Isabel.

Durante o café, que foi servido ali mesmo no jardim, Solange perguntou à Isabel:

— Está tudo bem?

— Sim...

Solange, que notou a transformação em seu semblante, insistiu:

— O envelope tem algo a ver com a sua aparente tristeza?

— Estou bem... um pouco cansada...

— Existe mais alguma coisa que você queira saber?

Isabel ainda não havia se restabelecido totalmente do impacto causado pelo bilhete. Pensou um pouquinho, depois disse:

— Sim. Queria saber quem é, na realidade, esse casal.

— Não sei ao certo, como não sei ao certo quem sou eu. Acredito que eles alcançaram um nível de consciência mais elevado que o meu e que o da grande maioria das pessoas. Ela é especial. Uma mulher iluminada. Há quem diga que é uma bruxa e outros dizem ser ela uma santa. Para mim é uma mulher extraordinária.

— E o marido dela?

— Não tive muito contato com ele, mas sei que a luz dela faz resplandecer o casal. Como disse antes, ele é um homem cativante. Quando o vi pela primeira vez eu era adolescente. Fiquei apaixonada pelos olhos, por sua boca, pelo seu corpo, pelo jeito de andar e de falar, mas sobretudo pelos olhos. Seu encanto e poder de atração permanecem até hoje.

— Estamos falando de um velho de mais de sessenta anos, certo?

— Isso mesmo. Ele está agora com 64 anos de idade e continua tão atraente como antes, quando eu ainda era garotinha. Sobre ele também dizem coisas. Falam que ele é impassível, que já matou muita gente no tempo dos revoltosos... e outras histórias. A última imagem do casal, que guardo na memória, é arrebatadora: ambos a cavalo trotando em direção ao oeste com o sol do entardecer resplandecendo figuras angelicais.

Terminaram o café e, quando já estavam para partir, Marta entregou uma sacola com queijos para Gabriela e um pacote que também continha queijos para o sr. Bernardo. Disse:

— É um presente da fazenda para vocês.

Agradeceram e partiram.

Enquanto Gabriela tagarelava com o sr. Bernardo, Isabel permaneceu calada durante o trajeto da fazenda até a cidade de Jardim.

No ônibus, a caminho de Campo Grande, Gabriela perguntou a ela:

— Por que está tão calada desde que saímos da fazenda?

— Estou muito triste, minha amiga...

Gabriela abraçou-a e disse:

— Calma, amiga. De onde veio esse infortúnio? Que tinha naquele envelope?

Isabel soluçou e recostou a cabeça no colo da amiga. Gabriela insistiu:

— Abra o coração... fale para mim o que continha o papel que estava dentro daquele maldito envelope.

Isabel não respondeu.

Gabriela acariciou a sua cabeça e esperou que cessasse o pranto. Depois disse:

— Certo, então você ficou sozinha no escritório da fazenda; deve ter aberto aquele envelope que tinha um texto para você e, depois disso, ficou assim toda chorona. Nem sequer quis ligar para o Jô lá da cidadezinha. Não pode ser o fim do mundo, mas eu quero saber que diabos tinha naquele papel...

— Quer mesmo saber?

— Claro que sim. Não vou ficar aqui vendo você sofrer e não fazer nada.

— O papel continha a minha morte.

— Quê?!

Isabel tirou do bolso o bilhete amarfanhado e estendeu-o para Gabriela. Ela leu e releu.

*Querida Isabel,*
*Lastimo não ter respostas para suas perguntas.*
*Meu marido e eu estamos tentando entender a realidade do mundo em que vivemos, mas somos iguais nanobes contemplando a imensidão do nosso pequeno planeta.*
*Na sua vida anterior, foi amiga muito amada de Vivi e, nessas coisas de sentimentos, nós estamos ligados como se fôssemos alma única. Por isso, você é tão importante para mim também.*
*Terá que ser forte para aproveitar o pouco tempo desta vida em companhia do seu amor, depois do que lhe estou a revelar a seguir:*
*Você não viverá por muito mais tempo, por isso, precisa preparar o seu amado para o tempo em que estarão separados pela morte.*
*Diga a ele que você vai voltar e repita para ele a recomendação de Tarfon: "Não te cabe terminar a obra, mas não és livre para abandoná-la".*
*Se você e ele acreditarem que o verdadeiro amor é eterno, será mais fácil e mais rápido o reencontro.*
*Sua indelével amiga Joana*

Devolveu o bilhete para Isabel, pensou um pouco, depois disse:

— É só um bilhete idiota de uma velha idiota. Você não vai deixar essa bobagem decidir sua vida.

— Que vou fazer?

— Eu sei o que vai fazer. Vai queimar esse bilhete, apagar da sua mente que o leu um dia, vamos voltar para São Paulo, aproveitar as suas férias e você vai dar muitos beijos no seu amado.

— Preciso falar para ele o que a carta...

— Pode parar! Você não vai falar nada. Apague isso da memória!

Isabel ficou calada.

— Olha, amiga... Essas predições são probabilidades... coisas que podem ou não acontecer... a cigana diz um monte de profecias em que há possibilidade de aquilo acontecer e, às vezes, de acordo com as probabilidades matemáticas, um desses vaticínios acontece. Eu já fui a uma cigana que me disse um monte de besteiras. Nada de bom nem de ruim que ela disse aconteceu.

Ela permaneceu silenciosa e pensativa.

— Eu também sou uma vidente e vou ler a sua mão agora. — Gabriela pegou a mão de Isabel e passou a dizer:

— Estou vendo aqui a linha da vida da sua mão. Ela é muito longa. Um exagero! Você vai viver até os 120 anos, que é o limite bíblico. A linha do amor é forte, o que significa que você vai encontrar o verdadeiro amor, bem... parece que essa parte já aconteceu... e com ele vai viver até o fim dos tempos. A linha da família revela que vocês vão ter mais filhos que porquinhos-da-índia...

E Gabriela continuou falando até perceber que a amiga havia pegado no sono. Em Campo Grande, Isabel ligou para Jô e o avisou de que estavam retornando.

No restante da viagem até São Paulo, elas conversaram por longas horas, chegando à conclusão de que não deviam tratar aquele assunto com Jô, nem com ninguém.

Isabel, porém, não queimou o bilhete de Joana, conforme sugerido por Gabriela. O bilhete e a pétala da flor do araticum passaram a ser os objetos mais bem cuidados por ela.

As férias de Isabel passaram voando.

Os momentos de convivência com Jô foram intensos e belos.

Ela prometera à amiga não considerar a mensagem do bilhete, mas isso era impossível, pelo menos no plano subconsciente. Mudou sua maneira de viver. Era como se ela agora tivesse um relógio marcando o futuro e que não podia desperdiçar nem um segundo do tempo que dispunha com o amado.

Havia um lado, o lado dos processos mentais ativos, que repetia ser aquela história de morte uma grande bobagem, mas quase sempre se deparava com pensamentos inquisitivos sobre o tempo que ainda lhe restaria: dias, meses ou anos? A velha escrevera que ela não dispunha de muito tempo, mas não disse o quanto.

A urgência com que ela passou a tratar os encontros com Jô fizeram com que negligenciasse o cuidado com a mãe.

Impetuosas discussões aconteceram e a relação entre mãe e filha ficou estremecida.

Dona Maria Pilar recolheu informações sobre Jô. Os dados que a área de RH dispunha sobre o período em que ele trabalhara na fundição eram superficiais, então conversou com o sr. Bezerra e com dona Clarice. Não havia nada desabonador sobre o rapaz, pelo contrário, parecia tratar-se de pessoa íntegra e determinada a vencer na vida, característica de personalidade que lhe era muito apreciada. Traço de caráter admirável, mas não naquele sujeito, pois isso tornaria árdua sua tarefa de separá-los. Depois de matutar ações variadas que não excluíam nem a possibilidade do assassínio, achou que tinha encontrado a forma ideal, baseada no desejo de Jô de vencer na vida.

Em agosto, Isabel retornou aos Estados Unidos e dona Maria Pilar foi conversar com Jô.

— Estou aqui para lhe dizer uma coisa e, ao mesmo tempo, fazer-lhe uma proposta.

Assim ela iniciou a conversa: direta, sem qualquer preparação, com tom de voz áspero e nenhuma simpatia.

— Sim, senhora. Pode dizer.

— O que tenho para dizer é que você nunca mais vai ver a minha filha. Ouviu? Nunca mais!

Fez-se silêncio. Ela achou que ele fosse reagir de alguma forma, mas ele ficou aguardando...

— Não vai dizer nada?!

— A senhora disse que...

— Sim... sim... a proposta... vou dar para você uma quantia suficiente para que se dedique com exclusividade aos estudos, sem precisar trabalhar. Você vai receber cinco salários mínimos, mensalmente, durante todo o tempo que estiver na faculdade e, ainda, por dois anos após você se formar, tempo mais que suficiente para encontrar um bom emprego e tocar a sua vida, sem destruir a vida da minha filha.

— Eu amo a sua filha e ela me ama, dona Pilar.

— Que significa isso? Você aceita a minha proposta ou não?

— Não. Como disse, nós nos amamos.

— Não vim aqui para falar de sentimentos pueris. Faça a sua proposta. Quanto quer para sumir das nossas vidas?

— Não tem proposta nenhuma. Nós nos amamos.

— Escuta aqui... moleque... você nunca mais vai se encontrar com a minha filha, isso já está decidido. Tem a oportunidade de receber uma compensação. É pegar ou largar.

— Eu amo Isabel...

— Defuntos não amam, seu idiota!

Dona Pilar saiu batendo a porta transtornada. Entrou no carro resmungando:

— Vai ser mais difícil do que eu esperava.

Ela não conversou com o marido sobre o que se passara, nem pediu conselhos a religiosos, como fez quando Isabel era criança. Estava convicta de que saberia resolver o problema. Foi conversar com um delegado de polícia que tinha uma relação de parentesco com a mãe de Gabriela. Explicou a situação para o delegado e perguntou-lhe:

— Que faço para dar um sumiço nesse sujeitinho?

— A senhora não está insinuando tirar a vida do rapaz, está?

— Qualquer coisa para sumir com ele da vida da minha filha.

— Homicídio é um crime muito grave. A senhora pode ser presa só por ameaçá-lo, além do que, um ato tresloucado desse tipo estragaria sua vida para sempre.

— Que devo fazer, então? Estou desesperada.

— Vá para casa, acalme o coração. Procure convencer sua filha do que julga ser melhor para ela e conforme-se caso a escolha não seja aquela que a senhora deseja. Afinal, a vida é da sua filha.

Dona Pilar percebeu que não foi boa ideia falar com o delegado sobre aquele assunto, mas as palavras do policial não a demoveram do seu propósito.

Daquele dia em diante, passou a buscar informações sobre esse tipo de solução.

Certo dia, ficou sabendo de uma mãe cuja filha envolvera-se com rapaz viciado em drogas que já havia sido preso por pequenos furtos e outras infrações penais. Pelo que lhe informaram, aquela família conseguiu separar o casal de jovens. A garota continuou os estudos e o rapaz seguiu sua sina de delinquente longe dela. Dona Pilar ficou muito interessada no caso e foi entretecendo com astúcia os recursos de que dispunha até ser apresentada àquela mãe.

Depois de muitos encontros acompanhados de café e frivolidades, conseguiu a informação de que precisava.

— Você tem que dar um susto nele. Uma surra para valer, não deixando dúvidas de que, se ele insistir, será morto — orientou a mulher.

— Mas como fazer isso?

— Vou passar para você o número do telefone da pessoa que fez o trabalho para nós. Não o conheço, nem os seus comparsas. Você liga, dá as informações sobre o sujeito que você quer assustar, combinam o valor, ele passa o número da conta bancária, você deposita o dinheiro, ele faz o serviço e fim. Está resolvido.

Longe de Isabel, Jô tocava sua vida na mesma rotina de sempre, dedicando-se aos estudos e ao trabalho com a disciplina daqueles que precisam lutar a própria batalha.

Curiosamente avistou um homem rodeando o lugar onde morava e tornou a vê-lo na rua Doutor Vila Nova, próximo ao prédio da faculdade e, depois, no shopping Iguatemi, quando foi se encontrar com Gabriela.

Em outra ocasião, nem notaria a presença do indivíduo, mas Jô andava cismado desde o dia em que dona Pilar dissera a ele que defuntos não amam. Preferiu não comentar nada com Gabriela e não abordar o assunto nas cartas que trocava com Isabel.

Eram onze horas de uma noite estrelada, no final do mês de setembro, quando Jô saiu da faculdade e caminhava em direção à praça do Patriarca, onde pegaria ônibus para casa, quando três homens armados apareceram e, por eles, foi rendido, arrastado para uma rua deserta e espancado com violência. Durante a surra, ouviu várias vezes seus algozes dizerem: "A próxima vez que se encontrar com Isabel, você morre".

Os agressores deixaram-no desfalecido e ele permaneceu caído até que os primeiros raios solares apareceram e trabalhadores transeuntes o socorressem.

No hospital, com três costelas quebradas, cortes no rosto, hematomas e luxações por todo o corpo, Jô convalesceu por vários dias e dona Clarice foi a única pessoa que o visitava.

Pediu que dona Clarice dissesse à Gabriela, quando ela ligasse, que ele estaria ausente por uns dias.

Ele voltou para casa com uma grande cicatriz, pouco acima da sobrancelha direita, movimentando-se com muletas e sentindo dores na região torácica. Dor aquela que lhe acompanharia por alguns meses.

Gabriela ligou, ele atendeu, ela perguntou:

— Está fugindo de mim, Romeu? Que anda aprontando?

— Passei uns dias sem poder atender o telefone...

— Sei... sei... conta outra... eu ligo para você durante a noite. Você agora é um noctívago? Um boêmio ou algo assim?

— Algo assim... embora nem saiba o que significa isso que você falou..., mas estou querendo conversar com você, cara a cara...

— Então, vamos nos encontrar no shopping amanhã? Estou com a tarde livre. Você tem algum compromisso?

— Amanhã será sábado, certo?

— Você está me saindo pior que a encomenda... não lembra nem em que dia estamos... vai ter que me contar tudo que anda fazendo a desoras...

— Outra palavra velha... No shopping será difícil para mim. Preciso que você venha aqui em casa.

— Na sua casa sou eu quem não pode.

— Por quê?

— Você é um homem comprometido e eu sou uma moça de família...

— Deixe de brincadeira... é sério...

— Está escondendo alguma coisa de mim, Romeu?

— Explicarei tudo para você no sábado... aqui em casa.

— Tudo bem... passe o endereço...

Gabriela era uma garota bonita e elegante, andava com a cabeça erguida e, naquele sábado, vestia peças casuais de cor azul-marinho que lhe alongavam a silhueta, ressaltando o estilo refinado. Bolsa combinando com os sapatos. O cabelo estava bem penteado, as unhas pintadas, o batom neutro deslocava a atenção para os olhos azul-esverdeados e usava perfume, com aroma de âmbar, sutil e agradável. Além disso, sabia ouvir os mais velhos e despertava empatia com o seu jeito divertido mas educado de se comunicar.

Foi recebida por dona Clarice, com quem conversou por um bom tempo, deixando a dona da casa tão impressionada que, em momento de desatenção, chegou a dizer:

— Você deveria ser a namorada dele. Gostei muito de você, minha filha.

— A senhora vai gostar também da Isabel, quando a conhecer — respondeu ela, um pouco sem jeito.

— Desculpe-me. É que esse menino vale ouro e parece que essa moça não está fazendo muito bem a ele.

— Como assim?

— Você vai ver com os próprios olhos.

Dona Clarice ofereceu café, ela aceitou. Conversaram mais um pouco; depois, dona Clarice conduziu-a até a modesta habitação de Jô.

Quando Gabriela viu Jô na cama todo estropiado, exclamou:

— Meu Deus!

— Está tudo bem — disse ele.

— Como assim... o que aconteceu?

Dona Clarice voltou para a casa principal. Jô contou para Gabriela tudo o que lhe havia acontecido desde o dia em que a mãe de Isabel fora até a casa dele tentar suborná-lo. Não antes de pedir que ela não falasse nada daquilo para Isabel.

Depois de ouvir tudo, ela perguntou:

— E a polícia, não vai prender aquela mulher?

— Eles estiveram no hospital e fizeram muitas perguntas...

— Você disse que foi ela quem mandou?

— Não tenho como provar...

— E ela vai ficar assim, numa boa?!

— Ela é a mãe da Isabel...

— Ela é uma louca, isso sim...

— Não quero vingança. Pedi que você viesse aqui porque tinha medo de que você ficasse sabendo por outras pessoas e contasse para Isabel.

— Mas você foi ameaçado de morte...

— Isso não vai acontecer...

— Vai pôr o rabo entre as pernas e abandonar a minha amiga?

— Perder Isabel é muito pior que a morte.

— Então vai enfrentar aquela megera da mãe dela?

— Não precisa ter confronto. Só vou continuar como se nada houvesse acontecido.

— Pois eu estou querendo ir agora mesmo à casa dela e dar uma surra naquela vadia...

— Você nem é mato-grossense. Por que toda essa braveza?

— Pois eu acho que você devia contar tudo para Isabel.
— Não, isso não... não agora.
— Por quê?
— Ela iria sofrer muito e... não vamos mais falar disso. Que bom que você está aqui comigo. Dona Clarice tem me ajudado muito e gosto muito dela, mas você aqui é um bálsamo para os meus ferimentos. Fale um pouco de você.
— Estou em choque com o que fizeram com você. Que posso falar de mim numa hora dessa? Não sei se sobreviveria vendo você todo arrebentado...
— Gosta tanto de mim assim?
— Não é isso, seu idiota!
— Explique-se então...
— Sofro de hematofobia.
— Fobia de quê?!
— Medo mórbido de sangue, seu tonto!
— Bom saber disso.
— Bom, por quê?
— Terei que levar isso em consideração quando ficar com vontade de dar-lhe um soco no nariz...
— Não é vontade de socar-me que você tem... sua vontade é outra... — insinuou ela com sensualidade no timbre de voz e na postura corporal.
— Vamos mudar de assunto... — respondeu ele.
— Só quero testar se a minha capacidade de provocar é maior que a sua de se controlar.
— Sai para lá! Tentação.

Ela riu. Ele fez aquela expressão confusa de quem sorri e sente dor ao mesmo tempo.

— Você queria saber o que eu estava aprontando. Agora já sabe que não era nada divertido e que a boemia vai ter que esperar mais um tempo para contar comigo. Agora diz você... o que anda fazendo e quantos corações foram quebrados nesse tempo todo em que não nos falamos?

— Antes de revelar os meus mais íntimos segredos, quero lhe entregar isto.

Ela tirou da bolsa uma pequena caixa embalada para presente e deu a ele.

— Um presente?!

— Sim. Eu pensei: o que um adulto gostaria de ganhar no Dia das Crianças...

Ele abriu a caixa e dentro dela havia um bilhete da Loteria Federal.

— Muito obrigado. Chega mais perto.

Ela se aproximou dele.

— Mais perto!

Ela quase encostou o rosto no rosto dele. Ele beijou-lhe a face.

— Corre no próximo sábado, dia 19 de outubro, informou ela.

— Então só falta uma semana para eu ficar rico...

Riram.

— Hoje também é dia de Nossa Senhora Aparecida. Quem sabe ela dá uma força para mim. Sei que você é "atoa", mas um pouco de fé não pode fazer mal — Jô disse.

— Meus pais são ateus. E o feminino de ateu é ateia, seu iletrado. Eu ainda estou procurando entender a realidade e confesso que, de uns tempos para cá, fiquei confusa sobre questões espirituais.

— Confusos devem andar aqueles pobres estudantes de filosofia dos quais você desdenha...

— Como disse... estou querendo entender essas questões... quero para mim um amor eterno, igual ao de vocês dois... igual ao dos velhos que fomos procurar lá no seu estado.

— Vai acontecer.

— Não sei... Talvez seja prerrogativa de poucos...

— Irá encontrar. Brincadeira à parte, você terá que esperar. Seja paciente. Pode demorar um pouco ou muito, mas vai acontecer. Guarde-se para o amor verdadeiro, ele vale a pena.

— E o que faço com os milhares de pretendentes?

Ele fez, com as mãos, um sinal de duplo sentido, podendo significar dar um pontapé ou deixar para lá.

Ambos riram. A expressão no rosto dele era de dor.

— Dói quando ri?

— Sim. Sempre está doendo. À noite é pior. Estou conseguindo dormir graças aos analgésicos,

— O mundo é tão violento... nunca esperava que uma pessoa igual dona Pilar pudesse ser potencial assassina.

— Opa! Estamos voltando ao assunto...

— Não é só ela... Você deve lembrar do que aconteceu com o Edson Luís Souto, no dia 28 de março deste ano, quando levou um tiro no peito, lá no restaurante do prédio da UNE, no Rio de Janeiro, num conflito idiota entre estudantes e a Polícia Militar.

— Sim... terrível e a repercussão foi enorme...

— Agora aconteceu de novo. Eu estava lá... vi tudo.

— Está se referindo à morte de José Guimarães...

— Ah... então está sabendo...

— Os noticiários só trataram disso por um bom tempo. Quero ouvir a sua versão. Diz aí o que aconteceu de verdade.

— Bem... você sabe, a USP estava cobrando pedágio...

— Não, não, não... a USP não!

— Está bem... rabugento! Os estudantes da Faculdade de Filosofia, Ciências e Letras estavam cobrando pedágio lá na rua Maria Antônia e você sabe que lá tem o Mackenzie...

— Cobravam pedágio dos estudantes do Mackenzie? Eles passam todo dia por lá...

— Cobrávamos de todo mundo. Aconteceu que um dos estudantes ficou muito irritado e, por vingança, atirou um ovo podre contra os cobradores do pedágio. A gente não marcou toca. Mandamos pedras e tijolos neles.

— E eles também reagiram. Certo?

— Sim. O fuzuê foi crescendo, gente vindo de todo lado e virou uma verdadeira guerra com rojões, foguetes, coquetéis molotovs e tiros.

— Pelo que li no jornal, o estudante que morreu não era da USP, nem do Mackenzie.

— Pois é... ele era aluno do Colégio Maria Cintra.

— Um secundarista?!

— Como disse, as pessoas foram tomando partido de um lado ou de outro.

— E o Daniel aproveitou a oportunidade para fazer um discurso inflamado sacudindo a camisa ensanguentada do menino...

— É... isso pegou mal, em minha opinião, mas a maioria achou que a causa revolucionária é mais importante que tudo. Avaliaram que um mártir pode ser muito útil na luta para derrubar o governo. Daniel foi treinado em técnicas de subversão da ordem pública e deve saber o que está fazendo.

— Ao menos socorreram o menino?

— Sim... ele foi levado ao hospital, mas não resistiu.

— O que o Daniel estava fazendo lá?

— Acredito que, igual muita gente, ele correu para lá quando soube do banzé, afinal ele representa a UNE e parte do dinheiro arrecadado era para a realização do congresso, que deveria acontecer hoje.

— Não aconteceu?

— A polícia acabou com a tentativa de realização do congresso e prendeu os principais líderes, em Ibiúna. O Daniel, ou, como dizem ser o nome verdadeiro, José Dirceu, está entre os prisioneiros.

— E qual o seu papel nessa confusão toda?

— Eu faço o que posso. Quero ajudar na luta pela democracia. Sei que você não liga para política, mas o Brasil está a cada dia se afundando mais em uma ditadura. Temos que fazer alguma coisa. A alienação social incapacita o pensamento independente do indivíduo, por isso, você acha que está tudo normal.

— Calma aí, mocinha... não sou um alienado político, só não acredito que trocar uma ditadura por outra vai ajudar o nosso país a ser uma verdadeira democracia.

— Talvez seja uma forma de transição necessária...

— Esse é o mesmo discurso dos militares em 1964.

— Então vamos ficar de braços cruzados?

— Ainda podemos votar, certo?

— Sim, mas...

— Sempre tem um "mas"... você será uma filósofa e suas opiniões serão compartilhadas com muitas pessoas exercendo algum tipo de influência, em jovens...

— Ah...

— As escolhas dos pensadores que vai estudar, as aulas que vai ouvir e os valores que está internalizando vão definir que tipo de democracia você vai defender. Eu tenho lido os grandes economistas do passado e do presente e não encontro viabilidade nos projetos comunistas ou, como estão sendo chamados, socialistas.

— Temos estudado muito Marx e Engels...

— Bom. São ótimos críticos, mas precisa ler aqueles que constroem sem sacrificar a liberdade... Hayek, Friedman, Mises e outros...

— Nunca ouvi falar...

— Devia...

— Estudo filosofia, não economia...

— E Emerson... John Locke... Tocqueville... já ouviu falar? São filósofos!

— Também desconheço.

— Conhece pelo menos Kant e Spinoza?

— Sim, embora lá na faculdade não se estude com profundidade esse tipo de gente.

— Bem... não pedi para você vir aqui para isso... quero saber de seus sentimentos, da sua saúde, dos planos futuros e, é claro, notícias de Isabel.

E eles conversaram sobre coisas que são caras a todos aqueles cujos corações ainda não foram endurecidos. Apesar da dor física que Jô sentia, riram muito e o tempo foi passando de maneira muito agradável; quando perceberam, já era noite alta.

— Caramba, já são dez horas... preciso ir embora... — disse ela.

— Não prefere dormir aqui?

— Isso não é convite que se faça. Você só tem uma cama e cama de solteiro.

— Eu durmo no chão.

— Nada disso, Romeu da cicatriz. Você ainda está convalescendo e não quero ser a responsável por sua morte.

— Onde dorme um, dormem dois.

— Só se for um sobre o outro. Não é isso que está sugerindo? Certo, tarado da muleta?

— Você é mesmo impossível... leva tudo na brincadeira.

— E tem outra coisa... eu não... nunca fui tão maltratada... o anfitrião não me serviu nada para comer ou beber...

— Desculpe-me.

Ele pegou as muletas que estavam ao alcance das mãos e levantou-se. Ela o ajudou.

— Por que está se levantando? Fique aí deitado que eu já estou de saída...

Fazendo expressão de dor, ele abriu o armário sobre o fogão e retirou de lá um pacote de batata frita e dois saquinhos de amendoim e dispôs sobre a pequena mesa. Depois abriu a geladeira e pegou uma garrafa de tubaína, também pegou dois copos e colocou tudo sobre a mesa. Puxou uma das duas cadeiras que havia ali e disse:

— Sente-se, por favor.

Ela se sentou. Ele se sentou na outra cadeira.

— Obrigada.

— Estava guardando essas iguarias para um dia muito especial...

Riram mais uma vez.

Ela abriu o refrigerante e o serviu primeiro; abriu os pacotes dos salgadinhos e deixou ao alcance da mão dele.

Comeram e beberam.

— Posso usar o telefone? — perguntou Gabriela.

Ele assentiu e ela chamou um táxi.

— Temos ainda alguns minutos — disse ela.

— Abra aquele armário sobre a cama, por favor.

Ela subiu na cama e abriu a porta do armário.

— Está vendo um livro?

Ela fez que sim com a cabeça.

— Pegue-o para mim.

Ela pegou o livro, fechou a porta do armário e desceu da cama. Leu na capa do livro: *O Caminho da Servidão*, Friedrich Hayek.

— É da biblioteca da faculdade. Leve com você e leia-o bem devagar, meditando em cada palavra. Vai fazer um contraponto à ideia da sociedade planejada e totalitária que andam martelando na sua cabeça.

— Vou ler só porque você está pedindo...

— Bom saber que tenho algum crédito...

— Não vai se achando...

O táxi buzinou lá na frente da casa de dona Clarice.

— Veio rápido! — comentou ele.

Abraçaram-se em despedida, ela saiu correndo e gritou:

— Dê um beijo na dona Clarice!

Ele também gritou:

— Obrigado por ter vindo!

Gabriela foi para casa pensando sobre a razão de dona Maria Pilar ter mandado espancar Jô e ameaçá-lo de morte e foi para a cama pensando naquilo. Concluiu que podiam ser vários fatores subjetivos, destacando-se a falsa sensação de poder, de pensar que estava acima da lei e da ordem por ser uma mulher rica e poderosa e ele um pobre coitado sem família. O egoísmo também teve um papel preponderante, o desejo exagerado por "ter" e "mandar", transferindo para a filha sentimentos e atitudes em transposição do seu objeto de desejo. Não menos importante, a ameaça que Jô representava ao futuro pretendido para a filha dela e, por extensão, para ela mesma.

Sentiu raiva intensa de dona Pilar e aquele sentimento fez com que ela não conseguisse dormir. Ficou um tempo revirando-se de um lado para outro na cama. Pensou se Isabel poderia ser igual à mãe, pensou na hipótese de dona Clarice estar certa e a amiga estar fazendo mal para Jô. Outros pensamentos ruins perturbaram-lhe a cabeça. Achou que estava sendo injusta com Isabel e queria esquecer aquelas ideias absurdas, mas a raiva fazia voltar tudo como se fosse um avião executando acrobacias de frases em sua mente.

Então, acendeu a luz, pegou o livro que Jô lhe emprestara e começou a lê-lo. Já estava quase amanhecendo quando caiu no sono.

Quando despertou, já era quase meio-dia. O primeiro impulso foi contar aos pais o crime de dona Pilar, mas ocorreu-lhe a promessa de não falar daquele assunto com ninguém.

Durante a semana, conversou, por telefone, algumas vezes com Jô e confessou estar gostando do livro e que logo o devolveria. Ele respondeu que ela poderia ficar com o livro o tempo necessário e que o mais importante era ler bem devagar, refletindo sobre cada frase nele contida.

— Estou fazendo isso, doutor enfadonho.
— Ele poderá salvar a sua vida...
— A única vida que está em risco aqui é a sua que anda a comer mel de vespa-mandarina.

O que ele disse passou despercebido para ela, que entendeu ser uma frase trocada em tom de brincadeira, como era comum entre eles, contudo havia naquela frase um vaticínio.

Naquele mesmo ano, Gabriela conheceria José Genoino Neto, estudante cearense, preso em Ibiúna junto com José Dirceu e outros estudantes, por quem desenvolveu grande admiração e amizade. Genoino ficou preso por um dia no Deops/SP, foi liberado e passou a viver às escondidas em São Paulo. Ele era um jovem cativante e convincente por suas ideias revolucionárias. Era três anos mais velho que Gabriela e exercia grande influência sobre ela. Insistiu que fosse com ele e outros integrantes do PCdoB para as guerrilhas do Araguaia, mais precisamente, no Bico do Papagaio, entre os estados do Pará, Maranhão e Goiás (hoje Tocantins).

Outro desvario comunista que tinha por objetivo, seguindo a linha estratégica maoísta, instaurar um estado de "guerra popular prolongada" na região Norte do Brasil e, a partir daí, tomar o poder no país e instalar a ditadura do proletariado.

Gabriela conversou muitas vezes com Genoino, até 1970, quando ele foi para a guerrilha sem conseguir convencê-la a ir junto.

Colegas de Gabriela embarcaram na aventura e desapareceram em Xambioá. Jovens idealistas empurrados ao fanatismo e mortos numa guerra insana. Seus corpos não puderam ser velados, o sangue derramado pelos jovens e as lágrimas vertidas pelos entes queridos só serviram para levar, num futuro não muito distante, uma corja de ladrões a assaltarem os cofres públicos.

Não sabemos a verdadeira razão que levou Gabriela a dizer não à aventura proposta por Genoino , mas é provável que Hayek tenha contribuído para essa decisão, pois havia alguns pensamentos no livro que todo o charme do então jovem militante comunista não conseguiu abalar.

Genoino permaneceu até 1972 na guerrilha do Araguaia, foi preso e depois seguiu a vida até alcançar altos postos na república, foi preso por corrupção e, logo em seguida, voltou à cena política, mas isso é assunto que vai acontecer no triste porvir.

Ainda estamos no ano de 1968, em que caminha a história de Gabriela e seus amigos. Na segunda-feira seguinte, quando Gabriela ligou para Jô, ele disse:

— Preciso que você venha aqui em casa outra vez.

— Fazer o quê?

— Tomar tubaína...

— Muito obrigada. Entrei para os "Refrigerantes Anônimos"... estou há uma semana em abstinência.

— É sério! Tenho uma coisa importante para contar.

— Conte já. Não fique fazendo suspense!

— Não posso falar por telefone.

— Que foi? Levou outra surra?

— Não posso dizer. Você vem ou não vem, amiga da onça?

— Só no sábado. Durante a semana, à noite, é complicado para mim.

— Espero você no próximo sábado à tarde. Tudo bem?

— Tudo bem, mas saiba que você está acabando com a minha vida social.

— Sou parte importante da sua vida social, nó cega!

— Continua se achando, não é mesmo? Ponto sem nó!

Na tarde do sábado, dia 26 de outubro de 1968, Gabriela passou pela casa de dona Clarice, com quem teve conversação animada, ouvindo da mulher, pela segunda vez, que deveria ser ela a namorada de Jô. Quando entrou na casa dele, a mesa estava posta com garrafa de vinho espumante, taças de vidro e petiscos variados. Vinho de baixo custo, porém um pouco mais sofisticado que a velha e boa tubaína.

— Que é isso, Romeu da cicatriz?! Vai me pedir em casamento?

— Seria inútil. Já sei qual a sua resposta.

— Qual seria?

— Um ostentoso não.

— Não esteja tão certo disso.

— Sente-se, por favor. Estou esperando há uma semana para lhe dizer isso.

— Então diga logo, criatura!

— Ganhamos na loteria!

Passado o momento de incredulidade e, em seguida, de surpresa e alegria, ela encheu as taças com o vinho espumante e eles brindaram a sorte grande. Ele ligou o rádio que tocava música lenta, encostou as muletas na parede e apoiou-se nela. Permaneceram assim como se estivessem a dançar. Uma dança quase sem movimento, em que ele movia devagar as pernas e ela o seguia segurando-o pela cintura. Ela gostou de dançar e pensou que poderia ficar a tarde toda com o corpo colado ao dele. Deu-lhe um beijo no rosto e disse:

— Você merece!

— O dinheiro já está na minha conta. Quero dividir com você.

— Achei que iria dizer isso, mas não se divide um presente recebido, muito menos dividir com a pessoa que lhe deu o presente. Isso seria uma grave desfeita. Sei que fará bom uso desse dinheiro.

— O primeiro bom uso será dar-lhe um presente. Que posso dar a uma garota bonita que já tem tudo na vida?

Ela pensou um pouco, disse:

— Vamos fazer o seguinte: no dia 17 de dezembro, seu aniversário, você já deve estar livre das muletas e Isabel não vai estar aqui para que comemorem juntos, então me leva ao *Gigetto*.

— Que é *Gigetto*?

— Um restaurante, seu tonto.

Ele folheou o calendário que estava no armário sobre o fogão.

— Dia 17 de dezembro será uma segunda-feira. Acredito que esses restaurantes sofisticados não abram na segunda. Podemos ir dia 22.

— Dia 22 estará muito próximo ao Natal e meus pais viajam nas festas de fim de ano e, claro, tenho que ir com eles.

— Bem... que tal anteciparmos para o sábado, dia 15?

— Combinado. Agora, mudando de assunto, o que vai fazer depois que se tornou um homem rico? Vai comprar carro, casa, enfim, o que pensa fazer?

— Não é tanto dinheiro assim. Vou continuar do mesmo jeito, morando aqui, sem carro, sem ostentação. Pretendo aplicar o dinheiro e fazer render o máximo possível. Quando terminar a faculdade, quero iniciar um negócio para nós.

— Nós quem? Cara-pálida!

— Eu e a Isabel. Vamos estar casados.

— Assim é melhor.

— Ficaria muito honrado se você fosse nossa sócia. Além de Isabel, você é a única pessoa em quem confio cem por cento.

— Quando chegar o momento, prometo pensar nisso, e, por falar em confiança, não é prudente dizer para as pessoas que você ganhou na loteria. Há muita inveja e maldade no mundo.

— Só você sabe que ganhamos na loteria.

— E Isabel?

— Vou contar para ela nas próximas férias, quando tiver retornado. Não quero falar por carta ou telefone. Acredito que a vida fez de mim um sujeito muito desconfiado.

— Isso se chama sensatez.

Durante os dias que se seguiram, Jô e Gabriela trocaram cartas com Isabel sem tocar no assunto da loteria nem mencionar a surra sofrida por ele. Gabriela disse aos pais que iria jantar com um rapaz, no dia 15 de dezembro e eles quiseram saber quem seria o acompanhante. Ela disse ser o seu namorado. Disse também se tratar da mesma pessoa que, antes, era namorado de Isabel.

No dia combinado, a mãe de Gabriela a levou de carro até o restaurante *Gigetto*, passando antes pela casa de Jô.

Gabriela pediu que a esperasse no carro, em frente à casa de dona Clarice, e foi buscar Jô. Disse a ele:

— Se minha mãe perguntar alguma coisa, diga que você é meu namorado.

— Como assim?

— Depois eu explico. Faça isso e ficará tudo bem.

Ele estava sem as muletas, mas segurava uma discreta bengala com a mão direita. Ela segurou o braço esquerdo dele.

Apresentou-o à mãe e seguiram para o restaurante sem que trocassem muitas palavras. Despediu-se da mãe e disse que voltaria de táxi.

A mãe ficou parada ao volante do carro, observando o casal entrar no restaurante. Apesar da cicatriz no rosto e da bengala, ela o achou um rapaz encantador.

*Formam um belo par*, pensou ela antes de arrancar o carro e partir.

Foi a primeira vez que Jô entrou num restaurante sofisticado. Gabriela já havia cuidado da reserva e prosseguiu cuidando de tudo. Foi ela quem escolheu o prato e a bebida. Ela também explicou a ele sobre algumas regras de etiqueta: o uso adequado do guardanapo de tecido, a disposição dos talheres, o posicionamento dos braços e das mãos e outras sutilezas de elegância à mesa. Fez essas coisas com humor e descontração. Ele olhou para ela com admiração. Era uma linda mulher!

— Feliz será o homem que ganhar o seu coração — Jô disse.

— Já está querendo me passar para outro, no nosso primeiro dia de namoro?

— Ah, sim... que história é essa de ser minha namorada?

— Não gostou?

— Deixe de brincar.

— Foi uma ideia que tive. Acho que pode dar certo.

— Lá vem coisa.

— Como sabe, minha mãe é muito amiga da dona Maria Pilar e, neste fim de semana, estarão juntas. Estou certa de que mamãe vai contar a ela que estou namorando o sujeito que era namorado da Isabel e, quem sabe, ela deixe você em paz achando que a surra surtiu efeito.

— Não conhecia esse seu lado maquiavélico. Obrigado por mais isso. Sem dúvidas, você é o meu anjo da guarda.

— Ela deve deixá-lo em paz até as próximas férias, quando os dois idiotas irão colocar tudo a perder, como fizeram nas férias passadas.

— Tomaremos mais cuidado. Eu prometo.

O jantar foi agradável, e eles conversaram sobre assuntos divertidos. Riram muito. Jô já não sentia dores fortes quando sorria, embora uma dorzinha não muito bem localizada persistisse na região toráxica. A bengala servia de apoio para não forçar o joelho direito, cuja luxação provocara lesão da cartilagem e o processo de reabilitação seria um pouco mais demorado.

    O táxi parou em frente à casa de Gabriela. Jô pediu para que o motorista o esperasse com o taxímetro ligado. Acompanhou-a até o portão. Ela tocou o dispositivo eletrônico e o portão foi aberto pelo segurança. Ele caminhou com ela até a porta da casa. Deu-lhe um abraço e ela retribuiu.

— Muito obrigado por essa noite maravilhosa — disse ele.

— Feliz aniversário! — respondeu ela.

Ele a soltou, mas ela segurou-lhe a mão esquerda como se estivesse pedindo para ele ficar com ela mais um pouquinho. Ele disse:

— Boa noite, minha amiga.

Ela soltou a mão dele e só restou observá-lo voltando para o táxi. Dentro de casa a mãe a esperava.

— Como foi o jantar?

— Foi... foi ótimo!

— Sente-se aqui! Vamos conversar.

Ela se sentou no sofá, ao lado da mãe. Os olhos de Gabriela brilhavam. A mãe achou que a filha poderia estar apaixonada.

— Estou feliz por você. Gosta dele?

— Claro, mamãe...

— Liguei para Pilar agora há pouco e ela falou muito bem dele.

— É? O que ela disse?

— Disse que o conheceu e que ele é trabalhador, estudioso e persistente no que planeja para o futuro. Disse também que o acha bonito e gentil.

— E a senhora, o que achou dele?

— Gostei. A primeira impressão foi boa. Convide-o a vir aqui em casa um dia desses.

— Farei isso.

Conversaram mais algumas coisas e Gabriela foi dormir com a certeza de que o plano estava dando certo. *Esperta essa dona Pilar... mas não tanto*, pensou.

Acabou o ano de 1968 e, em 1969, a tresloucada ambição de cupins e brocas seguiu o curso, levando o Brasil à profunda escuridão política que vigora até os dias em que estas linhas estão sendo escritas.

Jô continuava trabalhando na Bardella, estudando economia na FEA/USP e administrando o dinheiro, com resultados auspiciosos. Escrevia todas as semanas para Isabel e encontrava-se com Gabriela, que sustentava, para os pais, a mentira do namoro.

Nas conversas com Gabriela, ele segredava os planos que fizera com Isabel.

— No primeiro dia útil, após o nosso aniversário de 21 anos, nos casaremos e vamos morar numa casa com quintal grande numa rua bem tranquila de uma cidade serrana.

— E vão viver felizes para sempre. Sei...

— Você vai encontrar o amor eterno e será nossa vizinha. Seus filhos brincarão com os nossos e formaremos uma grande família fraternal.

— Prefiro o mar à montanha. Que tal uma praia bem deserta? Aquele bando de barrigudinhos correndo na areia, felizes feito pinto no lixo.

— Vamos fazer uma votação para ver se vai ser na praia ou na montanha. Por enquanto está empatado 1 x 1. Isabel e o Zé das Couves vão desempatar.

— Presumo que o Zé aí é o amor da minha vida... E se continuar empatado?

— Aí a moedinha decide.

Dessa maneira singela, ele vislumbrava o futuro, contando os dias para junho chegar e reencontrar-se com Isabel.

Em abril daquele ano, Isabel sentiu forte dor abdominal e mal-estar. Os médicos acharam que devia ser estresse; trataram os sintomas, mas, a partir daquele dia, ela passou a perder o apetite, a pele ficou amarelada e o peso reduziu.

Isabel recorreu ao bilhete escrito por dona Joana e, quando o leu, sentiu um calafrio percorrer-lhe a espinha. Deixou o bilhete na bolsa e passou a lê-lo com frequência, buscando naquelas linhas alguma alternativa diferente da fatalidade. Não encontrou.

No mês seguinte, após apresentar vômitos e dores abdominais fortes, desmaiou e foi conduzida ao pronto-socorro, onde recebeu orientação para fazer uma série de exames. Na ausência dos pais, a direção do internato no qual ela morava foi informada. A diretora da instituição entrou em contato com dona Maria Pilar, que, de imediato, viajou para os Estados Unidos.

Quando os exames foram concluídos, os médicos apresentaram o diagnóstico: hepatocarcinoma.

Para o desespero de dona Maria Pilar, o médico especialista explicou tratar-se de câncer no fígado, que, por sua característica agressiva, não tinha cura, restando pouco tempo de vida para Isabel. Em desespero, ela perguntou:

— Quanto tempo, doutor?

— Impossível precisar. Dois meses, três, talvez.

— Não há possibilidade de cura, em nenhum lugar do planeta?

— A ciência ainda não tem remédio para esse tipo de câncer em metástase.

— Que devo fazer?

— O que a medicina hoje pode oferecer à sua filha são medicamentos para proporcionar-lhe um pouco de conforto.

— Ela pode viajar?

— Sim. É aconselhável que retorne ao Brasil e receba o carinho e atenção dos familiares. Existem bons médicos em São Paulo.

Dona Pilar chegou ao apartamento do hotel onde estava hospedada e desabou. Passou o resto do dia chorando, trancada, sozinha no quarto. Quando a noite chegou, ligou para o marido e continuou chorando. No dia seguinte, cuidou das passagens e embarcou com Isabel para o Brasil.

Naquela terça-feira, dia 20 de maio de 1969, Gabriela percebeu a gravidade da doença de Isabel assim que entrou na casa. Uma atmosfera de velório reinava por todos os cômodos.

— Acho que a dona Joana estava certa — disse Isabel, tão logo se viu só com a amiga.

— Deixe de ser boba! Vai tirar de letra essa doença.

— Creio que não...

— É tão mal assim?

— Só me disseram que estou com um tipo de câncer, mas, pelo comportamento dos meus pais e o semblante do médico que conversou comigo, acredito que seja mortal.

— Não, minha querida amiga. Não pense no pior, vamos superar isso juntas. Quando vir o Jô, aposto que vai ficar boazinha da silva.

— Até isso... surpreendentemente, minha mãe concordou que ele venha me visitar, hoje mesmo.

— Sério?!

— Eu pedi e ela não disse nada além de tudo bem.

— Bem... de fato é algo inesperado, ainda mais depois do que ela fez...

— Ela fez alguma coisa para ele, na minha ausência?

Gabriela percebeu que estava quebrando sua promessa e, a contragosto, disse:

— Estou me referindo ao fato de ela haver brigado com você, de tê-la proibido de encontrar-se com ele, essas coisas...

— Quero que você o traga aqui hoje à noite.

— Ele tem aula...

— Fale com ele. Sei que vai dar um jeito.

Dali mesmo, ligou para ele. Gabriela disse que ele poderia ir quando pudesse.

— Quero ir agora... a mãe dela sabe que vou aí? — perguntou.

Ela disse que sim. Ele pediu permissão para o chefe e foi ao encontro de Isabel.

Quando tocou a campainha, Rodolfo cumprimentou-o de maneira formal e conduziu-o ao quarto de Isabel, onde também estava Gabriela. Desta feita, o segurança não o tratou com desdém, como fizera antes.

Quando ele entrou no quarto, Isabel levantou-se da cama, atirou-se nos braços dele e permaneceram abraçados, em silêncio, por alguns minutos, até que Gabriela interferiu:

— Chega, Romeu! Ela precisa descansar. A viagem foi fatigante.

Jô a pegou no colo e a levou até o leito. Isabel sentou-se, apoiando a compleição frágil na cabeceira da cama. Gabriela ajeitou os travesseiros para que ela pudesse descansar as costas de maneira mais confortável.

— Que aconteceu? — perguntou Isabel, olhando para a cicatriz no rosto de Jô.

— Foi um corte que sofri já há alguns meses. Vou lhe explicar, mas antes quero saber sobre você. Que houve?

Isabel repetiu para Jô as informações que detinha sobre a enfermidade que a acometera e mencionou que tinha uma coisa muito importante para dizer. Ele declarou que também tinha segredos a revelar.

— Devagar, meninos! Temos muito tempo para essas confidências — interrompeu Gabriela.

— Tenho a impressão de que você conhece todos os nossos segredos... — observou Isabel, com ironia.

— Bem... vocês me contaram uma coisinha ou outra, mas não sei a quais segredos estão se referindo... — justificou Gabriela, um tanto acanhada.

— Venha aqui!

Ela se aproximou de Isabel, que a abraçou e beijou-lhe a face.

— Você é uma fiel amiga. — Depois, dirigindo-se a Jô, disse:

— Começa você.

— Vou começar por uma coisa boa: no Dia das Crianças, ganhei de presente da Gabriela um bilhete de loteria que foi premiado com o prêmio máximo. Estou aplicando o dinheiro no mercado financeiro e, até o momento, o resultado é interessante.

— Que maravilha! Isso merece comemoração. Amanhã vamos festejar.

— Você pode sair? — perguntou Jô.

— Hoje não consigo, estou me sentindo muito cansada. Amanhã nós iremos. Estarei melhor depois de uma noite de sono.

— Amanhã, pela manhã, irei à empresa em que trabalho e pedirei férias. Acredito que o meu chefe vai compreender a situação e autorizar, mesmo sem solicitação prévia. Tenho férias vencidas. Penso também em não ir à faculdade...

— Nada disso... quanto ao trabalho, tudo bem tirar suas férias, mas você não vai deixar o meu estado prejudicar os estudos. Além disso, logo, logo chegam as férias de julho...

— Concordo com ela. Não é porque agora está cheio das bufunfas que vai deixar o estudo de lado.

— Quero ficar o tempo todo com você...

— Vamos ficar muito tempo juntos. Vai até enfadar-se.

— Como se isso fosse possível... — disse ele, abraçando-a e beijando-lhe a boca.

— Opa! Não vão começar com bolinação.

— E a outra confidência? — perguntou Isabel.

— Alguns dias depois que você partiu, fui atacado por três homens quando caminhava da faculdade até o ponto de ônibus da praça do Patriarca. Eles me deram uma surra tão forte que fiquei inconsciente, com três costelas quebradas, algumas luxações e o corte sobre os olhos que me deixou por lembrança essa charmosa cicatriz.

— Eram ladrões?

— Não tenho provas da motivação deles. A polícia não conseguiu encontrá-los.

— Você tem alguma teoria?

Jô sentiu o pé chutado por Gabriela.

— Não tenho nenhuma prova. Já são águas passadas.

— Por que não me contou antes?

— Não queria que você ficasse preocupada e achasse que a situação tivesse maior gravidade. Quanto à boa notícia da loteria, sabemos que não é prudente falar disso. Só nós três sabemos e é melhor que continue assim. — Isabel ficou pensativa, mas antes que formulasse outra pergunta, Jô disse: — Agora é a sua vez...

Isabel pediu que ele pegasse a bolsa que estava sobre a cômoda. Jô entregou para ela, que retirou o bilhete amassado de dentro. Estendeu o papel para ele.

— Você não o queimou! — exclamou Gabriela.

Isabel balançou a cabeça para os lados.

Jô leu o bilhete e, abalado, perguntou com voz embargada:

— Podem me explicar isso?

Isabel, com a ajuda de Gabriela, contou os detalhes da viagem que juntas fizeram ao estado de Mato Grosso.

— Isso é fantasia, sem fundamento real — disse ele, quando Isabel terminou de narrar o que se passara na fazenda.

Isabel segurou a mão dele com uma das mãos e com a outra puxou Gabriela para mais perto dela e, segurando as mãos de ambos, disse:

— Talvez seja apenas um bilhete escrito por uma mulher insana, mas, seja como for, se eu morrer, quero que saibam que, se houver a mínima possibilidade de retornar, eu o farei e desejo reencontrar o meu amor eterno e a minha melhor amiga. Desde já, peço que você cuide dele para mim. Cuide como se fosse eu mesma ou, se puder, melhor ainda do que eu cuidaria.

Havia lágrimas nos olhos dela e de Gabriela. O coração de Jô chorava, mas não havia lágrima em seus olhos, então, disse:

— Prometa para mim que não mais vai mencionar a possibilidade de morrer. Vamos superar isso. O nosso amor é maior que tudo.

Ela não disse nada, apenas os abraçou e chorou. Gabriela também soluçou, mas, logo refeita, sugeriu:

— Acho que precisamos deixar Isabel descansar. Acredito que não estamos ajudando com confidências e assuntos macabros.

E, dirigindo-se para Isabel, completou:

— Voltaremos amanhã para almoçarmos e comemorarmos o seu retorno. Ah, não falaremos de coisas tristes. Escolha um restaurante não muito longe daqui!

Gabriela levantou-se e, quando estava saindo do quarto, disse para Jô:

— Espero você na sala de entrada. Não demore muito! Ela precisa descansar.

Jô despediu-se de Isabel com beijos e abraços. Trocaram palavras, mas morte e tristeza não estiveram presentes naquele momento sublime.

Jô conseguiu as férias já a partir daquele dia, e Isabel escolheu o *Kinkon*, um restaurante chinês que ficava próximo à casa dela, onde ambos, acompanhados por Gabriela, almoçaram, comemoraram a sorte na loteria, brindaram o retorno de Isabel, riram bastante e passaram uma tarde divertida. Isabel sentia-se muito bem naquele dia. Quem a visse conversando e sorrindo poderia julgar ser uma jovem saudável que aproveitava a vida.

Todos os dias Jô ficava com Isabel. De segunda à sexta-feira, chegava por volta das nove horas da manhã, almoçava com ela, permanecia a tarde toda ao lado dela. Ia para a faculdade, da faculdade para a casa dele, onde dormia e, no dia seguinte, repetia tudo.

Aos sábados e domingos estendia o tempo com ela até por volta das nove horas da noite.

Duas ou três vezes por semana, Gabriela passava a tarde toda com eles e, naqueles dias em que Isabel estava se sentindo disposta, faziam breves passeios no parque, iam até a praça arborizada, ao shopping ou ao cinema.

Em algumas ocasiões, Jô encontrava-se com o sr. Javier, que, no primeiro dia que o viu à cabeceira da cama de Isabel, retratou-se:

— Peço desculpas por havê-lo julgado mal, meu rapaz. Espero que possa me perdoar um dia.

Às vezes, encontrava dona Maria Pilar, que quase sempre estava com os olhos rasos d'água, mas ela apenas lhe dirigia os cumprimentos formais e logo se afastava do quarto.

...

Em 1969, a semente plantada em Garanhuns já havia germinado um ser humanoide, que teve dificuldades econômicas na infância, mas, quando tinha 24 anos, aflorou nele a dádiva que lhe fora concedida. Sob a influência do irmão, militante do Partido Comunista Brasileiro, foi eleito para a Diretoria do Sindicato dos Metalúrgicos de São Caetano do Sul, dando o primeiro e importante passo para tornar-se o grande "Encantador de Serpentes", como nunca se viu outro na história deste país.

A semente lançada em Glicério, dez anos depois da primeira, também germinara algo semelhante que, em 1969, ainda brincava com soldadinhos de chumbo, em Eldorado, enquanto era tecido o seu destino mitológico de "Predador de Ideias".

...

Os médicos tratavam as dores de Isabel, amenizando o sofrimento, mas a doença tornava seu organismo cada dia mais débil.

Antes de terminar o mês de junho, ela foi internada no Hospital do Câncer de São Paulo, depois denominado Hospital A. C. Camargo. As seguidas e agudas crises sofridas por ela não permitiam mais o atendimento domiciliar. Isabel convivia com dores muito fortes no corpo, seguidas de falta de ar, náuseas, fadiga intensa e convulsões, no entanto o coração delicado sofria menos da iminência da morte que do sentimento que antevia para Jô.

A dor da separação não era só física e ela sabia que desgraça semelhante àquela que vivia ele já estava suportando, calado, firme, resistente como se fosse o ipê-tarumã lutando contra o machado do lenhador no cerrado mato-grossense.

No domingo, 29 de junho de 1969, Isabel sentia-se muito bem. Foi o melhor dia desde que fora internada. Os pais passaram a manhã com ela, depois retornaram à tarde e permaneceram mais um tempo ao lado da filha. Retornaram para casa com a esperança de um milagre. Gabriela esteve a tarde toda com a amiga e Jô manteve sua rotina de tempo integral com ela.

No hospital, Jô não arredava o pé do lado dela. Passava ali o dia todo, onde fazia as refeições com ela; quando era possível, dormia na poltrona ao seu lado. Quando delirava, era ele quem conversava com ela; quando a confusão mental a subjugava, ele a trazia à lucidez; quando se retorcia de dor, era a mão dele que ela segurava e, quando vinha o ronco da morte, era ele quem ouvia.

Naquele domingo, no entanto, não houve delírios, dor, confusão mental nem ronco da morte. Ela sorria, parecendo favorecida pela sorte, mas uma premonição, uma sensação de morte impendente invadiu-lhe a alma.

Os pais já haviam partido, Gabriela ficou com eles até por volta das nove horas da noite e, antes de deixar o quarto, Isabel entregou-lhe a pétala da flor do araticum e sussurrou:

— Entregue para mim, quando eu voltar.

Gabriela quis dizer-lhe para deixar de bobagem, naquele dia, em que estava bem, mas não falou nada. Pegou a pétala e guardou na bolsa.

Tão logo ficaram a sós, Isabel pediu que Jô tocasse a campainha para chamar a enfermeira. Ele assim procedeu.

Quando a enfermeira chegou, ela solicitou que ele saísse do quarto e, estando só com a mulher, pediu que ela permitisse que Jô dormisse aquela noite em sua cama, junto dela.

— Está querendo me ver desempregada, minha querida — disse a enfermeira, espantada com pedido tão inusitado.

— Estou segura de que hoje é a minha última noite de vida e quero passá-la ao lado dele.

— Ele está aqui ao seu lado. Não desgruda um minuto. Já não é o bastante?

— Quero, nesta noite especial, estar juntinho dele... grudada nele. Por favor!

A mulher resistiu, ela continuou argumentando, até que, depois de mais ou menos quinze minutos de insistência, a enfermeira disse:

— Está bem, mas mediante duas condições.

— Sim... por favor.

— Ele tem que sair da cama às quatro horas da madrugada, que é quando termina o meu turno. Virei acordá-los se estiverem dormindo.

— Sem problemas... e a outra exigência?

— Nada de sexo!

— Não... isso seria quase necrofilia.

— Mentirosa... você está tão viva quanto eu...

— Quem me dera... Muito obrigada! Que Deus a abençoe pelo que está fazendo por mim.

Quando Jô retornou, pediu a ele que tirasse toda a roupa dela e que também se despisse e se deitasse ao lado dela.

Ele fez tudo do jeito que ela pediu, sem qualquer questionamento, e, unidos, passaram a noite conversando.

A enfermeira, de hora em hora, passava pelo quarto em sua ronda normal e, mais de uma vez, disse:

— Os pombinhos não vão dormir, não?

Eles sorriam e continuavam conversando. Assim foi até às 3h40 da manhã, quando Jô se levantou, vestiu-se e colocou as roupas nela.

Ela pediu que ele lhe passasse a bolsa e retirou de dentro o surrado bilhete que dona Joana escrevera. Entregou-lhe dizendo:

— Guarde com você até nos reencontrarmos.

Ele estava tão feliz com a possibilidade de ela estar melhorando e por tudo que se passara naquelas últimas horas que, de novo, não questionou. Dobrou o bilhete e guardou no bolso da calça. Fez uma pergunta, nada relacionada com o bilhete, mas sobre uma poesia ou letra de música que ela havia recitado para ele.

— Quem escreveu aquele poema... sobre o amor eterno?

— Não sei... devo ter lido ou ouvido em algum tempo no passado. Ele está hoje tão vívido na minha memória... parece que acabei de decorar!

— Foram as palavras mais bonitas que ouvi em toda a minha vida.

— Cada uma delas, até as vírgulas e os acentos, são verdades para o nosso caso.

O diálogo foi interrompido:

— Vejo que cumpriram a primeira condição — disse a enfermeira, que tinha vindo fazer a última visita da noite.

Então, ela se aproximou de Isabel e perguntou baixinho:

— Respeitou a segunda exigência?

— Sim... claro!

— Mentirosa!

Sorriu e despediu-se dos dois dizendo:

— Adeus!

Não era palavra de simples saudação, mas de separação definitiva.

Às três horas da tarde daquela segunda-feira, dia 30 de junho de 1969, Isabel faleceu nos braços de Jô e na presença de dona Maria Pilar, sr. Alonso e Gabriela.

No cemitério do Araçá, naquela tarde, chovia enquanto o corpo de Isabel recebia as últimas despedidas; depois a chuva parou e o sol foi se mostrando pelos meandros das árvores, nas quais pousaram alguns passarinhos, entre eles, um canário-do-reino que passou a cantar, a cantar e a cantar sem parar, parecendo que queria dizer algo para Jô, que estava sozinho, afastado da multidão que dava condolências aos familiares de Isabel, embaixo da árvore que escolhera a avezinha amarela para pousar e cantar. Não ouviu o canto do pássaro e mal percebeu quando Gabriela foi até onde ele estava e o abraçou e soluçou nos braços dele.

Mente vazia, oficina do diabo, diz o velho ditado popular, e, se está em desespero, pode ser que a escuridão já tenha se apossado dela, pois, quando está destituída de vontade, seus próprios fantasmas psíquicos assumem o vácuo, impedindo o mínimo pensamento de amor de entrar e dar algum significado à enfadonha existência do infeliz.

Esperou o caixão com o corpo de Isabel baixar à sepultura e a última flor ser colocada sobre a terra que o cobriu. Saiu do cemitério caminhando e perambulou a esmo pelas ruas da cidade. As brecadas bruscas, os pneus cantando, as buzinas soando, os motoristas gritando, nada lhe chamava a atenção. Era um louco a vagar.

Uma semana após aquele funesto dia, nasceu, em Roma, uma linda menina a quem os pais deram o nome de Giulia.

Gabriela, que procurou Jô desde o momento em que sentiu sua falta no cemitério, encontrou-o, dois dias depois, na colina da rua Cerro Corá.

Estava imóvel, fitando o nada, à beira da ribanceira, desnutrido e desidratado.

Ela o levou para casa e, com a ajuda de dona Clarice, cuidou dele. No dia seguinte, mudou-se para a casa dele, decidida a ficar com ele o tempo que fosse necessário, até que retornasse à razão.

Pela primeira vez, as palavras de Isabel reboaram na sua cabeça: *...peço que você cuide dele para mim. Cuide como se fosse eu mesma ou, se puder, melhor ainda do que eu cuidaria.*

A sabedoria popular diz que "a primeira coisa a fazer para sair do fundo do poço é parar de cavar", o que pode servir de consolo e estímulo, quando é de terra a composição do poço, ou melhor dizendo, naqueles casos em que a queda ou descida foi causada pela perda de coisas materiais ou psicológicas. O vazio da alma é buraco de outra essência. O poço está tomado de cobras e escorpiões e, se tentar livrar-se dos peçonhentos, eles serão multiplicados em quantidade e toxidade, por misterioso elemento de compulsão do próprio buraco.

Os aspectos complementares da alma, separados na reencarnação, haviam se reencontrado em Isabel e Jô, dividindo-se outra vez com a morte de Isabel, arrastando Jô para a escuridão do poço pérfido.

Jô abandonou o trabalho e, por certo, abandonaria os estudos quando as aulas retornassem. Gabriela, com grande dificuldade e muita força de vontade, conseguiu trancar a matrícula e fazer com que ele assinasse uma procuração para que ela administrasse os seus recursos financeiros. Ela também o levou ao psiquiatra, que diagnosticou "depressão catatônica", dizendo existir grande probabilidade de retorno à normalidade, e recomendou atenção, paciência e carinho familiar.

Ele abdicou de ser o sujeito de suas ações. A toda sugestão que Gabriela lhe fazia, respondia: "Não carece".

— Jô, por favor, vá tomar banho e trocar de roupa.
— Não carece.
— Jô, vamos almoçar.
— Não carece.
— Jô, vamos caminhar no parque.
— Não carece.

Aquela frase, que era a única que pronunciava, mais parecia um reflexo condicionado iguais àqueles que os animais adquirem ao longo da existência. Não havia emoção, não havia consciência, não havia nada.

Então, ela tirava a sua roupa e o empurrava para baixo do chuveiro e o banhava, como se fosse um bebê. Obrigava-o a comer e beber e o arrastava até o parque, onde ele se quedava por horas com o olhar perdido no nada.

Essa rotina durou por quase um mês, até que, no friorento sábado, dia 26 de julho, quando ela lhe dava banho e a água quente produzia aquele vapor característico que lhe embaçava a visão, no momento em que ela lavava as partes íntimas dele, percebeu leve ereção. Então, ela continuou a friccionar com suavidade e foi sentindo, pelo tato, o aumento do volume do pênis. Olhou para o rosto dele, mas as partículas de água suspensas no ar não a deixaram ver que havia uma suave alteração no semblante.

Gabriela continuou acariciando-o e, antes da rigidez máxima, ouviu-se um grito pavoroso como se fosse um feroz leão urrando na selva.

Ela desligou o chuveiro e embrulhou-o na toalha. Ele disse, como se acabasse de acordar de um terrível estupor, a primeira frase lógica desde a morte de Isabel:

— Que está acontecendo?

— Estou dando banho em você.

— Eu tomo banho sozinho...

— Ótimo! Enxugue-se, vista a roupa, depois conversaremos.

Jô ficou no banheiro e, enquanto se vestia e tentava entender sua situação, Gabriela ligou para o psiquiatra relatando o que havia acontecido; o profissional disse que algum gatilho psicológico desconhecido o fizera despertar e que, a partir daquele instante, a recuperação seria acelerada.

Gabriela pensou que o gatilho poderia estar relacionado com fidelidade e que a possibilidade de traição à Isabel poderia ter sido forte o suficiente para, em processo de autodefesa, trazer-lhe de volta à consciência. Sentiu-se um pouco envergonhada, mas estava certa de que foi a melhor coisa que poderia ter acontecido.

Passados os poucos dias de convalescença, Jô prosseguiu estudando e retomou a administração do patrimônio financeiro. Gabriela voltou para a casa dos pais, mas sempre ligava para ele ou arrumava um jeito de se encontrar com ele.

Dedicado em tempo integral aos estudos e aos negócios, Jô amealhou considerável reserva pecuniária, concluiu o curso de economia na FEA/USP e mudou-se para os Estados Unidos, onde prosseguiu estudando e ganhando dinheiro.

No dia em que ele partiu, despediu-se de Gabriela com o diálogo seguinte:

— Adeus, Gabriela. Desculpe-me por não ser o amigo que você merece. Obrigado por tudo o que fez por mim e por ter aguentado minha rabugice. Você é a melhor pessoa que jamais conheci, o tesouro mais precioso que possuo.

— Seja feliz!

— Paliativos... realização profissional e fortuna pessoal... paliativos, só paliativos.

— Lembre-se do que diz o bilhete. Você ainda o tem?

— O maldito bilhete... muitas vezes pensei em queimá-lo, mas... sim, eu ainda o tenho comigo.

— "Não te cabe terminar a obra, mas não és livre para abandoná-la." Acredito que se trata da obra da sua vida. Você não tem o direito de abandoná-la, nem sequer de uma parte dela.

— Essa frase tem me atormentado e, talvez, tenha me preservado a vida.

— Precisa seguir em frente também no plano espiritual.

Ele abaixou a cabeça, pensou por alguns segundos, depois deu um forte abraço nela.

— Adeus.

Ele deixou cair os braços, mas ela continuou a segurá-lo. Apertou-o bem forte e deu-lhe um beijo na boca. Por alguns segundos, ele correspondeu ao beijo e, também por um instante, pareceu-lhe estar beijando Isabel.

Após breve hesitação, ele a empurrou e disse:

— Por que fez isso?

— Foi um ato sensual que lhe trouxe à razão, talvez este beijo lhe traga de volta à vida afetiva.

Ele não disse nada, apenas caminhou em direção ao embarque e, enquanto lágrimas umedeciam a face dela, ele, sem olhar para trás, desapareceu no Aeroporto Internacional de São Paulo.

## CAPÍTULO IV
# A pétala da flor do araticum

Quando chegou aos Estados Unidos, Jô era um jovem economista de admirável capacidade intelectual e empreendedor bem-sucedido na área financeira. Quem o conhecia, logo concluía estar diante de pessoa inteligente, determinada, circunspecta e perseverante, mas também notava ser ele triste e solitário.

Quando retornou ao Brasil, em 1995, tornara-se um homem maduro, reservado, influente no mercado financeiro e rico, mas o olhar não havia sofrido mudança, revelava a mesma tristeza de quando partiu.

Naqueles 23 anos que permaneceu distante de Gabriela, muita coisa aconteceu na vida de ambos. As escolhas que ele fez foram sempre as melhores possíveis no plano material e, por isso, previsíveis. Gabriela, ao contrário, viveu um turbilhão de experiências que não poderiam ser previstas nem por ela mesma.

Em 1972, Jô foi para a Universidade de Chicago, onde estudou com grandes pensadores liberais, pesquisou, produziu trabalhos acadêmicos e, por desígnio da sorte ou competência intelectual, encontrou a *Teoria do Portfólio*, ou *Modern Portfolio Theory – MPT*, um trabalho realizado há algum tempo por um jovem de nome Harry Markowitz e que permanecera restrito ao meio acadêmico até que, depois de Jô, Miller e Sharpe fizessem aplicação prática do *Conceito de Fronteira Eficiente*, ganhassem muito dinheiro e, em 1990, os três (Markowitz, Miller e Sharp) acabassem por receber o Prêmio Nobel de Economia.

Jô bebeu da água limpa e tornou-se milionário com seus conhecimentos de MPT, numa época em que quase ninguém sabia o que era isso. Multiplicou sua fortuna aplicando nas bolsas: NYSE, NASDAQ e London Stock Exchange.

Ele foi efetivado como professor e permaneceu na Universidade de Chicago por dez anos; depois decidiu deixar o magistério e dedicar-se com exclusividade aos negócios financeiros. A tese que escreveu sobre a eficácia do estado moderno teve grande repercussão, atravessou oceanos e ajudou Margaret Thatcher a consolidar suas convicções acerca de como lidar com o dinheiro público. Um pouco antes de morrer, a Dama de Ferro encontrou-se com ele e o cumprimentou pelo trabalho, que, na opinião dela, era brilhante. Disse:

— Seu trabalho acadêmico consolidou em mim a ideia do Estado pequeno e forte, pena que o Brasil continua o inverso, um Estado grande e fraco.

Ao que ele respondeu com leve ironia:

— Santo de casa não faz milagre.

No Brasil, permaneceu recluso, morando com discrição em um apartamento, sem ostentação. Criou, com sede na rua São Bento, uma empresa financeira que passou a administrar seu patrimônio. Ele comparecia com pouca frequência à firma e os contatos eram limitados a pouco mais de uma dezena de pessoas ligadas ao mercado financeiro.

Após a partida de Jô para a América do Norte, Gabriela tentou, em vão, fazer contato com ele. Afinal, o pedido da amiga moribunda tinha sido para que ela cuidasse dele. Depois de muito insistir, concluiu ser da vontade de Jô não mais se comunicar com ela e desistiu, não sem antes ir ao cemitério do Araçá e, diante do túmulo da amiga, explicar-se e pedir-lhe perdão.

Gabriela concluiu a graduação, esqueceu Hayek, tornou-se militante do PCB, participou de ações terroristas até o dia em que vomitou e desmaiou, ao assistir a uma sessão de tortura realizada pelos companheiros em um potencial agente do imperialismo americano. O medo mórbido de sangue e questões de foro íntimo não a deixaram prosseguir.

Chegou à conclusão de que estava lutando contra a violência das brocas para a instalação da violência dos cupins. Abandonou aquela vida e, para fugir das ameaças dos revolucionários, que não admitiam deserção, foi viver com parentes em Brasília. Deixou de lado os ideais igualitários e abraçou o capitalismo selvagem. Trabalhou em organizações paraestatais e, durante o período em que residiu com familiares, foi iniciada por uma tia nas relações homoafetivas. Depois, Gabriela seduziu a prima de doze anos de idade, mantendo relações sexuais com a menina, ato pedófilo que a assombraria por muito tempo.

Durante os anos em que esteve longe de São Paulo, jamais recorreu aos pais para lhes pedir ajuda financeira.

Ela ascendeu na carreira profissional, o salário permitiu-lhe morar sozinha e, logo em seguida, manteve um relacionamento heterossexual. Conviveu maritalmente com o parceiro, mas o ajuntamento não durou muito tempo e ela voltou a morar sozinha até que se apaixonou por uma mulher sensual, bonita e cativante. Esse foi o relacionamento afetivo mais duradouro que ela manteve e era todo sedimentado na paixão e no prazer carnal.

Relações intensas e prazerosas, sem identidade espiritual, tendem a ter o fogo motor se apagando, com o passar do tempo, até não sobrar nada além de cinzas. Quando ocorreu a separação, ainda, havia muita brasa em Gabriela, mas a paixão da companheira tornara-se gris. Um processo dolorido para Gabriela que foi da tristeza profunda, passando pelo ódio mortal, até a indiferença definitiva.

Curada a ferida, ela manteve outros relacionamentos breves e alternados quanto à identidade de gênero.

Não conseguiu encontrar aquilo que nem sequer sabia que procurava.

Em 1994, um ano antes de Jô retornar ao Brasil, Gabriela, com 45 anos de idade, exercendo função gerencial na paraestatal em que trabalhava, foi transferida e voltou a morar com os pais em São Paulo.

...

Na década de 1970, ocorreu modificação significativa na chamada Guerra Fria que deu lugar à "Détente", um posicionamento de distensão ou relaxamento das relações bilaterais entre Estados Unidos e URSS.

Esse movimento, no entanto, não abrandou a tara humana de matar e, com embates sangrentos, aconteceram as guerras civis em Angola e Moçambique, lutas na Rodésia e Namíbia, luta armada, violência política e terrorismo no Japão, França, Suécia, Espanha, Grécia e em muitos outros países, como, por exemplo, o início da guerra afegã-soviética e a Revolução dos Cravos, em Portugal.

Aconteceram, também, as independências das colônias portuguesas em África e o fim da Guerra do Vietnã.

A recessão mundial, acarretada pela crise do petróleo, abalou grandes economias ocidentais e o caso Watergate iniciou um processo de descortino das mazelas governamentais.

Na ciência, tivemos o desenvolvimento do circuito integrado e do laser. Conhecemos as teorias sobre os buracos negros e a radiação de Hawking.

Foi encontrado o hominídeo fossilizado "Lucy", sondas espaciais foram enviadas a Marte e ao espaço sideral em busca, até este momento inúteis, por novas civilizações inteligentes além do nosso planeta.

Fim da banda *The Beatles*; o movimento hippie foi popularizado depois do festival Woodstock, em 1969, no final da década anterior; mais tarde, surgiu o movimento punk e os metaleiros.

Durante toda a década de 1970, o Brasil viveu a ditadura militar, que atingiu o auge de sua popularidade com o "milagre brasileiro", inspirando o modelo de outras ditaduras pela América Latina.

O Brasil tornou-se a nona economia do mundo, Emerson Fittipaldi passou a ser o primeiro brasileiro campeão de Fórmula 1 e Pelé e seus companheiros fizeram, com arte e magia, o Brasil tricampeão mundial de futebol.

O país do futebol ultrapassou cem milhões de habitantes. Foi criado o MOBRAL e o jornal *Estadão* substituiu notícias por Camões, revelando a censura diária que sofria.

A década de 1980 ainda encontrou Jô na América do Norte.

Cupins, brocas e outras pragas continuaram provocando mortes em todo canto do planeta: guerra afegã-soviética (que continuou até 1989), invasão de Granada, conflito Israel-árabes, Guerra do Líbano, Guerra Irã-Iraque, Guerra das Malvinas, bombardeio sobre a Líbia, Guerra de Fronteira Sul-Africana e muitas outras revoluções, insurreições, guerras civis, ameaças nucleares, terrorismos e ações de guerrilhas, tudo em nome da Paz Mundial, da soberania nacionalista, da Igualdade e de outras milongas.

Foi o início da "idade da informação". IBM PC, Apple, Macintosh, as primeiras interfaces gráficas, apareceu o CD, a estação espacial MIR, WWW, walkman, videocassete, Sega e Nintendo (substituindo o Atari), outras novidades e, para não dizer que neste enunciado só se falou de tecnologia, surgiu a AIDS.

A música era eletrônica, vivia-se a época da *new wave*, do *synth-pop*, do hip hop, de Michael Jackson, da Madonna e das novas vertentes do heavy metal.

No Brasil, logo no início da década, o "Encantador de Serpentes", juntando-se aos sindicalistas, intelectuais e militantes da Teoria da Libertação, fundou o Partido dos Trabalhadores (PT) e aconteceu o atentado do Rio Centro. Em 1982, ele perdeu a eleição para o governo de São Paulo; em 1986, foi eleito deputado federal e bem adiante, em 1989, perdeu, pela primeira vez, a eleição para presidente, quando o eleito foi Fernando Collor de Mello. Já o "Predador de Ideias", após produzir muita confusão, sendo representante de classe de militares, entrou para a vida pública e, em 1988, foi eleito vereador do Rio de Janeiro.

A ditadura militar durou até 15 de janeiro de 1985, quando, por escolha indireta, Tancredo Neves foi eleito presidente.

Depois de sete cirurgias, o político mineiro morreu, em 21 de abril de 1985, e José Sarney, que havia assumido de modo interino, foi investido no cargo, em 22 de abril daquele ano.

Um país esperançoso com o primeiro presidente civil, depois de 21 anos de ditadura militar, sentiu grande comoção com a morte de Tancredo Neves.

Sarney era um político profissional e fez o que podia fazer, dançando na corda bamba sacolejada por aqueles que perderam a mamata: os nervosos amigos das brocas e por aqueles sedentos de dinheiro e poder: os amigos dos cupins.

Não demorou um ano, o país foi lançado em mais uma aventura insustentável, o *Plano Cruzado*. Uma sandice populista e eleitoreira que tinha por objetivo principal aumentar a popularidade do governo e de seus candidatos para a próxima eleição.

Sucesso total para os políticos aliados ao governo que conseguiram 80% das cadeiras do Congresso Brasileiro. Fracasso total para o país e para o povo que pagou a conta do congelamento total de suas disponibilidades financeiras. Alguns, entre os mais abastados, conseguiram reaver parte do prejuízo, depois de décadas em disputas judiciais. À maioria da população só restaram frustrações e prejuízos.

Manoel de Barros, durante as duas décadas, comprovou, pelo método "lé com lé, cré com cré" que "tudo aquilo que a nossa civilização rejeita, pisa e mija em cima, serve para poesia" e que é desse jeito "que um chevrolé gosmento chega ao poema, e as andorinhas de junho"; depois, o poeta ficou um tanto musicastro e desandou a fazer "Arranjos Para Assobio", percorreu caminho em sentido oposto recolhendo "Pré-Coisas" e entregou tudo para "O Guardador de Águas" que "tentou encolher o horizonte no olho de um inseto – e obteve!"

E foi no horizonte encolhido, no olho da formiga-lava-pés, depois de procurar entre os infindáveis relatos sobre o acontecido no Brasil no período do governo militar e perscrutar os segredos da mente humana, que foi encontrada razoável explicação do fascínio humano pelo "chevrolé gosmento" das ditaduras: o mal atrai a maldade e o maligno, dono de inteligência aguda, com a sutileza de sua doutrina, arrebata os corações humanos ávidos de significados. Ora nos conduz à esquerda, ora nos leva à direita, a depender de seu cruento propósito. O balanço desse período apresentou 293 mortes causadas pelas brocas e 119 mortes provocadas pelos cupins.

Sob o olhar da literatura, a maldade oculta desse período pôde ser percebida, pelo espírito apurado, na história do Seu Pedro:

..................................................................

# SEU PEDRO

## O LIVRE-ARBÍTRIO, A IMPUNIDADE DIVINA E A ESPERA DO JUÍZO-FINAL

A ira do Eterno caiu sobre a serpente:

— "Porque fizeste isto, maldita és tu, mais que todo animal e mais que todo animal do campo! Sobre o teu ventre andarás e pó comerás todos os dias da tua vida. E porei inimizade entre ti e a mulher, e entre a tua descendência e a sua descendência; ela te ferirá a cabeça e tu lhe ferirás o calcanhar[10]". Depois, o Eterno viu que o homem era mau e pesou em Seu coração o arrependimento de ter feito o homem na terra.

E Sua ira caiu sobre a Terra:

— "...Farei o homem que criei desaparecer de sobre a face da terra...".

E o Eterno acabou condescendendo às graças de Noé e sua família. E Sua ira caiu sobre todos os homens, as plantas e os animais terrestres; à exceção da família e dos casais de animais agraciados pela bondade divina. Depois, o Eterno ouviu o clamor de Sodoma e Gomorra e negociou com Abrahão a salvação de três parentes, já que lá não se encontrava nenhum justo. E a ira do Eterno caiu sobre aquelas cidades:

"E o Eterno fez chover, sobre Sodoma e Gomorra, enxofre e fogo, da parte do Eterno, desde os céus. E sucumbiram

---

10  Gênesis – Bíblia Sagrada.

essas cidades, e toda a planície e todos os moradores das cidades e as plantas da terra".

Muitas outras vezes, o Eterno contristou-se, ao ver que era grande a maldade do homem e o impulso do coração humano, predominantemente mau. No penúltimo ato direto com a humanidade, Ele se fez homem e amou o mundo de tal maneira que se submeteu à ira dos homens. E a ira dos homens caiu sobre o Eterno. Depois, o Eterno deixou-nos ao livre-arbítrio. E muitas outras coisas aconteceram no mundo e o homem, por muitas e muitas vezes, foi, em traição, pior que o primeiro casal; em crueldade, pior que a décima geração; e, em abominações, iguais às duas cidades destruídas. E o Eterno não fez o homem sentir Sua ira porque, desde então, o mal só pode ser contido pelo livre-arbítrio do homem... até o dia do juízo-final.

O observador que, em eras passadas, relatou-nos todas essas coisas revelou-nos o que se passou com Tânia, jovem mulher e anjo de luz e com seu Pedro, velho senhor que ela cria ser um anjo das trevas.

## O MANICÔMIO, A GAROTA DA MOTOCICLETA E O PACIENTE DA CELA 366

A motocicleta passou pela cancela que abria a passagem de nível e seguiu em direção ao grande edifício amarelo. Era um dia de julho. Fazia frio e havia sol. A motociclista cantava. Sua voz não era bonita. Não importava. O barulho não deixava ninguém ouvir. Só ela e o vento. O ronco da moto dava o tom e o ar em movimento levava à canção. Cantava para si e para o vento ponteiro.

Ela estacionou o veículo no local indicado pelo guarda; passou pela recepção e seguiu por um corredor. Depois, acompanhada por duas enfermeiras, caminhou por outra passagem estreita e longa, em que grades separavam pequenas celas individuais. Dentro delas, esquizofrênicos de todos os gêneros. Alguns fitavam nela aqueles olhos tristes, outros nem sequer consciência tinham da realidade em que ela estava inserida e um, um deles, aquele da cela 366, pressentia a sua presença e, numa constância obsessiva, manifestava-se de forma violenta. Naquela manhã de sábado, reagiu conforme a rotina:

— Você pensa que pode fazer o que faz e ficar impune? — uma voz rouca e abafada vinha da cela 366, à sua frente.

— Você acredita estar protegida, mas não está...

Ela seguiu impassível. O dono da voz bateu forte e repetidamente com a mão na grade e aumentou o tom.

— Nós vamos destruí-la! Você e tudo o que você representa. Destruí-la! Você vai morrer! Você vai morrer, desgraçada!

Sentiu falta do calor do sol das ruas de Franco da Rocha. Dentro daquela fortaleza era tudo tão frio. E toda vez que passava por ali, parecia-lhe que a temperatura caía mais ainda. Em especial, diante do pequeno aposento daquele condenado.

— Ele está lá fora à sua espreita. Vai morrer! Vai morrer! Vai morrer!

Os gritos ficavam cada vez mais altos à medida que se afastava da cela. Virou à direita, sempre ladeada pelas enfermeiras, e prosseguiu por outro corredor.

Circundou o grande pilar do salão branco e seguiu à direita por outro corredor. Já não ouvia os gritos do louco. Soltou o crucifixo. Entrou no pavilhão azul. As crianças estavam lá. Mais de quatro mil delas. Crianças sem esperanças vivendo como viviam os judeus nos campos de concentração. E ela ficou ali todo aquele dia de sábado e depois voltou no domingo e passou pelo corredor e o louco gritou com ela e as crianças ficaram felizes com a sua presença e ela conversou, abraçou-as, beijou-as como se fossem suas. Quando resolveu ir para casa, já era noite. Noite de domingo. Ela abraçou a última criança. Uma negrinha de sete anos de sofrimento. Tinha hematomas por todo o corpo e ela olhou para o bracinho esquelético e roxo. Chorou. A menina também chorou porque não queria que ela fosse embora. Então tirou o cordão com o crucifixo e colocou no pescoço da negrinha. E de novo a beijou, despedindo-se dela com o coração apertado. Então, quando ia embora acompanhada de duas enfermeiras, como exigia o manual de segurança do lugar, quando passava pela cela do homem que gritou com ela onde o corredor ficou mais frio e onde o mal se alojou, pressentiu a maldade materializada e ficou aflita. Pensou em voltar para o salão azul. Não podia. O homem não gritava com ela. Sorria. Um sorriso satânico. Ela estremeceu. E o louco arremessou um objeto de metal contra ela. O objeto cravou-lhe no pescoço fazendo grave ferimento.

— Vai morrer, desgraçada! Vai morrer! Vai morrer!

As enfermeiras socorreram-na. Ela gorgolejava, engasgando-se com o próprio sangue.

— A carótida. Aperte a carótida! — disse uma das enfermeiras, sob as gargalhadas do louco. Horas e horas, dias e dias, semanas ou meses, quem sabe?... Ficara desgastando e polindo aquela colher no cimento rústico até conseguir uma ponta adequada e agora comemorava a batalha vencida.

Soldado vitorioso em uma guerra sem fim. Ria, gargalhava. As enfermeiras acudiram e levaram-na para a unidade de terapia intensiva. O soldado louco gargalhava e gritava:

— Vai morrer, desgraçada! Vai morrer! Vai morrer!

## A AGÊNCIA BANCÁRIA

Chegara o momento de abrir a agência e ela não aparecia. Era segunda-feira. Não era o seu jeito de proceder, faltar ao trabalho sem prévio aviso. O gerente solicitou que alguém fosse à sua casa. Não estava. A vizinha informou que Tânia passara o sábado no Juqueri e que, no domingo, logo cedo, dissera que iria para lá de novo. Depois não retornou a casa. A notícia deixou preocupados os colegas que também eram amigos. Falaram com o gerente. Achavam que tinham de fazer algo. Do jeito que ela era sem ninguém no mundo, e andando de moto por aí, podia muito bem ter sofrido algum acidente ou sabe lá coisa pior. O gerente garantiu que tomaria as providências necessárias. Fez que todos retornassem à rotina do trabalho e chamou a secretária. Pediu que telefonasse para a polícia, pronto-

-socorro, funerária, enfim, para onde fosse necessário. Tocou o telefone para o pronto-socorro municipal:

— Por favor, gostaria de saber se, de ontem para hoje, houve internação de... mulher... branca... Tânia... Como? Tem certeza? Faleceu esta madrugada?

A secretária pensou no noivo que havia morrido. Acontecera no ano anterior. Estava bem, forte, amoroso e feliz. Às vésperas do casamento. Numa tarde de domingo, saiu para jogar uma pelada de futebol. Voltou só o corpo inerte. Não queria chorar outra morte. Aquela garota, Tânia, meio desligada das coisas reais, mas, sem dúvida, a melhor criatura que já conhecera na vida. Antes, o melhor homem com quem convivera; agora, a melhor mulher. Será que a morte leva sempre e primeiro os melhores? Por alguns minutos ficou lá parada, pensando, abalada, sentindo medo da vida. Segurando o telefone como a falar com um interlocutor invisível. Não queria chorar. Não pretendia derramar lágrimas por ninguém mais nesta vida. Se é que ainda restara algum pingo desse líquido dentro dela. Colocou o telefone no gancho e, tremendo, foi até a mesa do chefe.

— Ela morreu nesta madrugada... — disse segurando o soluço.

— Quê? Não acredito. Ligue!

— Mas... mas... acabei de ligar.

— Ligue agora!

Ela, estremecida, ligou.

— Um momento, por favor... — passou o telefone para o gerente.

— Aqui é Mauro, o gerente do banco, o senhor pode confirmar o falecimento de Tânia, que teria ocorrido nesta madrugada?

— Sim, senhor. Confirmo.

— Pode informar o nome completo?

— Sim... um momento... o nome da falecida é Tânia Aparecida de Oliveira Anterotes.

— Pode repetir, por favor?

— Tânia Aparecida de Oliveira Anterotes.

— Graças a Deus! Obrigado.

O gerente voltou-se para a secretária:

— Não é ela. Continue ligando!

— Como... Não é ela?

— Apenas terrível coincidência. É outra Tânia.

Ainda restavam secreções suficientes para umidificar-lhe a adnata e, num ato impensado, abraçou o gerente e passou a rir. Todo o corpo tremia. Refeito do susto, o gerente, com a autoridade funcional que lhe competia, exigiu que ela descobrisse o paradeiro da moça. Não devia fazer outra coisa, não se ocupar com nada até saber onde estava Tânia.

## UM CLIENTE MUITO ESPECIAL

Como de hábito, Mauro, o gerente, recebeu-o na entrada da agência e conduziu-o até sua mesa. Era um cliente preferencial. Possuía saldo considerável na conta corrente, aplicações em poupança e títulos de renda fixa. Em períodos constantes, recebia depósitos vultosos de procedência incerta. Aquele dinheiro ficava por bom tempo na agência, depois saía de forma pulverizada, sempre em moeda corrente, até que novo depósito na conta recomeçasse o processo. Um cliente que não dava trabalho. Nunca pedia empréstimo. Não usava talão de cheque. Não tinha ficha cadastral. Toda informação sobre ele estava na ficha de abertura de conta. Nome, endereço, profissão, empresa onde trabalhava e número da cédula de identidade. Seu Pedro morava em Caieiras, era técnico de soldas, trabalhava na Oficina de Soldas Erich Lessmann e era estrangeiro. Conta antiga. Aberta no ano de 1960. Vinha à agência sempre que o dinheiro acabava. Às vezes, aparecia seguido de outra pessoa, outro estrangeiro e, nessas ocasiões, fazia retiradas maiores, cujo dinheiro conferia, distribuía em pequenos sacos e entregava-os ao acompanhador. Naquela segunda-feira, seu Pedro fez uma pequena retirada e solicitou o extrato da conta de poupança. Foi atendido pelo gerente, que lhe entregou o dinheiro e deu-lhe explicações sobre os rendimentos de seus investimentos financeiros. Depois, acompanhou-o até a porta. Seu Pedro foi em direção à estação. Observou aquele homem distinto, de gestos refinados, caminhando com tranquilidade, até que sumisse virando a esquina. Um solitário vovô é o que parecia. Frágil e indefeso. Não entendia por que a presença daquele homem deixava Tânia, a desaparecida, tão transtornada. A secretária informou ao gerente que ainda não conseguira localizar Tânia.

Pouco antes do horário do almoço, Mauro chamou seu substituto e a secretária e pediu-lhes que prosseguissem a busca. Avisou que estaria ausente da agência no período vespertino.

## EVITANDO-SE UM ERRO ENTRE MILHARES DE ENGANOS

Mauro tinha medo do Juqueri. Medo irracional como quase todos os medos do nosso tempo. Há três anos na cidade, jamais tivera coragem de entrar naquele prédio. Rejeitara vários convites para conhecê-lo. Evitava até mesmo passar pelas imediações. Nunca quis ser gerente naquela agência. Fora transferido para lá contra sua vontade e depositava suas esperanças num anunciado rodízio de gerentes sempre prestes a acontecer. O nome Juqueri era para ele sinônimo de terror. Algo assustador, fonte de pesadelos e angústias. Acresciam ao medo irracional originário de imemoráveis tempos passados, acontecimentos do momento presente. Boatos escandalosos sobre guardas e enfermeiros. Diziam da crueldade e violência com que todos eram tratados. Loucos assassinos, indigentes e crianças, estes mantidos naquele lugar, porque o Estado precisava retirá-los das ruas das grandes cidades e não havia outro lugar para abrigá-los. Também circulavam histórias revoltantes de sevícias e parafilia, e outras tantas histórias sobre a prática cruel de médicos que apressavam o destino dos doentes internados. Para fazer justiça aos médicos, enfermeiros e guardas que ali trabalhavam, faz-se necessário deixar claro que a maioria daquelas histórias era fruto do imaginário popular e trabalhadores cônscios do dever condenavam essas e outras práticas pervertidas que reconheciam ocorrer como exceção e não como regra ou procedimento institucionalizado. Devemos ainda reconhecer a dificuldade de identificar e punir os responsáveis por tais excessos num lugar onde gritos, soluços e ranger de dentes constituíam o som ambiente. Mauro era daqueles homens que existiam ainda com certa abundância nos anos sessenta. A maioria deles com idade avançada, bem verdade. Homens tementes a Deus. Homens que acreditavam poder deter o diabo que existe dentro de cada um de nós. Homens que lutavam contra suas fraquezas, suas tentações. Homens que não buscavam santidade, mas acreditavam possível ser honesto e evitar o pecado. Acreditavam ainda na bondade divina, mas também criam na severidade de Deus. Homem resultante de educação tornada obsoleta pelas muitas revoadas socioculturais que se seguiram após o ano de 1959. Não sabemos, se por velhas opiniões formadas ou por outra razão, que nos escapa, Mauro entrou, contra todos os seus medos, no friorento prédio amarelo à procura de Tânia. A busca não foi fácil. Burocracia de toda ordem atrapalhava. Andou pelos corredores, salões e pátios. Viu desordem e balbúrdia em todos os lugares por onde passou. Levaram-no ao pátio das mulheres. Talvez Tânia estivesse ali. Lugar pior que o pior pesadelo que tivera sobre aquele lugar. Mulheres confinadas, macérrimas ou obesas, nuas ou vestidas, umas que choravam, outras que riam; muitas gritavam. Um grupo delas sentadas no chão comendo vômito e outras comendo fezes e outras ainda havia que faziam coisas piores, que não podem aqui ser reveladas por respeito à dignidade humana. Sujeira e fetidez perturbavam seus sentidos.

Passou pela cozinha, onde moscas cobriam panelas, pratos, talheres e alimentos. Cheiro fétido de urina e fezes espalhava-se pelo refeitório. Viu urubus sobre os telhados ou passeando entre aquelas mulheres. Bicavam seus corpos, comiam das suas chagas. Vomitou. Voltou para a recepção e recomeçou a conversação investigativa. Após muito diálogo, descobriu o nome das enfermeiras que haviam acompanhado Tânia no domingo. Ambas estavam de folga naquela segunda-feira. Uma delas era cliente da agência.

Foi à sua casa. Ela lhe contou sobre o que sucedera na noite de domingo e que Tânia estava na UTI. Retornou e, de novo, enfrentou a burocracia. Da UTI, informaram que ela não estava internada naquela unidade. Ligou para o prefeito da cidade. O prefeito ligou para o superintendente do Juqueri, que ligou ao médico chefe, que ligou ao médico responsável pela UTI, que atendeu Mauro. Transitando pouco mais rápido pelo rigoroso aparato burocrático, e em companhia do médico, chegou até Tânia. Estava na Unidade de Terapia Intensiva, registrada por "paciente da cela 366". Pela confusão da noite anterior, por ser domingo, dia em que a maioria dos empregados está de folga, ou sabe-se lá por qual outro motivo oculto, registraram-na como paciente da cela 366. Confundida com o próprio algoz, muda pelo ferimento no pescoço, abandonada num corredor frio e úmido, lá estava ela para alívio de Mauro.

— Antes tivesse ido pular do avião. Parece menos perigoso.

Disse para ela que, nos fins de semana, quando não estava com as crianças do Juqueri, praticava paraquedismo. Ele lhe disse outras coisas de forma carinhosa. Ela fez gestos de que não podia responder. Mauro estendeu-lhe uma caneta e sua agenda aberta nas páginas de anotações. Ela escreveu: *Precisa tirar as crianças daqui.*

Ele não disse nada. Ela escreveu:

*Estou triste com o senhor. Não está se empenhando. As crianças estão sofrendo neste inferno. Precisamos fazer algo agora.*

Ele não disse nada. Ela então escreveu bem grande: FAÇA ALGUMA COISA PELO AMOR DE DEUS!

Ele disse:

— Vou tirá-la daqui.

Ela escreveu:

*Estou bem. Retire as crianças.*

Ele ligou para um hospital de São Paulo. Uma ambulância veio buscá-la. Antes de entrar no automóvel, escreveu na agenda e devolveu-a ao gerente.

*Desculpe-me! Obrigada. Ajude-me a ajudar as crianças.*

## UMA NOITE MALDORMIDA

Ao chegar a casa, não abraçou sua mulher, nem a beijou, nem lhe perguntou pela filha e sequer foi ao quintal afagar o cachorro, como fazia todos os dias. Ficou à mesa sem comer. Narrou à mulher quase tudo o que havia acontecido e pôs-se a pensar, calado, e assim ficou o restante da noite. Precisava fazer alguma coisa; sentia-se impotente. Que podia fazer contra o caos? Como livrar quatro mil crianças daquele pesadelo? E os outros quinze mil internados adultos? Aquelas pobres mulheres que viu e não saíam da sua mente. O cheiro fétido, a comida coberta de moscas. Os horrores que presenciara e nem à esposa tivera coragem de contar. Que fazer? Que fazer? Presenciara um crime. Crime contra a humanidade. Sentia-se cúmplice. Abriu a agenda e lá estava em grandes letras:

*Faça alguma coisa pelo amor de Deus!*

Fechou-a pensativo. Repassado de indignação, foi para o quarto de dormir. A mulher disse-lhe que iria visitar Tânia na manhã do dia seguinte. Já estavam na cama. Ele disse que seria ótimo. Ela tentou conversar, mas ele demorava a responder e, quando o fazia, era monossilábico. Ela lhe disse algumas palavras de conforto, deu-lhe um beijo e, depois de algum tempo, adormeceu. Ele permaneceu angustiado e insone. Que podia fazer? Corria o sombrio ano de 1968. Ele conhecia o cenário político. Em dezembro daquele ano, presenciaria o advento do AI-5[11], regulamento baixado pelo governo, consolidando o ambiente de exceção que existia há algum tempo. Ambiente esse que lhe possibilitaria, num futuro próximo, saber os versos de Camões de cor e salteado, aprendidos das páginas do *Estadão*. Isso aconteceu de agosto de setenta e três a janeiro de setenta e cinco e foi-lhe de grande felicidade na velhice. A porta aberta para a leitura dos clássicos na aposentadoria. Ficando assim demonstrado que, das piores pragas de Deus, pode-se extrair algum consolo. Essa paz de espírito, no entanto, estava-lhe reservada para o tempo que havia de vir; não era coisa para aqueles dias. Não para aquele dia: o pior que já vivera até então. Não sabia ele que o pior mesmo

---

11 O Ato Institucional n. 5, ou AI-5, foi o quinto de uma série de decretos emitidos pelo regime militar brasileiro nos anos seguintes ao Golpe Militar de 1964.

é que o mal sempre superava a dor. Mas isso também era sabedoria que ainda haveria de chegar. Que podia fazer? Era só um bancário e seus superiores não estavam interessados em nada que não aumentasse o patrimônio líquido ou a segurança dos ativos do banco. Rolava na cama e o sono não vinha. Levantou-se e foi para a sala. Lendo, entrou pela madrugada sem sono. Angustiado, caminhou até a geladeira. Comeu alguma coisa e voltou para o sofá. Do sofá para a geladeira e da geladeira para o sofá. Voltou para a cama. Persignando-se, orou. Deitado, esperou. O sono não veio.

Levantou-se e foi para a sala. Ficou pensando, pensando, pensando. E assim, passou a noite em claro. Teve tempo para fazer uma avaliação da vida e, entre muitos pensamentos que lhe acometeram a mente, um houve que o levou à decisão de fazer alguma coisa. A etapa da sua existência foi decisiva para aquele ato de coragem e desprendimento. Economizara algum dinheiro, tinha imóvel próprio. A mulher estava aposentada do serviço público, a única filha já era casada, tinha bom emprego e vivia bem com o marido. Na manhã daquela terça-feira, a esposa foi visitar Tânia, e ele para a agência. Tratar aquele assunto com os superiores imediatos seria inútil, sabia. Ligou para a presidência do banco. Ficou um tempo considerável convencendo a secretária e depois o chefe de gabinete do presidente. Sem dizer de que se tratava, alegou que o banco corria risco de ter problema grave de imagem institucional. A audiência com o presidente foi marcada para quinta-feira daquela semana.

## PASSO DE CÁGADO

Quando Mauro chegou à antessala da presidência, já havia recebido infindáveis recomendações de como se comportar e sobre o tempo de que dispunha. Dez minutos. Vinte seria pecado grave. Acima desse tempo, carta de demissão. Sabia que tudo o que dissesse ou fizesse naqueles poucos minutos definiria o futuro de milhares de pessoas e, em especial, daquelas crianças. Em toda sua vida funcional, nunca tivera uma conversa a sós com o presidente do banco. Não sabia ainda ao certo o que iria lhe dizer. Estava apreensivo. O presidente apresentou-se de forma elegante e educada. Disse que o recebia por ter o chefe de gabinete utilizado de duas palavras que lhe despertavam interesse: risco institucional e risco de imagem. E desandou a discorrer sobre riscos e formas de mitigá-los. Mauro não abriu a boca e olhou para o grande relógio na parede que, atrás do presidente, deixava-o alerta sobre o tempo. O presidente continuou a falar. Ele apenas, de vez em quando, acenava com a cabeça em sinal de concordância. No exato instante em que o presidente passou a falar sobre a conexão hoje-futuro, o relógio mostrou-lhe que os vinte minutos acabaram. Para o presidente o hoje não oferecia nenhuma possibilidade de risco para a imagem do banco ou de qualquer empresa em operação no país.

— Somente notícias boas são publicadas na época que vivemos. No entanto há de estar atento para a insofismável verdade de que as más ações em curto prazo sacam contra o futuro. As boas ações, ao contrário, constroem o amanhã. E a busca da perenidade existir nesse amanhã é a principal missão de qualquer empresa, disse o presidente em tom profético.

Meia hora se passara. Mauro suava frio, ao mesmo tempo que sorria e concordava com a argumentação do presidente. O tempo foi passando. O relógio na parede avisava. O presidente discorria sobre um e outro desafio futuro:

— As organizações do porvir terão foco no bem comum e a premissa será de que a organização útil é, por natureza, eterna.

Quando o presidente disse essas palavras, Mauro fez sinal com a mão direita, dando a entender que queria dizer alguma coisa. Afável, o presidente falou:

— Diga-me, meu gerente, que acha de tudo isso?

— Quero falar-lhe sobre o bem comum, sobre o futuro e a imagem do nosso banco nesse futuro que será crítico, transparente e exigente com as instituições financeiras – afirmou Mauro considerando-se desempregado.

Contou tudo o que vivera naquela semana. Abriu o coração para o presidente. Falou até mesmo sobre as coisas abomináveis que viu e não contara nem para a mulher. O presidente ouviu tudo com muita atenção e fez muitas perguntas sobre o manicômio e sobre a agência. Foi uma boa conversa.

Mauro, entretido, esquecera-se de olhar para o relógio. No fim do diálogo, o presidente declarou:

— Você é um sujeito esperto, Mauro. Tirou o mico de suas costas e passou para as minhas. Sou eu quem vai ter pesadelo e insônia a partir de agora.

— Perdão, presidente. Não havia outra pessoa a quem recorrer.

O presidente prometeu ajudar. Despediram-se com o sentimento mútuo de que mais coisas deviam ser ditas, mas o bom senso recomendava cautela em assunto tão delicado. Antes de sair, olhou para o relógio. Duas horas se passaram. Estava perdido. Quando Mauro passou pela sala da secretária ela, em tom de brincadeira, fez-lhe sinal de degola, passando a mão aberta pela garganta. No dia seguinte, bem cedinho, foi com a mulher visitar Tânia, que convalescia do corte no pescoço. Mauro contou-lhe sobre a audiência com o presidente do banco, que havia lhe pedido que intercedesse com o ministro ou, se possível, até com o presidente da república, em favor dos internados do Juqueri. Disse-lhe que ele prometera auxílio e que acreditava na sua sinceridade. Tânia demonstrou gratidão. Com os olhos que brilhavam e com gestos de alegria, sorriu. Mauro deixou a mulher em companhia de Tânia e foi para a agência. Não foi demitido. Os sinecuristas que rodeavam o presidente de alguma forma perceberam que tal ação poderia conduzi-los por caminhos ambíguos, incertos. O presidente deu sinais de que havia algo de importante no assunto tratado com o gerente. Mauro, entretanto, ficou em situação desconcertante com os superiores imediatos. Ele constrangido, eles enciumados. Houve quebra de hierarquia e, o que era pior, ninguém sabia que assunto tão relevante Mauro teria para solicitar aquela audiência. A agência seguiu sua rotina. Os dias passando lentamente. Na sexta-feira seguinte, o presidente ligou para ele. Informou-lhe que tinha tratado do assunto com o ministro, que lhe prometera fazer alguma coisa. O presidente disse-lhe, ainda, profético, que a solução seria demorada. Mauro agradeceu-lhe a atenção dispensada. Estava reconhecido e emocionado. E disse que o mais importante era iniciar o processo de mudança, mesmo que de forma lenta e gradual.

— Será a passo de cágado — argumentou o presidente, sugerindo que ele não se animasse muito.

Em outra visita, relatou a conversa que tivera com o presidente. Os olhos de Tânia brilharam. Escreveu na agenda:

— Vou rezar para que alguém coloque o cágado no cimo da jabutia.

Ela sorriu. Ele não entendeu. Ela explicou o sentido daquele trocadilho por meio de outra mensagem escrita.

## DEZ MESES DEPOIS

Tânia voltara ao trabalho, às crianças e ao paraquedismo. No Juqueri, a fereza persistia, mas algumas coisas sofreram alterações. Mudara o hóspede da cela 366. Muitas crianças haviam sido removidas. Algumas retornaram para seus familiares, a maioria deixada em lugares quase tão ruins quanto aquele. A menina a quem Tânia dera o crucifixo já não estava lá. Ninguém soube informar sobre o seu paradeiro. Nutria por ela especial ternura. Tão meiga, tão linda, tão desamparada. A desorganização geral tornou impossível sua localização. Rezou por ela. Mauro, mantido no cargo, gerenciava a agência e evitava passar pelas imediações do hospital psiquiátrico. Seu Pedro, de quando em quando, aparecia na agência, retirava um dinheirinho, trocava algumas palavras com o gerente e desaparecia por semanas. Fosse lá qual fosse sua fonte de renda, estava em fase próspera. Os depósitos eram expressivos e suas aplicações financeiras aumentaram de forma considerável nesse período. Apesar de breve e discreta, a presença de seu Pedro sempre deixava Tânia transtornada. Quando entrava na porta da agência, ela corria para o fundo do prédio escondendo-se no pequeno refeitório. Ficava lá encolhida e tremendo igual bicho acuado até que ele fosse embora. Tal comportamento causava reações de descontentamento em alguns poucos empregados que se sentiam sobrecarregados com as ausências temporárias da moça. Naquele tempo, profusão de empresas multinacionais chegavam ao Brasil trazendo novos conceitos e técnicas de gestão. Estavam em moda os conceitos de qualidade e excelência. Mauro aprendera que o sucesso da corrente dependia da força de cada elo. Um movimento em desarmonia poderia significar rompimento. Agir com precisão e maestria. Agir certo, na hora certa. O clima organizacional na unidade era bom, sua meta era torná-lo excelente. Enxergava talento potencial naquela jovem que poderia, no futuro, ser aproveitada pela matriz do banco numa área de criação ou de planejamento estratégico. Decidiu conversar com Tânia sobre aquele comportamento específico. A conversa aconteceu na cozinha da agência (assim os empregados chamavam o pequeno refeitório.)

Tânia argumentou que a presença daquele homem era algo infernal, prenúncio de desgraça. Da cor do sangue ficava o céu quando ele aparecia. E sempre trazia um séquito de invisíveis habitantes deste planeta. Almas padecentes, ciciosas, rogando por justiça. Nem anjos, nem demônios, milhares de espectros de corpos mutilados. Todas vítimas de uma sentença iníqua. Cada um carregando sua própria ira. Os olhos em brasa, o semblante horroroso do que sobrou do corpo que a sede, a fome ou o gás matou e o bisturi, ainda em vida, cortou.

Amargura, amargura, amargura... tristeza intensa que lhe engrossava o sangue e gelava o coração. Atônito, Mauro chegou a pensar que Tânia enlouquecera. Disse-lhe que aquilo era algo que só ela antevia. Que seu Pedro, por certo, nem sequer sonhava com tais criaturas e que ele lhe parecia um respeitável ancião e não um espírito das trevas como estava a descrever. Tânia olhou para Mauro, bem dentro dos olhos e lhe relatou:

— Ele se escarnece de todos eles. Sua alegria de viver consiste em panteá-los.

Ela tremia, os olhos estavam cheios de lágrimas. Ele ficou com medo. Entrara num terreno perigoso. Desconhecido para ele. Era o momento de retroceder. Ofereceu-lhe um copo de água e redirecionou a conversa, passando a tratar das tarefas e procedimentos do banco. Só voltou ao assunto principal para deixar acertado o seguinte: sempre que seu Pedro viesse à agência, ela faria serviço externo. Francisca, a empregada responsável pelo relacionamento com os clientes, informá-la-ia do dia que ele viria e Tânia visitaria clientes naquele dia. Ela gostou do combinado. Avisou que não levava muito jeito para relações-públicas. Mauro explicou-lhe que as visitas dos bancários são mais ações de cobrança que frivolidade social. Uma forma de melhorar o índice de inadimplência ou atingir metas de captação de depósitos. O gerente acompanhou Tânia à seção de trabalho, retornou à sua mesa e chamou a empregada Francisca.

### OUTRA GAROTA: A ESPERTALHONA

Escarrapachou-se numa cadeira à frente do gerente e escarrapichando-se, dissimulava as consequências da desregrada noite anterior, quando, sozinha, escorropichara dois litros de vodca. Usava óculos escuros e mascava chiclete. Escorropichar e escarrapachar eram suas especialidades. Escarrapichava-se, contudo, apenas quando tinha algum interesse, quase sempre esconso. À maneira que falava, escolhendo as palavras, ouvia com atenção as orientações do gerente parecendo dar grande importância aos detalhes.

Sorria. Sorriso de carreirista profissional. No imo da alma, achava tudo tão ingênuo, de singeleza risível. Fosse ela a gerente e Tânia estaria no olho da rua. Incompetente que confundia a missão do banco com filantropia. Mauro, em sua opinião, medíocre e bonachão, nunca iria além da gestão de agências intermediárias. Faltava-lhe ambição. Poder, glória, posição social eram coisas que desejava e faziam com que ela não apresentasse contra-argumentos à proposta do gerente. Orientou Tânia sobre o plano e o relatório de visita.

Tranquilizou-a com os clientes que visitaria. Seriam dóceis e detentores de operações simples. Comportando-se de forma profissional, fez contato com o seu Pedro e, logo em seguida, teve com ele o primeiro encontro presencial.

Começo de uma relação fecunda. Abundante em agradáveis descobertas recíprocas. Impressionada com a capacidade cognitiva do velho cliente, Francisca passou a dedicar-lhe atenção especial. Longos diálogos foram mantidos por telefone e, quando ele vinha à agência, dava-lhe a melhor acolhida, ficando em sua companhia desde a chegada até quando o acompanhava à estação do trem. Era homem elegante, de mente brilhante e fértil. Sabia quase tudo sobre quase tudo. Qualquer assunto que ela abordava, o velho discorria soberano. Embora seus assuntos prediletos fossem aqueles ligados com a política internacional, falava para ela sobre assuntos diversos, de culinária aos mínimos detalhes do encéfalo humano. Quando ele falava sobre determinado prato, fazia-o a pleno. Tratava em minúcias da receita, em que os ingredientes eram especificados em quantidades milimétricas. A qualidade, a marca, a temperatura, o acondicionamento, tudo tratado em minudência. Se o assunto fosse o encéfalo, não perdia tempo com os aspectos psicossociais, entrava logo nos detalhes dos pedúnculos, da protuberância anular ou do bulbo raquiano, demonstrando maestria nos segredos de cada fibra nervosa que compõe a mente. Era como se já as houvesse dissecado, separadas uma a uma e estudado seus mistérios insondáveis. Em resumo, ela encontrou um modelo. Seu Pedro ficou muito feliz ao saber da sua descendência. Contente por ela ter nascido em Nova Odessa. Um tanto decepcionado ao descobrir que o primeiro nome era Maria. Relevou-a da culpa por saber, por experiência, que os pais quase sempre escolhem os nomes dos filhos de maneira inconsequente. Impressionado com sua ambição pessoal. Fascinado com seu desprendimento dos dogmatismos morais ou religiosos. Em resumo, ele encontrou um molde. Um dia, Francisca comentou sobre ele para Tânia. Usou o termo "maravilhoso" para defini-lo.

Tânia demonstrou enorme preocupação e nervosismo. Comentou:

— Minha pobre alma! Não olhe para o abismo. Ele não é maravilhoso. Não é um homem bom. Tenho dúvidas de que seja um ser humano. Acho que não é nada. Apenas a pálida sombra projetada em nossa direção a partir de uma essência terrificante e má. Afaste-se dele enquanto há tempo. A obscuridade vai conduzi-la ao precipício. Lá no fundo dele, encontrará a substância produtora de sombras. Ouça-me: fuja enquanto ainda pode! Não se deixe seduzir. E, de qualquer maneira, nunca, nunca mais, fale comigo sobre essa coisa.

Francisca convenceu-se de que aquela garota perdera de vez a razão. Nunca mais falara sobre o seu Pedro em sua presença. Essa conversa incidental não trouxe nenhum abalo à ligação de amizade que se fortalecia entre a jovem Francisca e o velho seu Pedro. Tratava-o por *lieber alter*, revelando, assim, a informalidade daquele relacionamento. Amizade que se fortificou e se tornou bem-humorada. Houve tempo em que ela vivia a contar chistes ou a cantarolar inocentes canções que aprendia com o mestre. A letra de uma dessas composições infantis era qualquer coisa parecida com isto:

*Todos os meus patinhos nadam na privada. Aperto um botãozinho e já não há nada.*

## AS LIÇÕES DO MESTRE

O metal derretido que se verte sobre o molde vai preenchendo o oco interior criando um objeto, em forma, análogo à fôrma, mas, em essência, de outra natureza. A longa convivência com o velho cliente da agência deu à Francisca novas convicções. Ampliou-se a visão do mundo exterior. Obteve consciência da noção exata do poder acessível ao ser humano. Embora nunca mais tenha falado de seu Pedro perto de Tânia, não era rara a ocasião em que ela era assunto das conversas que mantinha com o mestre. Ele apenas vira Tânia de relance algumas vezes, mesmo assim referia-se a ela sempre com escárnio. Chamava-a de "judiazinha". A primeira vez que citou essa palavra, Francisca corrigiu-o afirmando que ela não era judia. Ao que ele respondeu:

— Você está enganada, eu sinto o cheiro dessa gente.

O metal derretido, às vezes, penetra na fôrma causando fissuras ou alterando sua aparência exterior. Outras vezes há em que a fôrma abriga de maneira tão simétrica o metal derretido que nos dá a impressão de que sempre estivera ali esperando por ele. Entre as muitas coisas que Francisca reteve em seu espírito, podemos destacar aquelas perceptíveis ao observador atento:

- acreditar no poder da disciplina e, em especial, da autodisciplina;
- pensar como vencedora, igual mulher súpera;

- fugir dos fracos, dos amargurados, dos pobres em espírito e em dinheiro, de todos os detentores de pensamento de vísceras;
- nunca abrir mão da liberdade sobre a vida;
- ter independência moral;
- acreditar na igualdade dos fortes;
- admirar a pureza estética nas artes;
- libertar-se da crença religiosa;
- crer em si mesma, acreditar que cada mulher superior é deusa suprema;
- ser eterna mudadora.

O sustentáculo desse decálogo é o axioma de jamais arrepender-se do que quer que faça. Quando lhe transmitiu tal crença, o mestre foi intransigente:

— Não faça igual o meu amigo Albert, que realizou grande obra e, depois, pôs tudo a perder por demonstrar abominável pusilanimidade, ao admitir arrependimentos por eventuais excessos, que cometera no curso do empreendimento pioneiro de que participava.

O mestre, tal qual a serpente do Gênesis, soprou em seus ouvidos que: "Não, não morrereis, mas sereis como deuses".

A cura da velhice, vencer a dor e a morte... livrar o homem do sofrimento físico era questão de tempo. Pioneiros trabalhavam, sem preconceitos ou amarras morais, para que isso acontecesse. Francisca assimilara todos esses preceitos. É evidente que, para o observador, alguns eram mais perceptíveis que outros. Nunca saberemos como o conceito de liberdade sobre a vida lhe fora revelado. Embora fosse imensa a curiosidade do observador, em específico, a noção de liberdade sobre a vida alheia, jamais ela avançou nesse tema. Mudança, entretanto, era algo que todos percebiam. Francisca mudava a todo instante. Mudava o penteado, a maquiagem, o perfume, o namorado, o sapato, o gato, o carro e, se fosse necessário, a mãe ou o pai. Os dias foram passando, meses, anos e a amizade entre Francisca e o seu Pedro permaneceu vigorosa até a metade do ano de 1974, quando a situação financeira de seu Pedro mudou. Havia perdido o emprego e sua misteriosa fonte de renda exaurira-se. Os créditos foram-se escasseando, as visitas espaçando-se. Seu Pedro passou a dar sinais exteriores de pobreza. Pouco vinha à agência e, quando isso acontecia, era atendido no balcão como os demais clientes. Mauro havia sido transferido para uma agência no bairro da Lapa, na capital. Mantinha contato frequente com Tânia, que fora demitida do banco pela nova gerente. Após ser demitida, Tânia prestou concurso e passou a trabalhar num banco estatal. Francisca tornara-se a nova gerente da agência. As vicissitudes da vida de seu Pedro alteraram suas relações de amizade e Francisca, boa pupila, afastou-se do mestre. Francisca, ainda no correr do ano de 1974, mudou de emprego. Foi-se em busca da glória de mandar. A incessante mudadora mudou: de Franco da Rocha para a avenida Paulista. O que fora vã cobiça, no tempo do poeta, passou a ser mandamento sagrado, às vezes elíptico, para a maioria das mulheres e dos homens dos nossos dias. Sobre Francisca, é importante revelar que sempre tratou Tânia de forma profissional. Sua demissão foi alicerçada por métodos de mensuração de produtividade. Nada de pessoal, apesar de nutrir por ela um sentimento confuso que oscilava entre a repugnância e a inveja. Tudo o que aprendera com o seu Pedro, para ela, era fruto da sua capacidade de enxergar as oportunidades qualificadas que a vida oferece. Não havendo, assim, nenhum sentimento de gratidão ou solidariedade com o mestre no infortúnio. Necessário ainda informar que Francisca, conjugando conhecimentos adquiridos com as especialidades antes mencionadas — que lhe pareciam conatas — tornou-se, muitos anos depois, presidenta de um grande banco.

## REENCONTRANDO O PACIENTE DA CELA 366

Uma década após a conversa de Mauro com o presidente do banco, já não havia crianças no Juqueri. O processo de redução do número de internados adultos seguia de forma lenta e gradual. Mauro estava aposentado. Lia Homero e brincava com o neto. Mantinha contato frequente com Tânia, a qual cuidava agora das crianças de outros lugares. Daquelas que ficavam amontoadas em creches públicas em precárias condições higiênicas. Daquelas crianças abandonadas nas ruas da cidade que, a cada dia, aumentavam mais e mais. Daquelas crianças ditas excepcionais. Daquelas crianças sem cabelo e sem esperança. Trabalhava no banco estatal durante o dia. À noite e aos fins de semana, cuidava das crianças. Num ou noutro domingo, pulava do avião. Era o dia 23 de dezembro do ano de 1977. Naquele dia, houve diferença no fechamento dos caixas e Tânia ficou até mais tarde ajudando na conciliação contábil. Quando saiu da agência, estava escuro.

No momento em que entrou no terreno do estacionamento, teve uma sensação de medo como há tempo não sentia. Algo familiar e horrendo. Olhou para a motocicleta e ao redor. No estacionamento havia poucos carros. Não avistou ninguém. Uma caminhonete era o veículo mais próximo da motocicleta. Andou alguns passos. Parou e olhou em volta. Silêncio. Seu coração disparou.

Resolveu considerar dessa vez o seu pressentimento. Voltou. Detrás da caminhonete saiu um homem e foi em sua direção. Ela ouviu os passos. Sem olhar para trás, andou mais rápido. O homem correu. Ela correu. Ele a alcançou. Quando acordou, estava amarrada e amordaçada, chocalhando dentro da camioneta que passava por caminho esburaquento. Sentia os baques nos buracos. O pó da terra aderia ao rosto. A cabeça doía e latejava. O veículo parou. Ela viu luzes. Viu uma casa grande. O motorista arrastou-a até um cômodo e jogou-a sobre o sofá que lá estava. Arrancando-lhe os cabelos, fez com que se ajoelhasse sobre o sofá. Retirou a mordaça, cortando-a com faca. Puxou uma cadeira e sentou-se à sua frente. Perguntou:

— Não me reconhece?

Ela disse não balançando a cabeça.

— Eu faço parte do seu destino. É por meu intermédio, desgraçada, que você morrerá. Há muito tempo escapou de mim, mas agora está em minhas mãos.

Ela abaixou a cabeça e fechou os olhos esperando a morte.

— Faça o que tem de fazer.

— Não tenha pressa. Não sou eu quem vai acabar com a sua raça. O mestre cuidará disso. Ele vai cortá-la viva. Retirando pedaço por pedaço, órgão por órgão. Amanhã bem cedinho, ele cuidará de você. Até lá, terá muito tempo para pensar no nada que representa e na inútil fé que professa.

Ele passou a gritar:

— Onde está o seu Deus? Que é de Jesus Cristo? Vai morrer, desgraçada! Vai morrer!

Depois, numa repentina lucidez maligna, sorriu e saiu para, logo em seguida, reaparecer com uma espécie de canga. Cabo de madeira, igual a cabo de enxada, com uma engenhoca na ponta que abria uma argola de arame.

Sorrindo abriu a argola e colocou no pescoço de Tânia. Puxou e o anel metálico fechou reprimindo-lhe a respiração. Ele cortou as cordas que amarravam as mãos dela. Sorrindo, disse:

— Vou mostrar-lhe coisas muito interessantes. São as obras do mestre. Amanhã, você será parte dela.

Ele a conduziu pela canga até o subsolo da casa, onde havia um laboratório. Ela viu aparelhos hospitalares e muitos vidros. Alguns vazios, muitos com restos humanos. Fígados, rins, intestinos, corações, cérebros e muitas outras coisas que boiavam em líquidos dentro de recipientes vitrificados. Ela não queria ver. Ele puxava a canga e esfregava seu rosto no vidro, sufocando-a até que abrisse os olhos. Falava com detalhes sobre os experimentos que o mestre realizava com seres humanos. Contava sobre as reações do ser humano à medida que cada órgão lhe era retirado do corpo. Quando a cobaia desmaiava, o mestre pacientemente a reanimava antes de prosseguir. E, assim, seguia até a morte cerebral da vítima.

Defronte de um armário de ferro que tinha prateleiras com portas de vidro na parte superior, ele parou e disse:

— Aqui tem algo muito especial.

Abriu uma das portas e retirou um pequeno saco de pano fechado com um tope de fita. Entregou para ela.

— Abra!

Ela puxou a fita, abriu a boca do saco e retirou de dentro dele um crucifixo. Lágrimas no rosto. Suas pernas bambearam. Tanto infortúnio entibiou-lhe o ânimo. Ele, de forma brusca, esfregou seu rosto na prateleira de vidro. Ela fechou os olhos. Ele apertou a canga.

— Isso é o que sobrou da sua amiguinha.

Dentro do armário, um pequeno crânio. Ela desmaiou. Ele afrouxou a argola do pescoço e colocou-a sobre a sua caixa torácica, sob os braços. Depois a arrastou até o aposento onde estavam antes. À medida que a movia com violência pela escada, o vestido enroscava nas frestas de madeira, rasgando-se. Ele retirou a canga, tornou a amarrá-la e jogou-a no chão. Ela estava inconsciente e seminua. Aquilo despertou a concupiscência nele. Abusou dela.

### QUANDO A DIGNIDADE É MAIOR QUE A VIDA

Quando apareceram os primeiros raios do sol, ela recobrou os sentidos. Todo o corpo doía. Ouviu vozes na sala ao lado. Experimentou aquela mesma sensação de angústia de quando o seu Pedro ia à agência no antigo emprego.

Ele estava ali. Tinha certeza disso. Em oração, entregou o espírito a Deus. As vozes estavam alteradas.

— Idiota! Eu disse que tinham de ser apenas internados ou indigentes.

O interlocutor respondeu de forma inaudível.

— Os amigos dela foram procurá-la quando você falhou. Virão novamente! Seu imbecil... Ela tem amigos.

Ouviu os gritos do algoz:

— Ela tem de morrer. Eu vou matá-la! Não podem deixá-la viver. Vou matá-la! Vou matá-la!

Ouviu barulho de coisas caindo e de outras vozes. Parecia que havia luta corporal. Escutou dois tiros. Depois não ouviu nada. Após duas horas, chegou um homem que lhe vendou os olhos e a libertou das amarras. Colocou em suas mãos uma calça comprida.

— Vista!

Ainda no chão, ela se vestiu. O homem a pegou pelo braço fazendo com que se levantasse. Conduziu-a para fora da casa e colocou-a no porta-malas de um carro. No trajeto da casa até o veículo, disse-lhe:

— Se há interesse em saber: está morto o louco que fez isso com você.

Ela não disse nada. O carro rodou por muito tempo. Ela não sabia quanto. O homem parou o carro no acostamento da Estrada Velha de Campinas. Tirou-a do porta-malas e antes de partir recomendou:

— O melhor para a sua saúde é que não comente nada do que lhe ocorreu.

Ela ficou imóvel por um tempo tentando pôr as ideias em ordem. Não havia ideia nenhuma em sua cabeça e, para as pessoas ruins, não existe ordem. Nem ideia, nem ordem, nem progresso, nem nada. Nojo, só nojo. Depois, retirou a venda dos olhos. Sua bolsa estava no chão. Olhou para um lado da estrada e para outro. Avistou um mastro que parecia ser de um posto de gasolina. Pegou a bolsa e seguiu na direção do posto. Naquele lugar, solicitou um táxi. Foi direto à delegacia de polícia. Relatou a ocorrência. Uma viatura levou-a até o estacionamento. Pegou sua motinho e foi para casa. O escrevente da polícia arquivou o boletim da ocorrência fazendo o seguinte comentário:

— Essa moça tem muita imaginação.

Ela ligou para Mauro e contou-lhe o que havia acontecido. Disse que sabia que quem estivera lá fora o seu Pedro. Não, não o tinha visto, mas sabia que era ele. Ela se sentia desamparada, deprimida. A vida parecia-lhe sem nenhum sentido. A inocência se havia ido. A honra manchada. Vergonha, vergonha e a vontade lânguida. Naquele jogo que nunca quis jogar, o mal foi o vencedor. Era véspera de Natal. Mauro e a esposa estavam de saída. Iam passar as festas de fim de ano com a filha. Pediu que ficasse calma e procurasse um médico. Disse-lhe da sua admiração por ela, do quanto era importante para as crianças e para o mundo. Ela respondeu:

— Obrigada. Adeus!

Ela não foi ao médico, não foi ver as crianças e não fez nada além de tomar banho e ficar o resto do dia na cama. Sua aguçada sensibilidade possibilitava-lhe discernir valores maiores que a vida. Insistia em nortear-se pelo oposto ao senso comum que diz ser a vida o bem supremo. O dia seguinte foi um domingo, tempo de praticar paraquedismo.

## A PROMESSA

Na segunda-feira, Mauro foi acordado pelo som da campainha do telefone. Tânia havia sofrido acidente fatal no domingo. O paraquedas não abriu, disseram. Ela seria inumada na tarde daquele dia. Mauro despediu-se dos familiares e voltou para São Paulo. Na viagem de volta, pensou em tudo o que acontecera desde o dia em que fora transferido, a contragosto, para a agência de Franco da Rocha. Pela primeira vez, cismou na possibilidade de ser seu Pedro aquilo que Tânia afirmara com tanta convicção. Estranho e irracional sentimento assentou-lhe no espírito. Seus pensamentos puseram-se a viajar por caminhos desconhecidos. Pensamentos perigosos aqueles. Achou que era responsável por fazer a justiça prevalecer. Tinha pressentimento de que, quando caía do avião, ela não teve ânimo para puxar a corda que faz o paraquedas abrir. De alguma forma, sentia-se na obrigação de agir. Muitos outros pensamentos passaram-lhe pela cabeça no trecho Ribeirão Preto/São Paulo. Em alguns momentos, vacilou sobre o pensamento central, questionando a si mesmo sobre a possibilidade de estar sob a influência dos épicos que andava a ler. Quando chegou ao cemitério, o corpo dela já havia sido sepultado. Dirigiu-se até a cova recém-coberta, colocou sobre a terra revolta um ramalhete de rosas vermelhas, ajoelhou-se e fez a promessa. Jurou que haveria justiça. A partir daquele dia, Mauro empenhou-se em cumprir o que prometera. Por muitos meses, tentou a via oficial recorrendo às polícias. Todas as três. Percorreu as salas, em que lhe permitiram entrar, desde a delegacia local até a sede da polícia federal em São Paulo. Tudo em vão. Passou a ser visto como indivíduo maçante. As autoridades policiais evitavam-no. Em alguns momentos, prestes a ser preso por desacato, arrefecia, mas não desistia da busca. Depois, resolveu investigar por conta própria. Assim, chegou àquela casa na Estrada do Alvarenga onde seu Pedro fora abrigado por amigos. Passou a vigiá-lo e a segui-lo. Nesse tempo, seu Pedro tinha em torno de setenta anos. Sofrera hemorragia cerebral no curso do ano de 1978 e ficou distraído, com brancos na memória e relativa incapacidade de raciocinar. Passava a impressão de que sua vida estava no fim. Em agosto daquele ano de 1978, Mauro conversou com seu Pedro. Ele não o reconheceu. Mauro sentiu pena dele. A imagem do vovô afável e inocente passou a perturbar seu espírito, vindo a pôr em xeque o voto que fizera no dia do enterro de Tânia. No dia 26 de dezembro daquele ano visitou o túmulo da amiga e lá permaneceu por muito tempo buscando entendimento. Saiu do cemitério irresoluto como chegara.

### O ORAGO DAS CAUSAS JUSTAS

Em janeiro de 1979, Mauro gripou-se e, febril, na noite de 17 daquele mês, teve um pesadelo. Santo Expedito apareceu-lhe em sonho e o conduziu a um lugar horrendo onde havia uma montanha de cadáveres e um monte de macilentos seres humanos esperando a morte. Apontou para um jovem médico.

— Olhe e veja o que ele faz — disse o santo.

Um seu Pedro remoçado, indiferente à dor alheia, retalhava pessoas vivas. A dúvida voltou a perturbar-lhe a alma. Prevaleceu, no entanto o bom senso: não podia tomar decisão tão importante baseada em delírio causado por febre alta. Seu Pedro, restabelecido, desfrutava a velhice na companhia dos amigos.

Mauro acompanhava cada passo dele. Sabia que, naqueles dias, usufruía as coisas boas das praias de Bertioga. Na madrugada do dia 7 de fevereiro do ano de 1979, Santo Expedito retornou-lhe em sonho. Desta vez não havia ardor pirético perturbando-lhe a inconsciência. No sonho, um espírito do mal tomou a forma de corvo e pousou entre ele e o santo guerreiro. O corvo repetia:

— Nunca. Nunca. Nunca.

O grande santo pisoteou o corvo, esmagando-o. Depois, gritou:

— Hoje!

Quando o dia amanheceu, Mauro viajou para Bertioga, lugar chamado pelos índios de a morada do macaco grande.

E fecharam-se os olhos do observador. Nada mais nos foi revelado.

Muito tempo depois, os jornais contaram a história de certo indivíduo[12] morto por afogamento em Bertioga. Foi

---

12 Trata-se de Josef Mengele, médico alemão que se tornou conhecido durante o regime nazista como Todesengel, "O Anjo da Morte". Mengele fugiu para o Paraguai e, depois, para o Brasil, onde viria a falecer por afogamento.

enterrado na sepultura número 321 do Cemitério do Rosário, na cidade de Embu. Mas isso é dejeto de outro esgoto. Mauro recolheu-se à sua casa em prisão voluntária e lá permaneceu até morrer na companhia de Milton e Virgílio.

........................................................................

Gabriela não era mais a garota encantadora e impulsiva do tempo em que conviveu com Isabel e Jô. Em 1995, tornara-se um ser de personalidade complexa, assombrado pela hematofobia e por novos fantasmas que amealhara em suas aventuras ideológicas. Seu humor oscilava entre euforia e depressão.

Aconteceu, no entanto, que em março de 1995, em um dia que se encontrava sociável e com boa disposição física, lembrou-se de dona Clarice e foi visitá-la.

A casa estava diferente e, ao ser recebida por uma mulher desconhecida, pensou que dona Clarice poderia ter mudado de residência, afinal, já se havia passado muito tempo desde a última vez que estivera ali.

Depois das saudações habituais, disse:

— Procuro por dona Clarice. Ela não mora mais aqui?

— Sou filha dela...

— Pode me dizer como faço para falar com ela? Sou antiga amiga. Estive longe por muito tempo, mas quero revê-la.

— Entre, por favor.

Gabriela acompanhou a mulher e reparou que a casa havia sido ampliada e que não existia mais a edícula na qual Jô residira.

A mulher disse que se chamava Beatriz, pediu que Gabriela se sentasse, serviu-lhe café e perguntou se ela já conhecia a casa.

— Quando estive aqui, era um pouco menor e havia uma pequena casa nos fundos. Lembro-me, como se fosse hoje, da dona Clarice conversando e tomando café comigo, aqui nesta sala, tal qual estamos fazendo agora.

— Pois tenho uma péssima notícia... minha mãe faleceu.

— Sinto muito... não sabia.

— Durante os *anni di piombo*, eu ainda estava morando na Itália e, em março de 1978, ocorreu o sequestro de Aldo Moro, para quem meu marido trabalhava. Meu esposo foi assassinado no ato e Aldo Moro depois de 55 dias de cativeiro. O grupo terrorista Brigadas Vermelhas foi o responsável por essa tragédia, por me tornar viúva e deixar o meu filho órfão.

— Triste... muito triste.

— Muitas pessoas saíram da Itália naquele período e eu, com o meu filho, retornei ao Brasil. Desde então moramos aqui nesta casa.

— E dona Clarice?

— Ela possuía outras casas onde eu poderia morar, mas ela escolheu conviver com a filha e o neto. E vivemos em harmonia até 1980, quando ela foi acometida de uma parada cardíaca fulminante.

— E o seu filho, como se adaptou ao Brasil?

— Muito bem. Hoje ele é um homem bem encaminhado. Mantém relacionamentos sociais com italianos que migraram para cá naquela época e, assim, não perde o domínio do idioma.

— Interessante...

— Hoje mesmo ele deve estar com uma amiga, cujos pais fugiram da Itália no mesmo período em que viemos para cá.

— Também tinham parentes por aqui?

— Não. Foi muito difícil para Giulia.

— Giulia?

— Desculpe-me, Giulia é o nome da amiga do meu filho, nascida em Roma e que agora vive em São Paulo.

Gabriela conversou um pouco mais com Beatriz e trataram de assuntos superficiais, até dizer em tom de despedida:

— Muito obrigado por me receber e por me dar notícias de dona Clarice.

— Acredito que os amigos de mamãe estejam aparecendo.

— Como assim?

— É que ontem esteve aqui um senhor muito distinto perguntando por ela e, tal qual você, dizia ter sido amigo dela.

— Disse o nome?

— Sim... Não esqueço o nome dele, nem o seu jeito elegante, nem a cicatriz acima da sobrancelha e, muito menos, aquele olhar triste de alguém inconsolado.

— E o nome?

— Jô, Jô Silveira. Foi o que ele disse, mas pode ser João, Joel, Jonas ou sabe lá o que...

Gabriela sentiu um congelamento físico, uma paralisia de fração de segundo, aquele instante que parece durar uma vida.

— É Jô. Só Jô Silveira.

— Você o conhece?

— Sim. Foi meu grande amigo. Ele morou na edícula que existia no fundo da sua casa.

— Sério?! Ele não disse nada sobre isso.

— Não sabia que havia voltado para o Brasil. Ele estava morando nos Estados Unidos, desde 1972.

— Ele também perguntou por um tal de sr. Bezerra, que disse ser outro grande amigo da minha mãe, mas não pude ajudá-lo. Você o conhece?

— Foi quase um pai para ele. Não o conheci, mas Jô falava sempre dele. Demonstrava enorme admiração e gratidão para com o sr. Bezerra.

— Ele disse que não tem telefone particular e deixou este cartão. Pediu para que eu, caso tivesse alguma informação sobre o sr. Bezerra, ligasse para esse número que alguém daria o recado a ele — disse Beatriz, mostrando o cartão para Gabriela.

— Posso anotar o número? — perguntou Gabriela.

— Sim, claro.

Ela anotou o número e o nome da empresa no papel que guardou na bolsa e despediu-se de Beatriz, que disse:

— Volte mais vezes. Gostei de conversar com você.

— Voltarei — respondeu Gabriela, que não pôde deixar de lembrar quando dona Clarice, no passado, naquela mesma sala, havia dito coisa semelhante, acrescentando que ela deveria ser a namorada de Jô.

Gabriela saiu da casa de Beatriz, entrou no carro e, por impulso, pegou o Motorola DPC650 e ligou para o número que havia anotado. Uma voz feminina atendeu:

— Boa tarde, somos a financeira...

Confusa, Gabriela desligou.

Não estava preparada para falar com ele. Retornou dos Estados Unidos e não a procurou. Por certo, não queria falar com ela e, por outro lado, havia a promessa não cumprida e o desejo quase irresistível de revê-lo.

Guardou o papel, no qual havia anotado o número do telefone, e pensou consigo mesma:

— Outro dia... talvez.

Gabriela resolveu procurar pelo sr. Bezerra.

Esteve no local da fábrica onde Jô trabalhou, mas a fundição não mais existia e, em seu lugar, foram construídos prédios residenciais. Em sua busca, conseguiu o endereço de um antigo empregado que residia na periferia da cidade. Dirigiu-se até o endereço e lá obteve a informação de que o sr. Bezerra, assim como dona Clarice, já havia morrido.

Gabriela fez nova visita à Beatriz e contou-lhe o que havia acontecido com o sr. Bezerra, pedindo-lhe que desse a notícia ao Jô Silveira. Beatriz comentou:

— Pensei que você fosse ligar para ele.

— Eu tentei... até disquei para o número que você me deu, mas não consegui.

— A amizade entre os dois não acabou bem, não foi?

— Mais ou menos isso.

— Pode deixar; ligo hoje mesmo e dou a notícia tão logo consiga falar com ele.

— Quero pedir mais um favor...

— Diga!

— Preciso que você passe o número do meu telefone para ele.

— Pelo que estou vendo, está louca para falar com ele, mas não quer dar o braço a torcer...

— Receio que ele não queira mais falar comigo... para o resto da vida.

— Já sei! Você o traiu.

— É complicado... só lhe passe o número e vamos ver o que acontece.

Conversaram sobre outros assuntos, tomaram café e, logo depois que Gabriela saiu, Beatriz ligou para o número da empresa de Jô. Foi atendida de forma gentil por uma mulher que lhe garantiu o retorno da ligação pelo patrão.

No dia seguinte, quando Jô ligou, Beatriz quis dar-lhe a notícia da morte do sr. Bezerra, mas ele disse que já estava ciente e desculpou-se por não a ter avisado. Agradeceu-lhe a atenção dispensada. Beatriz comentou:

— Eu fiquei sabendo disso pela Gabriela, que me disse ser sua grande amiga.

— Sim... ela é uma pessoa muito querida.

— Bem... ela deixou o telefone... posso passar para o senhor?

— Sim. Claro.

Beatriz repassou-lhe o número e, antes de desligar, acrescentou:

— Olha... não gosto de me intrometer na vida dos outros, porém, Gabriela quer conversar com o senhor, só que está com medo de ligar. Fale com ela... me parece ser uma boa moça. Não sei o que aconteceu entre vocês dois, mas me faça uma gentileza e ligue para ela.

Ele apenas agradeceu e desligou.

Naquele mesmo dia, Beatriz contatou Gabriela, dizendo:

— Falei com ele e passei o seu número conforme você pediu. Fique preparada para receber uma ligação dele.

— Ele disse que ligaria?

— Não. Anotou e agradeceu, mas tenho um pressentimento de que vai acontecer.

Passou aquele dia e o dia seguinte, nada aconteceu. Gabriela, desesperançada, pensou que talvez tivesse feito algo, além do beijo, que o pudesse ter magoado. Rebuscou na memória, mas nada encontrou que justificasse o comportamento dele.

No terceiro dia, o telefone tocou:

— Minha querida amiga... vamos conversar?

— Já não é sem tempo.

A conversa foi breve. Combinaram um encontro na tarde daquele dia, no *Café Girondino*.

Ela desceu do taxi e, no pequeno trecho que caminhou pelo Largo São Bento, sentiu o coração bater mais rápido e as mãos estavam mais frias que o habitual.

Quando ela entrou na cafeteria, ele já a aguardava na sala de espera.

Ela olhou para ele, que usava terno escuro, de corte britânico, sapatos pretos, tinha o corpo magro e o semblante introspectivo, tudo bem diferente dos tênis e das blusas de desenho animado, amplas e de várias cores que invadiram o guarda-roupa masculino nos anos noventa.

Ele estendeu a mão para ela. Ela o abraçou e disse:

— Está tão diferente...

— Você permanece bonita, como sempre.

Jô a conduziu para o interior do *Girondino*. Acomodaram-se na mesa que ele já havia reservado.

Gabriela iniciou a conversa fazendo-lhe a pergunta que, muitas vezes, fizera a si mesma nos últimos 23 anos:

— Por que você me odiou todo esse tempo?

— Nunca lhe quis mal, nem sequer por um minuto...

— Por que, então, não respondeu as dezenas de cartas que enviei e as centenas de ligações que fiz? Não as recebeu? Não lhe deram os recados?

— Recebi. Creio que, pelo menos, a maioria das cartas e dos recados, eu recebi.

— Foram endereços e números que consegui, depois de desesperada busca, como faria uma mãe à procura do filho. Se não estava com raiva de mim, por que não deu sinal de vida?

— Não podia...

— Não podia ou não queria?

— Não podia e não queria.

— Por quê? Que fiz para você? Além daquele beijo idiota...

— O beijo não tem nada que ver com isso. O problema era eu. Melhor dizendo, sou eu.

— Sua última frase significa que ainda quer ficar longe de mim?

— Depois que dona Beatriz me passou o seu telefone, permaneci muitas horas num longo debate interior, antes de decidir ligar para você. Agora que estou aqui e que sua presença não me trouxe a dor insuportável que, acreditava viria com as lembranças do passado, estou arrependido de não a ter procurado há muito tempo.

— Você construiu uma parede para isolar o passado e falar comigo é como abrir uma fresta?

— Sim. Retornei ao Brasil pensando em remover alguns tijolos desse muro, sem fazê-lo desabar.

— Procurar dona Clarice e o sr. Bezerra fazia parte dessa remoção?

— Achei que conseguiria resistir a essas lembranças.

— Por que não resistiria às nossas lembranças?

— Rever você é como reviver a dor da ausência de Isabel. É quase impossível dissociar vocês duas. Acreditava que falar com você não faria apenas uma rachadura na parede. Derrubaria a metade do muro e eu estaria dentro da escuridão sem fim.

— Aconteceu isso? Despertei-lhe sofrimento?

— De modo algum. Parece que o medo é um tirano irracional e o que sinto agora é bem diferente do que imaginava.

— Pois bem, construiu uma nova existência apartada do passado, e como está sua vida hoje?

— A saúde está boa, a situação econômica é razoável, estudei muito e fui professor universitário lá fora, ajudo muitas pessoas, escrevi livros, plantei árvores... não posso reclamar.

— Escrever um livro, plantar uma árvore... falta ter um filho. Ou será que já existe um Silveirinha norte-americano?

— Vou ficar só nos livros e nas árvores...

— Durante mais de duas décadas, não se casou? Não teve nenhum relacionamento íntimo duradouro?

— Não.

— Não? Só uma negativa curta e grossa? Não vai dizer nada além disso?

— Nada tenho a dizer sobre isso.

— Acredito que a roda da sua vida está tão capenga quanto a minha. As partes correspondentes aos aspectos profissionais, físicos e intelectuais estão maiores que o setor circular espiritual, em especial, no que diz respeito aos relacionamentos.

— É provável que esteja certa.

— É quase impossível rodar a roda da vida se há assimetria tão grande entre suas partes.

— Tenho usado bengalas...

— Eu também..., mas, confesso, elas não estão resolvendo.

— Bem... até agora, só falamos de mim... e você? Fale sobre os seus últimos vinte anos.

— Vinte e três anos. Esse é o tempo que se passou desde que você deu as costas para mim, para a dona Clarice, para o sr. Bezerra e para todos que ficaram por aqui.

— Tudo bem... sobre os últimos 23 anos.

Gabriela contou sobre as desventuras na tentativa de desorganizar a sociedade e tomar o poder, falou sobre sua carreira profissional e suas experiências amorosas. Foi uma longa conversa.

Naquele dia, Gabriela visitou o túmulo de Isabel.

Desde que partira para os Estados Unidos, não se sentia tão bem como havia sentido naquele encontro com Gabriela, que foi seguido de muitos outros.

Ela passou a cuidar dele e ele, aos poucos, foi se habituando com a informalidade. Iam juntos ao teatro, ao cinema, às livrarias. Ela passeava com ele pelos parques e frequentava a residência dele, repetindo o que fazia no tempo em que Isabel estudou no exterior. Estavam sempre juntos nos fins de semana e feriados.

Gabriela notou que as crises de depressão já não a abatiam tão profundamente, nem lhe provocavam picos de alegria exagerada.

Jô, que ainda mantinha negócios nos Estados Unidos, de quando em quando, viajava e, às vezes, lá permanecia por vários dias seguidos. Em algumas dessas viagens, Gabriela o acompanhava.

Fortuitamente, ela tocava no assunto dos relacionamentos afetivos, mas ele logo mudava de assunto, demonstrando leve contrariedade.

Aconteceu que houve um dia em que ela insistiu muito nesse assunto e ele reagiu dizendo:

— E quanto a você? Como está sua vida afetiva?

— Muito bem, obrigada — respondeu ela. Ele retrucou em tom interrogativo:

— Faça o que eu falo, não faça o que eu faço?

— Não é verdade. Estive e estou aberta aos relacionamentos afetivos. Tive algumas experiências nesse campo e ainda não perdi a esperança de encontrar o amor eterno. Preocupa-me a sua situação. Vinte e três anos é muito tempo!

— Não dê muita importância para isso. Estou bem. Minha bengala foi reforçada pela sua companhia. Eu sobreviverei.

— Esse é o ponto! Acredito que Isabel não estaria feliz por você estar apenas sobrevivendo. Tenho certeza de que ela gostaria que vivesse com intensidade.

— Você voltou a falar de mim. Quero saber de você... como está sua vida amorosa, hoje?

— Em parte você tem razão. Estou naquele momento amoroso que algumas pessoas chamam de sabático, mas estou cheia de afetos no relacionamento renovado com os meus pais e com você. Em outras palavras: temporariamente, nada de sexo, mas muito amor familiar e fraternal.

— É suficiente?

— Está sendo...

— Então você me entende.

— Opa! Não é a mesma coisa. Eu disse temporariamente!

— O tempo pode ser medido de forma diferente.

— A diferença está no fato de que você colocou um cadeado no coração.

— Pode ser...

— Mesmo agora, no período sabático, estou avaliando uma possibilidade.

— Ah!

— Existe um homem... com quem saí algumas vezes para almoçar ou jantar. Encontros para tratar de assuntos relacionados ao trabalho... não sinto atração física por ele... mas, às vezes, fico fascinada por coisas que ele diz...

— Admiração intelectual?

— Algo assim... de um tempo para cá, com muito jeito, ele tem falado de sentimentos... eu fico insegura, assustada.

— Por quê?

— Não sei se se trata de um novo tipo de conversa sedutora só para obter vantagens.

— Ou...

— Ou se pode ser o amor eterno batendo na porta do meu coração e, para ser sincera, não sei o que me assusta mais.

Jô pediu que Gabriela falasse mais sobre o pretendente, mas ela mudou de assunto.

A partir daquele dia, entretanto, tais conversas passaram a ser frequentes entre eles.

Ao mesmo tempo que Gabriela, nesses diálogos, revelava nuances peculiares do relacionamento com o pretendente, ela aprofundava o processo de persuasão que tinha por objetivo convencer Jô da necessidade biológica do sexo, pois acreditava ela que aspectos psicológicos estavam afetando a saúde sexual do amigo, em época que a temperança jazia exânime, vergada aos argumentos do hedonismo reinante.

Ela disse que o homem era mais velho e ele havia dito que sonhava com ela, ou com alguém que poderia ser uma versão melhorada dela. Jô lembrou para Gabriela que Elka era bem mais velha que Paulo e que Isabel, quando criança, sonhava com ele. Gabriela argumentou:

— São situações que não servem como referência.

— Por quê?

— Elka e Paulo foram pessoas que não conhecemos, nem sabemos se a história que ouvimos sobre eles é verdadeira. Quanto à Isabel, ela sonhava com você muito antes de conhecê-lo, o que, de fato, é um mistério. No nosso caso, ele só passou a sonhar comigo depois que já me conhecia há anos. Não há enigma nisso. Eu também sonho com Isabel, com minha mãe, meu pai e, nos piores dias, até tenho pesadelos com você...

— Engraçadinha!

Ela sorriu e passou a falar sobre ele, dizendo que chegara o momento de Jô arranjar uma namorada. Jô mudou o curso da conversa e acabaram por tratar de culinária.

Gabriela prosseguiu insistindo nesse tema em quase todas as conversas que mantinham, até que Jô aceitou conhecer alguém que ela queria apresentar-lhe há tempos. Ela salientou:

— A pessoa que vai conhecer é inteligente, bonita e muito divertida. Desfruta intensamente as coisas boas da vida. É uma profissional das artes plásticas e tem a mesma idade que você. Acredito que a companhia dela lhe fará muito bem.

— É um remédio?

— Não, seu tonto! É uma mulher que pode mostrar-lhe parte importante da existência que está negligenciando.

— Estou concordando com esse encontro, mas não crie grandes expectativas.

— Claro! Não estou propondo *omiai kekkon*[13] para você. Apenas diversão e alegria.

— Por favor, previna-a de que sou um analfabeto em questões de relacionamentos e que é necessário ser paciente comigo.

— Já conversei com ela, que ficou toda animadinha, mesmo quando eu disse que você era uma espécie de ogro real e hostil. Ela gosta de desafios. Outra coisa: o nome é Olívia. Decore esse nome! Não vá trocar por outro!

---

13  Casamento arranjado.

— Farei o possível, mas quero deixar Isabel longe dessa loucura que você está prestes a me envolver.

— Não estava me referindo à Isabel.

— A quem, então?

— A mim... talvez a única mulher com quem você conversou nas últimas duas décadas.

— Não é verdade, sua presunçosa! Tenho conversado com muitas mulheres.

— Sim... sobre economia e finanças. Isso não conta. Estamos falando de namoro.

Em uma tarde de sábado, no *Café Girondino*, Gabriela apresentou Olívia para Jô, quando, então, ele pode confirmar as qualidades ressaltadas pela amiga. Olívia era, de fato, uma mulher inteligente, muito bonita e divertida. Jô gostou de conhecê-la.

Os três se encontraram outras vezes, e a amizade entre Jô e Olívia consolidou-se.

No princípio, Gabriela ficou feliz por haver aproximado os dois, imaginando que Jô faria daquele relacionamento algo prazeroso e passageiro.

Os dois amigos passaram a se encontrar de forma menos frequente, mas mantinham-se a par do que acontecia na vida de cada um.

Com o passar do tempo, Gabriela percebia que o relacionamento de Jô e Olívia estava seguindo direção oposta àquela que planejara. Não considerou, no projeto, características da índole de Jô. Ficou preocupada ao constatar que frivolidade e inconstância não eram traços inerentes à personalidade do amigo.

Receosa, quis ter uma conversa com ele:

— Você está saindo há muito tempo com Olívia. Já passou da hora de você conhecer outras pessoas.

— Você estava certa quanto a ela. É mulher muito alegre e divertida; está sempre de bom humor e gosto de estar com ela.

— Gosta quanto? — perguntou Gabriela, revelando preocupação.

— Bastante.

— Bastante tal qual quando estava com Isabel?

— Está louca!

— Então quanto?

— Talvez um pouco menos que quando estou com você.

— Que diferença existe de quando está com ela e quando está comigo?

— Em você tenho total confiança e somos, na maioria das vezes, racionais. Não me sinto tão seguro com ela e somos, na maioria das vezes, irracionais, movidos pela volúpia.

— Você a ama?

— Gosto dela.

— Quando faz sexo com ela, é alguma coisa parecida de quando fazia com Isabel?

— Nunca tive relação sexual com Isabel.

— Quê!? — indagou Gabriela com vigor, quase gritando.

— Pode fazer um favor para o seu velho amigo aqui?

— Claro.

— Não cite mais o nome de Isabel, quando estivermos falando sobre esses assuntos.

— Por quê?

— Não sei ao certo... sinto-me mal. É como se estivesse profanando sua memória.

— Tudo bem. Acho que entendo. Desculpe-me! Tomarei mais cuidado.

Ela ficou em silêncio por um tempo e pensou que poderia ter feito grande bobagem ao jogá-lo nos braços de Olívia. Perguntou:

— Você pode fazer um favor para a sua velha amiga?

— Sim... Claro.

— Termine o namoro com Olívia.

— Como!?

— Apresentei-a para que ambos se divertissem e usufruíssem dos prazeres físicos que a vida oferece. Não esperava que isso durasse tanto.

— Não estou entendendo... se está bom para ela e bom para mim, por que romper a relação?

— Ela vai fazer você sofrer...

— Não diga isso... já pensou que pode ser eu quem a faça sofrer com o vazio que existe dentro de mim?

— Ela é uma ótima pessoa, mas incapaz de sentimentos constantes. Vive na superficialidade e na tirania dos sentidos: o olfato para o vinho, o paladar para os bons pratos, a visão para as joias caras, a audição para o ego e o tato para todo o resto.

— Está sendo cruel com a sua amiga que é a minha namorada.

— Eu a conheço bem, juntas fizemos muita idiotice. Repito: ela vai fazê-lo sofrer. Eu existo para cuidar de você, não posso permitir que isso aconteça.

— Obrigado por sua preocupação, mas sou quase um velho e sei me cuidar. Ademais, só entrei nessa aventura porque, quanto mais me aproximo da morte, mais distante fico da loucura de reencontrar Isabel.

Gabriela tentou, em vão, por várias vezes, dissuadi-lo do relacionamento, mas ele, preso a inato senso de responsabilidade, acreditava ter deveres matrimoniais para com Olívia.

O tempo passou e, após quase um ano de namoro, o casal decidiu tornar oficial o convívio e marcaram a data do casamento.

Gabriela, convencida de que Jô não mudaria a decisão tomada, procurou Olívia, com quem teve uma difícil conversa.

Encontrou-a no apartamento de Jô, lugar que passara a habitar em tempo integral. Com muito cuidado, escolhendo os vocábulos, Gabriela tentou convencer Olívia a não se casar.

Rechaçada a proposta e alterado o humor da divertida amiga, Gabriela foi repreendida:

— O que você está propondo é uma monstruosidade. Há maldade e inveja nas suas palavras. Você não passa de uma falsa amiga, uma víbora que deseja o pior para mim.

E Olívia desandou alguns palavrões.

Gabriela ficou calada. Havia um conflito interior entre a possibilidade de as pessoas mudarem essencialmente e a perenidade dos velhos vícios arraigados.

Olívia disse a ela que, no último ano, vivia um conto de fadas; que nunca tinha sido tão respeitada por ser mulher e incentivada por ser profissional; que Jô era sensível, paciente, amável... um verdadeiro cavalheiro em pleno século XX; que com ele viajava para as regiões mais encantadoras do mundo; que frequentava os lugares mais glamorosos do planeta; que, graças a ele, suas obras de arte estavam sendo vistas na Europa e nos Estados Unidos; enfim, que era uma princesa e ele o príncipe encantado.

Por fim, Olívia disse que não a considerava mais sua amiga, que não a queria no casamento, que nunca mais pisasse ali no seu apartamento e, se quisesse dar-lhe um ótimo presente de núpcias, que morresse.

O casamento foi marcado para a sexta-feira, dia 17 de maio de 1996, quatro meses após o dia em que Olívia e Jô decidiram pelas bodas.

Jô tinha compromisso profissional inadiável nos Estados Unidos no mês de abril, quando ficaria quatro semanas no exterior. Olívia resolveu não o acompanhar, pois preferiu permanecer em São Paulo cuidando dos preparativos para a festa.

Gabriela tentou falar com a amiga, mas Olívia não atendeu suas ligações e mandou-lhe recado para que nunca mais a procurasse. Jô, o portador do recado, estava constrangido e pediu a Gabriela que tivesse um pouco de paciência que, com o tempo, tudo voltaria ao normal.

A impulsividade era uma das facetas do temperamento de Gabriela que a maturidade cronológica não conseguira abrandar e, por isso, contratou serviço especializado em gravações telefônicas clandestinas. Tão logo Jô viajou para o exterior, ela, que ainda estava com chave do imóvel, pôs-se à espreita e, quando Olivia deixou o apartamento, levou o profissional que fez uma instalação discretíssima de microgravador de voz espião. O técnico explicou como deveria proceder para trocar as fitas e outros detalhes.

Gabriela retirou e ouviu a fita no fim da primeira semana e não encontrou nada que revelasse algum perigo para o amigo. No fim da segunda semana, também, nada ouviu, além das futilidades de conversas sociais. Na fita da terceira semana, no entanto, ela ouviu conversa entre Olívia e um homem, confirmando o que ela, de algum jeito, já sabia que iria acontecer.

O homem ligou uma vez dizendo que a noite anterior havia sido maravilhosa e convidou-a para um reencontro; de início, Olívia resistiu ao convite, mas acabou por concordar, deixando claro que seria a última vez, pois ela era pessoa comprometida e o noivo logo retornaria de viagem. Depois houve outra ligação na qual o homem insistiu para um novo encontro, mas ela o rejeitou. O homem ainda propôs algo como ser para ela um estepe; ela deu risada, agradeceu e despediu-se. Na quarta e última semana o homem não ligou.

Gabriela pensou que talvez o que acontecera foi que Olívia, entediada e solitária por mais de quinze dias, naquele enorme apartamento, resolveu deleitar-se na noite paulistana.

Deve ter bebido muito, como de hábito, encontrou algum homem bonito e charmoso para conversar e, depois, levá-la para a cama.

Gabriela regravou, em nova fita, as duas conversas de Olívia com o homem desconhecido e guardou as fitas originais das quatro semanas.

Quando Jô retornou, ela ligou para ele e disse que tinha algo urgente para conversarem e pediu que fosse ao seu encontro sozinho. Encontraram-se no *Café Girondino*. Pediram algo para beber, conversaram sobre a viagem.

Gabriela entregou para ele a fita regravada e pediu para que ouvisse sozinho.

— Ouça lá no escritório da sua empresa ou em qualquer outro lugar longe de Olívia.

— Seja lá o que for que contenha essa fita, devo ouvi-la com Olívia, não pode existir segredos entre nós.

— Pelo amor de Deus! Faça o que estou dizendo.

— Acho que é a segunda vez que não vou atender um pedido...

— Se você não fosse tão cabeça-dura teria atendido o primeiro e, assim, não haveria o segundo.

— Que essa fita tem que ver com Olívia?

— Não me obrigue a dizer o que tem na fita.

— Então será do meu jeito. Vou dizer a Olívia que estive aqui com você e ouviremos juntos a fita.

Gabriela estava nervosa, gritou:

— É traição! Aí está a prova da traição dela.

Jô ficou pálido, com as mãos trêmulas pegou a fita, levantou-se e saiu do *Girondino* sem dizer palavras e sem pagar a conta.

Gabriela permaneceu um tempo pensando, pagou a conta, foi para casa e viu os dias passarem sem notícias de Jô.

Na noite do dia 17 de maio, ela foi a um bar onde tinha ido algumas vezes em companhia de Olívia. No trajeto, pensou que eles já poderiam estar casados, mas, quando entrou no estabelecimento, viu Olívia sentada, sozinha. Aproximou-se da mesa onde ela estava e perguntou se podia sentar-se ao seu lado.

— Tanto faz – respondeu Olívia.

Gabriela empurrou a cadeira vazia, para próximo de Olívia, sentou-se e perguntou:
— Que faz aqui, solitária?
— Acabou tudo... tudo!

A fala enrolada, as bochechas rosadas e os olhos vidrados revelavam que ela estava bêbada. Continuou a falar:
— Aquele desgraçado. Acabou com a minha vida. Aquele desgraçado! Voltou dos Estados... Estados Unidos e... sem mais nem menos me disse que não iria mais se casar comigo. Acabou... acabou o casamento. Aquele filho da puta... disse que não haveria mais casamento e pediu para que eu deixasse o seu apartamento o mais breve possível... disse isso... aquele desgraçado!
— Acho que você já bebeu o suficiente. Posso levá-la para sua casa...
— Só um pouquinho... bebi só um pouquinho... Garçom! Garçom! — gritou ela. Um rapaz veio até a mesa.
— Traga mais outra dose dupla... e traga outra para minha inimiga...

O garçom afastou-se e ela continuou a falar:
— Não disse a razão de estar terminando, não disse nada! Eu perguntei o motivo, mas aquele desgraçado não disse nada... e ainda perguntou se eu queria alguma compensação financeira pelo tempo que perdi com ele. Aquele filho da puta tratou-me como se eu fosse uma prostituta, igual a mãe dele.

Gabriela insistiu para que fossem para casa, mas isso só fez com que ela ficasse mais nervosa e que falasse mais alto. Gabriela achou que devia deixá-la expiar sua dor. Antes de sair, disse:
— Eu avisei que ele era um ogro.

Gabriela foi até o caixa, acertou a conta de Olívia até aquele momento, caminhou em direção à saída e, quando estava chegando à porta, olhou para trás. Viu Olívia, cambaleando, chegar à mesa de outro homem solitário e, sorrindo, sentar-se ao seu lado.

Muitos psiquiatras e outros tantos psicólogos dizem que a traição é semelhante à morte de alguém amado; as emoções são tão intensas que podem causar trauma emocional e, quando isso acontece, o traído passa por um período de luto.

A reação de Jô, entretanto, foi diferente do lugar comum. Suas crenças em relação aos relacionamentos afetivos não sofreram mudanças. Para ele, o período de prazer físico que passou na companhia de Olívia trouxe-lhe mais conflitos internos que aquilo que se seguiu após a separação. A sensação de traição à lembrança de Isabel deixou de incomodá-lo. A surpresa, seguida da decepção com o comportamento da noiva, acarretou-lhe pequeno abalo na crença da probidade humana, mas proporcionou-lhe o retorno à trilha solitária, mas serena, do sentimento eterno que nutria por Isabel.

...

O Encantador de Serpentes (ES), que havia perdido a eleição para presidente em 1989, foi de novo derrotado, em 1994, quando foi eleito Fernando Henrique Cardoso (FHC), que ganharia outra vez a eleição em 1998.

Durante toda a década de 1990, ES foi preparado pelos amigos dos cupins para ser presidente do Brasil, enquanto o Predador de Ideias (PI) frequentava o baixo clero na Câmara dos Deputados. ES foi instruído pelos mais brilhantes representantes dos cupinzeiros, entre eles, Fidel Castro, que o visitou em 1990, ensinando-lhe as novas técnicas de desconstrução e de notícias falsas, pelas quais seria possível destruir o capitalismo "sem precisar dar um tiro, sem precisar fazer nada de guerra", como repetiria ES alguns anos mais tarde.

Em 1996 o Brasil, mais uma vez, parecia que havia encontrado um caminho civilizado para o seu desenvolvimento político.

Antes, em curto e conturbado período, Collor implementou plano econômico tão ou mais idiota que o de Sarney, envolveu-se em transações estranhas, perdeu o apoio político no Congresso Nacional e terminou por ser impedido de continuar no cargo.

O período que se seguiu foi de relativa calmaria; o substituto de Collor, Itamar Franco, e FHC fizeram governos com a austeridade possível. Foi lançado o Plano Real, que, diferente dos anteriores, trazia um pouco de razoabilidade para a administração pública, atendendo aos mínimos princípios da Ciência Econômica.

Assim, em 1996, o Brasil colhia os frutos da política econômica adotada desde o Governo de Itamar, quando FHC era o ministro da Fazenda.

Na cidade mineira de Varginha, duas jovens criativas disseram ter visto homenzinhos verdes e discos voadores, dando origem ao "E.T. de Varginha", fenômeno de notícia falsa que repercutiu no planeta inteiro; a ONU decretou o "Ano Internacional para Erradicação da Pobreza", e os pobres do mundo tornaram-se mais pobres; outras coisas aconteceram em 1996, mas grande destaque foi o serviço de Manoel de Barros, que havia produzido um *Concerto a céu aberto para solos de ave* e *O livro das ignorãças*, que fez, naquele ano, o *Livro sobre nada* e, antes de terminar a década, desenhou o *Retrato do artista quando coisa*.

Em *O livro das ignorãças*, o poeta nos contou um pouquinho de quase tudo:

"Descobri aos 13 anos que o que me dava prazer nas leituras não era a beleza das frases, mas a doença delas.

Comuniquei ao padre Ezequiel, um meu preceptor, esse gosto esquisito. Eu pensava que fosse um sujeito escaleno.

— Gostar de fazer defeitos na frase é muito saudável — o padre me disse.

Ele fez um limpamento em meus receios.

O padre falou ainda: Manoel, isso não é doença, pode muito que você carregue para o resto da vida um certo gosto por nadas...

E se riu.

— Você não é de bugre? — ele continuou.

— Que sim — eu respondi.

Veja que bugre só pega por desvios, não anda em estradas. Pois é nos desvios que encontra as melhores surpresas e os araticuns maduros.

Há que apenas saber errar bem o seu idioma.

Esse padre Ezequiel foi o meu primeiro professor de agramática."

...

O mundo estava limpo. A sujeira fora levada pela enxurrada. O sol voltara e, lentamente, as poças de água desmanchavam-se retornando ao céu ou adentrando no solo. Sobre a folha da bananeira uma gota resistia. Pura e cristalina, refletia luzes coloridas. Aquela gota d'água guardava a beleza da vida e, no mais secreto recanto, uma terrível maldição.

Talvez a pureza e outras virtudes também ali estivessem. Pequenas partículas, grande imaginação, por isso, luz e matéria quase se confundiam. Uma lambida na folha e... adeus gotinha de água. Não havia mais beleza, transparência ou qualquer virtude. Só o mistério persistia, agora no interior da alma daquele menino.

Lá estava Jô Silveira, bebendo as sobras da chuva. Gostava de banhar-se nela e depois sair lambendo as folhas, amassando o barro, correndo e pulando igual um bezerro. Após lamber a enorme folha musácea, bateu no peito como se fosse um macaco ou Tarzan e gritou:

— ELKAAAAAA!

Grito agudo e forte, muito forte! Ecoou por todo o Pantanal e ressoou até na serra da Bodoquena. Silêncio... esperou por alguns segundos a resposta que viria duas vezes, no futuro, para o seu ouvido despreparado. Fazia parte do infortúnio que engolira com a gota d'água.

Depois, saiu correndo, não sem antes pisar no amontoado de minhocas que naquela terra eram fartas.

Por instantes, pensou no que a mãe lhe havia dito sobre todos os seres vivos terem finalidade específica e que, de uma forma ou de outra, são úteis ao ser humano e, por isso, devemos respeitá-los ao menos, se de amá-los formos incapazes.

Sua mãe, que sabia quase tudo, poderia não estar tão certa quanto àquilo, pois criaturas existem que nem sequer valem um cuspe, como essas que fazem nojeira no pé descalço ou iguais ao Beto, o vizinho dois anos mais velho, que vivia a dar-lhe cascudos. Com asco, limpou os pés, cuspiu e se foi correndo e pulando feito um bezerro. Sim, parecendo um bezerro, não um cabrito, que é modo diferente de se proceder. Bezerro não faz parte do gado. Gado é aquele bando de vacas e bois que vai para onde o vaqueiro conduz, até mesmo para o abatedouro, igual gente, ou, pelo menos, tal qual as pessoas procedem... poucas idênticas ao vaqueiro, muitas parecidas com o gado.

Bezerro não faz parte do gado porque tem vontade própria. Corre, pula e vai aonde quer. Bezerro também não pula igual a cabrito, que o faz de forma repetida e monótona, como se a natureza o obrigasse àquele comportamento. Um bezerro corre e pula quando quer e só quando é livre. Se não é assim, assim era, pois era assim que Jô acreditava ser, quando tinha seis anos de idade, da mesma forma que achava que o mundo era do tamanho de Aquidauana.

Seu pai disse que existia Bonito, o rio Formoso e a pequena cidade chamada Jardim, e que também existiam outras terras distantes, mas que já faziam parte do resto e, sendo resto, não lhe valiam a conta.

Do lado de fora da humilde casa em que moravam, às margens do rio Aquidauana, a mãe de Jô, sentada numa cadeira de madeira, feita pelo pai, lia um velho livro de Emerson, escrito em inglês, repleto de palavras mágicas...

*The sphinx is drowsy,*
*Her wings are furled.*[14]

Pelos meandros do quintal, via o filho correndo e pulando igual bezerro.

Tinha o coração acelerado, o que lhe ocorria toda vez que o menino gritava. Tantas vezes fora, tanto susto levara, mas nunca se acostumaria... aquele grito reboava nos ouvidos e de alguma forma a perturbava. Era um pressentimento de que o filho estivesse perdido, sozinho e solicitasse por socorro a alguém que nunca viria a lhe dar assistência.

Mais uma vez observou o seu menino e a forma que o via era semelhante àquilo que dizia o livro: "O dono do mundo, das sete estrelas, do ano solar, da mão de César, do cérebro de Platão, do coração de Jesus e do arrojo de Shakespeare".

A mulher voltou-se ao livro para, depois de algum tempo, largá-lo de maneira serena sobre o solo de terra batida, num movimento tranquilo e relaxado de quem vai adormecer. Aquele velho livro era a única lembrança do tempo em que era jovem e vivia no Rio Grande, quando frequentava boas escolas. Fechou os olhos. Com os olhos cerrados, revia o momento em que tudo começara, quando os pais resolveram trocar o Rio Grande do Sul pelo Mato Grosso. Recordava do dia em que conhecera o marido, repassava o

---

14  A esfinge está sonolenta./ Suas asas estão dobradas.

seu casamento, a pobreza a que sua família fora reduzida, o nascimento do filho e, em cada recordação, discernia os detalhes de como estavam vestidos, do rosto do esposo, do sangue sobre a pele do recém-nascido. Sentia os lábios do homem roçando-lhe o pescoço, ouvia o choro, sentia o contato da pele molhada do bebê ao mesmo tempo em que um transe leve lhe tomava conta do espírito e a transportava por sobre o pomar, sobre os campos, sobre as plantações, indo pousar às margens do rio.

O sono já era profundo, quando, de súbito, sentiu um impacto que a arremessou para trás, atingida por um torpedo molhado, gelado e com as pernas enlameadas, acordada, apertou o pequeno garoto contra o peito, beijou-lhe repetidas vezes, murmurou algumas palavras afetuosas, depois assoprou-lhe a barriga, emitindo aquele som característico, que se confundia com a risada gostosa de Jô.

Depois do banho, das roupas limpas, da velha sandália, um pouco de leite quente com café e logo o filho estava dormindo, abraçado à mãe. Feliz, tanto quanto o ser humano pode ser. Ele inocente, seguro e confortável dormia sobre o morno abrigo do corpo materno; ela, serena, doce e entregue ao puro prazer daquele momento, velava o sono dele.

Em 1996, quando completaria 47 anos, e após a quebra da união íntima com Olívia, Jô chegou a pensar que estava predestinado a afetos breves, sejam quais fossem e nos diferentes graus de complexidade. O amor materno acabou, quando ele tinha nove anos; o amor do pai se foi aos dez; o amor de Isabel, que cria ser eterno, durou só pouco mais de três anos; o amor carnal que manteve por

Olívia não foi além de um único ano de existência; a amizade com Gabriela persistiu por seis anos, a convivência foi interrompida por vinte e três anos, mas nunca acabou, revelando-se ser o mais vivaz dos seus relacionamentos com uma pessoa.

A amizade entre Gabriela e Jô continuou sólida, mesmo após ela ter entregado a fita para ele, razão do rompimento com Olívia. De certa forma, ele lhe era grato. Retornaram os encontros frequentes, as viagens juntos e as conversas sobre todos os assuntos possíveis à imaginação humana e, assim, eles chegaram ao ano de 1997; ano do fim do Império Britânico; da morte de Diana, princesa de Gales; e da morte da Madre Tereza de Calcutá.

Em intervalos irregulares, tanto no espaço quanto no tempo, Gabriela encontrava-se com o homem pretendente a quem chamava de "coroa", pelo fato de ser um pouco mais velho que ela. Diferente de Jô, com vagar, ela tinha vida sexual e alternava os parceiros, mas não tinha intimidades com o coroa. Com ele, houve encontros que demoraram horas e horas e ela ouvia, com real interesse, tudo o que ele dizia para ela. E ele abria-lhe o coração contando coisas que nunca contara a ninguém. Seus mais tenebrosos segredos foram revelados a ela. Gabriela também compartilhou alguns poucos segredos com ele.

Ele disse que a amava e que nunca tinha tido um sentimento tão intenso como aquele que nutria por ela. Toda vez que ele abria o coração, Gabriela ficava assustada e passava meses sem vê-lo. Ela tinha medo de que ele pudesse estar dizendo a verdade. As palavras eram irreais, impossíveis neste mundo, mas havia sinceridade nos olhos dele.

O mesmo medo irracional que tinha de sangue também a afastava dele. Quando Jô perguntava-lhe:

— Como está o pretendente?

Ela, que nunca revelara o nome dele, respondia:

— O coroa está bem, ou pelo menos estava no mês ou no semestre passado.

Com o passar do tempo, Gabriela criou vínculos mais fortes com Beatriz e a visitava de vez em quando. Sempre convidava Jô para ir com ela nessas visitas ocasionais, mas ele nunca a acompanhava, alegando que só atrapalharia a descontração das amigas, com o seu jeito formal e insosso. Ele, no entanto, nunca foi capaz de resistir por muito tempo à insistência da amiga e aconteceu que, no dia 13 de julho de 1997, Jô acompanhou Gabriela à casa de Beatriz.

Quando foram recebidos pela dona da casa, a tarde era fria, e a garoa paulistana tornava a sensação térmica inferior àquela registrada nos termômetros, mas a temperatura no interior da casa era satisfatória e a anfitriã tornava o ambiente agradável pela demonstração e alegria em revê-los.

Há mais de um ano que o filho havia conseguido um trabalho na Itália e retornara para aquele país. O período de turbulência sociopolítica, conhecido por "os anos de chumbo", havia terminado, em 1982, e o filho, beneficiado pela imagem favorável do falecido pai, conseguira bom emprego, com ótimo salário. Beatriz optou por permanecer no Brasil para cuidar dos bens herdados da mãe, que também viveu sozinha por longo tempo quando a filha morou na Itália.

Beatriz estava se acostumando com a solidão, mas os dias em que recebia visitas eram os melhores para ela, por isso, logo após os cumprimentos, disse:

— Hoje é um dia muito feliz para mim. Além de vocês, espero outra visita esta tarde. Espero que não se importem, mas a qualquer momento ela deve chegar.

— Quem? — perguntou Gabriela.

— A Giulia... já lhe falei dela. A italiana, amiga do meu filho, que veio para o Brasil na mesma época que retornei.

— Não vamos atrapalhar? — perguntou Jô.

— Pelo contrário, acredito que passaremos uma tarde agradável. Tenho certeza de que irão gostar dela.

Beatriz quis saber detalhes do tempo em que Jô morou na edícula. Jô contou-lhe que dona Clarice cuidou dele, como se fosse um filho, e disse que então poderia considerá-lo um irmão mais novo, e todos riram e seguiram na conversa até que foram interrompidos pela chegada de Giulia.

Beatriz fez as apresentações, dizendo:

— Este é o Jô, meu irmão de criação, e esta é a minha amiga Gabriela, namorada do Jô. —Em seguida, olhando para Jô e Gabriela, complementou: — Esta é a Giulia, amiga do meu filho, minha grande amiga e quase filha adotiva. Giulia abraçou Gabriela e, depois, estendeu a mão para Jô.

Jô sentiu um estímulo súbito dos nervos e a contração dos músculos do tórax, do braço direito e da mão que segurou a mão dela. Ela deve ter experimentado algo semelhante, perguntou:

— Que foi isso?

Jô, perplexo, permaneceu segurando a mão dela e disse, querendo encerrar o assunto:

— Deve ser... eletricidade estática.

— Estranho... em geral, ocorre em dias secos — comentou Giulia, que não persistiu no tema, pois Beatriz a encheu de perguntas sobre outros assuntos.

Jô ficou calado, pensativo e distante da prosa que se seguiu. Gabriela percebeu a mudança na fisionomia do amigo.

Jô tinha a sensação de que o aperto de mão desencadeara qualquer coisa que, a partir daquele momento, não mais poderia ser contido.

Da forma que Beatriz havia previsto, foi uma tarde de momentos divertidos e petiscos saborosos, e tão logo deixaram a casa, Gabriela exclamou:

— Arrá! A italianinha mexeu com você, não foi?

— Sim... muito!

— Notei que você não deu a mão para ela na despedida. Que foi que aconteceu quando a cumprimentou, na apresentação?

— Um choque. Energia estática, como disse.

— Ficou com medo de receber outra carga? De ser eletrocutado?

Ele sorriu e desviou o assunto para as deliciosas iguarias que Beatriz servira no lanche da tarde.

Gabriela deixou-o em frente ao prédio onde ele morava, mas Jô não entrou no elevador, preferiu passear um pouco. O tempo continuava frio, mas a garoa havia cessado e a noite estava propícia para caminhada a pé. Andou por uma hora, depois parou em um bar, sentou-se e pediu água e café.

A mulher solitária da mesa próxima foi até ele e perguntou se estava esperando por alguém e ele respondeu que sim.

— Que pena! — ela disse.

Ele sorriu e, depois que ela se afastou, falou baixinho:

— Esperando há 28 anos...

Três outras mulheres, que estavam bebendo em pé no balcão do bar, também foram até a mesa dele; sem perguntar nada, sentaram-se; fizeram-lhe propostas libertinas; ele as recusou; uma delas quis saber se ele era homossexual. Ele disse que aquilo não tinha nada que ver e só queria tomar o café; elas prosseguiram com as palavras obscenas; ele ficou em pé, fez um sinal para o garçom, tirou do bolso uma nota de cinquenta reais, colocou-a sobre a mesa e saiu do bar. Elas disseram ao mesmo tempo:

— Vai, bichona!

E caíram na gargalhada.

Ele voltou caminhando para o apartamento e na mente já não havia registro do incidente no bar. O que povoava seus pensamentos era algo que ele não queria nem podia nomear: imagens de Isabel e da italianinha sucediam-se em alternância na retina; seguiu absorto, já estava quase chegando, quando uma lufada o trouxe para a realidade e a rajada incomum passou por ele carregando uma pétala carnosa, de coloração creme, que, desafiando a gravidade, roçou sua cabeça e sumiu na noite, em direção ao céu.

Quando encontrou Gabriela, Jô falou que queria rever Giulia e ela quis saber o motivo. Ele disse que não sabia, mas, mesmo assim, queria muito; então ela prometeu que iria providenciar aquilo.

Em 23 de agosto de 1997, Jô e Gabriela foram outra vez à casa de Beatriz, onde se encontraram com Giulia, conforme agendado por Gabriela.

Almoçaram por lá, o sábado passou rápido e tudo foi prazeroso e divertido. Naquela oportunidade, o comportamento de Jô para com Giulia foi bem distinto do dia em que se conheceram. Ele conversou bastante no grupo e, algumas vezes, manteve diálogos restritos com ela.

A tarde já estava quase acabando, quando Jô, primeiro, deixou Gabriela na casa dela e depois levou Giulia até onde ela morava. No caminho, não ficaram em silêncio nem por um instante. Em um dado momento, Giulia disse a ele que, apesar de ter 28 anos, 1 mês e 16 dias de idade, ainda tinha um diário, no qual anotava os fatos importantes que aconteciam com ela, e ressaltou: "Só as importantes". Ele perguntou se aquele dia merecia uma anotação no livro dela, ao que ela respondeu que estava avaliando e ele disse que se tivesse algo para registrar os fatos importantes da vida, por certo, o que aconteceu naquele sábado estaria escrito lá. Ela argumentou que ele poderia iniciar um diário. Ele sorriu e respondeu:

— Acho que não...

Estacionou o carro em frente ao prédio onde ela morava e ficou parado, esperando que ela entrasse. Antes de sumir porta adentro, ela se voltou em direção à rua e acenou para ele.

*Bom dia, diário!*

*Neste sábado, fui à casa da dona Beatriz. Foi muito legal revê-la e conversar com ela. Ela tem um jeito especial de receber as pessoas e fazê-las sentirem-se bem. Lá estavam a Gabriela, uma amiga da dona Beatriz que agora também é minha amiga, e o Jô, namorado da Gabriela. Conversei bastante com o Jô que despertou em mim uma crescente admiração, pela inteligência, cultura e por saber reconhecer minha maneira de ver o mundo, coisa que eu não revelo para ninguém, mesmo àquelas pessoas que convivem comigo por muito tempo. Ambos são mais velhos que eu, mas como sabe, querido diário, sempre me relacionei melhor com pessoas mais velhas, desde criança. Ele me trouxe para casa e viemos papeando; pelo caminho, ele ia tentando soltar emoções com palavras bem escolhidas e disse que, às vezes, as pessoas guardam sentimentos e não conseguem se expressar, e que isso é ruim porque, se são reais e verdadeiras, falar delas deveria ser bom. Depois, ele revelou que gostou de mim, mas corrigiu em seguida, dizendo que gostou de conversar comigo, e pediu para que eu não lhe interpretasse mal. Não sei o porquê, mas confesso que fiquei feliz em saber que ele gostou de mim, ou melhor, que gostou de conversar comigo. Queria conversar mais com ele.*

Giulia escreveu o acontecido no diário, por reputar que aquele dia fora importante para a vida dela, pois, desde que chegara ao Brasil, foi a primeira vez em que se sentiu no conchego do lar. Era como se estivesse revivendo algo ou alguém que se perdera no passado.

No dia seguinte, Gabriela encontrou-se com Jô e iniciou conversa perguntando:

— Gostou de ontem?

— Foi um ótimo sábado.

— Você estava irreconhecível.

— Como assim?

— Uma verdadeira matraca.

— Falei tanto assim?

— Considerando que, no primeiro encontro, você não disse nada. Fechou a boca depois do choque... e por falar nisso... ontem eu notei o aperto de mão demorado que vocês trocaram e não vi nenhuma faísca.

— É... de fato, não aconteceu.

— Fiquei com ciúmes. Não pode dar toda atenção para ela e deixar a sua namorada conversando com a dona da casa.

— Você de novo... com brincadeiras...

— Beatriz nos apresentou para ela dessa maneira.

— Talvez seja melhor que ela pense que sejamos namorados...

— Ué! Por quê? Pensei que estivesse interessado nela...

— Para responder a essa questão tenho que fazer algumas considerações sobre o que está acontecendo no meu coração. Coisa demorada!

— Temos tempo. Hoje é domingo e o que o solitário pode fazer, nos dias de domingo, além de conversar com a amiga? Isso quando se tem uma...

— Vou começar dizendo que estou com medo. Quando toquei a mão dela, um turbilhão de sentimentos invadiu o meu coração. Fiquei confuso e não sei como proceder.

— Calma, meu amigo. O que está passando no interior que sua cabeça financeira não está conseguindo processar?

— Primeiro, há a questão da idade: deve existir, mais ou menos, vinte anos de diferença; e a possibilidade de que eu esteja sofrendo uma crise de idade... idade do lobo ou alguma coisa desse tipo...

— Isso não é problema... se ela amar você... a idade cronológica não terá a mínima importância...

— A possibilidade de perdê-la...

— Acorda, meu amigo! Você não pode perder o que não tem...

— Não é isso... não é questão de posse... estou me referindo à dor da separação.

— Explique melhor essa coisa de separação...

— Eu já me sinto unido a ela... pode acontecer que ela não sinta nada, que não me ame... pode ser que eu não tenha confiança... que não consiga superar o medo de outra decepção... e tem a morte...

— Morte?!

— Ela pode morrer, e eu não tenho estrutura emocional para outra morte... e pode ser que eu morra e, se ela for o meu amor eterno, eu a lançarei na escuridão.

— A conversa está ficando funesta. Hora de dar um basta às mortes. Vamos voltar para o mundo dos vivos e falar sobre o que você vai fazer daqui para a frente.

— Que vou fazer, minha amiga?

— Primeiro você vai conhecê-la... vamos combinar outros encontros... acho que vou ligar para ela e convidá-la para um café lá no *Girondino*.

— Há outra coisa...

— Que coisa?

Jô retirou o bilhete que dona Joana escrevera para Isabel e, mostrando o papel, disse:

— Isto aqui! Acho que a velha estava certa. A sensação que sinto na presença de Giulia é a mesma que sentia quando estava com Isabel.

— Pelo amor de Deus, não vá tocar nesse assunto com ela! Vai achar que você é doido varrido. Como disse, vamos com calma!

— Sim... nem eu, nem você nem ninguém, em perfeito juízo, vai acreditar nesse bilhete.

— Só os apaixonados... e os loucos... talvez a forte afeição que está sentindo por ela só torna evidente que você é capaz de amar mais que uma pessoa na vida.

— Ocorreu outra situação intrigante... ontem ela me apareceu em sonho. Caminhamos por entre árvores gigantescas de um bosque tranquilo. Foi um sonho breve, mas muito real.

— Bem... isso deve ser algum tipo de epidemia, uma doença que está a se manifestar nos homens..., mas é outro assunto que sugiro não tratar com ela. Toda vez que o coroa falou comigo sobre isso, só me fez ficar assustada.

— E como está o seu caso com o pretendente?

— A conversa aqui é sobre você e Giulia.

— Egoísmo da minha parte... só ficamos tratando dos meus sentimentos. Quero saber agora como está evoluindo o seu relacionamento...

— Não está evoluindo... acredito que o nosso caso não tenha futuro e que ele está me atrapalhando...

— Atrapalhando?

— Sim... me faz sentir mal nos meus encontros amorosos com outras pessoas... já faz um tempo que não conversamos... acho que ele vai, como dizem, virar a página.

— Acredito que não vai... existem sentimentos que são perenes... pode ser que ele nunca mais ligue para você por educação ou para não ser inconveniente... mas você estará sempre no coração dele... isso se o que ele sente por você for algo parecido com o que senti por Isabel e agora estou experimentando com Giulia.

Jô tinha negócios pendentes em Londres e viajou para lá. Por esse motivo, o novo encontro com Giulia só foi agendado para o início da primavera. Na ocasião do convite feito por Gabriela, Giulia quis saber se seria inconveniente levar com ela a dona Beatriz, pois assim não estaria sozinha acompanhando o casal.

No sábado, 27 de setembro de 1997, encontraram-se todos no *Girondino* e passaram horas de boa comida, risos sinceros e prosa amiga. Às tantas, Gabriela puxou Beatriz pelo braço, dizendo-lhe que havia algo numa loja perto dali que ela precisava ver, o que não passava de subterfúgio para deixar Jô a sós com Giulia.

— Vocês dois formam um bonito casal – comentou Giulia vendo Gabriela sair do café.

— Somos amigos há muito tempo...

— Consta-me que vocês são um pouco mais que amigos.

— De fato... somos irmãos; não por sangue, mas por opção.

— Dona Beatriz disse que vocês são namorados...

— Talvez ela acredite nisso porque nos vê sempre juntos.

— Isso é mesmo uma surpresa! Mas você deve ter esposa, namorada...

— Já tive. E você? Fale um pouco mais de você...

— Como já lhe contei antes, eu sempre quis conhecer o Brasil, interessava-me tudo que fosse brasileiro. Aprendi português ainda criança e estava sempre à procura de pessoas com quem eu pudesse conversar nessa língua. Creio que era premonição, afinal, estou vivendo aqui, agora.

Seguiu-se uma longa conversa. Ela lhe contou do tempo em que viveu na Itália, das boas lembranças que tinha da infância, de quando fugiram para o Brasil, de quando os pais faleceram distantes da Pátria, do seu trabalho e do desejo que tinha de conhecer Mato Grosso do Sul. Ele revelou para ela que nascera em Mato Grosso, quando o estado ainda não havia sido dividido; que perdera os pais quando era criança; que mudou bem jovem para São Paulo e que ali encontrou pessoas que o ajudaram muito; que morou por longo tempo nos fundos da casa da mãe de Beatriz, uma mãe adotiva para ele; que mudara para os Estados Unidos, onde viveu por 23 anos; e que conheceu Gabriela logo depois que chegou a São Paulo.

Gabriela e Beatriz retornaram, conversaram mais um pouco, depois deixaram a cafeteria. Giulia foi no carro de Beatriz e Gabriela foi em companhia de Jô.

## 28 de setembro de 1997 – Domingo

*Hoje acordei às cinco e meia da manhã. Liguei o rádio e fiquei pensando no dia de ontem, quando fui com a dona Beatriz e os amigos dela à cafeteria. Foi um dia bem interessante. É a terceira vez que converso com o Jô, que, como já sabe, querido diário, é o amigo da dona Beatriz e, como não sabia, não é namorado da Gabriela. Isso mesmo! Fiquei sabendo ontem que não são namorados. Bateu uma alegria e, talvez, uma esperan-*

ça quando ele confirmou que são amigos, quase irmãos. Vida longa a essa amizade!

Houve um momento em que fiquei a sós com ele, foi quando Gabriela levou dona Beatriz para mostrar-lhe alguma coisa na loja próxima. No nosso breve colóquio, senti que havia algo bem forte entre nós, o que me assustou um pouco, mas também fez aumentar a vontade de revê-lo. O que está acontecendo entre nós eu ainda não sei precisar, mas anuncia-se lindo, incrível, diferente, nobre e repleto de amor. Tem gente que espera uma existência inteira por alguma coisa assim e nunca consegue, outros nem mesmo acreditam que possa existir. Não estou dizendo que aconteceu comigo, longe disso! Nossa conversa versou sobre histórias. Ele falou sobre a vida dele, eu sobre a minha... nada mais normal para duas pessoas que ainda estão se conhecendo, mas o que os olhos dele diziam para mim era intenso e eu acho que isso tem um significado. Não acredita? Por que será então que, até hoje, me encontro sozinha e nunca quis antes, em nenhum momento da minha vida, ter alguém em definitivo ao meu lado? Nunca quis isso e era uma posição assumida com toda a convicção. Agora estou aqui, repassando a noite de ontem e me revirando na cama, pensando em tudo e oferecendo o meu pobre reino por um instante a mais com ele. E, apesar da diferença de idade, de nem o conhecer direito, sei que está dentro de mim, posso sentir o seu cheiro, sua voz, sua presença, sonhar e querê-lo bem pertinho de mim. Nada disso está acontecendo por acaso. Começo a acreditar que ele foi feito para mim e eu o espero há muito e muito tempo antes mesmo de ser apresentada a ele, e agora que nos encontramos não quero deixá-lo e tenho receio de que não se sinta bem com tudo isso e possa partir. Eu não posso perdê-lo, *não posso mais viver na solidão. Ele é a minha vida. Quero, um dia, sentir a doçura do seu beijo e o calor do seu abraço.*

*Não, meu querido diário, não estou louca! Aconteceu que, nesta noite passada em claro, descobri que só existo porque ele já existe antes de mim e é por isso que vim e já vim sentindo a falta dele. É do seu espírito todo o amor que carrego escondido no coração e na alma, que já se aglutinou de vez.*

Nos encontros seguintes, sempre estavam acompanhados de Gabriela e Beatriz, e ela preferia que fosse assim, pois precisava entender aquele sentimento arrebatador que lhe tomara a alma. Os momentos, em que ficava a sós com ele eram os melhores; ela anotava tudo no diário e, não demorou muito, teve que comprar outro caderno, pois o primeiro já não tinha mais páginas em branco.

Jô, no íntimo, acreditava que ela era o amor eterno reencarnado; Gabriela ainda tinha dúvidas e, assim, chegou dezembro daquele ano.

Às vésperas do Natal, Gabriela convidou Giulia para almoçar. Foram a um restaurante australiano, recém-inaugurado na capital paulista.

Acomodadas, enquanto aguardavam o prato principal, Gabriela retirou da bolsa um porta-joias de tecido e desenrolou-o sobre a mesa. Havia um relógio, dois brincos, uma pulseira e dois colares, todos de ouro, valiosos e separados por delicadas paredes de veludo azul. Bem no canto de baixo à direita, estava, em outro compartimento, a pétala da flor do araticum que Isabel lhe entregara, no leito de morte, com o pedido: *Entregue para mim quando eu voltar.*

— Eu quero dar-lhe um presente de Natal. Tenho essas joias que estão na família há muito tempo. Ficarei muito feliz se você escolher uma delas.

Os olhos de Giulia passaram pelos objetos de ouro, mas pararam na pétala vitrificada.

— Posso escolher a flor? — perguntou ela.

— Sim. Claro... não é uma joia... é só uma pétala. Está certa da sua escolha?

— Nunca estive tão segura ao escolher algo.

Gabriela enrolou o pano com as joias e a pétala e colocou-o de volta na bolsa.

— Então, essa será a sua dádiva de Natal.

Mistérios inexpugnáveis ou apenas mais uma coincidência? Pergunta que Gabriela nunca seria capaz de responder. Há que se reconhecer, entretanto, que a escolha de Giulia mexeu com a incredulidade de Gabriela, que, pelo sim ou pelo não, passou a considerá-la a companhia perfeita para Jô e, ainda durante o almoço, perguntou-lhe:

— Qual é o sentimento que nutre pelo meu amigo?

— Doce e intenso... muito intenso!

— Então por que você nunca saiu sozinha com ele?

— No início eu tinha um pouco de medo e dificuldade em lidar com o sentimento que desperta em mim, agora, estou esperando que ele me convide.

— Acredito que ele ainda esteja na fase do medo... não é muito bom nessas coisas... um tanto lento e desajeitado. Posso dar um empurrãozinho, se você estiver de acordo.

— Ajudaria muito.

— Vou marcar um jantar para nós três, mas, na hora, vai aparecer um compromisso inadiável para mim.

Giulia sorriu, assentindo com a cabeça.

## 23 de dezembro de 1998 – Terça-feira

*Hoje almocei com a Gabriela, fomos a um restaurante novo que inaugurou lá no Shopping Eldorado. Gostei do restaurante e da comida. Durante o almoço, ela me mostrou umas joias de família e pediu para eu escolher uma. Havia uma pétala de uma flor desconhecida que era a coisa mais linda que eu já vi na vida. Quando bati o olho nela, não quis saber de joias. Não vejo a hora de o Natal chegar para que eu possa ter em minhas mãos aquele tesouro. Outra coisa muito importante aconteceu, querido diário, ou melhor dizendo, vai acontecer: Gabriela vai agendar um jantar para nós dois. Estou transbordando de alegria. Sabe qual será a minha maior dificuldade? Não será o vestido que vou usar, nem o que vou falar, ou sei lá o que mais. O mais difícil de tudo será me conter; não me atirar aos braços dele e beijá-lo. Como tenho sentido a sua ausência, quando fico alguns dias sem encontrá-lo! Só consigo suportar pela capacidade que tenho de ir até ele e de trazê-lo até mim, com meus pensamentos, minhas lembranças e recordações. E como suspiro nesses momentos... porque são tantos os imaginários gestos carinhosos, tantos momentos maravilhosos pelos quais, em sonho, já passamos juntos, mas algo me diz que não percorremos nem um milésimo do que nos preparou a vida, para o tempo que há de vir.*

Gabriela agendou o jantar no restaurante *Terraço Itália*, sexta-feira, dia 9 de janeiro de 1998, e disse para o amigo:

— Não vou com vocês. Quando apanhá-la, diga que tive um compromisso urgente. Ela vai entender, ou melhor, ela já sabe.

— Obrigado.

— Estarão num lugar lindo... a vista deslumbrante da cidade de São Paulo aos seus pés, música romântica italiana tocando como se estivesse convidando vocês para dançar, tudo favorável... não perca essa chance!

— Passaram-se seis meses desde que a conheci. Não tenho mais dúvidas; ela é Isabel que retornou para mim.

— Já lhe avisei sobre esse assunto. Não cometa o desatino de dizer que ela é uma alma reencarnada ou qualquer coisa semelhante! Vai assustar a moça e estragar tudo.

— Eu sei, você já me disse isso dezenas de vezes.

— Essa loucura é segredo que deve ficar apenas entre nós dois e que levaremos para o túmulo.

— Há também os sonhos...

— Sonhar é a coisa mais normal do mundo...

— Como lhe disse, são realistas, muito reais.

— E o que acontece de tão especial nesses sonhos?

— Conversamos. Ela fala sobre o sentido da vida. Sobre o amor eterno, diz que o nosso amor é desse tipo e que ele foi moldado, temperado, fortalecido ao longo de várias existências.

— E o que há de diferente de todos os outros tipos de amor?

— Não é a primeira vez que você me pergunta isso.

— E você nunca me deu uma resposta convincente.

— Não sou bom com as palavras.

— Mas quando é para ganhar dinheiro, o vernáculo não lhe atrapalha.

Ele sorriu.

— Eu fiz um texto... queria passar tudo o que assimilei das palavras dela... devia ser um poema... saiu isso... — disse ele, que passou uma folha de papel para ela.

Ela leu.

### O AMOR ETERNO

Não é só prazer dos sentidos, tampouco ternura ou afeto
Nem o risco da aventura que da rotina nos liberta
Nunca explosão de emoções, antes encoberta
Ou paixão arrebatadora, cantada em qualquer dialeto.
Está... na chama e permanece na cinza ou no carvão
No brilho da estrela e remanesce na anã branca
Na volúpia do garanhão e revive na pureza da potranca
No raio que traz tempestade e no orvalho que rega o chão.
Quando... a injustiça cai sobre o inocente, ele resgata a verdade
Arrastado pela indecência, nele está a temperança
Vem o flagelo da fome e da doença, é a bem-aventurança
Na escuridão da morte, revela a eternidade.
Dele se aproxima... a fé, mais que a força e a luta que vigora
a solidariedade, mais que o dinheiro e o poder
A humildade, mais que a inteligência e o saber
O infinito, mais que o aqui e o agora
Se..., aos caprichos do mundo, a têmpera não se dobrar
Fidelidade e constância forem sagrados valores
Os sentidos perceberem os mistérios das flores...
Então, é tempo desse amor chegar e... eternizar.

Ela leu, sorriu e comentou:

— Quem diria... você escrevendo poesia... parece que a coisa é séria... e grave é a sua enfermidade. Embora eu acredite que ficaria mais bem explicado com números e percentuais de probabilidades.

Riram novamente e trataram de outros assuntos.

No dia do Natal, Gabriela entregou para Giulia a pétala da flor do araticum que se transformara em ornato pendurado em lindo cordão de ouro. Ela colocou o colar no pescoço. Disse:

— Estará sempre comigo.

Jô elogiou o presente que Giulia recebera e Gabriela confidenciou-lhe que Giulia havia passado por um teste. Ele quis saber mais sobre aquilo e ela contou para ele o que se passara na escolha do presente de Natal de Giulia. Ele comentou:

— Está percebendo? Mais uma prova...

— Ou mais uma coincidência... mas, confesso, ela ganhou uns pontinhos favoráveis ao ser aprovada no teste.

— Vejo uma evolução do ceticismo para a dúvida. Logo terá certeza.

— Espero que você tenha razão... atendi o pedido de Isabel... ficarei triste, caso tenha entregado a pétala para a pessoa errada.

No *Terraço Itália*, na data agendada, Giulia e Jô jantaram, conversaram, beberam e dançaram. O vinho fez a cabeça dela rodar e ela lembrou que alguém lhe havia dito que só depois de cinco horas é que as células cerebrais começam a se recuperar da bagunça que o álcool causa no organismo. Sorriu, apertou mais os braços que estavam na cintura dele, mirou-lhe os olhos e parou de bailar; ele também ficou imóvel hipnotizado pelo olhar dela; ela foi crescendo, crescendo e, nas pontas dos pés, colou a boca na boca dele e ele foi movimentando a cabeça para baixo à medida que ela voltava a apoiar-se nas plantas dos pés. Jô fechou os olhos e mergulhou no tempo, no tempo passado, quando beijara Isabel pela primeira vez... vinte e tantos anos desapareceram. Acreditou que era Isabel de volta. Giulia, também de olhos cerrados, movimentou os lábios e roçou a língua na língua dele, que correspondeu com movimento similar e, pouco a pouco, todo o corpo dele foi se encaixando no corpo dela, em perfeita harmonia com o sentimento que invadia aquelas almas, que, naquele momento especial, pareciam ser uma só. Dois corpos, uma alma.

Então, ela entrou em êxtase, seus braços foram se afrouxando, os lábios fechando-se, perdeu os sentidos... Jô pegou-a nos braços, alguém chamou o elevador e abriu a porta do carro; Jô dirigiu até o apartamento dele.

No dia seguinte, Giulia acordou sozinha em um dos quartos do apartamento. Encontrou Jô, na sala, conversando com Gabriela.

Ele havia chamado Gabriela porque estava sem saber o que fazer após o desfalecimento de Giulia. Gabriela o tranquilizou dizendo que estava tudo bem, que aquilo não passou de perda da consciência, possivelmente associada à queda de pressão, e que o melhor era esperar passar o efeito do álcool para buscar avaliação médica.

— Ela bebeu muito?

— Um pouco mais que eu.

— Já passei por isso e aprendi que o álcool em excesso no organismo acaba inibindo o sistema nervoso central, levando à incapacidade de manter a respiração, à diminuição dos batimentos cardíacos, à alteração no mecanismo de resfriamento do corpo e, em alguns casos, ao desmaio.

Encabulada, Giulia uniu-se aos dois e disse que estava tudo bem com ela. Juntos passaram a comer o desjejum.

— Acho que exagerei na bebida... não estou habituada... mas estava tudo tão maravilhoso... desculpe-me — disse Giulia, olhando para Jô.

Ela disse que não seria necessário passar por avaliação médica e Gabriela concordou. Jô contra-argumentou, mas acabou por aceitar. Gabriela deu carona para Giulia.

## 10 de janeiro de 1998 – Sábado

*Estou de volta, depois de passar a noite na casa dele. Não sei descrever o que sinto. É um estado de felicidade misturada com vergonha e um pouquinho de decepção. As horas que passei ao lado dele foram maravilhosas, parecia que eu estava sonhando. E se foi sonho? O sonho só vale para quem sonha demais e é assim que eu vou definir, querido diário, sonhei e sonhei demais, cada segundo ao lado dele durou uma vida inteira. Acho que, por isso, desmaiei; desfaleci de velhice. Não foi o vinho! É claro que não foi o álcool; foi algo mais profundo. Um estado de exaltação mística que tomou conta do meu ser e sentimentos intensos de alegria, prazer e temor invadiram minha alma e transporta-*

*ram-me para outro lugar. Um lugar que exigia corpo e alma; então não sobrou nada de mim além de reles cópia de carne, ossos, sangue e tudo o mais que compõe o nosso organismo, mas estou certa de que o meu corpo e a minha alma partiram para uma viagem desconhecida e da qual tenho vaga lembrança. No início da viagem, não me sentia bem. Estava solitária em um ônibus olhando pela janela, não conseguia vê-lo e o ônibus passava por lugares que me pareciam familiares, mas que não me recordo de ter estado lá. Depois fui sentindo a presença dele e, logo, percebi que eu ainda estava colada a ele. E todo o percurso eu não me separei dele. Meu corpo enroscado no dele, meus lábios ainda estavam nos dele. Fechei os olhos e deixei o ônibus me levar, até o momento em que acordei na casa dele. Procurei por ele, mas não estava mais comigo e o nosso percurso havia terminado. Agora, sinto-me só e algo dentro de mim está doendo e doendo muito. Contemplo as paredes do meu apartamento ou, debruçada na janela, olho lá fora e não enxergo o céu. Só vejo ele; não acredito que acabou e que já não está comigo, meu peito está sofrendo, ainda preciso do calor dos braços dele; preciso de mais um beijo. Agora, só agora posso dizer que conheci o significado das palavras partir, separar e despedir. Eu não queria terminar a viagem, não queria deixá-lo; a gente podia voltar. Eu podia ter ficado lá no apartamento dele, devia ter-lhe abraçado e dito: eu não consigo ir embora.*

*A minha cabeça está a mil, meu coração parou, se nega a bater. Ele disse que não me faria sofrer, pois agora sofro. Sofro por ele e queria tanto dizer da solidão que sinto agora; ela é um fantasma e ele é o meu porto de luz; preciso ir até ele. Meu pensamento está com ele e ele não vai me deixar nunca, nunca mais, pois não posso pensar em mim sem a presença dele.*

*Resta-me fechar os olhos; agora sou uma criança e acho que comecei a chorar... chega de escrever! Preciso reviver cada momento que passamos juntos.*

No dia seguinte, Jô ligou para Giulia e a convidou para um passeio no Parque Ibirapuera. Era um domingo de sol, a tarde estava propícia para caminhar e a temperatura do verão era amenizada pelo vento leste que assobiava nos ouvidos deles e despenteava os cabelos de Giulia. Em caminhada, até então, silenciosa, ela devaneava que poderia sair voando e, para permanecer ao lado dele, segurou-lhe o braço com as duas mãos.
Perguntou:
— Não se importa que eu pegue o seu braço?
— Claro que não... é melhor assim.
— Vamos andar um pouco mais devagar...
E eles diminuíram os passos e aumentaram as palavras. A certa altura, ele a inquiriu:
— Você sonha comigo?
— Só quando estou acordada... De vez em quando gosto de fugir para o mundo da fantasia... e sonho acordada com você... escrevo quase tudo no meu diário. E você sonha comigo?
— Sim. Já sonhei algumas vezes.
— Pesadelos?
— Não. São sonhos bons... realistas, mas é bom sonhar com você.
— E acordado... sonha comigo acordado?
— Penso em você muitas vezes durante o dia.

— Você está na minha cabeça o dia todo, mas durante o sono não me vem visitar... como são os seus sonhos comigo?

— Na maior parte das vezes, estamos em um lugar com árvores enormes e um gramado bem verdinho e macio, onde permanecemos por muito tempo sentados, conversando.

— O que conversamos? O que eu digo para você e o que diz para mim?

— Eu não falo. Não consigo! Você fala, eu escuto. Você ensina, eu aprendo.

— O que é que estou a lhe ensinar?

— Muitas coisas, mas principalmente sobre a vida e sobre...

— Sobre...

— Sobre o amor.

Pararam de andar. Ela olhou para o rosto dele, disse:

— Espero estar sendo uma boa professora.

Ele a abraçou, a beijou e aquele beijo foi seguido por muitos outros durante a tarde toda. Depois, foram para o apartamento dela. Ela o convidou para subir.

Ele aceitou o convite e, enquanto ela tomava banho, esquentou a lasanha que estava na geladeira e arrumou a mesa com pratos, talheres e outros utensílios que encontrou na cozinha. Quando ela retornou, a mesa estava posta. A bebida era refrigerante.

À mesa, ela fez um brinde:

— Hoje não haverá desmaios!

Na manhã do dia seguinte ele a acompanhou no café da manhã e depois partiu. Era segunda-feira, dia de trabalhar.

## 12 de janeiro de 1998 – Segunda-feira

*Ontem foi o dia mais feliz da minha vida! Quando ele ligou e convidou-me para caminhar no parque, fiquei com o coração disparado e com a certeza do quanto é difícil ficar longe dele. Caminhamos, na maior parte do tempo, sem dizer palavras, mas havia uma conversação profunda acontecendo na eloquência daquele silêncio. Depois, falamos um pouquinho e logo substituímos as palavras pelos beijos, que revelaram tudo o mais que eu precisava saber sobre ele.*

*Ele me trouxe para casa e aqui comemos uma deliciosa lasanha. Foi muito legal; tomamos refrigerante e conversamos bastante. Gosto tanto disso; gosto tanto de ouvi-lo. Durante todo o jantar eu olhava para ele e achava-o tão lindo... sim, ele é a minha paixão. Eu olhava para ele e queria agarrá-lo e não soltar mais. Foi o que acabou acontecendo, pois quando dei por mim estávamos na cama, ele foi acometido de uma loucura suave e passou a beijar-me por todas as partes do meu corpo, da cabeça aos pés. Ele sentia o mesmo que eu sentia e era tudo muito forte, arrebatador... e seguiram-se tantos carinhos, tanto prazer, tanto amor; a noite toda, foram tantas vezes, de tantas maneiras; nem sabia que eu tivesse tal disposição e vontade. Delicioso também foi quando fiquei sobre ele olhando bem nos olhos dele e ouvindo palavras sinceras; gostosas de ouvir, do fundo do coração, e isso me fez amá-lo ainda mais. Acredito, querido diário, que durante essa noite eu morri e ressuscitei várias e várias vezes e em todas essas mortes eu fui parar no paraíso. Foi uma noite deliciosa, deliciosa mesmo! E agora estou certa de que ele não poderá mais ficar longe de mim, porque é o que eu sinto em relação a ele; não posso mais sair do lado dele, nunca mais. Agora é para sempre e sempre foi assim, só que eu não sabia, até conhecê-lo.*

*Hoje, levantamo-nos cedo e fomos para o café. Conversamos e voltamos para o quarto. O tempo passou rápido, tínhamos que trabalhar. Ele se arrumou, falou o que iria fazer e que me reencontraria tão logo eu retornasse do trabalho. Ele já estava saindo e eu o acompanhei até a porta. Dei-lhe um grande beijo de despedida, mas aí, deu uma vontade incontrolável; ele me carregou no colo de volta à cama e repetimos as melhores e mais fantásticas sensações que experimentamos na noite que passou. Delícia para o corpo, deleite para a alma. Eu o amo, o amo, o amo... não posso deixar de ficar repetindo isso. Descobri que o tempo não atende às nossas necessidades; ele é exíguo, ele é um nada, tudo passa tão rápido... o que não é ruim no todo, porque daqui a pouco será noite e estarei novamente nos braços dele. Abençoado tempo! Pode parecer contrassenso, mas hoje tenho a sensação de que o tempo se sobrepôs ao espaço e que não são os lugares ou as coisas que dão sentido ao momento; é o momento que empresta significado às coisas. Então, foi e está divino e maravilhoso: o jantar, o café da manhã, o meu apartamento, tudo o que vejo e toco; e você, meu querido diário, você está lindo, cheiroso, deslumbrante! Agora, vou parar de escrever, preciso trabalhar; tenho certeza de que será o melhor dia de trabalho da minha vida, até o momento.*

Eles se encontraram naquela noite e tiveram outros encontros repletos de momentos mágicos. A dimensão do tempo passou a ser percebida na sua real significação e soberania e o amor proporcionou a eles essa percepção e a consciência da eternidade. Fonte da alegria, da lealdade e da devoção, o amor eterno dava-lhes aquela dimensão que faz o ser humano aproximar-se à semelhança do divino.

Ela registrava no diário os momentos de cada dia que passavam juntos e ele se encontrava com ela nos sonhos ou subia o pico do Jaraguá e, perto das nuvens, sonhava acordado com ela.

Gabriela estava feliz por Jô ter equilibrado a roda da vida; visitou algumas vezes o túmulo de Isabel e, em um dos seus solilóquios, disse:

— Cuidei dele o melhor que pude. É possível que você retornou ou que ele tenha encontrado alguém com quem está feliz. Seja como for, acredito que atendi o seu pedido, minha querida amiga. Onde você estiver, seja bem-aventurada!

Gabriela permanecia trabalhando na paraestatal e o seu empreendimento particular prosperou, exigindo-lhe mais dedicação e tempo; por isso, os encontros com Jô e Giulia estavam mais espaçados; quando se encontravam, tinham ótimos momentos juntos e ela podia comprovar que os amigos formavam um casal altruísta onde a harmonia, a paz, o afeto e a felicidade estavam presentes.

### 30 de maio de 1998 – Sábado

*Faz cinco dias que ele partiu. Viajou para os Estados Unidos. Um lugar medonho que, de quando em quando, afasta-o de mim. Sinto sua falta; muito, demais, desde segunda-feira que me sinto fora de órbita. Na noite passada senti tanta saudade dele que fui para o meu quarto, peguei o gravador e comecei a ler você, meu lindo diário. Fazia de conta que estava lendo para ele e gravei tudo para ele ouvir. Ainda não decidi se vou deixá-lo ouvir.*

*Escutei tudo depois e achei minha voz horrível e a leitura meio sem cadência; mas também eu não ensaiei antes... Parei de ler e continuei a falar com ele, já estava sonolenta e fui falando até a fita acabar. Esse meu monólogo serviu para aplacar um pouquinho a saudade. Eu me sinto como se estivesse mesmo conversando com ele. Sei que disse um monte de abobrinhas, mas só sei que não estava aguentando. Sinto algo bem forte que só mesmo algum contato com ele pode aliviar. A única coisa que quero é ficar juntinho dele. Só isso e até menos, se eu ficasse olhando para ele, observando, não ficaria desse jeito sentindo-me tão triste; mas, se eu ficasse olhando, ele não se importaria se eu me aproximasse um pouquinho, e depois de ficar pertinho que mal faria se eu me sentasse no colo dele? Nenhum mal faria. Sentada no colo dele... Sentindo aquele cheirinho suave, eu teria que passar os meus braços no pescoço dele; aí, sim, eu estaria bem próxima... um beijinho, iria querer só um beijo.... e se, ao invés disso, ele me desse um beijão? Aí eu teria que sair com ele rolando pelo chão... Eu o amo muito, o amo demais que até dói por dentro.*

Naquela semana, ele sonhou com ela e mandou-lhe uma mensagem eletrônica contando o seu sonho.

*Depois de longo tempo, você veio me visitar na noite passada. Quero compartilhar o nosso encontro.*

Começo lembrando que você estava linda, como sempre. Seu vestido era roxo. Um roxo quase rosa. Usava um batom da mesma cor do vestido: rosa quase roxo. O batom e o vestido contrastavam delicadamente com o bronzeado da sua pele.

O lugar onde estávamos, eu nunca estivera antes. Pelo menos, não nesta vida. Havia árvores muito altas. E... silêncio. Alternando com o silêncio, ouvia pássaros. Canto de pássaro e silêncio. Muito silêncio! E tinha um cachorro que, de vez em quando, latia longe... depois, silêncio alternado com canto de pássaros. O latido não era igual a esses latidos de cachorro quando eles estão bravos ou querem nos avisar de alguma coisa. Era uma espécie de uivar. Longe, bem longe... no meio daquele silêncio todo, o latido chegava até mim, bem baixinho, mas nítido o suficiente para ressoar na minha cabeça. O cão estava longe, bem longe.

Você, em seu vestido roxo quase rosa, estava sentada na grama, debaixo de uma daquelas árvores gndes, bem altas.

... Não consigo recordar com clareza o que se seguiu, mas me lembro de quando eu estava deitado na grama com a cabeça no seu colo. Sentia o cheiro do lugar. O seu perfume misturava com aquele cheiro e formava um odor singular, agradável.

A grama era macia e eu podia senti-la e o meu rosto sobre suas pernas me proporcionavam sensação de paz e prazer. Era assim como quando fico olhando você por longo tempo, sem dizer nada, que nem bobo, olhando, olhando... Podia ficar ali para sempre. Era puro contentamento.

Via, por baixo daquelas árvores imensas, os raios de sol iluminando a grama, a vegetação rasteira e as flores. Sim, havia flores. Flores e folhagens também. Folhagens multicoloridas refletindo a luz da estrela da manhã e gotas de orvalho sobre elas. Lembro que você pediu para eu observar aquela gota d'água. Olhei para a gota de água e vi o que estava me mostrando. A calma, a tranquilidade e a paz que aquela gotinha continha. Era a beleza em sua plenitude. Linda, refletia o sol e de forma mutante revelava cores maravilhosas.

Observei que você conversava comigo, mas não falava. Você se comunicava comigo, mas não movia os lábios. Suas mãos seguravam docemente minha cabeça e quando eu queria senti-las, pressionando a cabeça contra elas... não adiantava. Era leve, tênue aquele contato. O seu colo, às vezes, parecia que me fazia flutuar. Desse jeito você foi conversando comigo. Eu não dizia nada. Não conseguia. Disse-me que já estivemos muitas vezes juntos, que, por muito tempo, estivemos separados; que muitos acontecimentos nos uniam e que outros tantos nos separavam e nos remetiam por estradas diferentes. Disse para eu cuidar para que, desta vez, o nosso encontro não fosse em vão. Contou coisas só nossas que para uma parte de mim pareciam familiares e para outra causavam medo. Senti um frio na barriga. Quando o medo estava ficando muito forte, você pediu para que essa minha parte saísse, que fosse até outra árvore que você apontou e que estava distante dali. Caminhei até a outra árvore e, embaixo dela, encontrei uma folha de papel em que havia um texto escrito e o título era "O Canto do Amor Eterno". De imediato, peguei o papel, sentei-me no chão e... por encanto, estava de novo com você; ao seu lado, não tinha mais medo. Medo nenhum!

Você me disse que o nosso amor é eterno, que a nossa alma é única, que foi dividida e que o nosso grande desafio é uni-la novamente. Falou que a minha outra parte, aquela que é familiar, sabe sobre esse amor imortal; mas existe a minha parte que tem medo. Essa é a minha parte inconsciente. A sua parte consciente não tem medo, mas tem dúvidas. A sua parte inconsciente está pronta, a minha consciente também está. Você me orientou para que encontrasse uma forma criativa de convencer o meu inconsciente de que me ama, apesar de tudo. Pensei no que seria aquele "apesar de tudo" e, como se lesse os meus pensamentos, você me disse que a minha inconsciência sabia e o brilho do seu olhar diminuiu.

Depois, você me pegou pela mão e conduziu-me por entre aquelas árvores imensas. Ouvi longe, muito longe, a voz triste e aguda do cachorro; o som dos pássaros era mais frequente. O seu vestido roxo quase rosa, que combinava com o seu batom rosa quase roxo, ondeou-se com o vento leve que soprou, e você, linda como sempre, me puxou com delicadeza e seguimos, quase flutuando, por entre aquelas árvores altas, imensas. Todos os poros da minha pele sentiam uma sensação de prazer indescritível.

Caminhamos não sei quanto tempo, um minuto ou um século, não sei... Você me levou a outras épocas. Não saíamos daquele lugar de árvores gigantes, mas era como se estivéssemos em outros tempos. Notava pequenas alterações na sua feição, no seu físico... Acredito que acontecia o mesmo em relação a mim, porque você ficava me fitando de uma forma especial. Houve um momento em que me abraçou e parecia ser um abraço bem forte, embora eu sentisse apenas um leve, bem leve toque. Acho que aquele tempo, que revivíamos naquele momento, tinha sido especial para nós e trazia-lhe lembranças deliciosas. Você disse: — Doce amor das minhas vidas, que bom que você está novamente comigo.

Ficamos naquele lugar onde se ouvia pássaro e um cachorro longe, bem longe... naquele lugar nada tinha que ver com a nossa noção de tempo. Falamos sobre o amor, sobre os nossos pais, nossos filhos, sobre Deus, sobre você e tudo que sabia sobre o meu outro lado. Como disse, não sei quanto tempo durou aquilo. Foi pouco, porque podia ficar para sempre ali que seria pouco... você estava tão doce, fazia tão bem para a minha alma... era bálsamo e arrebatamento. Até que você me disse: Preciso ir, mas lembre-se sempre de que eu o amo. Sorri, pois isso é o que vivo repetindo para você consciente.

Você me conduziu até um lugar onde havia uma espécie de túnel. Túnel verde, com árvores fechando por cima em arco. Do outro lado do túnel, avistei uma estrada de terra por entre mata fechada e ouvi passos de cavalos. Você largou a minha mão e entrou no túnel.

Fui junto. Você se voltou para mim e disse que eu não podia atravessar. Pensei sobre o motivo e você disse que o sonho tinha que acabar e que eu poderia não gostar do que estava depois do túnel... pressenti que era algo ligado ao nosso passado recente. Ainda não entendi muito bem essa parte do sonho e, de novo, aconteceu mudança abrupta e eu estava sob aquela árvore imensa. Estava com a folha de papel. Estava sozinho. Senti de novo o frio na barriga. Li o Canto do Amor Eterno. A quietude inundou meu coração. Acordei.

Depois que enviou a mensagem, passou-lhe pela mente a recomendação de Gabriela para que não assustasse Giulia com aquele assunto de outras vidas. Ele já havia dito a ela que, às vezes, sonhava com ela; os sonhos eram tão reais e agradáveis que julgou ser o momento de compartilhar-lhe os detalhes.

### 31 de maio de 1998 – Domingo

*Ele me ligou dizendo que já está em São Paulo. Desde então, meu coração está palpitando. Parece que o tempo voltou e hoje é um daqueles dias em que eu o espero depois de um longo tempo sem vê-lo e é assim que me sinto: louca de saudade! Louca de paixão! Louca de amor! Estou igual adolescente que acabou de descobrir que o amor existe; que ele é do jeitinho que ela sempre sonhou. Fico aflita, ansiosa, caem-me dúvidas. Como vou saber? Como vou ter certeza? Depois, fico tranquila pensando que, em todo o universo, em todas as vidas que já* nasceram ou renasceram, ele é o único ser capaz de fazer-me identificar o amor verdadeiro.

Ele me enviou uma longa mensagem e contou-me um daqueles sonhos que, de tempos em tempos, ele tem; melhor dizendo, daquelas noites em que eu vou visitá-lo. Não tenho consciência desses nossos encontros oníricos e, para minha tristeza, ele não vem me visitar quando estou dormindo. Pode ser que ele ainda não aprendeu o caminho, ou, como disse para ele, em sonho, o inconsciente dele não está preparado.

Li o sonho dele por várias vezes e confesso que queria ter sonho assim com ele, tão lindo, tão cheio de imagens e rico em mensagens profundas. Por mais estranho que isso possa parecer, acredito que já estivemos juntos muitas vezes e, por muito tempo, separados, como nesta vida em que estamos e onde se passou tempo demasiado até eu o encontrar, mas isso é segredo para você guardar, caro diário, porque não quero que ele pense que sou amalucada por acreditar em coisas ditas em sonho. O importante é que nós nos achamos e isso é maravilhoso e sei que ele vai cuidar para que estejamos sempre juntos. Ele falou da folha de papel que encontrou sobre uma grande árvore onde havia um texto intitulado "O Canto do Amor Eterno" e isso me deixou um tanto abalada, porque há muito tempo sonhei que um homem querido, um amigo fiel, havia lido para mim um poema com o mesmo título. Esse homem do meu sonho não era o Jô nem se parecia com ele. E tem mais, no dia em que vi a pétala, que carrego pendurada no pescoço, esse poema veio à mente com toda clareza. Podia ver as palavras flutuando sobre a mesa daquele restaurante onde estava com Gabriela. E agora, depois que li o sonho dele, o "Canto do Amor Eterno" está vívido em minha cabeça e a *cor da pétala da flor do araticum está cintilante. Sim, meu amigo diário, araticum é o nome da planta que produz a flor que está no meu colar. Gabriela me contou e eu pesquisei. Trata-se de fruta nativa do Brasil.*

*Quanto ao "Canto do Amor Eterno" não vou transcrever aqui porque me foi dito, em sonho, que se trata de dádiva restrita àqueles que encontram o amor verdadeiro.*

*Daqui a pouco vou estar nos braços dele e poder matar essa saudade monstruosa. Se eu falar mais uma vez em saudade, serei exageradamente repetitiva, mas que saída eu posso ter se é isso o que mais sinto. Logo, logo, estaremos coladinhos um no outro e a saudade irá embora, porque, quando ele fala do nosso amor e do quanto é especial e verdadeiro, sinto aqui dentro de mim que isso é real. E entre sonhos, alucinações ou devaneios, sempre, triunfará o nosso eterno amor.*

...

Findou-se o século XX e o mundo não se acabou.

Uma terrível virose transmissível mediante relações sexuais, sangue introduzido por transfusão ou acidentalmente, uso de seringa contaminada, ou da mãe para o filho no útero, assustara; mas já estava quase esquecida.

Outro vírus estranho ameaçou os computadores e um problema relacionado com a programação das datas trouxe preocupação ao mundo cibernético.

A vida continuou seu curso.

O avanço tecnológico nas áreas de eletrônica e telecomunicações foi notório, principalmente, com o advento das redes sociais e da nomofobia.

Em dezembro de 2006 morreu o ditador chileno Augusto Pinochet e, em novembro de 2016, a morte levou o ditador cubano Fidel Castro. As ideologias e mortes por eles semeadas foram muito compensadoras para eles mesmos, com melhor performance do cubano. O regime de Fidel causou três vezes mais mortes que o de Pinochet e, em 2006, a revista *Forbes* colocou Fidel Castro em sétimo lugar na lista de governantes mais ricos do mundo, com uma fortuna de novecentos milhões de dólares, enquanto Pinochet amealhou mais de vinte milhões de dólares.

No novo século, o ser humano prosseguiu em sua sina de autodestruição, adotando os mesmos procedimentos do século anterior e de todos os outros séculos que se passaram desde o dia em que Caim matou Abel.

O ataque terrorista de 11 de setembro de 2001, nos Estados Unidos, dando início à guerra contra o terror; a invasão no Iraque, em 2003; o conflito russo-checheno, em 2002 e 2004; a Guerra Russo-Georgiana, em 2008; as guerras civis na Líbia e na Síria, em 2011, a guerra civil iemenita, em 2015; e muitas outras guerras, revoluções, conflitos, matanças no mundo todo e, como se isso já não bastasse, veio a covid-19, que levou milhões de pessoas à morte.

No Brasil, as duas décadas iniciais do novo século não trouxeram guerra ou revolução armada, mas o plano que o tinhoso arquitetara apresentou os seus primeiros resultados. Manifestaram-se as heranças genéticas de Guarandirô e Xandoré.

Abdicando das posições radicais, ES, depois de três derrotas consecutivas para a presidência, escolheu para vice-presidente um senador do Partido Liberal e, optando por um discurso moderado, prometendo respeitar as regras do mercado, conquistou a confiança de parte da classe média e do empresariado e, dessa forma, em 27 de outubro de 2002, foi eleito presidente do Brasil.

O partido de ES permaneceu catorze anos no poder, oito sendo ele o presidente do país e seis tendo ES como o titereiro da presidente que escolheu para ser sua sucessora.

Quando terminou o governo do Partido dos Trabalhadores, o legado foi de terra arrasada. Restou a maior corrupção jamais vista no país, empresas estatais e fundos de pensões malogrados e o pobre mendigando ou recebendo irrisória esmola estatal. Educação, saúde e segurança pública em posição pior do que a já deplorável situação anterior.

ES e muitos dos seus ministros e homens de confiança foram parar na cadeia. O governo foi impedido, pelo Congresso, de continuar sob o comando da presidente eleita. Assumiu o vice, que terminou o mandato.

O plano do capeta mostrara-se eficaz na degradação da índole do povo brasileiro. Brasil tornou-se sinônimo de corrupção no mundo inteiro.

Beneficiando-se da grande decepção resultante dos governos petistas, PI, em 2018, candidatou-se a presidente e derrotou, no segundo turno, o representante do PT.

No coração ingênuo da maioria dos brasileiros havia um fio de esperança de que a corrupção endêmica pudesse ser estancada e de que a economia fosse tratada com seriedade. Venceu o ódio de Xandoré.

O país que se tornara o paraíso da corrupção, sob a batuta de ES, passou a ser um pária planetário capitaneado por PI.

Assustados com as maluquices de PI e movidos por vaidades pessoais, os ministros maiores da justiça brasileira tiraram da cadeia ES e toda a súcia que assaltara os cofres públicos, desqualificando o juiz de primeira instância que havia promulgado a sentença condenatória. O fato de que as demais cortes de justiça haviam confirmado e, em alguns casos, até aplicado penas mais severas não foi considerado porque o medo e a vaidade não permitiram.

O país ficou dividido, cresceu o ódio compartilhado pelos dois extremos. A corrosão do caráter acelerou-se em todos os poderes da República. Brocas e cupins compartilharam a mesma porta.

Para a eleição seguinte, em 2022, apresentaram-se onze candidatos a presidente. O tinhoso soprou nos ouvidos da grande maioria dos brasileiros apenas dois nomes: ES e PI. O segundo turno da eleição foi decidido entre os dois.

A desmoralização grassava, mas não era percebida nem por um lado nem pelo outro.

O anônimo observador atento concluiu que se cumpriram os piores vaticínios da "Fábula das Abelhas" aqui no grande país tropical. O subtítulo da versão original "de Canalhas a Honestos", na opinião dele, é verdadeira profecia.

ES ganhou a eleição por pequena diferença de votos e o capeta, que de qualquer maneira seria o vencedor, esboçou um sorriso antevendo situação favorável para a completude do seu plano; pois só uma intervenção do adversário poderia alterar o futuro da macunaímica gente. Risco que para ele não existia, pois acreditava ser Deus cativo das suas próprias leis e que a dádiva do livre-arbítrio O impediria de interceder.

O PIB brasileiro, no governo Juscelino Kubitschek (1956-60), cresceu em média 8,1% ao ano (aa), passando para 6,5%aa no período da ditadura militar (1964-84), depois 4,4%aa no intervalo Sarney (1985-89), 2,4%aa no governo FHC (1995-2002), 2,1%aa na era PT (2003-18) e 1,4%aa nos anos Bolsonaro (2019-22).

O Brasil, que, com Pelé e seus companheiros, havia conquistado três copas do mundo em doze anos, conseguiu ganhar mais dois títulos, em 1994 e 2002, obtendo, assim, duas conquistas em 52 anos passados desde a conquista de 1970.

No futebol, assim como na economia, o desempenho foi piorando à medida que o tempo passou.

Por fim, no dia 29 de dezembro de 2022, morreu aquele que, "se não tivesse nascido gente, teria nascido bola", aquele que fez mais de mil poemas, pois, "no momento que a bola chegava aos pés de Pelé, o futebol se transformava em poesia", aquele que "podia virar-se para Michelangelo, Homero ou Dante e cumprimentá-los com íntima efusão: como vai, colega?"

Armando Nogueira, Pier Paolo Pasolini e Nelson Rodrigues o saudaram, mas, por aqui, o mundo ficou um pouco mais sem graça.

...

Em 1998, Gabriela completou 49 anos de idade e foi o último ano em que conversou com o provável amor da sua vida. Ela mantinha um relacionamento estável com outra pessoa e, apesar de nunca ter ultrapassado o limite da relação fraternal com o "coroa", preferiu afastar-se dele. Fez isso sem ruptura; apenas foi se afastando, afastando, até que tudo se perdeu no espaço. Acompanhou-lhe o restante da vida aquela sensação de vazio que sempre carregou na alma e que, por vezes, foi aplacada nas conversas que manteve com ele.

Embora a ausência dela lhe escurecesse o dia e lhe roubasse a graça das coisas, não mais ligou para ela, não mais buscou saber como estava, não mais disse que a amava. Em intervalos irregulares, ela o visitava em sonho. E foi só o que sobrou da passagem dos dois pela jornada deste tempo.

No ano de 2009, Gabriela completou sessenta anos e aposentou-se pela previdência privada para a qual contribuiu todos os anos da sua vida laboral com treze por cento de sua remuneração mensal. Fez isso pensando em garantir uma velhice um pouco mais segura.

Após a administração petista nos fundos de pensões, ela foi obrigada a pagar vinte por cento do seu salário benefício, todos os meses que lhe restaram de vida, para cobrir o prejuízo causado. Além de não receber esses vinte por cento que já eram descontados na fonte, ela ainda teve que pagar Imposto de Renda sobre essa quantia. O governo corrupto de ES roubara-lhe vinte por cento da sua remuneração e o governo maluco de DI manteve o roubo de mais 27 por cento desses vinte por cento que já lhe tinham subtraído de modo fraudulento. Graça ao seu empreendimento privado, Gabriela conseguiu assegurar uma velhice com relativo conforto. Terminou seus dias em um asilo na cidade de Campos do Jordão. Jô e Giulia estavam quase sempre ao lado dela; visitavam-na com frequência e realizavam viagens tendo-a como companhia.

Quando, em 2020, Gabriela morreu por complicações de covid-19, Jô e Giulia mudaram-se para a cidade de Bonito e, às margens do rio Formoso, continuaram a viver felizes para sempre.

Manoel de Barros fez *Ensaios Fotográficos* e o *Tratado Geral das Grandezas do Ínfimo*; depois, o *Menino do Mato* obrou *Poemas Rupestres, Escritos em Verbal de Ave* e desapareceu em novembro de 2014.

Aquele velho caranguejo, que "voltou a ser idôneo para mangue", disse que ele não morreu, apenas voou, montado na pétala da flor amarela do araticum, para colher iluminuras na cordilheira dos Andes.

Comendo goiabas, o reconvertido crustáceo confidenciou que, desde dezembro de 2020, o poeta, acompanhado de Stella, vez ou outra, pousa na morada de Jô e Giulia para compartilhar silêncios.

FONTE Alda OT CEV & Fertigo Pro
PAPEL Polen Natural 70g/m²
IMPRESSÃO Paym